COLLECTION FOLIO

Meir Shalev

Le pigeon voyageur

Traduit de l'hébreu
par Katherine Werchowski

Gallimard

Ouvrage traduit avec le concours
du Centre national du livre.

Titre original :

YONA V'NAAR

Éditeur original : Am Oved Publishers Ltd., Tel-Aviv.

Meir Shalev est né à Nahalal et vit à Jérusalem. Journaliste à *Yediot Aharonot*, le plus important quotidien israélien par son tirage, il est l'auteur de nombreux livres à succès parmi lesquels *Que la terre se souvienne*, *Pour l'amour de Judith* et *La meilleure façon de grandir*, tous traduits dans plusieurs langues. *Le pigeon voyageur* a été couronné par le prestigieux prix israélien Brenner 2006 et par le National Jewish Book Award 2007 aux États-Unis.

Pour Zohar et Michael

CHAPITRE I

1

— Et soudain, dit le vieil Américain en chemise blanche, soudain au-dessus de cet enfer, un pigeon a pris son vol.

Le silence se fit. Son hébreu inattendu, le pigeon envolé de sa bouche avaient étonné toute l'assistance. Même ceux qui n'avaient pas suivi l'histoire.

— Un pigeon ? Quel pigeon ?

L'homme, robuste et bronzé comme seuls les Américains peuvent l'être, chaussé de mocassins et arborant une crinière blanche, désigna la tourelle du monastère. Bien du temps s'était écoulé, mais certaines choses du terrible combat qui s'était déroulé ici restaient gravées dans sa mémoire.

— Les oublier, je ne pourrai jamais, dit-il. Pas seulement la fatigue et la terreur, pas seulement la victoire — « une victoire qui surprit les deux côtés », releva-t-il —, mais maints petits détails aussi, ceux dont l'importance ne se révèle qu'ensuite : comme ces balles perdues ou intentionnelles, allez savoir, qui heurtaient parfois la cloche du monastère — « vous voyez cette cloche » —, qui se mettait à tinter d'un son aigu et étrange qui sombrait peu à peu mais continuait néanmoins de résonner dans l'obscurité un long moment encore.

— Et le pigeon ?

— Un son étrange. Aigu et strident au début, comme si la cloche n'avait pas compris ce qui lui arrivait, puis qui s'était estompé. Touchée mais pas morte... jusqu'au prochain coup. L'un de nos blessés avait commenté : « Les cloches ont l'habitude de recevoir des coups de l'intérieur, pas de l'extérieur. »

Il sourit alors comme s'il venait seulement de comprendre. Il dévoila ses dents, elles aussi très blanches, comme seules peuvent l'être celles d'un vieil Américain.

— Mais qu'arriva-t-il au pigeon ? Quelle sorte de pigeon était-ce ?

— Un *homing pigeon*[1]. J'en suis sûr à quatre-vingt-dix-neuf pour cent. Un pigeon voyageur du *Palmach*. Nous avions combattu toute la nuit, et au petit matin, deux à trois heures après le lever du soleil, nous l'avons vu soudain s'élancer dans le ciel.

L'hébreu dans lequel il s'exprimait était impeccable, en dépit de son accent, mais *homing pigeon* en anglais sonnait plus joli et plus juste que son équivalent hébraïque, quand bien même il eût été membre du *Palmach*.

— Comment le saviez-vous ?

— On nous avait envoyé un colombophile.

1. En anglais dans le texte *(N.d.T)*.

C'est le terme exact. Un spécialiste des pigeons avec un petit colombier sur le dos. Peut-être avait-il eu le temps de lâcher le pigeon avant de mourir, à moins que le colombier, en se brisant, ne lui ait donné l'occasion de s'échapper.

— Il a été tué ? Et comment ?

— Ce n'étaient pas les occasions de se faire tuer qui manquaient. Vous aviez l'embarras du choix : une balle, un éclat d'obus à la tête, au ventre ou dans la grosse artère de la cuisse. Parfois sur le coup, mais parfois aussi lentement, très lentement, des heures après avoir été atteint.

Ses yeux jaunes m'observèrent. Il fut pris d'un petit rire :

— Vous vous rendez compte ! C'est incroyable ! Nous sommes partis au combat avec des colombophiles comme au temps de la Grèce antique !

2

Et soudain, au-dessus de cet enfer, les combattants aperçurent un pigeon. Né des nuages de fumée, délivré des linceuls de poussière, il s'élevait. Au-dessus des râles et des cris, au-dessus du sifflement des éclats d'obus, dans la froideur de l'air, au dessus du tracé invisible des balles, au-dessus de l'explosion des grenades, de la rafale des mitrailleuses et des coups du canon.

Un simple pigeon apparemment. Bleu-gris, les pattes écarlates et les ailes ornées de bandes sombres comme sur un châle de prière. Un pigeon comme n'importe quel pigeon, semblable à des milliers d'autres. Seule l'oreille d'un expert aurait pu percevoir la puissance du battement de ses ailes, le double d'un pigeon ordinaire. Seul l'œil d'un expert aurait pu distinguer sa gorge ample et profonde, son bec prolongeant en angle droit l'inclinaison du front avec cette bosse claire et caractéristique à la jonction de la tête. Seul le cœur d'un connaisseur aurait pu comprendre toute la nostalgie qui allait le guider dans sa trajectoire et lui insuffler sa force. Mais déjà les yeux de cet homme s'étaient voilés, ses oreilles n'entendaient plus, son cœur s'était vidé et avait cessé de battre. Seul demeurait le pigeon, sa nostalgie du foyer, le dernier désir de l'homme.

Au-dessus. Au-dessus du sang, au-dessus du feu et des colonnes de fumée. Au-dessus des blessés à la chair trouée, déchiquetée, brûlée, anéantie. Au-dessus de ceux qui garderont un corps intact mais une âme éteinte. Au-dessus des morts qui, avec le temps, avec la mort des derniers témoins, allaient mourir une seconde fois.

Au-dessus. Encore plus haut. Plus loin. Là où les tirs ne seront qu'un inaudible crépitement, où les cris cesseront, où l'odeur se dissipera, où la fumée s'évanouira et où les morts se ressembleront tous pour ne plus former qu'un seul bloc d'où se détacheront les survivants pour suivre leur destin, ahuris : qu'avaient-ils faits pour mériter de vivre ? Et leurs camarades, gisant devant eux, de quoi étaient-ils coupables pour mériter la mort ? Un rapide regard alentour, et à la maison. En ligne droite, à la manière des pigeons voyageurs. À la maison ! Le cœur palpitant mais intrépide. Les yeux dorés apeurés mais grands ouverts, ne ratant aucun détail utile du paysage. Des doubles paupières translucides tendues au-dessus d'eux pour les protéger de l'éblouissement et de la poussière. La queue courte et arrondie ornée elle aussi d'une rayure sombre, souvenir d'une antique ascendance de Damas. La tête petite et ronde bourrée de nostalgie et de souvenirs : un colombier, un boulin, le roucoulement d'un compagnon, la chaude atmosphère du nid de la couvée. La main d'une jeune femme qui avance au-dessus de la mangeoire, le bruissement des graines qui l'appelle. Son regard scrute le ciel, elle l'attend, « Viens, viens, viens ! » — ses mots l'invitent à se poser.

— Je ne fus pas le seul. Nous l'avons tous vu, poursuivit le vieil Américain, eux aussi apparemment, car subitement toutes les armes se sont tues, les nôtres comme les leurs. Plus aucun canon ne tira, plus aucune grenade n'éclata, les bouches avaient cessé de crier et un tel silence régnait que nous pouvions entendre battre ses ailes dans l'air. L'espace d'un instant, tous les yeux et tous les doigts levés l'accompagnèrent dans la course que nous aurions tous voulu faire : rentrer à la maison.

L'émotion l'avait gagné. Il fit quelques pas, enfouit sa main ouverte dans son épaisse et blanche crinière : — C'était ça en effet. Un *homing pigeon*. Voilà tout ce à quoi il aspire et tout ce qu'il sait faire. Il prit de l'altitude, renonçant au cercle décrit dans les livres que tracent habituellement les pigeons voyageurs avant de trouver la bonne direction. Il prit son essor sans attendre. Telle une flèche qu'on aurait lancée là-bas, vers le nord-ouest si je ne me trompe, oui, d'après l'heure et le soleil, c'est ça. Directement dans cette direction, vous ne pouvez pas savoir à quelle vitesse il a disparu.

En quelques secondes. Plein de nostalgie et de vitesse. À peine apparu, déjà disparu. La main qui l'avait lâché était retombée, le regard l'accompagnait encore, et la cloche vibrait toujours sans se résigner à mourir. Elle, dont la dernière note résonnait encore, noyée dans une mer de silence, et lui, dont la couleur s'était fondue dans le même gris-bleu de l'horizon, et qui avait disparu. En dessous, les doigts retrouvaient la détente, les yeux leurs cibles, les canons se remettaient à gronder, les bouches à gémir, à béer, à réclamer de l'air, à crier et à avaler leurs derniers souffles.

L'homme alors se retourna vers ses camarades. Il passa à l'américain pour décrire, expliquer, montrer « à peu près là, derrière les pins », puis « ici, c'est ça, précisément ici ». Il évoqua un blindé irakien qui « évoluait là en maître des lieux avec une mitrailleuse et un canon ». Il désigna de la main, tel un hôte généreux, « J'étais couché à cet endroit avec une mitrailleuse. À ce coin du toit. Mais un franc-tireur se trouvait dans la maison et il m'a tiré dessus. »

Il se pencha avec une souplesse peu commune pour un homme de son âge et retroussa son pantalon pour découvrir deux cicatrices blanches entre le genou et la cheville : « La petite est le trou par où la balle est entrée, la grande, celui par où elle est sortie. Notre artificier m'a fait descendre sur son dos, puis il est remonté sur le toit pour me remplacer et il s'est pris un obus de mortier. » Il revint alors à l'hébreu, à moi seul destiné : « C'était un garçon bien plus grand et robuste que moi. Un sacré gaillard. Le pauvre ! Il fut coupé en deux et mourut dans la seconde. »

Il parlait, racontait, exhumait ses souvenirs si

longtemps verrouillés. Il leur donnait l'occasion de prendre un peu l'air et de se dégourdir, de voir enfin le lieu de leurs cristallisations, de débattre librement : lequel s'était modifié ? Lequel n'avait jamais existé ? Lequel était digne d'être conservé et lequel ne l'était pas ?

— Et le garçon avec les pigeons ? insistai-je, le colombophile ? Il a été tué vous avez dit. Avez-vous vu où exactement ?

Ses yeux à nouveau se posèrent sur moi, des yeux jaunes comme ceux d'un lion. Une grande main hâlée vint se poser sur mon épaule, l'autre se leva et me montra. Taches de vieillesse, ongles limés, montre de marin en argent au poignet, manche blanche repassée et retroussée. Une main que l'on imagine sur la crosse d'un fusil, sur la tête d'un petit-fils, tapant sur la table ou étreignant la taille et les hanches d'une femme.

— Là.

Une douce et agréable force se répandit soudain en moi, comme si c'étaient les yeux d'un père qui se portaient sur son fils, comme s'il s'agissait de la main bienveillante d'un père qui glissait de la tête de son fils à son épaule pour lui donner force et soutien.

— Où, là ? Montrez-moi exactement.

Il pencha vers moi sa tête chenue comme le font les hommes grands quand ils s'adressent à des gens de petite taille :

— Ici. Entre la limite de l'herbe et ces enfants qui jouent sur les balançoires, vous voyez ? Il y avait là un petit édifice en pierre de deux mètres sur deux à peine, une sorte de remise pour jardinier. Nous nous étions tous regroupés dans la cour intérieure et dans les salles du monastère.

Les survivants de la deuxième compagnie s'étaient barricadés dans ce bâtiment, de l'autre côté de cette ruelle, pendant que le blindé descendait tous ceux qui pointaient le bout de leur nez. Mais ce colombophile, seul le diable sait pourquoi et comment il est sorti et a atterri là... là où on l'a retrouvé une fois que tout fut terminé.

3

Je ne pouvais m'éterniser ici davantage. Je les conduisis à bord du *Monstre* — c'est le surnom que ma femme a donné à l'énorme *Chevy Suburban* qu'elle m'a achetée — jusqu'au quartier de la Colonie allemande, à Jérusalem.

J'étais exténué. Un petit groupe est souvent bien plus difficile et exigeant qu'un car bondé de touristes. Nous avions commencé à l'aube par Tel-Aviv, poursuivi avec le kibboutz Hulda et le fameux épisode du convoi, avant une collation de sandwichs au point d'observation de Harel, pour finir avec les lacets de la route de Birmanie menant à Hamasrek et à la forteresse de Sha'ar HaGay.

De là je les avais emmenés au cimetière du *Palmach* de Kiryat Anavim, puis nous étions montés à Jérusalem jusqu'à ce monastère et cette surprise. Le vieillard, l'un des six Américains que j'accompagnais — un sénateur, son secrétaire, son conseiller, trois hommes d'affaires, tous invités par le ministère des Affaires étrangères —, avait autrefois appartenu au *Palmach* et participé au combat que je m'étais efforcé de faire revivre. Jusqu'à la surprise plus grande encore de ce pigeon voyageur qui soudain avait ouvert les écluses de sa mémoire.

— Vous le connaissiez ? demandai-je.

— Qui ça ?

— Ce colombophile dont vous nous avez parlé.

Son visage envahit le rétroviseur du *Monstre*.

— Pas vraiment. Il ne faisait pas tout à fait partie de nos camarades combattants. Il était venu chez nous pour édifier le pigeonnier de la compagnie. On disait qu'il était très professionnel et qu'il s'occupait de pigeons depuis l'enfance.

Son regard restait planté dans le mien comme des épines de câprier.

— Je ne me souviens pas de son nom. Tant de camarades sont tombés depuis et cela fait si longtemps.

Au feu, je tournai à gauche devant le cimetière de la Colonie allemande et, dans le brouhaha de la rue encombrée de gens et de voitures, je profitai du ralentissement de la circulation pour reprendre mon baratin : Rephaïm, Philistins, Anglais, Allemands.

— Observez, Messieurs, les versets bibliques gravés sur le linteau du porche. C'était l'ancienne gare de Jérusalem, aujourd'hui elle ne fonctionne plus, mais quand j'étais enfant je partais de là avec ma mère pour aller à Tel-Aviv. Dans un train à vapeur, le croiriez-vous ?

Le train roulait lentement, grinçait dans les sinuosités métalliques du ravin. Je me souviens des petites plates-bandes que les Arabes entretenaient de l'autre côté de la frontière, de la mousse de lessive accumulée par les égouts. Le vent faisait s'envoler de la cendre de la cheminée de la locomotive, tu la secouais de tes cheveux et tu te réjouissais : nous rentrons à la maison, à Tel-Aviv...

L'odeur du pain, des œufs durs et des tomates, les provisions que tu emportais toujours pour le voyage, remonte à mes narines. Mon front tremblait — comme maintenant lorsque j'écris ces lignes — quand arrivait ton jeu favori, casser contre lui un œuf dur en criant : « *Splatch !* », avant d'éclater de rire. Chaque fois j'étais surpris et chaque fois tu riais. Le froissement du papier d'emballage entre tes doigts qui prenaient du sel, et la petite comptine que tu chantais : « *Tchou, tchou, tchou*, siffle la locomotive... » Et le sourire qui illuminait ton visage dès que nous nous éloignions de Jérusalem. Un sourire de joie et de satisfaction : à la maison ! À Tel-Aviv !

Ils le croient volontiers. Pourquoi en douteraient-ils d'ailleurs ? Le circuit était parfaitement réglé. Sandwichs, café et jus de fruits attendaient toujours à heure dite à l'arrivée. Les propos du guide et ses explications en prenaient encore plus de poids. Sur la terrasse de la cinémathèque apparaissaient comme promis la table réservée, le coucher de soleil et le panorama. Ici le mont Sion, là le tombeau de David — pour ceux qui étaient friands de ce type de sites et d'histoires —, un peu plus bas, la piscine du Sultan et la vieille fontaine où allaient s'abreuver les gens épuisés et assoiffés.

Là-bas, les monts de Moab se couvrent d'or aux dernières lueurs du jour.

— Tout cela semble si proche. En tendant la main on pourrait presque toucher. C'est là que se tenait Moïse sur le mont Nabo, les yeux tournés vers la Terre promise. Lui aussi pensait que c'était tout proche, mais de l'autre côté.

— C'est peut-être ça votre véritable problème, fit remarquer l'un des hommes d'affaires du groupe, vêtu d'une grotesque veste safari pleine de poches que les touristes et journalistes étrangers aiment porter lorsqu'ils viennent au Moyen-Orient.

— Ici tout est si petit, si proche et si dense que, où que vous soyez, vous verrez toujours apparaître de nouveaux lieux.

Et le guide — moi en l'occurrence, Maman, ne l'oublie pas — répondit par un « absolument », le gratifiant même d'un « vous avez raison ».

— Tout est en effet petit et très dense en population, comme en événements et en souvenirs.

— C'est typiquement juif, dirais-je, poursuivit-il, mêlant histoire, étymologie, faits réels et fiction, montrant la vallée de la Géhenne, parlant du festival de cinéma, des tombes des Karaïtes, de l'horrible culte de Moloch avec ses sacrifices d'enfants... Mais qui a commandé un café froid ? Les petites victimes hurlent sur les autels.

Lorsque l'obscurité tomba, je conduisis mon honorable petit groupe à l'hôtel King David où un éminent député de la Knesset devait venir partager leur dîner. « De l'opposition », avait souligné l'organisateur de cette soirée parrainée par le ministère des Affaires étrangères. « Il prononcera un discours et répondra à toutes les questions d'actualité, et le ministre souhaite vivement que vous fassiez entendre vos critiques. »

Je montai à la chambre qui m'avait été réservée — tous les groupes ne sont pas aussi généreux —, me douchai et téléphonai chez moi. Six sonneries et un immense soulagement : pas de réponse. Liora n'est pas là. Ou peut-être est-elle quand même à la maison mais, sachant que c'est moi, elle a décidé de ne pas décrocher. À moins que le combiné, ayant encore une fois identifié celui qui était au bout du fil, ait choisi encore une fois de m'ignorer et de demeurer silencieux.

« Allô... », dis-je, « allô... » puis : « Liora ? C'est moi. Si tu es là, réponds-moi. »

Mais ma propre voix me répondit d'un ton pragmatique et courtois : « Vous êtes bien chez Liora et Yair Mendelsohn, nous ne pouvons vous répondre pour l'instant », et, après ma voix, la sienne, impatiente et fascinante par son accent américain et rauque : « Laissez votre message après le bip. »

Je raccrochai et appelai sur le portable de Tirza. Elle ne répond jamais par « allô ». Parfois c'est « oui », parfois c'est « un instant s'il vous plaît ». Et je peux alors l'entendre donner des instructions autour d'elle pour mon plus grand plaisir.

— Je suis à toi maintenant, me dit-elle.

— Tu pourrais peut-être me rejoindre à Jérusalem, Tiraleh ? J'ai hérité ici d'un lit trop grand avec la pleine lune au-dessus des remparts.

— C'est toi mon *amou* ? Je pensais que c'était encore cet enquiquineur d'ingénieur du ministère des Travaux publics.

Jamais Tirza ne m'appelle par mon nom. Parfois elle m'appelle Iraleh comme me surnommait son père lorsque nous étions enfants — « Voilà Iraleh et Tiraleh », avait-il l'habitude de dire lorsqu'il nous voyait ensemble — et parfois avec tendresse « *mon amou* » sans « r ».

— C'est moi, un autre enquiquineur.

Elle éclata de rire. À présent elle était convaincue : enquiquineur pour enquiquineur ! Chaque fois que Tirza rit, je suis aux anges : je suis la cause de cet éclat et je le prends comme un compliment.

— Où es-tu ? me demande-t-elle.

— Au King David. Alors tu viens ?

Elle rit à nouveau. Quelle belle proposition en effet, elle, moi, le lit, la fenêtre avec la lune et les remparts, quoi de plus excitant, mais demain matin, elle a une coulée de béton à superviser dans la baie de Haïfa, deux rendez-vous avec des gens du ministère de l'Intérieur, puis avec l'enquiquineur du ministère des Travaux publics et un autre avec un type plus sympathique des Finances, « mais j'ai hâte qu'on se retrouve dans notre maison car nous avons quelques décisions à prendre », dit-elle. Je ne relevai pas le « notre ». Lui demandai quelles décisions.

— Toujours pareil. Le carrelage au sol, le modèle des fenêtres, les couleurs des murs. Ne t'inquiète pas. C'est moi qui déciderai. Il faut seulement que tu sois là.

— Demain. Je finis avec ces Américains et j'arrive.

— Comment sont-ils ?

— Tu ne vas pas me croire. L'un d'eux a appartenu au *Palmach*.

— Tu *m'aimes* ?

— Oui et oui, répondis-je, devançant l'invariable question qui allait suivre : « Je te manque ? »

— Tu ne veux pas savoir où nous en sommes dans les travaux ?

— Écoute d'abord ce qu'a raconté cet homme.

— Garde les histoires pour le lit.

— Mais je suis au lit.

— Quand nous y serons tous les deux. Pas seulement toi. Nous étrennerons la pleine lune et tu me diras tout. Tu iras me chercher un sandwich aux œufs frits au kiosque de Glick. Qu'il mette surtout plein de sel et de poivre. Tu n'as qu'à dire que c'est pour moi. N'oublie pas. Pour la fille de Meshoulem Fried !

Je m'habillai, m'observai dans le miroir et décidai de renoncer au dîner, à l'important député de l'opposition ainsi qu'aux critiques. Je me déshabillai, revins dans mon lit trop grand, m'assoupis d'un sommeil léger et agité face à la lune et aux remparts, me réveillai plus fatigué que je ne l'étais auparavant, me rhabillai et descendis au bar.

4

Dans un coin, le vieux lion attendait, à l'affût et parfumé dans un fauteuil. Ses yeux et sa montre brillaient dans la pénombre, sa crinière blanche était coiffée, ses rides étaient profondes et ses sourcils blancs, hérissés.

— Je vous attendais, dit-il en se levant à ma rencontre sans que je puisse dire si c'était par politesse ou pour me rappeler sa supériorité — en taille, en âge et en expérience. Ses yeux avaient vu et non les miens. Ses oreilles avaient entendu quand les miennes n'avaient fait que supputer. Son esprit était un puits de souvenirs quand le mien surfait sur des vagues de conjectures.

— On m'avait parlé d'une importante délégation d'Amérique, lui dis-je. On ne m'avait pas prévenu qu'il y aurait un gars du *Palmach*.

— Je tenais à vous remercier, me dit-il, je n'étais jamais revenu dans la plupart de ces endroits et je craignais que cela soit dur.

— Pas aussi dur que pendant la guerre tout de même ?

— Je vais vous surprendre, mais d'une certaine façon c'était alors plus facile. J'étais un jeune poulain, heureux d'en découdre, prêt à tout et cicatrisant vite. J'étais tel que la guerre aime ses soldats : le ventre plat, sans cervelle, sans enfants, sans souvenirs.

— Et aujourd'hui, où cela a-t-il été le plus difficile pour vous ? Au cimetière ou au monastère ?

— Au monastère. Le cimetière au moins avait quelque chose de bon : je suis vivant et eux sont morts. Autrefois je me sentais coupable, plus maintenant.

— Il est aussi enterré là, dis-je.

— Qui ça ?

— Le garçon dont vous nous avez parlé aujourd'hui, le colombophile qui a été tué.

— Le Bébé ! s'exclama l'homme. C'est à cause de lui que je vous attendais. Pour vous dire que ça m'est revenu. Tout le monde l'appelait « le Bébé ».

— Et lorsque vous vous êtes souvenu de son nom, son visage vous est-il aussi revenu ?

— Son visage ? Pas vraiment. Plutôt une image, un peu floue, je ne me rappelle pas tous les détails, mais c'est lui. On l'avait surnommé « le Bébé » car il était petit et potelé, et quelqu'un de la vallée du Jourdain avait raconté que c'était comme ça qu'on l'appelait à l'école et au kibboutz. Tout le temps occupé avec ses pigeons, il ne laissait personne s'approcher du pigeonnier. Il ne faut pas les effrayer, disait-il. Il nous avait expliqué que les pigeons devaient aimer leur maison. Autrement, ils ne veulent pas rentrer. Vous voyez ! En même temps que je vous parle, d'autres souvenirs resurgissent. Mais de son vrai nom, je ne me souviens plus du tout.

Il se pencha vers moi comme il l'avait fait au monastère, et, malgré ses quatre-vingts ans, l'odeur du prédateur emplit l'atmosphère : haleine de chocolat à la menthe, effluves d'alcool sans odeur de tabac, *after-shave* délicat, et viande, saignante à cœur, grillée dehors. Mes narines me disaient que sa chemise avait été lavée avec *Ivory,* comme la lingerie de ma femme. En dessous macéraient la fumée des champs de bataille, la poussière des chemins, la cendre des feux de camp.

— C'est extraordinaire ! N'est-ce pas ? Vieux et décati comme je suis, tout commence pourtant à refaire surface. Nous n'avions pas une nuit tranquille. On se répartissait les tâches : qui ne partait pas au combat allait creuser une tombe pour celui qui ne reviendrait pas. Aujourd'hui encore, je continue d'entendre le bruit des pioches dans l'oued, du métal contre la roche, plus que celui des détonations. On creusait et creusait sans cesse sans chercher à savoir qui serait le prochain. D'ailleurs, il faisait partie des fossoyeurs réguliers.

— Qui ça ?

— Le Bébé. Jusqu'à la bataille du monastère, il n'était jamais venu avec nous au combat. Il creusait des fosses pour ceux qui partaient. Il fallait qu'elles soient prêtes au matin, lorsque les gars revenaient avec ceux qui avaient été tués. Les morts détestent attendre.

C'est étrange, pensai-je, l'homme n'est guère loquace, mais c'est comme si maintenant il cherchait à expulser tout ce qui avait été refoulé au fond de lui. Je me souvins d'une histoire que tu me racontais dans mon enfance. Tu me disais que les mots naissent et se multiplient de différentes façons : certains se divisent comme les amibes, d'autres se ramifient par leurs racines et leurs branches. Chez cet homme les lettres s'accouplaient aux souvenirs.

— Et vous ? Vous vous êtes porté volontaire pour la guerre depuis les États-Unis ?

— Quelle idée ! Vous m'offensez ! Je suis de Petah-Tikva. J'ai encore de la famille là-bas aujourd'hui. J'ai intégré le lycée agricole *Miqveh Israël,* la réserve, puis *Haportzim,* le quatrième bataillon du *Palmach.* Si j'en juge par le circuit que vous nous avez organisé aujourd'hui, vous connaissez ces endroits aussi bien que moi : le Castel, Colonia, Bab el Oued et Katamon, bien sûr. Puis, une fois la guerre terminée, je n'ai pas été admis au *Technion* et je suis parti faire mes études aux États-Unis. J'ai connu une jeune fille et j'ai trouvé du travail chez son père...

— On l'appelait vraiment le Bébé, dis-je, interrompant le flot de ses paroles. Et le pigeon que vous avez évoqué cet après-midi, il lui appartenait vraiment.

— Je vois que notre colombophile vous intéresse grandement, dit le vieux soldat américain du *Palmach.* Vous l'avez connu peut-être ?

— Comment ça ? Je n'étais pas encore né !

— Alors en quoi peut-il vous intéresser ?

— Les pigeons voyageurs, *homing pigeons* comme vous dites, m'intéressent. Probablement parce que j'accompagne souvent des ornithologues venus observer les oiseaux migrateurs.

L'or de ses yeux vira au bleu. Ses rides s'adoucirent. Son regard devint plus amical, comme s'il voulait continuer de raconter, et, inconsciemment, consoler, expliquer et guérir.

— Ce fut une victoire sur le fil, poursuivit-il, avec quantité de blessés et de morts. Même de pauvres nonnes trouvèrent la mort, et parmi les survivants circulait cette blague : elles aussi, comme nous, sont mortes pour Jérusalem, et elles aussi, comme nous, sont mortes vierges. Nous avions combattu toute la nuit et puis le soleil s'était mis à briller. Au lieu de nous encourager, il nous avait emplis de désespoir. Nous pouvions voir à sa lumière qu'ils avaient d'autres hommes encore et encore, sans compter le blindé à la mitrailleuse et au canon. Nous avons surtout vu la véritable couleur de nos blessés, quels étaient ceux qui allaient vivre et ceux qui allaient mourir. Nous avions tant de blessés que nous commencions à nous demander ce que nous ferions s'il fallait battre en retraite. Lesquels nous emmènerions avec nous et ce qu'il adviendrait de ceux qu'il faudrait laisser. C'est alors que, comme un miracle tombé du ciel, la radio se remit à fonctionner et nous annonça que chez les Arabes, leur commandant en tête, c'était la débandade, et qu'il fallait qu'on tienne bon encore un peu. Que dire de plus... Nous avons finalement vaincu, même si ce fut plutôt une victoire à la Pyrrhus.

— Vous étiez tout de même contents, n'est-ce pas ?

— Nous n'avions ni le temps ni la force de nous réjouir. Nous nous sommes levés, nous avons commencé à organiser l'évacuation quand soudain s'est ouverte une petite porte d'où trois nonnes sont sorties. Deux d'entre elles traînaient les corps de leurs camarades alors que la troisième, petite et vieille, presque naine, en aube noire jusqu'au sol, commença à passer parmi nous avec une bouteille d'eau et quelques verres. Quel spectacle !.. nous, nos blessés, nos morts et cette religieuse qui circulait parmi nous comme dans un cocktail pour nous distribuer de l'eau fraîche. *Nero... nero,* n'arrêtait-elle pas de dire. Nous ne savions pas ce que ce mot signifiait, mais nous comprenions que nous avions gagné car elle était sortie abreuver les vainqueurs. Vous saisissez ? Si nous avions perdu, c'est aux Arabes qu'elle aurait apporté cette eau.

— *Nero* signifie « eau », dis-je. Eau en grec.

— Si vous le dites, répondit-il en se retenant de rire. Un guide touristique doit savoir dire « eau » dans plusieurs langues. Peut-être qu'un jour des ornithologues grecs assoiffés viendront jusqu'à vous ?

— Il ne vient jamais d'ornithologues de Grèce, dis-je. Ils arrivent d'Angleterre, d'Allemagne, de Scandinavie, de Hollande et parfois des États-Unis.

L'homme me lança un regard réprobateur et me ramena au lieu et au temps où je l'avais conduit et dont je souhaitais à présent me dérober :

— Nous sommes sortis du monastère pour aller chercher tout autour. Peut-être allions-nous découvrir des nôtres parmi tous ces cadavres. Nous avons d'abord trouvé un chef de bataillon mort, les tripes à l'air, répandues le sol. Puis lui. Quelqu'un avait hurlé : « Venez voir ! Le Bébé est mort aussi ! » *God !* Rien qu'à prononcer ces mots, j'en frémis encore.

— Vous l'avez vu vous aussi ?

— Je l'ai vu, je viens de vous le dire et je vous l'ai déjà dit, mais soit vous ne voulez pas l'entendre soit vous insistez pour que je vous le répète encore et encore. Je l'ai vu étendu là-bas dans la remise. Près du monastère, entre la pelouse et les balançoires qui se trouvent là aujourd'hui.

— Dans la remise ou dehors ?

— À moitié dedans et à moitié dehors.

Surprenant l'expression d'épouvante au fond de mes yeux, il s'empressa de m'éclairer :

— Ne vous méprenez pas. Il était tout à fait entier. Le mur de la remise était en partie détruit et il gisait les jambes à l'intérieur et l'autre moitié du corps dehors. Une mitraillette se trouvait près de lui — un *Tommy gun* —, et toutes sortes d'outils de jardinage. Son visage — si ça vous intéresse — était intact et paisible, les yeux ouverts tournés vers le haut. C'était d'ailleurs ce qu'il y avait de pire : ils étaient pleins de vie et regardaient. Mais savez-vous à quoi j'ai pensé alors ? Eh bien, à tout autre chose ! Je me suis demandé où diable le Bébé avait pu se procurer un *Tommy gun*. Nous combattions avec de foutus *Sten* qui ne cessaient de s'enrayer et lui, il avait un *Tommy gun* ! De calibre .45 — une balle vous atteint, peu importe où, et vous tombez raide mort. Vous saisissez à présent pourquoi les choses étaient plus faciles pour moi à cette époque qu'aujourd'hui ? C'est ainsi lorsque vous êtes jeune. Je n'arrivais pas à comprendre comment il pouvait posséder un *Tommy* et pas nous.

D'où pouvait venir une telle faconde ? Étaient-ce les mots, la boisson, les images ? Ce qui s'était véritablement passé là-bas et qui soudain resurgissait de sa mémoire ?

— Nous avions des battle-dress américains verts, surplus de la Seconde Guerre mondiale. Là où autrefois avaient été cousus des galons et des insignes, le vert était plus sombre. Voyez de quelles sottises je me souviens, et quelles choses importantes j'ai pu oublier. Il gisait dans un manteau de ce genre qui avait dû appartenir à un sergent américain deux fois plus grand que lui. Lorsque nous l'avons soulevé, ses deux mains sont retombées de chaque côté, son manteau s'est ouvert et nous avons vu son pantalon, pardonnez-moi de vous dire cela, mais il était déchiré de la ceinture quasiment jusqu'aux genoux, pendouillant par terre... Tout était béant et sanguinolent.

Brusquement, l'homme avança sa main et dit : « Ici. » Sa main se colla contre ma hanche droite, glissa dans le bas de mon dos et s'arrêta. « C'est ici qu'il a reçu une balle et elle est ressortie là... » Sa main s'avança un peu et appuya légèrement. J'éprouvais à la fois une forte répulsion et une sensation de plaisir.

— Mais peut-être y avait-il plus qu'une balle car sa... Comment dites-vous en hébreu ? J'ai oublié le mot... Sa hanche, c'est ça ! Sa hanche était béante, inondée de sang, sa cuisse était déchiquetée avec tous les os à nu. C'était comme s'il avait eu le temps de déchirer son pantalon sans pourtant parvenir à se soigner et c'est ainsi qu'il est resté couché jusqu'à ce qu'il meure.

— Et les pigeons ? demandai-je.

Il retira sa main, me laissant partagé entre tristesse et soulagement.

— Son petit pigeonnier était brisé en mille morceaux. Deux oiseaux gisaient morts par terre et le troisième n'était plus là. C'était très certainement le pigeon dont je vous ai parlé.

À ma grande stupeur, il se mit à fredonner une chanson que j'avais entendue plus d'une fois de la bouche de ma mère : « *Et quand le bruit des canons enfin se tut, orphelin alors le champ de bataille est devenu...* », puis il ajouta :

— C'était un jour solennel, une belle journée de printemps, ce n'est qu'après que nous nous sommes rendu compte que c'était aussi le 1er mai. Et c'est ce jour-là que le pigeon s'est envolé de cette vallée de la mort... Sa chance a été que le pigeonnier se soit cassé. Et c'est ainsi qu'il a réussi à s'échapper.

— Non, il n'a pas réussi à s'échapper, le coupai-je, le Bébé l'a lâché. Il a eu le temps de le faire avant de mourir.

L'homme parut stupéfait.

— Qui vous a raconté une telle chose ?

— Il n'y a guère d'autre possibilité. C'est la seule façon de lier les faits entre eux.

— Comment ça, il l'aurait envoyé ? Avec une lettre ? Au poste de commandement ?

— Non, pas « envoyé », rectifiai-je, il l'a lâché. Un pigeon, on le lâche. Comme Noé dans la Bible qui lâcha la colombe. Et la colombe, ne trouvant point d'appui pour la plante de ses pieds, revint vers lui dans l'arche.

— Et le pigeon ? Que lui est-il arrivé ?

— Il l'a dépêché chez son amie à Tel-Aviv.

Je ressentis alors cette impression depuis longtemps familière : des ailes s'étaient mises à battre dans mon corps. Tremblements des genoux jusqu'au creux des reins, oppression du diaphragme et spasmes dans la gorge. À la maison ! Ulysse des oiseaux, tout droit comme une flèche. Que les grandes forces magnétiques du monde guident son vol ! Que la nostalgie le pousse ! Que l'amour lui fasse des signes, allume les balises d'atterrissage : Viens, viens, viens ! Reviens de loin ! Le Bébé l'avait choisi pour ça : apprivoisement, dressage, hérédité. « Muscles forts, os creux et légers, poumons et cœur de sportifs, habileté à naviguer, sens de l'orientation. »

Trois désirs s'étaient mués en un seul : celui du Bébé qui venait de mourir. Celui de sa bien-aimée qui déjà pressentait ce qui allait advenir. Et celui du pigeon — à la maison ! À la maison, à Tel-Aviv. Jusqu'à l'or du sable, jusqu'au bleu de l'eau, jusqu'au rose des tuiles sur les toits.

À la maison ! Vers les yeux levés et joyeux qui l'attendent. Vers le cœur qui palpite à son approche. Vers la main qui l'accueille avec des graines de haschich, traditionnel cadeau offert par les propriétaires de pigeonniers à leurs pigeons revenus de loin. Vers l'autre main qui ôte la capsule de sa patte. Avant le cri atroce de la compréhension, son nom lancé de ses lèvres jusqu'au ciel, la porte du pigeonnier qui claque et des pas qui s'éloignent en courant.

— *God !* dit le vieux *palmachnik* américain de Petah-Tikvah, si je comprends bien, vous voulez dire que, dans ses derniers instants, il a eu le temps d'envoyer un pigeon à son amie à Tel-Aviv ?

Je ne répondis pas quand il commença à s'agiter :

— Et que lui écrivit-il précisément de là-bas ? Salut ! Je suis mort !

CHAPITRE II

1

J'allai me chercher une maison. Certains tirent, sur les autres ou sur eux-mêmes. Moi j'allai me chercher une maison. Une maison capable de soigner, d'apaiser, qui me construira en même temps que moi je la construirai, et nous serons reconnaissants l'un envers l'autre.

Je m'en allai. Doté de ce surprenant cadeau que me fit ma mère, dans mon désir d'assouvir sa volonté, son autorité, même si ses mots laissaient transpirer une note de regret : « Prends, Yair. Va te trouver une maison. Un appui pour la plante de ton pied. Que tu aies un lieu à toi. »

« Une maison où l'on a déjà vécu avant toi, avait-elle insisté, petite et ancienne, que tu restaureras un peu... » Elle s'était tue un moment, avait inspiré profondément et toussé. « Mais attention ! Une maison dans un vieux village. Avec des arbres autour déjà hauts, le mieux serait des cyprès, mais un vieux caroubier ferait aussi l'affaire, et avec de l'herbe qui pousse entre les pierres du trottoir. »

Elle s'était expliquée : dans un vieux village, les haines ont été purgées, les vieilles inimitiés se sont fait une raison, les grandes passions, non pas les petites amours importunes, se sont calmées, délaissant rumeurs et ragots.

« Repose-toi un peu, Maman, lui avais-je dit, il n'est pas bon que tu parles trop et que tu fasses tant d'efforts. »

Tu étais couchée dans ton lit de douleurs, essoufflée et fébrile, quelques glaïeuls dans une cruche sur la table de nuit, un foulard couvrait ta calvitie :

— De grands arbres, Yair, n'oublie pas. Le vent dans un grand arbre n'est pas le même que dans un arbre jeune. Tiens, prends... et n'oublie pas aussi d'installer une petite douche dehors. C'est si agréable de se doucher en plein vent face au paysage.

Mon corps tremblait. Ma main tendue prit. Mes yeux lisaient.

— D'où as-tu tout cet argent ? demanda ma bouche.

— De Maman.

Tu te mis à tousser. Repris ta respiration dans un spasme.

— Prends tant que ma main est chaude. Et surtout ne le dis à personne. Ni à ton frère ni à « Vot'père », ni à ta femme.

« Va », « trouve » un « lieu à toi », c'étaient ses mots. Entre deux quintes de toux me revenait le lieu qui n'était pas le mien — la maison que Liora nous avait achetée rue Spinoza à Tel-Aviv. La maison et sa maîtresse. Celle-ci et sa demeure. Avec ses grandes pièces claires comme elle, sa rectitude comme elle, et elle, dans la blancheur des murs de son corps, dans l'équilibre merveilleux des fenêtres de ses yeux.

2

Avant qu'elle ne tombe malade, ma mère avait des boucles claires, une taille élancée et une singulière fossette. Avec la maladie, ses boucles tombèrent, elle se tassa et sa fossette s'effaça. Lors du premier anniversaire de sa mort, que mon frère Benyamin et moi organisâmes à sa mémoire, une polémique éclata entre nous alors que nous nous tenions près de sa tombe. Sur quelle joue était sa fossette ? Benyamin affirmait que c'était la droite, et moi je m'obstinais à soutenir qu'il s'agissait de la gauche. Au début nous plaisantions, échangeant des piques et des tapes. Puis mes tapes se firent plus appuyées et ses mots finirent par devenir morsures.

Après avoir parié — autrefois nous débattions au préalable — un repas toujours dans le même restaurant roumain, nous entreprîmes d'enquêter auprès de quiconque aurait pu nous aider quant à l'emplacement de la fossette. Aussitôt surgirent de nouvelles polémiques, de nouveaux fronts se froncèrent et de nouveaux paris s'ouvrirent. Lorsque nous nous avisâmes de vérifier sur de vieilles photos — émoi enfantin mêlé à une douce douleur d'orphelins adultes —, nous découvrîmes, avec une déception à laquelle venait s'ajouter un vif et inévitable sentiment de trahison, que sa fossette n'apparaissait sur aucune d'elles. Pas plus sur la joue gauche que sur la droite.

Se pouvait-il que l'on eût inventé une fossette

qui n'existait pas ? Peut-être avions-nous tout autant inventé une mère avec un sourire, une taille, une fossette et des boucles ? Non ! Nous avions bien une mère, mais en tout cas, sur les photos, cela ne se révéla qu'après sa mort, elle ne souriait pas. C'est pourquoi nous ne pouvions voir ni ses belles dents régulières, ni sa lèvre supérieure moqueuse et retroussée, ni sa fossette, ni le regard qu'elle avait adopté la première année de son mariage avec « Vot'père ».

Lorsqu'elle nous parlait de lui, elle ne disait pas « Papa » ni « père », mais « votre père ». Dites à votre père que j'attends. Racontez à votre père ce que nous avons vu aujourd'hui dans la rue. Vous voulez un chien ? Demandez à votre père, mais n'oubliez pas de lui dire que je ne suis pas d'accord. Et quand nous étions petits et qu'elle répétait sans cesse « votre père », nous pensions que c'était son nom. *Vot'père*, c'est ainsi que nous l'appelions quand nous parlions de lui et que nous nous adressions à lui. Ce nom lui est resté jusqu'à aujourd'hui. Il ne protesta pas, réclamant seulement qu'on ne l'appelle pas ainsi en présence d'étrangers.

« Appelez Vot'père qu'il monte déjeuner », nous disait notre mère chaque jour à treize heures avec sa précision germanique. Et nous descendions à pas lourds la cage d'escalier jusqu'au cabinet où il exerçait comme pédiatre, au rez-de-chaussée. Benyamin, trois ans, sautillait déjà et moi, cinq, qui dévalais les marches, nous bousculant et nous faisant trébucher en criant : « Vot'père !.. Vot'père !.. Maman veut que tu viennes déjeuner... »

Ça les faisait sourire l'un comme l'autre, elle

s'esclaffant dans la cuisine, et lui accrochant silencieusement sa blouse. Parfois, il nous réprimandait : « Ne courez pas comme ça dans les escaliers, les enfants, vous importunez les voisins », hochant sa tête claire au-dessus de son grand corps. Parfois, il lui arrivait de se pencher pour nous allumer sa « lampe multicolore », qui éclairait en rouge, jaune et vert, avec laquelle il amadouait et capturait les cœurs des petits patients qui venaient lui rendre visite.

Aujourd'hui ma mère est morte et Vot'père a pris sa retraite, après avoir transformé son petit cabinet en appartement. À l'époque, il était pédiatre. Il avait quatre ans de plus que ma mère mais en paraissait vingt de plus. Bien souvent, il se comportait avec elle comme si elle était une petite fille. Dans son regard perçaient parfois de tendres reproches et, avec le temps, comme de nombreux maris dont les femmes vieillissent moins vite, il entreprit d'imposer ses lois incongrues, lui dictant quoi porter quand il faisait froid, quoi manger quand il faisait chaud, avec toujours ce même sempiternel reproche, « tu as encore oublié ! », quand quelque chose échappait à sa propre mémoire.

Parfois l'envie lui venait à elle aussi de promulguer des règles et des décrets, diamétralement opposés à ceux de Vot'père : « De quoi un homme a-t-il besoin ? » déclara-t-elle ainsi un jour après la première cuillère du dessert. « De peu de chose : quelques douceurs pour son palais, une histoire à raconter, du temps et de l'espace, des glaïeuls dans un vase, deux amis, deux sommets d'une colline pour se tenir sur l'un en observant l'autre.

Une paire d'yeux enfin pour scruter le ciel et attendre. Tu vois ce que je veux dire, Yair ? »

Une autre fois — nous habitions déjà à Jérusalem —, tu avais subitement refermé le livre dans la lecture duquel tu étais plongée, un petit ouvrage épais à la reliure bleue — bien que si j'en crois Benyamin elle fût grise — pour proclamer une autre règle : « Je n'en peux plus. »

« Je n'en peux plus », t'entendis-je dire alors comme je l'entends encore aujourd'hui. « Je n'en peux plus », puis tu t'étais tue pour que tes propos plongent immanquablement l'assistance dans l'embarras. Tu avais rouvert alors ton ouvrage. Même si j'ai eu quarante-neuf ans en février — taureau pataud et vieillissant —, je redeviens chaque fois triste quand je me remémore ce lointain moment. Des tons de la reliure, des marges, de son signet en soie, du bleu foncé, du rose pâle, du jaune profond je me souviens très bien. Tes yeux, ta peau, tes cheveux avaient les mêmes couleurs. Mais je ne me rappelle pas son titre. Jamais je ne pourrai le lire, ni le chercher, ni le trouver, ni savoir quelle est cette phrase qui te bouleversa tant et qui te fit prononcer ces mots. Ni vérifier si déjà germait en toi l'idée de ton départ.

Ma mère quitta la maison de la manière qui caractérisait tout ce qu'elle entreprenait : par le fruit d'une décision qui avait grossi et mûri peu à peu et qui, une fois arrivée à maturation, était devenue inéluctable. Je la revois assise à la table de la cuisine prendre une feuille de papier et la diviser en deux colonnes. Dans la première était écrit POUR, dans la seconde CONTRE. Pour ou contre repeindre la cage d'escalier, pour ou contre la chimiothérapie et les rayons, pour ou contre le suicide, pour ou contre l'escalope de veau panée avec des pommes de terre cuites à l'eau saupoudrées de *schnittlauch* — de la ciboulette hachée revenue dans du beurre —, ou un rôti en croûte pour le déjeuner du shabbat avec des feuilles de laurier. Elle établissait des listes, comptait sur ses doigts et ne tranchait qu'après mûre réflexion. J'essaie parfois de deviner ce que tu as pu écrire avant de t'en aller, appréhendant les POUR et curieux de découvrir les CONTRE.

Ainsi nous disait-elle à moi et à mon frère Benyamin : « Je suis pour aller à la mer, mais Vot'père est contre ! » De même décidait-elle d'acheter les livres qui lui plaisaient comme de bannir de la maison ceux qu'elle n'aimait pas, « ceux dont l'auteur a eu trop de plaisir ou a trop souffert en les écrivant ». Avec la même détermination elle entreprit aussi de rédiger une « constitution familiale » sur laquelle Benyamin comme moi-même serions bien incapables de parier car, à la différence du livre à la reliure bleue, elle existe bel et bien. Elle est d'ailleurs en ma possession et peut être ouverte et consultée à tout moment.

Il arrive parfois que je fasse preuve d'un empressement singulier et total, contraire à mon tempérament et à ma nature. Ainsi en fut-il ce jour-là, le jour de sa mort. Tandis que se propageait la nouvelle, qu'elle se renforçait, ne manifestant aucun signe de remords ou de dénégation, alors que se succédaient les sonneries du téléphone et de la porte, que Vot'père errait et se cognait aux murs, que Benyamin était en retard ou occupé comme d'habitude, je m'empressai de m'emparer de notre « constitution familiale » pour aller la cacher dans un des multiples vide-poches du *Monstre*. Depuis, elle est en ma possession. Écrite sur du papier à lettres fin et bleuté. Ici ton *pé* ventru, ton *beth* élégant. Là ton *khaf* final semblable à une grue, et pour terminer le fin *samech* tel un point final.

Ici, me dis-je, quand je me penche au-dessus de mon petit trésor, chaque fois que je le sors de sa cachette, ici, au-dessus de ce bleu, la paume de ta main planait en écrivant : « Les enfants rangeront leur chambre, essuieront les assiettes et descendront la poubelle. » « Les enfants raconteront des histoires à leur mère et le matin du shabbat cireront les chaussures de toute la famille. » « Les enfants prendront soin d'arroser le persil de leur mère dans la cuisine. » « Les parents habilleront, nourriront, éduqueront, caresseront, câlineront leurs enfants et n'en mettront pas d'autres au monde. »

Etc., etc. Au-dessus en effet de cette feuille. Ta paume. Planait, prête à atterrir, vivante et chaude.

3

C'était une mère accommodante, agréable et dont la colère n'explosait que rarement : quand Vot'père l'appelait « Maman » et non par son prénom « Raya », quand ses fils disaient « elle » au lieu de « Maman », quand on la dérangeait pendant qu'elle repeignait la maison ou lorsque nous répondions « c'est faux ! » à ce qu'elle venait de dire.

Une fois pourtant elle fit une chose que je ne compris que bien des années plus tard. Cela se produisit le jour de Kippour, cinq ans après notre déménagement de Tel-Aviv à Jérusalem. Benyamin avait onze ans et moi treize. Le soir de la fête, nous avions revêtu des chemises blanches et des tennis puis nous nous étions rendus à la synagogue du quartier. Vot'père ne nous laissait jamais porter de tennis, soucieux de notre voûte plantaire en particulier et de nos os en général. Mais les coutumes de Kippour, dont celle de ne pas porter de chaussures en cuir ce jour-là, lui tenaient à cœur, allez savoir pourquoi. Il jeûnait d'ailleurs, même si en général il ne respectait aucun commandement de la Loi juive.

« En mémoire de mon père ! », proclamait-il, le visage empreint d'une solennité pieuse qu'on ne lui connaissait pas les autres jours de l'année.

Ma mère, mon frère et moi ne jeûnions pas, mais sur l'insistance de Vot'père nous nous abstenions de manger au petit déjeuner quoi que ce soit dont les effluves échappés de la fenêtre auraient pu nous trahir. « Ici on est à Jérusalem, disait-il, pas Tel-Aviv. Il faut respecter les voisins. »

Après le petit déjeuner, Maman aurait voulu écouter de la musique sur notre électrophone mais Vot'père avait réitéré ses principes.

« Nous écouterons doucement, avait-elle promis, et ce n'est pas la peine de me dire sans cesse qu'ici on est à Jérusalem et non à Tel-Aviv, je le sais pertinemment. »

« Je te le répète, Raya, avait insisté Vot'père, n'écoute pas de musique ici le jour de Kippour. » Il avait prononcé son nom avec solennité, en scandant chaque syllabe : Ra-a-ya et non Raya comme tout le monde l'appelait, à commencer par lui, les autres jours non austères de l'année.

Ma mère avait attaché ses sandales, s'était coiffée de son large chapeau de paille dont le jaune de la tresse se fondait dans sa chevelure et dont le ruban bleu auréolait le rose courroucé de ses joues.

« Venez, s'était-elle emportée, allons prendre l'air dehors car voilà maintenant que nous avons un pape ! On finirait par étouffer ici avec toute cette probité et tout cet encens. »

Surpris et obéissants — dès qu'il s'agit d'elle et de nous, ces termes sont les qualificatifs qui nous caractérisent le mieux si l'on oublie les rares rébellions néanmoins contrôlées de Benyamin —, nous la suivîmes. Nous descendîmes la rue Bialik le long d'un petit jardin entretenu par les habitants de Beit Hakerem à la mémoire de leurs fils tombés pendant la guerre d'Indépendance. Rue Haloutz, nous tournâmes à gauche. Passant devant le potager de notre école — à notre grand soulagement, elle n'enjamba pas cette fois la barrière pour aller dérober du persil —, nous descendîmes dans la vallée pour nous retrouver sur l'autre versant, là où aujourd'hui se dresse cette hideuse barre d'hôtels. Il m'arrive parfois d'aller chercher devant leurs halls des ornithologues venus de l'étranger, comme parfois aussi le frère de Liora, Emmanuel. Quand sa famille débarque des États-Unis, ils descendent au King David, mais Emmanuel est plutôt radin et lorsqu'il vient seul il séjourne dans un de ces hôtels à l'entrée de la ville.

Un vieux sentier longeait alors le haut de la vallée, vestige du temps où fellahs, colporteurs et ânes faisaient le trajet de Malkha à Lifta et de Sheikh Bader à Deir Yassin. Benyamin, comme à son habitude, gambadait et sautillait entre les rochers, quant à moi, je marchais lentement, les yeux rivés sur les talons de ma mère, le nez caressé par l'odeur chaude de la poussière et les oreilles, par le bruissement des feuilles et des branchages de la fin de l'été. Près du grand garage des autobus *Mekasher* se trouvait alors un verger à l'abandon : une paire de grenadiers, quelques vignes, des figuiers et des figues de barbarie tout autour. Les grenades n'étaient pas encore mûres, les figues de barbarie avaient pourri, les jeunes grappes de raisins s'étaient desséchées mais les figuiers regorgeaient de fruits. Ma mère adorait les figues. Elle nous expliqua qu'elles devaient être cueillies et non coupées. Alors nous les détachâmes délicatement et nous les mangeâmes. Un homme vint à passer par la route, à deux doigts de la syncope, accablé par la probité, la chaleur et le jeûne. Il se mit à hurler à notre encontre : « Vous n'avez pas honte de manger des figues ! C'est Kippour aujourd'hui ! »

Mon frère, que la présence de ma mère et la douceur du fruit avaient empli de la force et de l'audace des pécheurs, lui répondit en criant : « Au pieu le pieux ! »

Ma mère se fâcha :

— Arrête tout de suite Benyamin ! Il ne faut jamais répondre !

L'homme jura et poursuivit son chemin. Nous grimpâmes vers le dépôt des bus. Un chemin poussiéreux y conduisait. De vieux autobus étaient stationnés là, attendant d'être achetés ou d'être désossés. Ma mère s'assit sur un rocher et se mit à jongler distraitement avec trois pierres. Moi, comme à mon habitude, je partis en quête de scorpions et de scarabées. Benyamin escaladait les rochers et sautait sans regarder ni devant, ni derrière, ni sur les côtés, comme s'il avait eu des yeux sous chaque pied.

Soudain, après avoir magnifiquement réussi à lancer et à rattraper ses pierres, ma mère se leva pour les lancer violemment, à notre grande surprise, et un ! et deux ! et trois ! sur l'un des autobus.

Le silence fut rompu en mille bris qui résonnèrent. Benyamin, à ses côtés, et moi, un peu plus éloigné, la regardions avec stupeur et crainte. Elle se pencha, ramassa deux autres pierres, plus grosses cette fois, et cassa deux autres vitres.

— Que fais-tu Ra-a-ya ? demanda mon frère, imitant la voix de Vot'père.

— Essayez vous aussi, proposa ma mère. Ça fait vraiment du bien.

— Tu devrais avoir honte de casser des autobus, c'est Kippour aujourd'hui, dit Benyamin.

Mais, comme toi, je me baissai pour ramasser et jeter deux pierres.

— À trois mètres, rater un bus ! se moqua Benyamin, il en faut du talent !

Cela fit rire ma mère. Vexé et furieux, je ramassai une grosse pierre de la taille d'une miche de pain, m'approchai de l'avant d'un bus, et, brandissant la pierre à deux mains au-dessus de ma tête, je la projetai sur le pare-brise. L'épais verre se fêla sans se casser et, rempli de rage et de délectation, je m'apprêtai à saisir une pierre encore plus grande.

— Attends, Yair, interrompit ma mère, je vais te montrer.

Sur le côté s'amoncelaient les squelettes des

sièges rouillés d'un autobus déjà désossé. Elle saisit par un bord une banquette arrière de près de trois mètres de long. Je soulevai l'autre extrémité. Le siège levé au-dessus de nous comme un bélier, elle hurlait : « Ici c'est Jérusalem, pas Tel-Aviv ! » Tête baissée, moi poussant derrière, nous défonçâmes à nous deux les pare-brise de deux autres autobus. Un désir sauvage et néanmoins si juste de vengeance et de destruction nous animait quand les cris de Benyamin vinrent stopper notre élan : « Arrêtez ! Arrêtez ! Le gardien arrive ! »

Nous lâchâmes la banquette et nous agenouillâmes derrière un bus. Nous nous regardions, écarlates et aux anges. De l'autre bout du dépôt arrivait à la hâte le vieux gardien du garage — un homme immense, au visage toujours en sueur et aux mains sales. Plus d'une fois nous l'avions vu au kiosque de Glick en train d'acheter des sandwichs aux œufs frits et au piment.

Essoufflé et haletant, la casquette crasseuse vissée sur le crâne et les chaussures éculées, le gardien courait et cherchait entre les bus jusqu'à ce qu'il nous aperçût. Il était sidéré. Une mère aux yeux bleus et aux cheveux blonds avec deux enfants si mignons ne figuraient pas, il est vrai, dans son manuel du parfait délinquant.

— Qu'est-ce qui se passe ici ? Que faites-vous ?

— On joue à l'ombre, on se repose, répondit ma mère.

— Le jeûne nous a épuisés, ajouta Benyamin.

— J'ai entendu des bruits de casse. Des bruits de métal et de verre brisé.

— Il y avait des petits galopins en train de jeter des pierres, dit ma mère. Mais lorsque nous sommes arrivés, ils ont pris la fuite. N'est-ce pas, les enfants ?

J'avais le visage en feu. Je baissai la tête.

— Par là, indiqua Benyamin.

Le gardien alla jeter un coup d'œil alentour, mais comme il ne voyait rien excepté la ville silencieuse, maussade et vertueuse comme toujours lors des jours austères, il revint vers nous, l'air embarrassé.

— Je sais qui vous êtes. Vous êtes la femme du docteur Mendelsohn, le pédiatre.

— Absolument.

— Mon frère me l'a dit. J'étais un jour avec lui au marché irakien, nous étions attablés à la taverne près du volailler, et vous êtes passée avec lui — le gardien me montra du doigt —, vous faisiez des courses. Mon frère m'a dit : « Tu vois cette dame ? C'est la femme du docteur Mendelsohn de l'hôpital *Hadassah*. Son mari est un bon médecin. Il m'a conseillé d'amener ma fille à son cabinet. Il ne m'a même pas demandé d'argent. » Peut-être que ces galopins vous voulaient du mal, Madame Mendelsohn ? Si je les attrape je vais leur briser les os.

— Non, non, tout va bien, mes enfants me protègent, merci, dit ma mère. Tout va bien, on a eu une fête de Kippour extraordinaire. Soyez inscrit dans le Livre de la vie !

Elle se leva.

— Venez ! Allons retrouver Vot'père !

Nous partîmes, Benyamin en tête, sautant sur les rochers, et moi derrière, traînant la jambe. Chemin faisant, tu nous pris chacun la main en disant : « Advienne que pourra, ici vous serez toujours à moi. »

Nous éclatâmes de rire tous les trois. Trois ans plus tard, tu quittais la maison. Y songeais-tu déjà ce jour-là ?

« Évidemment », soutient Benyamin. Moi je dis « peut-être » mais les paris restent ouverts.

4

« Elle a abandonné ses enfants... », « Un autre homme... », « Elle n'en pouvait plus... » — ragots et condamnations circulaient dans les couloirs de l'hôpital *Hadassah* et parmi nos connaissances, à l'école et à l'épicerie du quartier de Violette et Ovadia. Une seule chose était indiscutable : qu'elle ait eu un homme ou non, qu'il soit apparu avant ou après son départ, ma mère ne revint pas à la maison. Elle investit un nouveau lieu, un lieu à elle : un appartement loué à la lisière du quartier de Kiryat Moshe, en face de la minoterie et de la boulangerie. Un petit appartement certes, mais de sa fenêtre s'étendait un paysage infini, jusqu'aux confins de l'ouest.

Benyamin et moi étions alors adolescents. J'étais en seconde, lui en quatrième, et déjà il m'avait rattrapé en taille. Je me souviens de cette année non seulement à cause du départ de ma mère mais aussi à cause de l'insupportable habitude qu'il avait prise de pencher sa tête vers moi lorsque nous discutions. L'un comme l'autre, nous préférâmes rester chez Vot'père dans notre maison du quartier de Beit Hakerem car nous avions chez lui chacun notre chambre alors qu'il n'y en avait qu'une chez elle. Mais nous venions la voir chaque jour, et toujours à la même heure.

Nous aimions nous installer dans sa kitchenette. À Beit Hakerem, elle avait une *küche* — une « vraie cuisine », observait Vot'père, s'interrogeant sur les raisons de son départ. À Kiryat Moshe, elle n'avait qu'une *küchlein* — une cuisine minuscule et encombrée.

Parfois nous venions ensemble, parfois séparément. Elle était toujours seule et elle nous recevait toujours gaiement : nous étreignant et nous caressant, exhalant des odeurs fraîches de savon, de café, de brandy et de poudre. Elle éteignait son petit électrophone — elle écoutait beaucoup de musique, en particulier *Didon et Enée* de Purcell —, et repoussait sur le côté le vase de ses glaïeuls tant aimés, qui maintenant fleurissent régulièrement sa tombe. Qui les lui apportait alors ? Et qui le fait encore aujourd'hui ? Elle nous servait des gâteaux aux graines de carvi et du thé au citron très sucré.

Je songeai plus d'une fois : que se serait-il passé si j'étais arrivé à une autre heure ? Aurais-je rencontré l'autre homme — même si cet homme n'exista jamais. Celui qui s'efforçait de la divertir, de lui plaire, essuyant les assiettes, cirant les chaussures, lui racontant des histoires et descendant la poubelle.

Je l'imaginais assis devant la petite table, peut-être même sur le canapé qu'elle ouvrait le soir pour en faire son lit, ses yeux qui ne la quittaient pas, ses mains lascives, ses lèvres laissant entrevoir de grandes dents. Mais jamais je ne vis d'homme chez elle, excepté une fois. Deux messieurs étaient venus. L'un grand, au teint mat, s'aidant d'une canne, l'autre, vieux, grand et maigre comme une ficelle. Le boiteux fredonnait une chanson rigolote de Pourim sur le roi Assuérus et buvait un café noir qu'elle lui avait préparé. Le vieux me regardait avec curiosité et gentillesse. Il m'avait demandé en quelle section j'étais au lycée et si je savais ce que je voulais faire plus tard. Je lui avais répondu que non et il m'avait dit alors : « C'est très bien. Rien ne sert de se presser. »

Il y a à peine un an, lors de ce surprenant rendez-vous où elle m'avait donné l'argent pour que j'achète et me bâtisse une maison, j'avais osé interroger ma mère sur les raisons de son départ.

— Ce n'est pas vous que j'ai quittés, m'avait-elle répondu, mais Vot'père et sa maison. Si je suis restée dans sa Jérusalem, c'est pour être près de vous.

Comme je ne disais rien, elle avait ajouté :

— Mais pourquoi me poses-tu cette question ? Tu connais la raison. Je ne t'ai rien caché, je t'ai déjà tout raconté lorsque tu étais petit, mais peut-être n'as-tu pas compris ou ne voulais-tu pas comprendre ? À moins que tu veuilles encore entendre cette histoire ?

Elle avait tendu la main et m'avait caressé comme lorsque je venais lui rendre visite dans son petit appartement. Plus avec la même force certes, mais avec les mêmes gestes.

Tes doigts étaient frais et agréables. Lorsque tu cajolais mon frère, tu les passais avec tendresse, ouverts, entre ses boucles claires. « Quel merveilleux enfant tu es, Benyamin... », lui disais-tu, répétant : « Quel merveilleux enfant... » Ta fossette s'épanouissait sur ta joue gauche. Mais les poils drus et noirs de mon crâne, eux, tu les grattais avec la rudesse d'un vacher, te penchant sur moi de ta hauteur : « Mon petit veau ! Tu es à croquer ! » Et moi, le cœur broyé et jaloux, j'aurais bien échangé ton amour pour lui contre tout l'or du monde.

Après que nous lui eûmes raconté ce qui s'était passé à l'école et après lui avoir parlé de l'infirmière que Vot'père avait embauchée pour son cabinet — une petite femme effacée qui avait peur de lui, des patients, de la sonnerie du téléphone et même de sa propre ombre —, ma mère nous avait offert deux épaisses parts de son gâteau au pavot, en enveloppant une autre dans un sachet en papier : « Vous donnerez ça à Vot'père, ça lui fera plaisir. »

Nous sortions de chez elle et rentrions chez lui, toujours avec l'impression de sentir sur nos têtes le contact de ses doigts, devenus de plus en plus rugueux. Benyamin exprimait alors ce que je n'osais formuler : c'était le résultat des pénibles travaux qu'elle devait être obligée d'accomplir, maintenant qu'elle ne travaillait plus au cabinet.

Vot'père, jouant parfaitement son rôle dans l'acte suivant de la même pièce, avait ouvert le sachet en papier pour y fourrer son nez et sa bouche. Ses paupières palpitèrent puis, après une tendre et brève bataille, s'étaient closes. Je me souviens de sa longue respiration, de sa main miraculeusement déterminée et faible à la fois. Il nous avait tendu la part de gâteau, n'ayant pas le courage de la jeter à la poubelle : « Tenez ! Cela me suffit qu'elle soit partie. Je n'ai pas le cœur à ça. »

« Je n'en peux plus ! » Parfois par sa voix, par fois par la mienne, parfois par le vent qui souffle dans les grands arbres qu'elle souhaitait voir orner ma nouvelle maison. Elle l'avait décidé, l'avait annoncé, avait rassemblé ses vêtements, son électrophone, le disque de *Didon et Enée* avec le chant d'adieu de son opéra favori — je l'avais surnommé « *remember me* » car c'étaient les deux seuls mots que j'étais parvenu à saisir —, puis elle était partie.

Lorsqu'elle décrétait le « pour » et le « contre » en matière de dépenses ménagères, elle faisait des additions, comptait les pièces et les économies. Lorsqu'elle prenait des décisions au sujet de la nourriture, elle comptait les repas, les pommes de terre, les assiettes et les couteaux. Mais que comptas-tu alors, Maman ? Que compte-t-on avant un départ ?

5

De Tel-Aviv je ne me rappelle pas grand-chose. Nous habitions rue Ben-Yehuda, non loin du cinéma Mugrabi qui, à l'époque, existait encore. Sur la porte du cabinet de Vot'père au rez-de-chaussée avait été clouée une petite plaque en cuivre : DOCTEUR YA'ACOV MENDELSOHN — PÉDIATRE. Au deuxième étage, sur celle de notre appartement, une autre plaque en cuivre mentionnait : Y. MENDELSOHN — PRIVÉ.

Près de notre maison se trouvait aussi le cimetière de la rue Trumpeldor. Tu nous y emmenais voir les noms des poètes gravés sur les stèles. Benyamin jouait entre les tombes tandis que je te lançais des regards en énonçant leurs noms. Parfois nous remontions la rue vers le nord puis poursuivions notre chemin jusqu'au fleuve

Yarkon, le long duquel aucune construction ne s'élevait alors et où Vot'père dénichait sur ses berges un endroit où pique-niquer. « Un bel endroit à l'ombre », comme il disait. Nous allâmes aussi au jardin zoologique, rien que toi et moi. Ce fut la seule et unique fois. Il y avait près de l'entrée un enclos où évoluaient d'énormes tortues. Je n'ai pas oublié les noms du lion et des lionnes — Tamar, Héros et Dolly.

Un paon était alors apparu, sa queue déployée dans la poussière. Il criaillait d'une voix effrayante. Je voulus aller voir les singes, mais tu me retins : « Viens Yair, montons par là, je ne peux pas les supporter. » Nous grimpâmes le sentier. Au-dessus du pigeonnier, de l'enclos de l'éléphant et du bassin des oiseaux aquatiques s'étendait une aire de jeux, sorte de petit parc d'attractions à l'abandon. Tu t'étais arrêtée, avais regardé tout autour, et, alors que nous étions sur le point de ressortir, un homme très gros était apparu et t'avait dit bonjour. Je ne pouvais quitter son ventre des yeux. « Maman, Maman, t'avais-je dit, tu as vu comme cet homme est gros... » Il avait ôté sa casquette et fait une révérence : « Non seulement je suis un gros monsieur, mais je suis le gros monsieur du jardin zoologique. »

Le paon s'était remis à brailler. De l'autre côté de la barrière, on pouvait entendre les cris d'allégresse des baigneurs qui nageaient dans la piscine contiguë au zoo. « Autrefois c'était une citerne pour irriguer un verger », m'avais-tu dit. Comme nous sortions dans la rue, un petit défilé passa avec des hommes et des femmes qui brandissaient des drapeaux rouges. Tu m'avais expliqué : « Nous sommes le 1er mai aujourd'hui. Viens Yair, rentrons ! »

Parfois, il m'arrive de revenir ici lors de ces déambulations oisives dont je suis coutumier. De la maison rue Spinoza que Liora nous a achetée je me rends jusqu'au boulevard Ben Gourion, croisant les jeunes couples en train de discuter devant le kiosque à jus de fruits. Leur mimétisme m'étonne toujours : ils sont tous flanqués de chiens et de beaux enfants, chaque homme semblable à l'autre, chaque femme interchangeable, chaque homme identique à sa femme et chaque femme à son conjoint.

Je tourne à droite et me dirige vers le souvenir de cette visite au jardin zoologique. J'entre par là où se trouvait autrefois la porte, parfois je marche le long de la barrière qui n'existe plus. Puis à nouveau à droite, autour de la grande place dont les cédrats et les sycomores ont été arrachés et dont le sable a été recouvert par des pavés. Je traverse la rue Frishman, passe devant la librairie française, arrive place Masaryk à l'agréable petit square où sont assises quelques mères avec leurs enfants. Je me demande toujours qui parmi ces enfants écrira plus tard sur sa mère, qui la dénommera « elle », qui utilisera le « tu », qui l'appellera « Maman » et qui « ma mère ».

De là, la rue King-Georges me mène en ligne droitc jusqu'au Dizengoff Center. J'cntrc ct je patauge dans une mer d'enfants braillards et de bonnes femmes, le ventre à l'air avec des bretelles de soutien-gorge en plastique transparent, pour parvenir enfin à ma destination, le troisième étage et le magasin *Le Voyageur*. L'homme qui a eu l'idée d'installer ici un magasin d'équipement pour excursions a vraiment eu du flair. Quelques minutes seulement dans ce lieu suffisent pour vous donner illico l'envie de voyager, le plus vite et le plus loin possible.

Je me réapprovisionne au *Voyageur* en équipements de toutes sortes dont je ne ferai aucun usage. J'écoute des conférences sur des voyages que je ne ferai pas et sur des lieux où jamais je ne me rendrai. Je regarde avec envie des jeunes qui se préparent à partir, et eux observent avec convoitise l'onéreux sac de couchage, particulièrement chaud et léger, que j'emporte à la caisse avec le réchaud d'alpiniste capable de brûler huit heures même dans la tempête. Je jette un coup d'œil sur le tableau des petites annonces — des jeunes filles anxieuses aux prénoms modernes — Tal, Nufar, Noa, Stav et Ayelet — qui se cherchent un compagnon pour partager « un atterrissage en douceur », voire « un plus long et excitant chemin » dans le lointain et dangereux Orient.

Rassasié de visions périlleuses non moins que lointaines, je ressors alors, j'emprunte la rue Bograshov et me fraye un chemin entre les terrasses des cafés, les tables et les chaises face à la mer. Au début de la rue Ben Yehuda, je tourne à gauche puis me dirige vers le sud, en direction de la maison où j'ai vécu mes premières années et qui a été démolie. Il y a quelque temps, elle fut incendiée par un de ces religieux fanatiques qui essaiment dans notre pays. Il faut dire que depuis que nous sommes partis pour emménager à Jérusalem, la maison a changé plusieurs fois d'occupants et d'affectation avant de devenir un bordel.

À cette époque, la rue Ben Yehuda était bien plus agréable. Je me souviens que beaucoup de nos voisins parlaient allemand, une langue que comprenaient ma mère et Vot'père même s'ils ne la parlaient que très rarement. Le soir, nous dînions sur le balcon qui donnait sur la rue. Je me souviens du kiosque qui se trouvait en bas, du poinsettia qui rougeoyait dans l'arrière-cour et des belles-de-jour qui grimpaient sur le balcon et qui chaque matin ouvraient comme elle le prétendait « mille yeux bleus ».

« Ça y est, disait-elle à la fin de chaque repas, la plante vient de fermer ses yeux, nous allons pouvoir nous coucher nous aussi. »

Elle aimait tellement cette maison ! Lorsque nous rentrions, fût-ce d'une courte ou d'une longue absence, elle était tout émue et en proie à une immense joie : « Nous allons bientôt retrouver la maison ! » Une fois sur le seuil, elle s'exclamait : « Nous sommes arrivés à la maison », parfois même elle déclamait un poème en forme de rengaine : « Le matelot est rentré à la maison, revenu de la mer/Et le chasseur de la montagne. »

Le trou de la serrure de notre porte était à la hauteur de la tête d'un homme. Tu me soulevais dans tes bras et disais : « Ouvre ! » J'enfonçais et faisais tourner la clef. D'une pression sur mon poignet tu ouvrais la porte et t'exclamais : « Bonjour, Maison », dans la fraîcheur obscure. « Dites bonjour vous aussi à la maison, ajoutais-tu, et écoutez bien, car elle va vous répondre elle aussi bonjour. »

Benyamin s'étonnait : « Mais c'est une maison, comment une maison peut-elle bien répondre ? » Alors je m'écriais : « Bonjour, Maison ! » et me taisais pour écouter comme tu le demandais.

« Chut ! Benyamin, disais-tu, écoute ! »

La maison elle aussi se réjouissait de notre retour, elle respirait et répondait comme tu l'avais promis. Nous franchissions le seuil et tu nous disais : « Venez, allons prendre un léger repas », c'est-à-dire des tranches de pain avec du fromage blanc « étalé finement » et un œuf dur — « *Splatch !* » —, un peu d'ersatz de crème d'anchois dans un tube jaune, du persil haché et des rondelles de tomates si fines qu'elles étaient presque transparentes. Ainsi fait-on à la maison. Quand on revient, on lui dit bonjour, on attend sa réponse et puis on entre. On y mange un repas frugal qui nous emplit de joie. Nous sommes rentrés à la maison. De la montagne, de la mer, de loin. Quel bonheur ! Pourquoi s'en priver ?

6

Ma mère et Vot'père nous apprirent de nombreuses choses avant que nous n'allâmes à l'école. Lui venait s'asseoir à côté de nous avec son grand atlas allemand pour nous faire découvrir des continents, des îles et des terres lointaines. Il nous faisait naviguer sur les océans, traverser des fleuves, escalader des chaînes de montagnes que l'on redescendait sur l'autre versant. Quant à elle, elle nous apprit à lire et à écrire.

« Les points et les tirets sous les lettres leur indiquent où aller. Un *aleph* avec un simple point se lit *i*, un *mem* avec un tiret, *ma* », nous expliquait-elle au sujet des lettres formant le mot *ima*, maman. Je riais de bon cœur car les tirets et les points modifiaient la forme de ses lèvres et l'expression de son visage, mais aussi de soulagement : la lettre savait à présent où aller et comment se comporter.

J'avais alors cinq ans et Benyamin participait à la leçon de lecture. Bien qu'il n'eût que trois ans, il apprenait plus vite que moi. Au bout de quelques semaines, il était lui aussi capable de lire à voix haute les noms de tous les poètes, ses jambes sautillant d'une tombe à l'autre, ses yeux bondissant des tombes au visage rayonnant de ma mère. Je me souviens aussi comme il étonnait et charmait les voyageurs de la ligne 4 : un petit garçon aux cheveux blonds en train de lire de sa voix enfantine les enseignes des magasins de la rue Ben Yehuda malgré la vitesse avec laquelle elles défilaient à travers la vitre de l'autobus.

Je me souviens également de ce dîner sur la terrasse lorsque ma mère nous avait annoncé :

— Bientôt naîtra une petite fille. Votre petite sœur.

— Comment sais-tu que c'est une sœur ? avais-je demandé timidement. Peut-être que nous aurons un autre frère ?

— Ce sera une sœur car Maman l'a décidé ainsi, avait expliqué Vot'père. Elle a pesé le pour et le contre et décidé qu'après avoir voulu et obtenu deux fils, elle voulait maintenant une fille.

Puis elle s'était mise à nous taquiner :

— Elle c'est le pour et vous le contre !

Quelques semaines après, elle s'était mise à vomir chaque matin. Je vomissais avec elle. D'après Vot'père, de mémoire de pédiatre, jamais on n'avait vu semblable identification d'un fils avec sa mère. Un tel phénomène aurait dû selon lui porter mon nom. Ses lèvres souriaient mais pas ses yeux. Une colère rentrée les traversait comme si ce spectacle était le reflet d'une intimité qu'il n'avait jamais connue.

Chaque jour, lui et moi, nous nous installions sur la terrasse pour casser des amandes.

— Une femme enceinte doit veiller à avoir une bonne alimentation, m'expliquait-il, en ce moment il n'y a pas au marché assez de viande, d'œufs et de fromage, et les amandes sont un parfait substitut fort nourrissant. Maman aura beaucoup de lait et la petite sœur sera grande, en bonne santé et aura les dents blanches.

Il me laissait manger une amande sur sept :

— Qui ne travaille pas n'a rien, disait-il.

— Mais je travaille, me glorifiais-je, attendant quelque compliment.

— Je visais ton frère, répondait Vot'père, sévèrement et à haute voix, afin que lui aussi entende.

Benyamin jouait sur le côté et ne réagissait pas. J'amoncelais mes amandes gagnées, je les mâchais jusqu'à les réduire en bouillie et les savourais avec délectation. Je sentais la blancheur des amandes devenir comme la blancheur du lait et des dents pousser en moi et en toi. Je souhaitais que la sœur à venir soit petite, robuste et brune mais elle naquit avant terme et mourut aussitôt, sans qu'il fût possible de savoir son poids et sa couleur.

Quelques jours plus tard, ma mère rentra de l'hôpital et nous entendîmes la nuit Vot'père lui parler tandis qu'elle se taisait.

— Tu vois, me chuchota Benyamin dans l'obscurité de notre chambre, vous avez décortiqué toutes ces amandes pour elle pour rien.

Je me mis alors en colère à ta place :

— Pourquoi dis tu « pour elle » ? On dit : « Vous avez décortiqué pour Maman » et non « pour elle » !

7

Plus d'une fois tu m'envoyas faire les courses. Parfois à l'épicerie de Zolti, après la rue Ben Yehuda, parfois au kiosque en bas. « Un pareil kiosque n'existe nulle part ailleurs, disais-tu. Il a toujours des sucettes, des pinces à linge, des sardines, des chewing-gums, des glaces, et si l'on prend soin de commander à l'avance même des chaussures, des réfrigérateurs ou des robes de mariée. »

Je me souviens du jour où le kiosquier monta chez nous pour se plaindre : « Votre enfant, Docteur Mendelsohn, me vole de l'argent, et à vous aussi probablement. »

J'avais tiré sur ta robe, tu t'étais penchée et avais tendu l'oreille. Je t'avais alors chuchoté : comment se fait-il que dans le kiosque cet homme soit si grand et que chez nous, à la maison, il soit si petit ? Tu m'avais répondu à voix basse : dans le kiosque, il est sur une estrade en bois alors que chez nous il est sur le plancher. Tes lèvres étaient si proches et si agréables que durant quelques secondes je ne vis pas le regard dur et pénétrant avec lequel Vot'père m'observait. Lorsque je m'en rendis compte, mon cœur se glaça de peur et de honte. Non pas à cause d'une punition que je ne pouvais mériter pour un vol que je n'avais pas commis, mais parce que je comprenais que l'éventualité qu'il ait pu s'agir de Benyamin ne lui avait pas même effleuré l'esprit.

Le propriétaire du kiosque comprit aussitôt. « Ce n'est pas le brun, malgré sa tête de voyou, dit-il, c'est le petit qui vole, celui aux boucles d'or et à la tête d'ange. »

Il descendit les escaliers pour regagner son kiosque, redevenant soudain grand. Tu posas la main sur mon épaule et scrutas Vot'père d'un regard qu'il évita et fuit même au point de redescendre chercher refuge dans son cabinet.

Je me souviens aussi de nos sorties quotidiennes à la mer pour faire de l'exercice et nager. Aujourd'hui je ne vais plus à la mer. Liora préfère la piscine, quant à moi, je redoute les volants de badminton autant que les maillots de bain des jeunes femmes. Je crains aussi les rayons du soleil — crainte que Vot'père avait instillé en moi alors et qui depuis ne s'est jamais estompée. Déjà à l'époque, le docteur Mendelsohn mettait en garde les parents contre les effets néfastes du « soleil méditerranéen », mais personne ne l'écoutait car le bronzage était alors considéré comme un signe de bonne santé et d'accomplissement du rêve sioniste. Ainsi les gens allaient-ils tous à la mer avant midi et seule la famille Mendelsohn, sous le soleil déclinant, se mettait en marche face aux familles qui revenaient — joyeuse caravane de parents insouciants avec leurs enfants gais et brûlés sur le nez, le dos écarlate.

Beaucoup nous adressaient un « bonjour », bien souvent suivi de toutes sortes de requêtes et sollicitations. Vot'père, en dépit de son jeune âge relatif, avait la réputation d'être un excellent pédiatre, et les gens profitaient de l'occasion pour lui demander conseil dans la rue. À ceux-là, il avait l'habitude de répondre : « Je suis pressé, suivez-moi, je vous écoute », tout en accélérant le pas, laissant les importuns essoufflés et désemparés. « Sois gentil avec eux Ya'acov, c'est plus simple », lui avait dit un jour ma mère, et, tandis qu'il marmonnait dans sa barbe, elle lui avait expliqué : « Ça fait gagner du temps. Essaie, tu verras bien. » Et, après avoir essayé, il dut le reconnaître : « Tu avais raison... Au moins à trente pour cent... », admit-il.

Elle nous raconta qu'autrefois, quand elle était enfant, avant qu'il y ait autant de trottoirs à Tel-Aviv, des lattes de bois avaient été disposées à certains endroits sur le sable. Elle aimait les sentir tanguer et s'enfoncer quelque peu sous le poids de la plante du pied. J'aimais cette zone où finissait la rue et commençait la plage, insaisissable espace entre deux temps et deux lieux, là où s'achevait la ville et où débutait la plage, là où l'asphalte et le béton laissaient place au sable et à la mer. Une jambe encore sur la terre ferme du trottoir et l'autre dans la mollesse et la douceur du sable.

Nous jouions avec un petit médecine-ball dont le poids était adapté à notre âge — le seul sport où j'étais meilleur que mon frère. Enraciné, je poussais, tandis que Benyamin était contraint de reculer. Il s'écroulait dans le sable et riait de bon cœur même s'il avait perdu. Vot'père le réprimandait : « Résiste ! disait-il, ajoutant soudain entre ses dents — jamais il n'élevait la voix et même lorsqu'il s'énervait, il chuchotait — Résiste donc ! Pourquoi Yairi y arriverait et pas toi ? » Une vague de bonheur me submergeait. Ma mère m'appelait « Yair », Meshoulem Fried, le père de Tirzah, m'appelait « Iraleh » — « Iraleh et Tiraleh se ressemblent comme un couple de colombes » — et Vot'père, aujourd'hui encore, persiste à m'appeler « Yairi, mon Yair », comme s'il voulait proclamer à tout le monde que je lui appartenais.

Benyamin, tout sourires, soupirait, tombant cette fois exprès. Vot'père se mettait en colère. D'une poussée énergique il le remettait sur ses jambes et nous faisait courir le long de la plage — « Plus haut les genoux, Yairi ! ordonnait-il, ne traînez pas vos pieds dans le sable. » Nous courions, transpirions, respirions profondément et en rythme. Nous nagions un peu, faisions de l'exercice. Mangions du raisin face au soleil couchant et à la plage qui se vidait. Puis nous rassemblions nos affaires et revenions sur nos pas. Vers la maison. J'aimais davantage le retour que l'aller, de même que le passage dans l'autre sens, du sable au trottoir — un pied qui tâtonne encore et s'enfonce tandis que l'autre retrouve appui et assurance.

Vot'père marchait en tête, très droit, moi le suivant, ma mère et mon frère derrière ou à mes côtés, jouant à sautiller de dalle en dalle, « car si l'on empiète sur les lignes, d'horribles malheurs risquent d'arriver ». Un soleil inoffensif, faible et doux allongeait nos ombres. La mienne, plus large, plus courte que la leur et plus sombre, à l'image de son propriétaire, drapée dans un long et vieux peignoir de bain de ma mère obtenu après mille supplications. Une ombre irritée et maussade qui piétinait sciemment les lignes. Ce peignoir suscitait ricanements et moqueries mais son rôle était de dissimuler l'étrangeté de mon corps, somme toute avec succès.

Tous les trois étaient si grands, si clairs, le teint si doré et si radieux, et moi j'étais si mat, si fruste et si épais. Plus d'une fois l'idée m'effleura que je devais être un enfant adopté, et Benyamin, qui décelait chaque faille et ne se privait jamais de titiller là où le bât blesse, me provoquait avec une petite chanson de sa composition : « À l'orphelinat on t'a trouvé Dans un tas d'ordures on t'a trouvé À des bohémiens on t'a acheté Dans un paquet t'es arrivé... »

« Arrête tes sottises Benyamin », se fâchait ma mère, mais sa fossette resurgissait néanmoins, dissimulant mal un sourire. Il lui arrivait aussi de plaisanter parfois sur le sujet : « Que va-t-il advenir Yair ? Un jour tes vrais parents viendront te chercher et tu nous manqueras terriblement. »

Je me glaçais d'effroi. Benyamin se joignait à son rire. Vot'père s'emportait : « Ne les écoute pas Yairi, quant à vous deux, cessez immédiatement s'il vous plaît ! »

Adopté ou pas, je peux à présent écrire ce que je ressentais alors et n'osais formuler : je n'avais pas été parfaitement réussi et mon frère était venu réparer cela.

8

L'été 1957, le premier jour des grandes vacances, nous déménageâmes à Jérusalem. On avait promis à Vot'père un poste à *Hadassah,* le nouvel hôpital récemment construit à l'ouest de la ville, et la possibilité de faire ce dont il avait été privé à Tel-Aviv et qui lui tenait particulièrement à cœur : de la recherche, tout en ayant le droit d'avoir son propre cabinet avec une clientèle privée.

J'avais huit ans et Benyamin six. Deux camions

bâchés, un moyen et un plus petit, avaient été loués pour transporter nos meubles. Nous les attendîmes avec émotion près du kiosque. Ma mère pensait qu'un seul grand camion aurait été suffisant mais Vot'père avait tranché : « Pas question de mélanger le cabinet et la famille ! »

Le Dr Mendelsohn avait l'habitude de classer, différencier et isoler chaque chose. Il nous ordonnait de ranger dans leurs boîtes les cubes avec lesquels nous jouions par couleurs et par tailles. Il classait ses vêtements, ceux d'hiver et ceux d'été, ceux de dessus et ceux de dessous, mais aussi ceux du matin et ceux du soir, selon leurs couleurs et leurs tissus. Il ne buvait pas quand il mangeait, ne mangeait pas quand il buvait, et s'occupait des aliments dans son assiette les uns après les autres. D'abord le *schnitzel* puis les pommes de terre. Le poisson et puis le riz. Il mangeait son omelette avant sa salade. S'il en avait eu le temps, ma mère prétendait qu'il aurait mangé séparément chaque ingrédient de sa salade : les rondelles de concombre en premier, puis les morceaux de poivron et pour finir les tomates. Mais ses tabous quant aux mélanges s'étendaient aussi à des domaines plus larges. Ne jamais mélanger les plaisirs. Alcool, sodas, et même médicaments. Chaque chose pour lui avait son importance, ce qui provoquait invariablement sur ton visage un petit sourire ironique à l'égard des principes de Vot'père sur les règles de la table, et faisait ressortir la fossette sur ta joue gauche et la dissymétrie du coin de ta lèvre supérieure. Il demandait parfois — j'ignore si c'était sérieux ou pour rire — « Que se passerait-il si la reine d'Angleterre vous invitait à dîner ? » Et tu répondais alors invariablement : « Exactement la même chose que si nous l'invitions. »

Vot'père préparait lui-même la salade pour toute la famille. D'une main experte, il hachait menu les légumes, mélangeait huile, sel, poivre et citron, puis se servait en annonçant : « Maintenant vous pouvez vous couper de l'oignon si vous souhaitez en rajouter. »

Des années plus tard, lorsque Benyamin ramena à la maison Zohar pour la présenter à nos parents, celle qui allait devenir sa femme ne put s'empêcher de dire :

— Chez nous, Docteur Mendelsohn, votre salade de crudités on l'appelle « salade des enfants ».

Vot'père l'avait toisée du regard.

— C'est intéressant. Quelle sorte de salade alors mangez-vous donc chez vous ?

Elle avait ri. Son rire m'avait réveillé car il ressemblait à celui de Tirzah Fried.

— Notre salade est faite à base de viande et de pommes de terre, avait-elle répondu. Mais si on la préfère uniquement avec des légumes, on y ajoute alors du fromage blanc et des quartiers tièdes d'œufs durs, des olives noires et un peu d'ail.

Sa description était si simple et si appétissante que l'eau m'en était montée à la bouche. Zohar m'avait souri et j'avais éprouvé alors envers elle une sympathie qui ne s'est guère démentie jusqu'à aujourd'hui. C'est une grande et forte femme pleine de vitalité, qui aime manger et lire, « les gâteaux orientaux d'Abadi et les gros romans ». Au kibboutz dont elle est originaire, dans la vallée de Beit Shéan, elle a trois frères grands comme elle et une douzaine de neveux et nièces, « tous de la même taille : X XXL ».

Comme chez tant d'autres, mon affection pour elle ressort d'une similitude. Non d'une ressemblance entre nous — nous ne nous ressemblons guère — mais de la similitude entre nos conjoints, entre ma femme et son époux, et, comme elle me l'avoua elle-même des années plus tard, dans un moment mêlé d'alcool et de désarroi, de rire et de solitude : « Nos malheurs sont semblables, mais chez toi c'est plus merdique et chez moi plus merdeux. » Je sentis alors qu'une alliance s'était scellée entre nous, celle de deux étrangers débarqués dans une noble famille.

J'aime aussi ses jumeaux, Yoav et Yariv, en dépit de la jalousie que j'avais éprouvée à leur naissance, et je suis fier de dire que je suis l'inventeur de leur surnom « Les deux Y », qui fut aussitôt adopté et qui bénéficia même de quelques améliorations : Liora s'empressa de le traduire en anglais : « Double Ys », quant à Zohar, elle décida de doter chacun de ses fils de son propre sobriquet : « Y1 » pour Yoav, né le premier, et « Y2 » pour Yariv, né quelques minutes plus tard.

L'appétit familial se révéla chez eux dès leurs premiers jours. Plus d'une fois, Zohar affirma qu'elle comptait les allaiter pendant des années car cette avidité la conduisait au bord de la pâmoison. Elle aimait jusqu'à la dépendance ces moments-là, lorsque ses « nénés se vidaient et que les enfants s'emplissaient ». Tout devenait flou, son corps s'allégeait, prêt à s'envoler, et ses jumeaux, pleins et lourds, devenaient comme des sacs de sable qui la clouaient au sol.

Et en effet, à deux ans, les deux Y, plus gros et plus grands que les enfants de leur âge, arboraient des ventres ronds et fermes. Comme moi et comme leur père, ils apprirent à lire avant le cours préparatoire.

Non sur les tombes des poètes mais sur les boîtes de corn flakes que leur mère disposait devant leurs bols qui se vidaient.

À chaque fête de famille, ils voulaient savoir si « les oncles du kibboutz avaient aussi été invités ». Ils couraient alors aussitôt à leur rencontre en poussant des cris de joie : « Gardez-nous une place », « on veut s'asseoir avec vous », ravis de recevoir les lourdes tapes dans le dos dont ceux-ci les gratifiaient. Les oncles venaient toujours en pantalons bleus bien repassés, leur ventre ferme engoncé dans des chemises blanches débraillées, avec chacun une grosse cuillère qui dépassait de sa poche — « Nous avons apporté des ustensiles de la maison. Nous pourrons manger davantage », disaient-ils.

Ils n'avaient pas la moindre considération pour les serveuses qui circulaient au milieu des convives et portaient toutes sortes de petits hors-d'œuvre. « Ils méprisent tout ce qui est trivial », disait Zohar, citant l'un de ses gros romans. Ils prenaient une assiette de la pile sur le bord de la table et, pendant que les noces battaient leur plein, ils restaient silencieux et patients près des marmites et des terrines fermées. Seul un léger frémissement de narine et l'inclinaison particulière de leur tête trahissaient leur effort pour tenter de deviner ce qu'il y avait sous chaque couvercle.

« Prends un peu de salade », proposait à l'un de ses neveux Liora, impressionnée devant la montagne de *goulash* que celui-ci avait amoncelée dans son assiette.

Le garçon avait souri :

— De la salade ? Tu veux dire de la laitue ou quelque chose dans le genre ?!

— Et pourquoi pas ? Les légumes c'est si bon.

— Qu'est-ce qui te prend Tante Liora ! Tu ne comprends donc pas comment le monde fonctionne ? Les vaches mangent de l'herbe et nous, nous mangeons les vaches.

— Cela t'aiderait en effet à faire descendre les aliments dans ton estomac.

— Parce que je te fais l'effet de quelqu'un qui a besoin d'être aidé pour faire descendre les aliments dans son estomac ?

— Tu vois, avait chuchoté Liora à Benyamin, c'est à cause de ta belle-famille que j'ai surnommé la Chevrolet que j'ai offerte à Yair le *Monstre*.

Benyamin s'était fâché :

— Je n'aime pas que les enfants s'asseyent avec eux. Pourquoi ne sont-ils pas à notre table ?

Mais leur mère avait arboré son sourire serein :

— Ils sont de la même espèce, avait-elle répondu, et avec eux ils se sentent comme à la maison. Ils sont acceptés tels qu'ils sont. Ils ne sont ni réprimandés ni corrigés et l'on n'essaie pas de faire d'eux ce qu'ils ne sont pas.

— Ils finiront par devenir comme eux. Aucune fille ne voudra d'eux.

— Ils sont déjà comme eux, s'était réjouie Zohar, un peu plus petits, mais ils se développent bien. Ne t'inquiète pas. Et pour ce qui est des filles, avait-elle ajouté, attendons de voir, Benyamin. Je connais beaucoup de filles — d'ailleurs je suis comme elles —, qui apprécient ce genre de garçons. Bons et forts, contre qui on peut s'appuyer et capables de vous porter dans leurs bras. Des hommes sur qui l'on peut taper quand on veut et que l'on peut appeler à l'aide s'il le faut.

— Si c'est ce que tu aimes, alors pourquoi n'avoir pas choisi une telle brute ? s'était étonnée Liora.

— J'ai choisi une brute comme toi.

Notre famille est peut-être une petite famille mais elle déborde d'affection. Ma femme a de l'affection pour Vot'père et mon frère, mon frère a de l'affection pour elle et pour lui-même, quant à moi j'ai de l'affection pour sa femme et ses fils, et je l'envie.

9

La maison et le cabinet se vidèrent de leurs objets pour se remplir d'échos. Les déménageurs serrèrent les derniers liens. Avec effort et concentration, le bout de la langue bougeant au rythme des tours de tournevis, Vot'père enleva des portes le DR YA'ACOV MENDELSOHN — PÉDIATRE et le Y. MENDELSOHN — PRIVÉ. « Partons ! », dit-il après avoir enfoui les plaques et les vis dans sa poche.

Maman ne put s'empêcher de rougir. Elle avait deux sortes de rougeur : une qui descendait du front et trahissait de l'embarras, et une autre qui montait de la poitrine et révélait sa colère. Cette fois, la rougeur montait de la poitrine. Elle gravit d'un pas rapide les escaliers jusqu'à l'appartement vide. Nous attendîmes jusqu'à ce qu'elle revînt pour nous annoncer qu'elle comptait voyager au fond du camion, sur le canapé de la salle d'attente du cabinet. Benyamin s'agita et réclama d'aller s'asseoir avec elle mais Vot'père trouvait que c'était dangereux. Il y aura des virages et des coups de frein et « tel que je vous connais, vous vous pencherez dehors sous la bâche ».

Elle ne discuta pas. Nous partîmes, précédant les camions dans notre petite Ford Anglia. « Regardez derrière, les enfants, dit Vot'père d'un ton badin, prenez garde à ce que les déménageurs ne partent pas avec le stéthoscope, l'otoscope et la lampe multicolore. »

En chemin nous nous arrêtâmes, à Ramla, me semble-t-il. Vot'père nous acheta, à nous, aux chauffeurs et aux déménageurs, une boisson appelée *Barad* ainsi qu'une glace arabe poisseuse et délicieuse. Ma mère refusa de se joindre à nous. Vot'père raconta une histoire sur Napoléon abattant un pauvre muezzin qui l'empêchait de dormir, là-bas, près de cette tour blanche, puis plus loin, alors que nous roulions entre les collines dorées et les montagnes d'Orient qui commençaient à poindre dans l'air tremblant, il nous fit un exposé sur Samson, le héros biblique, comme nous passions dans le village où il était né.

Nous commençâmes notre ascension au milieu des collines. Vot'père évoqua la guerre d'Indépendance, nous montra les carcasses des blindés et se mit à parler des convois et des combats, ceux qui se déroulèrent sur la route de Jérusalem et ceux qui eurent lieu dans la ville elle-même. Ma mère ferma les yeux et je l'imitai, mais je les rouvrais toutes les deux ou trois secondes pour vérifier si les siens étaient toujours clos.

La grande montée s'acheva. L'air s'était rafraîchi, devenant plus sec et plus agréable. Le moteur cessa de gémir. « Notre petite Ford Anglia s'est comportée comme une Mercedes Benz », se vanta Vot'père.

Ma mère se réveilla. De jeunes pins répandaient un parfum frais. Vot'père glorifia le KKL, le Fonds national juif, pour ses programmes de reforestation et prophétisa : « Même dans les collines de Jérusalem nous saurons trouver quantité de beaux endroits ombragés. » La route se mit à descendre et à serpenter à travers un village arabe. « C'est Abu Ghosh, s'exclama-t-il, et voici Kiryat Anavim. Et maintenant — il prit un ton solennel —, nous allons monter jusqu'au mont Qastel. »

Ma mère se taisait toujours. Notre petite Ford Anglia grimpa en haut de la colline puis redescendit par une route escarpée. Vot'père commenta : « Husseini », « les assassins de Colonia », « le fleuve Soreq ». Puis, montrant du doigt : « Regardez, voilà la frontière, toute proche, et là, Nabi Shemu'el qui en réalité est notre prophète Samuel de la Bible. On se demande d'ailleurs bien pourquoi les musulmans sont incapables de s'inventer une nouvelle religion et de nouveaux prophètes plutôt que d'usurper Moïse, Jésus, David et Samuel en les baptisant Moussa, Daoud et Shemu'el. »

Il continua son discours, soliloquait, et toi, tu restais muette. Après une autre montée, nous nous retrouvâmes aux « portes de Jérusalem », comme il le déclara. Il n'y avait pas de véritables portes mais la ville soudain commençait là, au-delà d'un virage qui n'annonçait pas son existence. « Jérusalem est comme une maison, les enfants. Elle a une entrée et commence tout à coup. Non pas comme Tel-Aviv qui commence un peu ici, un peu là, où l'on entre par mille endroits pour en ressortir où l'on veut. »

Il se tut et sourit, attendant une réaction, mais Benyamin n'écoutait pas et moi j'attendais que tu dises quelque chose, or tu t'enferrais dans ton silence.

— Vous sentez le bon air qu'il y a ici ? C'est l'air de Jérusalem. Respirez les enfants, toi aussi Raya. Souvenez-vous quelle humidité et quelle chaleur on a laissées à Tel-Aviv...

Notre petite Ford Anglia tourna à droite dans une longue rue dont le côté gauche, après un terminal de bus, était dépouillé et rocailleux et où, sur le côté droit, s'élevaient des habitations. Nous passâmes devant une petite maison en pierre entourée de vignes. Un instant, j'espérai que ce fût notre nouvelle demeure mais nous tournâmes à gauche, dans une courte rue étroite et verdoyante.

— Voici notre nouveau quartier, dit Vot'père, le quartier de Beit Hakerem. Là, en haut à droite, c'est votre nouvelle école, au prochain tournant à gauche, c'est votre nouvelle rue, la rue Bialik, et je vous présente votre nouvelle maison. Là, devant vous.

Nous nous arrêtâmes devant un immeuble qui avait une entrée, trois étages, deux petits appartements au rez-de-chaussée et quatre grands au-dessus.

— C'est le Bialik du cimetière de Tel-Aviv ? t'ai-je alors demandé.

— Oui, m'as-tu répondu.

Nous descendîmes de voiture et montâmes les marches jusqu'au deuxième étage. Vot'père ouvrit la porte de gauche. Nous étions sur le seuil d'un grand appartement vide, rempli d'une lumière vive et du bon air hiérosolymitain. J'attendais que tu dises « Bonjour, maison... » afin que nous puissions entrer mais tu ne dis rien. Benyamin et Vot'père avancèrent et entrèrent. Ta main vint caresser ma nuque et mon épaule. Pendant un instant unique et précieux, nous restâmes tous les deux dehors quand ta main me fit signe d'entrer avec toi.

— Ici chacun aura sa chambre, les enfants, dit Vot'père. Voici la tienne, Yairi, et voilà la tienne Benyamin.

Nous ne discutâmes pas, trop pressés de ressortir car les camions étaient arrivés. Ils s'arrêtèrent dans un ronflement bruyant. Les déménageurs enlevèrent la bâche et la plièrent. Les gens du quartier s'agglutinèrent car tous nos meubles étaient à présent exposés à la vue de tous. Les adultes observaient, examinaient, tentant d'évaluer les moyens et les goûts de cette nouvelle famille. Les enfants regardaient les déménageurs libérer les sangles qu'ils enroulaient autour de leurs épaules et de leur front. Ce n'est pas tous les jours que l'on pouvait voir un homme rouge comme une betterave en train de gravir des escaliers, un réfrigérateur ou un canapé sur le dos !

Une fois le déchargement achevé, les camions repartis et les voisins curieux dispersés, Vot'père sortit les plaques de cuivre et les petites vis de sa poche. Il les revissa — le bout de sa langue s'allongeant et frétillant dans l'effort ici aussi — sur les nouvelles portes : d'abord Y. MENDELSOHN — PRIVÉ, sur celle de notre appartement, puis DR YA'ACOV MENDELSOHN, PÉDIATRE, sur celle du petit local du rez-de-chaussée.

— Voilà ! Raya, dit-il en faisant un petit pas en arrière afin de vérifier son travail. Tu vois ? C'est comme à Tel-Aviv. Exactement. Le cabinet en bas et nous au second.

Il donna un dernier coup de vis d'un geste résolu.

— Vous, les enfants, allez vous chercher des camarades. Nous, Raya, nous allons boire notre premier café dans notre nouvel appartement. La bouilloire est encore dans les cartons mais j'ai pensé à prendre une cafetière électrique et deux tasses. Il y a des biscuits, on va pouvoir discuter un peu. Nous avons ici aussi un cyprès, l'arbre que tu aimes tant... et voilà la surprise !

Un jeune garçon à vélo apparut, haletant et transpirant, escaladant les escaliers, un bouquet de glaïeuls à la main.

— C'est pour Madame Mendelsohn, dit-il. Veuillez signer là s'il vous plaît.

Vot'père, dans un sourire radieux, signa à sa place et déclara :

— En l'honneur de notre nouvelle maison !

Ma mère remplit l'évier d'eau et fit tremper les tiges des glaïeuls.

— Merci, Ya'acov, dit-elle, ils sont magnifiques, c'est très gentil de ta part. Quand nous ouvrirons les cartons, je les mettrai dans un vase.

Benyamin et moi sortîmes. Dans la rue nous attendaient une bande d'enfants ainsi que l'été hiérosolymitain qui ne demandait qu'à être encensé, comparé à son frère de Tel-Aviv.

— Viens, rentrons à la maison, dis-je à Benyamin, allons les aider à ranger.

Mais il me répondit :

— Rentre si tu veux. Moi je veux jouer.

Il fallut peu de temps pour que mon frère apprenne les noms et les règles des jeux des enfants. Il continua de voler au kiosque qu'on appelait ici « le kiosque de Dov ». Après les grandes vacances, il entra au cours préparatoire sans se trouver confronté à une classe qui se connaissait depuis longtemps ni avoir besoin de se battre pour y être intégré. Vif et rusé, blond et charmeur, il réussit aisément à se faire sa place. Je fus envoyé au cours élémentaire et, comme on pouvait le prévoir, je me heurtai à un groupe d'enfants fermé et suspicieux. Au début, ils se moquaient de moi à cause de mon physique trapu et mou, moi le nouveau aux cheveux drus et noirs et au front bas, mais très vite, ils se mirent tout de même à m'inviter chez eux car la rumeur s'était répandue parmi les parents que moi aussi, et pas seulement Benyamin, j'étais le fils du Dr Mendelsohn, le célèbre pédiatre débarqué de Tel-Aviv.

10

À l'époque, le quartier de Beit Hakerem à Jérusalem était contigu à des territoires ouverts. Au creux d'une vallée, depuis l'entrée de la ville, descendait un oued — que nous remonterions quelques années plus tard lors du pogrom que ma mère allait perpétrer contre les autobus — et se poursuivait au sud de la ville pour aller se déverser dans le fleuve Refaïm. Ma mère allait y faire « sa grande promenade », au cours de laquelle elle pillait des bulbes de cyclamens et d'anémones, et les rapportait pour son jardin. Une autre vallée, célèbre pour le rocher dressé dans le lit de l'oued, que l'on appelait « la pierre de l'éléphant », descendait jusqu'au fleuve Soreq. « Notre petite promenade » se déroulait sur le dos de la crête qui courait au-dessus de la vallée et avait pour unique objectif la vue plongeante jusqu'à la maison, vers l'ouest et vers la mer Méditerranée au loin. Sur son rivage, disait-elle en exigeant qu'on la croie, on pouvait apercevoir Tel-Aviv.

« Venez, allons faire notre petite promenade », poursuivait-elle, et nous savions que nous allions à nouveau contempler la bande de la côte claire et lointaine, les étendues bleutées et grises au-delà, les brumes éternelles à l'intérieur des terres, où, affirmais-tu à l'envi, était sise Tel-Aviv. Je ne voyais pas Tel-Aviv mais je te croyais. Elle, la mer, la maison, le balcon, le liseron qui grimpait et bleuissait quand le poinsettia rougeoyait dans la cour — un arbre qui aimait la chaleur, donnait de l'ombre et qui n'avait jamais réussi à s'acclimater à la froide Jérusalem.

« Un arbre avec un cerveau », proclamait ma mère à la fin des louanges nostalgiques qu'elle lui chantait ainsi qu'à ses fleurs. « Il n'y a pas, c'est un fait, de poinsettia dans tout Jérusalem. Et quiconque en plante ici le condamne à mort car les arbres ne peuvent se sauver quand ils vont mal. Ils sont condamnés à rester jusqu'à la fin. »

Elle et mon frère, légers comme des gazelles, sautillaient de roche en roche — à Jérusalem, c'est si on marche sur la terre et non sur les lignes que malheur arrive —, tandis que moi je me traînais derrière eux, tête baissée, les yeux fixés au sol. À l'endroit où la pente du talus était la plus forte, nous nous arrêtions. Le paysage s'ouvrait face à nous.

— Nous sommes de là-bas, nous sommes de Tel-Aviv, disait ma mère comme à chaque fois au même endroit.

— C'est pas vrai, répondait Benyamin, maintenant nous sommes de Jérusalem !

Ma mère rougissait :

— On ne dit pas à sa maman « c'est pas vrai » !

Et comme Benyamin ne répondait pas, continuant de soutenir insolemment son regard, elle se mit un jour en colère :

— Tu n'as pas compris Benyamin ?

Benyamin s'enferrait dans son silence.

— Tu as compris Benyamin ? Je veux t'entendre dire « oui » !

— Oui, lâcha-t-il enfin.

Dans le ciel passa une grande nuée de pigeons en vol vers la minoterie qui les nourrissait en résidus de grains de blé. Ma mère les avait suivis de ses yeux plissés, protégés par sa main, d'un regard dont, bien des années plus tard lorsque je me mis à accompagner des ornithologues à travers tout le pays, je compris qu'il était le même que celui de ces observateurs d'oiseaux en train de migrer, de s'éloigner ou de revenir. Puis, à nouveau, elle désigna les deux bras de mer aux confins de l'ouest : l'un étroit, de sable doré, l'autre bleuté, gris et large qui se fondait dans l'infinité du ciel. Soudain, enfonçant deux doigts dans sa bouche, elle siffla bruyamment.

— Là, dit-elle. Sifflez vous aussi, qu'ils comprennent que nous sommes là.

Benyamin et moi fûmes surpris. Un tel sifflement ne figurait pas dans l'éventail des vertus que nous lui connaissions. Mais dès l'instant où elle se mit à siffler, c'était comme si elle avait toujours agi ainsi. Elle nous montra alors comment s'y prendre : avec deux doigts de deux mains, avec deux doigts de la même main et même avec un seul. « Plus fort, disait-elle, qu'on vous entende là-bas. »

Il m'arrive de refaire cette petite promenade aujourd'hui encore car à Jérusalem aussi je flâne. Flâneries sensiblement différentes de celles de Tel-Aviv mais tout aussi réglées. Je rends visite à Vot'père chez lui, puis à ma mère — d'abord là où elle vécut et aujourd'hui sur sa tombe, dans sa dernière demeure. J'essaie de revivre notre petite promenade ainsi que la grande. De l'endroit où nous embrassions avec ma mère tout l'ouest ont été construits avec le temps des immeubles. Pour voir les deux bras de mer éloignés, le doré étroit comme le gris et bleuté, je dois me tenir entre les bâtiments, escalader une montée qui est devenue une route, puis redescendre un peu sur l'autre versant, pour m'arrêter, siffler et attendre. Au brouillard et à la distance vient désormais s'ajouter un nuage de pollution qui obscurcit le littoral. Mais aujourd'hui je possède d'excellentes jumelles, très chères, « des Swarovski 10/40 » que m'a achetées, encore, ma femme Liora, qui prouvent que ma mère comme Benyamin avaient raison. Après les avoir vues dans les mains d'ornithologues munichois qui ne cessaient de vanter leurs mérites et en avoir parlé à Liora, je les ai un jour retrouvées sur mon lit, dans un joli paquet cadeau avec un ruban de couleur. J'aurais alors plutôt préféré trouver Liora dans mon lit, pas empaquetée — si le choix m'avait été donné —, mais ainsi va la vie, et un homme de mon âge et dans ma position se doit de la mener avec sagesse et résignation.

CHAPITRE III

1

J'ai rencontré Tirzah Fried — Tiraleh, mon *amou*, l'architecte qui a restauré ma nouvelle maison — à l'âge de onze ans. Je me rappelle très bien ce jour. Pendant les grandes vacances. Un après-midi. Un silence avait soudain plané sur la rue. Les enfants avaient redressé le nez de leurs billes. Les filles qui jouaient à la corde à sauter s'étaient figées dans leur saut. Les hommes s'étaient tus, avaient humecté leurs lèvres. Les femmes s'étaient changées en statues de sel. De derrière le virage de la rue avait surgi la voiture blanche américaine décapotable aux sièges rouges que tout le monde connaissait à Jérusalem : la Ford Thunderbird de l'entrepreneur Meshoulem Fried. Une grande et spacieuse voiture que l'on ne pouvait pas ne pas remarquer, surtout à Jérusalem où les automobiles étaient encore rares à l'époque.

La voiture s'était garée près de notre maison. Un homme râblé, de petite taille et aux cheveux bruns s'était extirpé de derrière le volant. Deux enfants de mon âge, un garçon et une fille qui lui ressemblaient beaucoup, étaient assis sur le siège arrière. Je me tenais par hasard à la fenêtre et lorsque je les aperçus, je fus saisi d'angoisse. L'histoire de ma mère et les sarcasmes de Benyamin me semblaient soudain vrais : mon vrai père, mon vrai frère, ma vraie sœur venaient me chercher.

L'homme avait pris le garçon dans ses bras et l'avait porté jusqu'à notre cabinet. J'avais été surpris car Vot'père était sorti à sa rencontre, chose qu'il n'avait jamais faite auparavant pour aucun patient.

— Par ici, s'il vous plaît, Monsieur Fried, avait-il dit. Entrez là.

L'homme et l'enfant avaient disparu dans le cabinet et j'avais observé la fillette, qui s'était installée sur le siège avant. Ma surprise s'était muée en plaisir, ma crainte en curiosité. C'est alors qu'avaient accouru Benyamin et ses camarades pour admirer la voiture. « Elle est venue chez nous ! », leur avait dit Benyamin. Il s'était approché, en avait fait le tour, avait vérifié le diamètre des feux arrière, la capote, les chromes qui distordaient le visage des enfants, ainsi que les spacieux sièges en cuir rouge.

— Tu sais dans quelle auto tu es assise ? avait-il demandé à la fillette.

— Oui, dans la voiture de mon père.

Un petit sourire était apparu aux commissures de ses lèvres. Un bref moment, elle me sembla jolie avant de redevenir aussitôt mon sosie.

— C'est une Ford Thunderbird, s'était exclamé Benyamin, un moteur V-8 de trois cents chevaux. Il y en a une seule à Jérusalem et peut-être même dans tout le pays !

Comme la fillette ne paraissait pas s'émouvoir, il avait ajouté l'air entendu :

— C'est une voiture américaine des États-Unis.

La fillette avait agité la main dans ma direction en souriant. J'avais quitté la fenêtre, étais descendu et m'étais planté moi aussi devant la voiture. Son regard avait brillé :

— Veux-tu t'asseoir à côté de moi ? m'avait-elle proposé.

J'avais pris place sur le siège du conducteur. Benyamin s'était empressé de dire : « Je suis son frère », et s'était précipité sur le siège arrière, mais elle l'avait arrêté : « Toi, je ne t'ai pas invité ! » Stupéfait, il était resté figé sur place.

— Je suis Tirzah Fried, m'avait-elle déclaré.

Cela m'avait déconcerté. Jamais je n'avais entendu un garçon ou une fille se présenter ainsi.

— Et toi, qui es-tu ?

— Moi je suis Yair Mendelsohn, m'étais-je empressé de répondre, le fils du docteur.

— Tu ne lui ressembles pas, avait-elle dit, pas plus qu'à ce garçon qui prétend être ton frère.

Benyamin et ses camarades s'étaient éloignés et Tirzah Fried avait ajouté ce que je savais déjà :

— Tu me ressembles, ainsi qu'à Meshoulem et à mon frère Gershon.

— Qui est Meshoulem ?

— Meshoulem Fried. C'est mon père et celui de Gershon.

— Qu'est-ce qu'il a ton frère ? lui avais-je demandé.

— Il a des rhumatismes. Il a enflé et mes parents ont peur qu'il lui arrive quelque chose au cœur ou qu'il meure.

— Ne t'inquiète pas, lui avais-je répondu, me gonflant d'importance, mon père va le sauver. C'est un excellent médecin.

Et il en fut ainsi en effet. Le frère de Tirzah Fried n'avait pas de rhumatismes mais faisait une allergie à la pénicilline. La doctoresse qui s'était fourvoyée dans son diagnostic avait ordonné de lui administrer encore et encore de la pénicilline et son état s'était très vite dégradé. Meshoulem, qui construisait alors toute une aile de l'hôpital *Hadassah*, avait donc décidé de s'adresser au Dr Mendelsohn, le nouveau pédiatre tout juste débarqué de Tel-Aviv.

Le Dr Mendelsohn avait aussitôt pointé cette erreur.

— Si vous continuez de lui donner de la pénicilline, votre enfant va mourir, avait-il prévenu.

— Merci beaucoup, avait répondu l'entrepreneur, avant de chuchoter à son fils : Dis merci toi aussi au docteur, Gershon, remercie Monsieur le Docteur, son excellence le professeur Mendelsohn et vénérable docteur, de te soigner.

Gershon l'avait remercié et les semaines suivantes la Thunderbird blanche décapotable était revenue. Parfois, elle transportait Gershon chez le Dr Mendelsohn, et parfois elle venait chercher Vot'père pour le conduire chez les Fried. Il arrivait que l'entrepreneur soit lui-même au volant mais il arrivait aussi que ce soit l'un de ses contremaîtres, et lorsque Vot'père avait dit qu'il pouvait se passer de ce privilège et qu'il préférait venir avec sa petite Ford Anglia « plutôt que de rouler devant tout Jérusalem dans la voiture du président des États-Unis », Meshoulem lui avait répondu : « Ce n'est pas pour une question de privilège, Professeur Mendelsohn, que Meshoulem Fried vous envoie son auto, c'est pour être certain de vous voir venir. »

Meshoulem Fried était un homme prodigue, le cœur sur la main, drôle, énergique et sensible. Tous ses traits de caractère se déployèrent devant nous telle une éblouissante queue de paon. Quarante ans plus tard, il n'avait pas changé. Il ne connaissait pas les œuvres musicales que Vot'père avait l'habitude d'écouter, il buvait des boissons que Vot'père abhorrait, parlait fort, faisait des fautes grossières, et parfois même proférait des injures. Mais le Dr Mendelsohn, qui était plutôt de nature peu liante, trouva cependant en lui un bon ami, un ami du sexe masculin, ce dont tout homme a besoin, même si moi, par exemple, je n'ai jamais pu en faire autant.

De chacune de ses visites là-bas il revenait avec à la main un petit panier de figues fraîches. « Ils en ont un plein verger », disait-il, nous dépeignant le jardin de l'entrepreneur et ses arbres fruitiers, le petit auvent avec son toit en tôle qu'il s'était construit pour pouvoir s'y installer et avoir le plaisir d'entendre le bruit de la pluie qui tombe.

— Il a même installé une autre plaque de tôle devant la fenêtre de sa chambre à coucher afin de pouvoir également entendre le bruit de la pluie la nuit. Au fait, Yairi, avait-il ajouté, la sœur de mon patient s'est étonnée de ne pas te voir toi aussi lors de mes visites.

Deux jours plus tard, je l'accompagnai. Benyamin était fou de jalousie. Il resta à la maison et tenta de digérer cette nouvelle insensée, que quelqu'un puisse me préférer à lui et que le toit ouvrable de la Thunderbird m'expose aux regards de tous les enfants du quartier.

La famille Fried habitait dans le quartier d'Arnona, au sud-est de la ville. La distance entre nos maisons, le paysage désertique et infini, le chant lointain et doux de deux muezzins, perceptible quoique invisible, leurs voix qui se mêlaient et rivalisaient, le bruit des clochettes proches et lointaines à la fois des troupeaux et des églises me procuraient le sentiment de me rendre à l'autre bout du monde.

— C'est ici que passe la frontière, dit Vot'père, confortant mon sentiment. Tu vois, Yairi, juste après les cyprès, c'est le royaume de Jordanie ! Et là, me montra-t-il solennellement, les monts de Moav. Regarde comme le coucher du soleil les éclaire et comme ils semblent proches. Si tu tends la main peut-être pourras-tu les toucher. Tu vois ! C'est là, sur le mont Nebo que se tenait Moïse, les yeux tournés dans cette direction. Lui aussi pensait que c'était très proche, mais de l'autre côté.

Ce voyage ensemble, cette conversation, le « Yairi » dans sa bouche et sa main sur mon épaule, la docilité du soleil couchant qui éclairait ce que Vot'père souhaitait qu'il nous éclaire, tout cela me revigora. Je débordais d'amour pour lui et d'attente pour les voyages à venir.

La maison des Fried m'émerveilla : une maison en pierre rose de Jérusalem avec de grandes fenêtres et de laquelle, en dépit de son immensité, émanaient simplicité et modestie. Des arbres fruitiers l'entouraient et Tirzah, qui prendra l'habitude de toujours m'attendre près du portillon, m'emmena cueillir des grenades encore vertes, des figues de barbarie mûres à souhait et ramasser toutes sortes de figues — jaunes, vertes, violettes et noires. Sa mère, Goldie Fried, une femme rousse et discrète, nous offrit une limonade fraîche et d'épaisses tranches de pain beurrées avec un bocal de cornichons de sa confection avant de disparaître. Ils étaient si savoureux que, lors des visites suivantes, je me mettais à saliver déjà près de la gare, à trois kilomètres du bocal de la maison Fried, exactement comme aujourd'hui, quarante ans plus tard.

« Regarde, tu as vu ce bon camarade ! disait Meshoulem en soulevant un cornichon au-dessus de son assiette, même à la table de César jamais il n'y eut de cornichons aussi délicieux que ceux de ma Goldie ! »

Il était très fier de sa Goldie et aimait tout ce qu'elle faisait. « C'est un vrai trésor ! La cerise sur la couronne ! Elle gère la maison, la famille, l'argent de la banque, et moi je m'occupe des ouvriers sur les chantiers et des arbres du jardin. »

Les affaires de Meshoulem étaient complexes et importantes mais son jardin était simple. Pas un jardin de riches comme celui que je pus voir quelques années plus tard chez ma belle-famille aux États-Unis et dont s'occupaient deux jardiniers pour le fertiliser, le peigner, le maquiller, l'arroser. Un jardin simple mais négligé, dont le propriétaire refusait d'embaucher un jardinier — « Ça perturbe les plantes ! » —, et embelli seulement de plantes et de fleurs sauvages. Meshoulem m'avait énuméré leurs noms dans l'ordre, sans faute et sans les écorcher : le crocus et le safran, le coquelicot et l'arum, le narcisse, l'ail sauvage, le bleuet, le bouton d'or, le genêt, le cassie, l'anémone, la gueule-de-loup, le pavot et la mandragore. En été, les dernières floraisons de la mauve rose, le bouillon-blanc et le volubilis, et, pour finir, la scille. Ici il n'y avait point de bassin avec une petite fontaine en cuivre comme dans le jardin des parents de Liora et encore moins de poissons d'or comme chez eux. Entre les pierres se glissaient des lézards verts, des caméléons et deux tortues des champs très rapides qui, comme Tirzah me le racontait, couraient après les chats.

Elle coupait chaque figue en deux, m'en donnait une moitié et mordait dans l'autre, m'expliquant que les figues se différenciaient les unes des autres par leur goût même si elles poussaient sur le même arbre. « Meshoulem trouve que ce n'est pas bien que quelqu'un hérite d'une bonne figue et un autre d'une mauvaise. Il faut donc partager. »

« Et s'il y a trois personnes ? », avait demandé Benyamin, à qui j'avais raconté ce que m'avait dit Tirzah.

« Et s'il y a trois personnes ? », lui avais-je demandé à mon tour. « Dis à ton frère que les figues ne se mangent qu'en couple », m'avait répondu Tirzah, qui avait ajouté que son père et sa mère arrosaient leur figue d'un filet d'arak. Elle m'avait chuchoté à l'oreille qu'ils s'enfermaient alors pour les manger au lit « en gloussant ».

— C'est délicieux, avait-elle dit, ils nous autorisent parfois Gershon et moi à goûter, mais juste un petit bout. Meshoulem dit toujours : « De l'arak, c'est de l'arak, et les enfants sont des enfants. Alors une figue c'est tout et seulement le shabbat. »

— Pourquoi l'appelles tu Meshoulem ?

— Comme ça. Gershon l'appelle Papa et moi Meshoulem. Lui-même parle de lui à la troisième personne. Tu n'as pas remarqué ? Ma mère l'appelle « Shoulam », avait-elle poursuivi, moi, « Tiraleh », Gershon, « Geraleh », et elle a suggéré à mon père de t'appeler « Iraleh ». Elle adore les surnoms. Elle appelle le zizi « *pipot* », que ce soit un zizi de fille ou de garçon.

Elle battait les figues de barbarie avec une branche de pin pour en ôter les épines, grimpait aux arbres comme un vigoureux ourson et riait aux éclats. Gershon, son frère convalescent, venait s'asseoir, encore pâle et faible, sur le balcon, agitant la main dans notre direction avec « la lampe multicolore » de Vot'père. « Il est vivant, mais il est si faible, se lamentait Meshoulem, j'aurais dû faire gaffe avec cette doctoresse. »

Comme Tirzah et moi, Gershon avait un petit corps râblé, les ongles aplatis, le cheveu dru et hérissé, mais contrairement à nous, son crâne arborait une double cime, deux houppettes de cheveux. Vot'père, toujours perspicace, nous avait expliqué que chez les jumeaux les houppes s'enroulent toujours en sens opposé. Certains jumeaux sont tellement semblables que c'est la seule manière de les distinguer.

Des années plus tard, lorsque naquirent les gigantesques jumeaux de Benyamin, j'attendis que poussent leurs cheveux et je pus alors constater que Vot'père avait raison. Les deux garçons étaient en tous points identiques, mais chez Yariv la houppette s'enroulait dans le sens des aiguilles d'une montre alors que chez Yoav elle allait en sens inverse.

— Comme ça ma copine comprend tout de suite lequel de nous deux est rentré pour shabbat, avait plaisanté Yariv lors d'un de ses derniers congés militaires. Mais il arrive parfois à la copine de Yoav de se tromper et c'est vraiment sympa !

2

— Voilà, Monsieur Fried, avait dit Vot'père, votre fils doit faire de l'exercice, manger sainement, mais il est guéri. Je n'ai plus à revenir.

Meshoulem ne put cacher son émotion et réagit à sa manière pour exprimer ses sentiments : il fila dans la cave vers son gros coffre-fort et revint avec une épaisse liasse de billets à la main.

— Pour vous, Professeur Mendelsohn, dit-il, c'est pour vous ! Vous avez guéri l'enfant de Meshoulem. Je vous remercie.

— Monsieur Fried, répondit Vot'père en repoussant l'argent et se retenant de rire, vous m'avez déjà donné un chèque et je vous ai d'ailleurs fait un reçu. Non, non.

Meshoulem se montra offensé :

— Le chèque c'était pour le travail, le liquide c'est autre chose. Pour remercier pas besoin de reçu ! Vous ne pouvez pas dire non à Meshoulem Fried.

— Je le peux, Monsieur Fried, rétorqua Vot'père. Vous m'avez déjà versé mes honoraires, et je ne peux accepter ce genre de cadeau.

Meshoulem leva les yeux vers Vot'père, saisit sa main à la peau claire et délicate de ses deux paumes épaisses et mates et déclara :

— Professeur Mendelsohn, aujourd'hui vous avez sauvé deux âmes en Israël. Mon enfant et cette doctoresse qui a failli me le tuer. Vous méritez de ma part le cadeau que vous voudrez.

— Dans ce cas, répondit Vot'père, je veux bien accepter d'autres figues de votre verger et peut-être aussi trois ou quatre grenades. Ma femme et moi en sommes très friands.

Meshoulem fut saisi d'une plus grande émotion encore. Il sortit de sa poche un grand mouchoir bleu et dit : « Il faut que je pleure un peu », une phrase que nous entendrions bien des fois encore par la suite. Après avoir un peu pleuré, il accrocha son mouchoir pour le faire sécher sur une branche et ouvrit grand ses paumes :

— Pas que des fruits ! Pour vous, Docteur Mendelsohn, j'arracherais un arbre entier ! Demain matin viendront un tracteur et une pelleteuse. Dites-moi maintenant quelle sorte de figue vous voulez. Celle-ci ? Cette grenade peut-être ? Tout ce que vous souhaitez, vous n'avez qu'à demander. Si vous voulez déplacer un mur dans votre maison ou changer la cuisine, s'il y a quelque chose de lourd à déplacer, si quelque chose se casse... Si un voisin dans l'immeuble vous cause des problèmes et qu'il faut le calmer, j'ai à votre disposition un combattant du bataillon de Bielski qui monte chez moi les échafaudages. Il est capable d'enfoncer un clou dans une planche d'un seul coup, non pas avec un marteau, mais à main nue ! Dites seulement ce qu'il vous faut et Meshoulem viendra le faire.

— Non vraiment, répondit Vot'père. Je vous en prie, Meshoulem, ce n'est pas nécessaire.

Des larmes réapparurent dans les yeux de Meshoulem qui extirpa de sa poche un autre mouchoir bleu.

— Même si vous voulez raconter une histoire aux enfants avant qu'ils s'endorment et que vous et Madame vous êtes fatigués, Meshoulem accourra. Hein, Gershon, hein, Tirzah, n'est-ce pas qu'on en a de belles histoires ?!

Vot'père réitéra son refus :

— Ce n'est pas nécessaire.

Néanmoins Meshoulem ne désarmait pas :

— Un professeur tel que vous ne peut pas rouler dans une si petite Ford Anglia. Je vais vous donner ma voiture pour épater vos collègues de l'hôpital *Hadassah* et vos proches. De toute façon, j'avais l'intention d'en changer pour fêter la guérison de Gershon. Je vais vous donner ma Ford pour remplacer la vôtre.

Vot'père sourit :

— Je n'ai pas de quoi acheter de l'essence pour une auto comme la vôtre.

— Pour mon auto pas besoin d'argent. On remplit le réservoir avec les coupons de la Meshoulem Fried SARL. Et qu'est-ce que c'est que cette histoire que vous n'avez plus besoin de revenir chez nous en visite ?

— Je voulais dire que Gershon est guéri.

— Alors vous ne viendrez plus en tant que médecin mais en tant qu'ami. Et Iraleh viendra aussi, ajouta-t-il, me désignant du doigt. Vous avez vu comme avec Tirzah ils jouent bien ensemble ! Je mets déjà quelque chose de côté pour sa dot.

Et en effet, Vot'père, qui généralement n'aimait pas « aller chez les gens », m'emmena plus d'une fois chez la famille Fried, quand ce n'était pas Meshoulem qui amenait Tirzah et Gershon jusqu'à moi. En dépit des protestations de Vot'père, il vérifiait et inspectait interrupteurs, charnières et robinets de la maison et du cabinet — « Ce camarade fuit un peu, nous allons lui mettre tout de suite un nouveau joint » —, exactement comme il le fait encore aujourd'hui, maintenant que ma mère est morte, que Gershon, l'enfant sauvé par Vot'père, a grandi avant d'être tué à l'armée, que Vot'père, vieux et faible, habite le rez-de-chaussée qui fut autrefois le cabinet. Meshoulem a tout réaménagé : il a transformé la salle d'attente en salon avec un coin cuisine, et le cabinet de soins et de consultation en chambre à coucher. Il a fait disparaître l'odeur tenace qui règne dans tout cabinet mais a laissé aux murs diplômes, certificats et autres distinctions de Vot'père, se contentant de déplacer la plaque Y. MENDELSOHN — PRIVÉ de l'appartement du second étage.

— C'est parfait comme ça, lui avait-il dit, tu n'auras pas besoin de te casser la tête avec trop de pièces, des escaliers et les souvenirs de l'étage du dessus. Là, tout est petit et agréable et tu peux même aller prendre l'air dans le jardin.

Il lui avait trouvé « de bons et tranquilles locataires qui payaient à temps et qui ne lui causeraient pas d'ennuis » pour le grand appartement du dessus. Il débarquait à toute occasion, préparait pour eux deux une tasse de thé, puis ils s'asseyaient et discutaient. Vot'père, que la vieillesse avait rendu plus amène envers les hommes — « Pas avec tous, objectait Benyamin, mais avec certains oui, ce qui de sa part est remarquable » —, racontait à Meshoulem des blagues et le laissait gagner aux échecs. Lorsqu'il était fatigué et qu'il s'assoupissait — Vot'père s'endormait soudain comme un enfant —, Meshoulem en profitait pour inspecter l'appartement « pour s'assurer que chez le Professeur tout baigne, qu'il n'y a pas de pannes ou de problèmes ».

Puis il demeurait un bref instant près du mur du salon, là où aujourd'hui trône une belle commode et où autrefois se tenait le lit d'auscultation sur lequel tant d'enfants, dont le sien, avaient été examinés. Il extirpait son grand mouchoir bleu des profondeurs de sa poche et s'essuyait les yeux. Il sortait parfois son mouchoir car des larmes sourdaient de ses paupières, mais parfois c'était parce qu'il sortait son mouchoir que des larmes se mettaient à couler. Quoi qu'il en fût, Meshoulem pleurait un peu, se rappelant la fois où son fils avait échappé à la mort et la fois où il n'y échappa pas.

3

Les mains de Vot'père étaient sûres et efficaces lorsqu'il s'occupait de ses petits patients, mais pour le reste, et en particulier pour l'entretien de la maison, il était terriblement maladroit. Même les plaques de cuivre qu'il avait vissées sur la porte de la maison et celle du cabinet étaient de travers, se désolait ma mère. Pour le bricolage, du simple changement d'une ampoule au débouchage de l'évier, il n'avait ni l'envie ni le temps. Elle n'hésitait pas à s'adresser à Meshoulem pour lui demander de l'aide. Ses employés se déplacèrent chez nous plus d'une fois. Ils réparaient ce qu'il y avait à réparer, déversaient un camion plein de terre dans le jardin ou conduisaient notre Ford Anglia au garage.

Elle se réservait seulement les peintures de la

maison au printemps. Vot'père allait se réfugier dans son cabinet. Benyamin préparait un petit sac et annonçait : « Je vais m'installer chez des amis ». Moi je restais avec elle. Ensemble nous allions au magasin acheter de la peinture et des brosses. Nous transportions les pots dans les escaliers — « Comme tu es fort, Yair. Un vrai taureau ! » —, déplacions les meubles que nous recouvrions de journaux et de vieux draps. Elle montait sur une échelle et se mettait à la tâche — rapidement, avec de larges mouvements de la main, un foulard noué sur sa chevelure blonde. D'une adresse extrême, elle avançait juchée sur son échelle d'un coin à l'autre tel un clown sur des échasses.

« Tu n'as pas envie de venir travailler chez moi ? » se moquait Meshoulem. Un jour — Vot'père était à son cabinet, Benyamin jouait dehors et moi je l'aidais à peindre —, je les surpris dans la cuisine en train de faire des messes basses. Malgré tous mes efforts, je ne parvins pas à percevoir le moindre mot mais, le surlendemain, Meshoulem annonçait à Vot'père :

— Le grand et Madame vont venir avec moi une heure ou deux pour rendre visite à Goldie et aux enfants et cueillir chez nous quelques amandes vertes dans le jardin.

Nous empruntâmes comme d'habitude la route de Beit Hakerem vers la sortie de la ville, et, un peu avant le garage de *Mekasher,* Meshoulem tourna à droite dans la rue Rupin, qui n'était alors qu'un étroit sentier entre des collines vierges et rocailleuses. Il expliqua à ma mère qu'il allait bientôt bâtir là « quelque chose d'immense pour le gouvernement et l'université hébraïque ».

— Qui aurait cru, Meshoulem, que tu puisses en arriver là ! s'exclama-t-elle, c'est merveilleux !

Nous descendîmes en diagonale vers le vallon de la Croix, puis nous montâmes jusqu'au quartier de Rehavia, mais cette fois nous ne poursuivîmes pas en direction de la gare ni jusqu'au quartier d'Arnona, où se trouve la maison des Fried. Meshoulem quitta la route pour nous conduire dans un quartier que je n'avais jamais vu auparavant.

Dans la rue passait un défilé. Des gens brandissaient des drapeaux rouges et des calicots. Meshoulem se moqua de « ces fainéants de militants socialistes » avec leur manie de transformer les jours de travail en vacances. Nous gravîmes des collines et redescendîmes jusqu'à ce que la route ne soit plus pavée, puis nous tournâmes à droite et grimpâmes par une piste sablonneuse. Les larges et tendres pneus de la Thunderbird faisaient un agréable bruit sur les graviers. Un monticule de terre érafla tout à coup le ventre de l'auto.

— Ne vous inquiétez pas, nous rassura Meshoulem, ce camarade-là n'est pas une automobile comme les autres et Meshoulem n'est pas si mauvais conducteur !

— Mais nous ne sommes pas inquiets, lui avait répondu ma mère, tu es le meilleur chauffeur du monde !

Une grande bâtisse en pierre se dressait en haut de la colline, flanquée d'une autre plus petite, en pierre elle aussi, avec une tourelle surmontée d'un clocher. De grands pins s'élevaient tout autour. Nous descendîmes de voiture pour nous promener. Beaucoup de gens, selon ma mère, avaient trouvé la mort ici pendant la guerre. Des jeunes gens, avant d'avoir pu engendrer un enfant, avant de s'être construit une maison ou même d'avoir planté un arbre.

« Avant d'avoir eu le temps de raconter une histoire », ajouta-t-elle, quand soudain une petite porte dans le mur de pierre s'entrouvrit. Une très petite femme, presque naine, vêtue de noir des pieds à la tête, sortit de la cour intérieure et nous versa de l'eau d'une bouteille embuée de givre.

« *Nero... nero...* », disait-elle, et Meshoulem, qui durant tout ce temps était resté silencieux à marcher derrière, nous expliqua que « *nero* » signifiait eau en grec. « *Efharisto* », dit-il en s'inclinant. La nonne s'inclina à son tour avant de retourner dans la cour en refermant la porte dans la muraille. Je fus alors saisi d'une terrible angoisse : qu'allions-nous faire des verres à présent ?

— Pas de problème, me rassura ma mère, nous allons les mettre devant la porte avant de partir.

— Et si quelqu'un les prenait ? Elle pourrait penser que nous sommes des voleurs.

— Ne t'inquiète pas, Yair, personne ne les prendra et elle ne pensera pas que nous les avons volés.

Lorsque nous revînmes à la maison, Meshoulem sortit du coffre un petit panier plein d'amandes vertes qu'il tendit à ma mère :

— Tiens, lui dit-il, que tu aies au moins quelque chose à rapporter et à montrer chez toi.

CHAPITRE IV

1

Cette journée avait commencé comme tant d'autres dans l'existence du Bébé. Les yeux qui s'ouvrent comme chaque matin face aux yeux des autres enfants. La peau caressée par l'air frais et l'air chaud qui se mêlent et se séparent, à la poursuite l'un de l'autre. Un moment si agréable en ces heures matinales. Les oreilles à l'affût des pigeons mâles en train de se chamailler sur le toit avec leurs pattes qui griffent la gouttière comme les mains de l'intendante de la maison des enfants du kibboutz quand elles s'activent dans la cuisine. Le nez chatouillé par l'odeur de la bouillie déjà prête, de la margarine et de la confiture qui rougit dans les soucoupes. Le cœur serré par les personnages qui l'ont visité dans ses rêves et dont il a déjà oublié les noms en se réveillant.

Le Bébé se couvrit la tête. Un peu d'obscurité. La couverture étouffait les voix. Un enfant du kibboutz a peu d'instants comme ça qui soient seulement à lui. « Ici le temps aussi appartient à tout le monde », m'avait dit un jour ma belle-sœur Zohar, qui avait été élevée dans une maison des enfants « en tous points pareille ». Derrière ces courtes minutes privées guettait ce qui allait inévitablement et irrémédiablement arriver : le cri du « Bonjour les enfants ! Debout tout le monde ! » L'ouverture des rideaux, le tumulte du réveil, le brouhaha lors de la toilette et de l'habillage. Puis, après le petit déjeuner, la sortie collective jusqu'à la route pour attendre la navette qui conduit à l'école des kibboutz de la vallée du Jourdain.

« Il était "externe" comme on disait alors », me raconta bien des années plus tard un vieux de là-bas, qui avait l'âge qu'aurait eu Bébé s'il ne s'était pas fait tuer au combat. « Nous ne le tourmentions pas comme les autres externes car il avait un oncle et une tante au kibboutz. Mais il n'y a rien à faire, un externe reste un externe ! »

« Comme toi dans ta famille ! s'était esclaffée Zohar, toi aussi tu es en quelque sorte un externe. »

Le Bébé avait un père et une mère, mais la mère ne supportait pas la vie en terre d'Israël. Ni ses habitants, ni sa chaleur, ni sa pauvreté, et encore moins ses attentes. Elle l'abandonna aux mains de son père pour retourner dans son pays natal où l'attendaient le théâtre et la musique qui lui avaient tant manqué et où l'attendaient aussi la langue, le climat et la mort. Un châtiment qui vint la faucher précocement quelques années plus tard.

Son père se remaria avec une autre femme, qui l'éloigna de ses camarades et exigea même qu'il chassât son fils. « Tu as un grand frère au kibboutz, lui avait-elle dit, un peu âgé certes, mais un homme bon qui peut très bien le prendre avec lui. Le kibboutz est un bel endroit et les gens là-bas sont très bien. Ce sera mieux pour lui comme pour nous. »

Ainsi, baignant dans toute cette bonté, il fut contraint de s'exiler dans son nouveau foyer. Il avait sept ans, le dos de ses mains encore potelé et un visage mat et joufflu, ce qui lui avaient valu son surnom de « Bébé ». Sur ses sentiments je ne peux malheureusement rien dire. Il y a une limite à ma perspicacité. Tous les gens qui furent témoins des débuts de l'existence du Bébé sont aujourd'hui morts : lui-même, déjà, lors de la guerre d'Indépendance, puis son oncle et sa tante, la même année, de la même maladie et dans la même maison de retraite. Son père, dans son lit, aux côtés d'une troisième femme dont j'ignore tout, excepté le fait qu'elle a existé. Sa mère, dans un camp de concentration, de faim et de froid, songeant sans doute à l'enfant qu'elle avait abandonné comme à ce soleil brûlant qu'elle avait fui et à l'éventualité selon laquelle la Seconde Guerre mondiale n'avait éclaté que pour lui faire payer ce qu'elle avait fait à son fils. Sa belle-mère, dans un accident de la circulation, rue Gaza, à Jérusalem — pour la châtier, le destin avait mobilisé la pluie, un autobus et un side-car rempli de fleurs éparpillées sur le pavé.

Mais tout le monde était alors en vie, et l'oncle et la tante du Bébé l'accueillirent et l'élevèrent avec amour. Ils étaient âgés, leur fils unique déjà marié était parti vivre dans un autre kibboutz. Sa belle-mère avait raison : c'étaient des gens bons et ils jouissaient d'un certain statut au sein du kibboutz. La tante était la seule femme du pays à diriger tout un secteur de production au kibboutz, une étable de vaches laitières. L'oncle était membre actif du Mouvement du kibboutz, d'où il revenait chaque fois avec « le compte-rendu de l'assemblée générale » et un « petit cadeau » pour sa femme et son neveu.

Les visites de son père s'espacèrent et s'écourtèrent, et le Bébé se mit à appeler « Papa » et « Maman » ses oncle et tante qui l'avaient adopté. Tous les jours, lorsqu'il venait leur rendre visite après le déjeuner dans la maison des parents, ils le serraient dans leurs bras, l'embrassaient et lui racontaient une histoire. Ils lui demandaient ce qu'il avait appris à l'école et lui montraient devant une partie de dames comment coller deux biscuits l'un contre l'autre avec de la confiture pour les tremper dans le thé. L'oncle n'avait pas son pareil pour imiter le galop des chevaux en tambourinant du bout des doigts sur la table. La tante lui apprit l'argot. Quand il essayait de l'imiter, les mots se bloquaient dans sa bouche et ça le faisait rire.

Puis il leur demandait la permission de feuilleter l'« Album », un livre en français qu'ils conservaient dans leur bibliothèque. Il n'en comprenait pas les mots et, à vrai dire, eux non plus, mais il y avait de belles illustrations et des photos : palais, montagnes, papillons, reptiles, fleurs, cristaux, oiseaux. Au fond de lui, l'oncle était partagé car un tel album pouvait autant susciter chez un jeune lecteur la passion de l'étude que le dangereux attrait de la collection.

Lorsqu'il déambulait dans le kibboutz, les yeux du Bébé étaient toujours baissés. Non par crainte ou par honte mais parce qu'ils étaient à la recherche de scarabées lustrés, « d'une jolie pierre », ou de l'éclair vert et fuyant d'un lézard.

Parfois, ils découvraient une pièce ou une clef tombées de la poche de quelqu'un. Alors il s'empressait de retrouver sa tante pour lui remettre fièrement sa nouvelle trouvaille. « Quel adorable *kelbeleh* tu es ! » lui disait-elle en lui prenant la nuque. Puis elle lui confiait un mot pour qu'il le colle sur le tableau des petites annonces dans la salle à manger : l'objet perdu pouvait être récupéré chez elle, à l'étable, après description. Le Bébé était persuadé que *kelbeleh* voulait dire petit chien et ce n'est que quelques années plus tard, après qu'il eut rejoint le *Palmach,* que le sens de ce mot lui fut révélé : petit veau. Fallait-il qu'il s'en réjouisse ou qu'il s'en attriste ? En tout cas, cette qualité de tout retrouver l'avait rendu célèbre au kibboutz, et plus d'une fois on fit appel à lui quand quelque chose d'important avait été perdu, car ses yeux ratissaient et exploraient comme personne. Plus tard, ce don allait lui permettre de reconnaître chaque pigeon sur le retour bien qu'encore haut et loin dans le ciel.

Ainsi attendait-il ce matin-là avec les autres enfants d'être conduit à l'école quand soudain était apparu un camion étranger qui s'était garé sur le bord de la route. Tout le monde l'avait observé avec curiosité. Les véhicules n'étaient pas alors un spectacle courant, chaque auto excitait la curiosité des enfants et un camion étranger à plus forte raison.

Un homme maigre en tenue de travail et en godillots dont l'âge pouvait varier entre trente et soixante ans, un homme qui pouvait avoir l'air familier en même temps que totalement étranger, en descendit. « Merci beaucoup, camarade chauffeur ! s'écria-t-il, bonjour, camarades enfants ! », puis il se mit à avancer à grandes enjambées. Il était grand, tenait à la main un panier tressé avec une anse et un couvercle, son nez était un peu crochu, son visage, criblé de taches de rousseur, et sa chevelure épaisse et rousse était traversée par une raie juste en son milieu.

Le visiteur se dirigea droit vers le campement du *Palmach* où il se présenta au chef de section, puis les deux hommes se rendirent à la menuiserie du kibboutz. Là les attendaient planches, clous, grillages, ainsi qu'un menuisier revêche et des outils de travail. Chaque kibboutz avait à l'époque sa menuiserie, et chaque menuiserie, son menuisier revêche. Un menuisier revêche qui, à chaque fois que l'on demandait un travail, même si on précisait que c'était important, que c'était pour l'État en marche et pour la guerre imminente, s'irritait encore davantage. Mais le visiteur avait l'habitude de se frotter à eux, il connaissait leurs manies et la meilleure façon de les ménager. Il leur montra des plans « top secrets ». « Il est interdit de les divulguer ! » chuchota-t-il. Il faisait de grands gestes de ses bras couverts de taches de rousseur, expliquait, réclamait, et surtout posait des questions qui faisaient croire à son interlocuteur qu'on ne lui donnait pas d'ordres mais qu'on lui demandait conseil.

Les deux hommes s'attelèrent à un ouvrage qui, au début, avait l'aspect d'une immense caisse ou d'un petit appentis, dont les cloisons comportaient des ouvertures de différentes grandeurs, à l'intérieur duquel un homme aurait pu se mouvoir debout en déployant les bras. Très vite, ils créèrent aussi des cellules intérieures, des rebords extérieurs, des fenêtres grillagées protégées de lattes en bois et une porte grillagée doublée d'une porte pleine.

Durant deux journées entières, la menuiserie résonna de bruits de marteaux, de scies, de discussions et d'ordres en yiddish, en allemand et en hébreu. Le troisième jour, le chef de section envoya quelques garçons du campement du *Palmach*. Ils chargèrent le petit édifice grillagé sur une charrette qu'ils tirèrent jusqu'à la ferme aux animaux des enfants du kibboutz pour l'y installer tourné vers l'est. Le visiteur vérifia s'il n'y avait ni clou ni écharde qui dépassât, et apparemment satisfait s'exclama :

« C'est bien, même très bien. » Puis il ouvrit le couvercle du panier d'osier qu'il avait apporté avec lui et en sortit un pigeon. Un pigeon comme tous les pigeons, gris-bleu, semblable à mille autres, mais avec des ailes plus larges, la queue plus courte et une protubérance blanche au-dessus du bec à la jonction de la tête. Le visiteur le déposa dans le petit appentis et tout le monde comprit alors qu'il s'agissait d'un colombier, sans cependant comprendre pourquoi il avait été construit ni pourquoi un seul pigeon y avait été introduit.

Le visiteur présenta à son pigeon une soucoupe remplie d'eau et quelques graines avant de se rendre à la salle à manger où il ne prit pas un véritable repas. Il picora dans son assiette puis se mit à tremper une série infinie de biscuits dans une série infinie de tasses de thé au citron ; un spectacle que de nombreux yeux suivirent avant d'être interrompu par la tante du gamin, qui s'approcha de sa table.

« Bonjour Docteur, dit-elle, comment allez-vous ? » Elle lui demanda s'il pouvait se rendre à l'étable où un veau était sur le point de mourir.

Tous ainsi comprirent ce que savait déjà la tante préposée à l'étable, qu'il n'était pas un simple rouquin édificateur de colombiers destinés à abriter un unique pigeon mais un vétérinaire. Pas un simple guérisseur d'animaux venu d'une ville ou d'un kibboutz voisin mais un véritable médecin diplômé ! Le visiteur s'en fut alors examiner le veau, se procura différents ingrédients auprès de la vachère, de l'infirmière, de l'économe et de la cuisine de la maison des enfants, puis concocta un breuvage tiède et puant qu'il lui fit avaler dans un seau, avant de retourner dans la chambre qui lui avait été attribuée. D'après les gardiens de nuit, il n'éteignit pas la lumière avant l'aube.

Tôt le matin, le visiteur quitta sa chambre et courut jusqu'à l'étable pour faire boire à nouveau au veau malade le médicament qu'il lui avait concocté la veille. « Patience, camarade veau, lui dit-il, tu vas vite guérir et tout sera bientôt oublié. » Puis il se dirigea en faisant de grands moulinets avec les bras jusqu'à son colombier. Il prit dans la poche de sa chemise un carnet, écrivit quelque chose sur une fine feuille qu'il arracha, plia et glissa dans une petite capsule qu'il sortit de son pantalon. Il saisit le pigeon, la lui fixa à la patte et le laissa s'envoler.

Il y avait quelque chose de beau et de plaisant dans la manière dont ses mains avaient envoyé l'oiseau, geste qui traduisait à la fois le don de liberté, la transmission d'une force mais aussi un au revoir, l'espoir et le désir. Quiconque se trouvait là à ce moment en fut bouleversé. Les regards suivirent le pigeon jusqu'à ce qu'il disparaisse au loin. Même le vétérinaire était ému, bien qu'il eût déjà envoyé des milliers de pigeons depuis son enfance à Cologne, où il naquit, grandit et d'où il avait lâché son premier pigeon.

L'espace d'un instant, ses mains étaient restées tendues comme pour aider l'oiseau dans son ascension. Elles s'étaient rejointes ensuite pour abriter son front. Son regard l'avait accompagné pendant qu'il s'éloignait, ses lèvres lui souhaitant un bon et rapide voyage. Chaque envoi procure une joie toujours différente, songeait-il, et une fois l'oiseau disparu de sa vue, il avait extirpé d'une de ses poches un carnet pour y consigner autre chose encore.

Le lendemain arriva au kibboutz un pick-up vert chargé de boîtes en métal, de caisses en bois grillagées, de petits sacs renflés en toile de jute, d'autres paniers d'osier tressés, de mangeoires et d'abreuvoirs en fer-blanc. Au volant se tenait une jeune femme silencieuse, une de ces femmes qui ont toujours un genou qui tremble quand elles sont assises. Elle aussi apportait un pigeon gris-bleu. Quelques fier-à-bras en profitèrent pour déblatérer sur les femmes au volant à qui l'on osait octroyer le permis tandis que d'autres se mirent à polémiquer pour savoir s'il s'agissait du même pigeon que celui que l'hôte avait envoyé la veille.

Dans les boîtes en métal se trouvaient des ustensiles et des appareils, dans les sacs en toile de jute, des graines, et des caisses en bois montaient de doux murmures, des coups de griffes d'impatience et des gémissements étouffés. Il n'était pas besoin d'être grand clerc pour faire le lien entre tous ces bruits, ce dont ils avaient été témoins la veille et les odeurs pour comprendre que ces boîtes renfermaient d'autres pigeons. Le vétérinaire et la jeune femme silencieuse déchargèrent le tout à l'ombre puis réexaminèrent le nouveau colombier. Ils donnèrent au menuisier la « porte-trappe », un assemblage de fines barres métalliques articulées sur un axe qui permettent de régler l'ouverture : soit de l'extérieur, soit de l'intérieur ou dans les deux sens.

Le menuisier fixa la « porte-trappe » à l'entrée du pigeonnier. Le vétérinaire introduisit et installa les mangeoires ainsi que les abreuvoirs. « Tu croyais qu'on ne t'avait pas vu ! » dit-il en enfonçant d'un coup de marteau un clou dont la tête dépassait à l'intérieur et qui avait échappé à sa vigilance. La jeune femme silencieuse sourit d'un sourire dont on ne l'aurait pas cru capable, avant de sortir une jolie plaque peinte ornée de fleurs, de plantes et d'oiseaux naïfs sur laquelle était inscrit : PIGEONNIER. Elle l'accrocha au-dessus de la porte du colombier, recula de deux pas, observa, la redressa puis sourit à nouveau, quand dans la foule se distingua une troisième espèce de fier-à-bras qui se demandaient si après s'être tant souri à elle-même elle pouvait encore sourire aux autres.

Elle s'empara alors d'une pioche et d'une bêche, s'éloigna du pigeonnier et creusa une grande fosse carrée. Forte et persévérante, elle ne se redressa pas avant d'avoir terminé sa tâche, repoussant d'un hochement négatif de la tête « tous les pionniers combattants, tous les solides gars des champs et tous les gros bras de la serrurerie » qui — comme on l'apprendra plus tard — s'étaient approchés d'elle les uns après les autres pour lui proposer leur aide.

Elle revint au pigeonnier, dispersa des graines, versa de l'eau dans les abreuvoirs et y introduisit les caisses grillagées. Elle se redressa et regarda le vétérinaire comme si elle attendait son ordre.

— Ouvre, ouvre Myriam, dit le vétérinaire, ce sont tes pigeons.

La jeune femme ouvrit les caisses. Une quarantaine de pigeonneaux, dont la plupart étaient déjà couverts de plumes, même si quelques restes de duvet subsistaient sur quelques-uns, en sortirent pour investir leur nouvelle demeure et se jeter sur l'eau et la nourriture. Elle nettoya les caisses vides puis les mit au soleil afin de les stériliser. Elle enterra les détritus qui restaient au fond des caisses dans la fosse qu'elle avait creusée puis elle les recouvrit d'une fine couche de terre.

2

Le soir ils se retrouvèrent tous deux dans la salle à manger, et, après avoir encore trempé d'autres biscuits dans d'autres tasses « de citron au thé » — comme disaient des plaisantins au kibboutz —, le vétérinaire roux se leva et frappa son verre de sa fourchette. Ce fut la stupeur : qui donc osait ainsi faire entendre de tels sons bourgeois dans la salle à manger d'un kibboutz ?

— Bonsoir, camarades, dit-il. Je suis le Dr Laufer.

Puis il leur présenta la jeune femme silencieuse :

— Elle s'appelle Myriam, c'est aussi une colombophile avertie.

Il demanda si des étrangers étaient présents

dans l'assistance ou s'il n'y avait que des membres du kibboutz et du *Palmach,* « car nous sommes dépositaire d'un secret », ajouta-t-il.

— Que des membres, lui répondit-on dans la foule.

— Nous aimerions d'abord faire quelques remerciements, commença le Dr Laufer. Nous voudrions vous remercier d'avoir accepté d'abriter sous votre toit un pigeonnier de la *Haganah.* Les pigeons que nous avons apportés ont quatre semaines. Ils vont bientôt s'entraîner à voler et à six mois ils pourront commencer à expérimenter le joug du travail et de la vie de famille.

Des murmures parcoururent la foule. Des termes comme « joug » ou « vie de famille » n'étaient pas étrangers aux oreilles de l'assistance, mais l'usage du pluriel dans la bouche du médecin suscita un débat parmi les anciens : s'agissait-il d'un pluriel de majesté, le « nous royal » dont la finalité est de grandir le locuteur comme le « faisons l'homme à notre image, à notre ressemblance » du livre de la Genèse ou comme le pluriel du Coran, ou s'agissait-il d'un pluriel de modestie.

Le Dr Laufer n'attendit toutefois pas que ce point crucial fût clarifié pour annoncer que le colombier était « top secret et de la plus haute importance » et qu'il avait été installé dans la ferme aux animaux des enfants afin de ne pas éveiller les soupçons.

— Si les Anglais venaient procéder à des fouilles, il suffit de dire que c'est le pigeonnier des enfants, expliqua-t-il. Les pigeons voyageurs ressemblent beaucoup aux pigeons ordinaires, et seul l'œil d'un spécialiste est capable de les repérer. Mais il convient d'être vigilant. Les Anglais savent eux aussi ce qu'est un pigeon voyageur. Pendant la Grande Guerre, leurs colombophiles envoyèrent des milliers de ces pigeons sur le front. Si nous vous disons tout cela, c'est pour que vous sachiez garder le secret et que vous ne révéliez à personne la présence du colombier.

L'importance du pigeon voyageur est considérable, poursuivit le Dr Laufer. Depuis l'époque pharaonique et les premiers jeux Olympiques, les pigeons ont accompli leurs missions en transportant des messages sous leurs ailes. Plus d'une fois un pigeon sauva un bataillon entier de soldats ou un convoi égaré, parfois même au péril de sa propre vie. Les Phéniciens en embarquaient sur leurs navires. Le sultan Nur A-Din établit des relations entre les quatre coins de l'Empire musulman grâce à un réseau de pigeonniers et de pigeons. Des pigeons voyageurs transmirent à Nathan Rothschild la nouvelle de la défaite de Napoléon à Waterloo trois jours avant qu'elle ne parvienne à leurs souverains dans les capitales européennes, et certains prétendent même — le vétérinaire se mit alors à chuchoter — qu'ils furent à l'origine de sa fortune.

— Pas plus tard que l'an passé — il leva à nouveau la voix — un pigeon voyageur que des pêcheurs avaient emmené avec eux a sauvé trois bateaux pris dans une tempête aux larges des côtes de la Nouvelle-Angleterre, aux États-Unis d'Amérique.

Le Dr Laufer déclama un vers d'Ovide et lut un poème juif médiéval espagnol avant d'ajouter que le pigeon était une forme de réincarnation de l'esprit divin dans le Nouveau Testament. Il cita même avec aisance et précision deux des quatre versions : « Il vit les cieux se fendre et l'Esprit descendre vers lui comme une colombe », puis « Et l'Esprit-Saint descendit sur lui sous un aspect corporel comme de colombe. »

« Point besoin de vous rappeler nos propres pigeons de la Bible, et il se mit à lire : Ma colombe nichée dans les fentes du rocher. Ma colombe, ma parfaite. Mais aussi la colombe que Noé a lâchée de l'arche, qui ressortit jusqu'à ce qu'elle eût trouvé un point d'appui pour la plante de ses pieds. » Puis il propulsa ses deux longues mains dans un geste gracieux et naturel comme s'il lâchait un pigeon, ce qui fit sourire l'auditoire.

« Ainsi, voulut-il souligner, qui mieux que le peuple juif revenu dans sa patrie peut apprécier l'incommensurable appel pour le pigeon de sa maison et de sa patrie... » Pour conclure, il baissa un peu la voix : « Aussi nous vous le répétons et vous le demandons : gardez secret ce pigeonnier, n'en divulguez l'existence ni par inadvertance ni bien sûr intentionnellement. »

Il formula une dernière demande : que l'on ne tourne pas inutilement autour du pigeonnier, qu'on ne l'ouvre pas, qu'on n'y introduise pas la main, que l'on ne fasse pas de bruit superflu et qu'on n'effraie pas les pigeons. « Un pigeon voyageur doit aimer sa maison, sinon il ne reviendra pas », dit-il. Il remercia à nouveau les membres, se rassit pour tremper d'autres biscuits dans d'autres tasses encore, puis, une fois rassasié, désaltéré et ayant suffisamment accumulé de moitiés de citrons pressés devant lui, il prit congé du menuisier, du chef de district, du chef de section du *Palmach,* du veau désormais guéri et de la tante vachère du Bébé. Il regagna sa chambre puis sombra dans un profond sommeil.

Le lendemain, il se leva tôt, mit le moteur du pick-up vert en marche et repartit. Brusquement tout retrouva son calme. La tante rejoignit l'étable et le veau, qui sauta de joie à sa rencontre. Le chef de section reprit son commandement et ses exercices d'entraînement. Le menuisier revêche — qui venait seulement de comprendre à quel point la compagnie du vétérinaire était agréable — s'en retourna à la routine de ses étagères et de ses lits. Et Myriam, la colombophile silencieuse, au nouveau pigeonnier sous sa responsabilité. Elle nettoya, changea l'eau, jeta les caisses en bois au débarras, passa en revue chaque fiche individuelle des pigeons et vérifia que les inscriptions sur chaque bague correspondaient bien au registre. Au coucher du soleil, elle alla s'asseoir sur une caisse vide pour se détendre en fumant, le genou tremblant, sa cigarette du soir.

3

Le discours du Dr Laufer dans la salle à manger porta ses fruits. Personne n'évoqua les pigeons, mais l'on n'en finissait pas de jaser sur la colombophile. Les gens discutaient de la cigarette qu'elle fumait, s'interrogeaient sur son genou qui tremblait, sur l'autre immobile, sur l'écart entre les deux, le tremblotant et le statique, et ils comprirent qu'il ne s'agissait pas de genoux nerveux ou paresseux, pas plus que de genoux esquissant une danse, mais de genoux pleins d'assurance, de force et de stabilité. De même avec la cigarette, comme ils le comprirent vite, ils n'avaient guère plus à se mettre sous la dent, car Myriam ne la fumait qu'après avoir achevé ses tâches journalières. Il ne s'agissait que d'une cigarette de détente après l'effort et non d'une cigarette qui aurait pu traduire quelque frivolité.

Les trois premiers jours, Myriam maintint ses pigeons cloîtrés dans le nouveau pigeonnier. Elle les nourrissait à heures fixes, mit en quarantaine deux pigeons malades, brisa la nuque d'un troisième atteint d'une inflammation de la gorge causée par une maladie infectieuse, puis elle le brûla et enterra ses cendres dans la fosse.

Elle consigna quelques notes dans le « journal du pigeonnier », chassa des chats qui manifestaient un intérêt dépassant la simple curiosité féline, acheva d'un coup de bêche un serpent noir et obstiné qui avait tenté à plusieurs reprises de pénétrer à travers le grillage des fenêtres. À l'instar des autres participants au programme d'entraînement du *Palmach,* elle accomplit toutes les tâches qui lui incombaient au sein du kibboutz. Avant la tombée de la nuit, elle allait fumer sa cigarette quotidienne en faisant trembler son genou.

Aux enfants, qui ne s'intéressaient pas aux genoux de Myriam mais aux nouveaux pigeons et dans la cour desquels avait été installé le nouveau colombier, on avait dit qu'il n'était pas question d'y toucher ni de donner à manger à ses hôtes mais qu'ils pouvaient néanmoins regarder de loin. Tant d'interdits suffisaient à redoubler leur curiosité et leurs questions car les nouveaux pigeons avaient beau être simples et banals, beaucoup trop d'étrangers tournaient autour d'eux et il était clair qu'ils devaient receler quelque secret. Dans leur ferme aux animaux se trouvaient déjà deux couples de pigeons blancs — des oiseaux d'ornement à la tête tendue en arrière et à la queue déployée comme celle d'un paon. Tout le monde ignorait lesquels étaient mâles ou femelles, car par leur superbe et leur coquetterie, ils semblaient quasiment identiques. Tellement imbus d'eux-mêmes, ils se révélaient incapables de donner naissance à aucune descendance au point qu'il était impossible de savoir qui était courtisan ou courtisé, qui pondait ou qui fécondait.

Myriam se rendit au village de Menahamia, d'où elle rapporta quelques autres pigeons d'ornement destinés à camoufler la présence des nouveaux pigeons voyageurs. Ils furent installés dans un pigeonnier mitoyen qui semblait comme rattaché au nouveau, mais qui était en fait séparé par un grillage intérieur. S'y trouvaient d'élégants pigeons français qui, par leur démarche hautaine, se comportaient comme des petites poules avec un jabot et un cou plumé. D'autres avaient été surnommés « pigeons chaussons » par les enfants car un duvet recouvrait leurs griffes, ce qui les faisait déraper sur le sol.

Les gars du *Palmach* voulurent eux aussi ajouter des pigeons dans le nouveau colombier — de grands volatiles charnus que l'un d'eux avait rapportés de chez ses parents qui vivaient à Magdiel —, prétendant que ce n'était pas à cause de leur chair succulente qu'ils les avaient mis là mais pour servir de camouflage aux pigeons voyageurs. Myriam prouva à cette occasion qu'elle n'était pas si silencieuse que cela, et que s'il le fallait elle était capable de parler, et non seulement de parler mais même de crier : elle n'en voulait ni dans le pigeonnier ni même à proximité ! Elle savait très bien ce qui se cachait derrière cette demande et n'acceptait pas qu'une main puisse s'introduire à l'intérieur pour en extraire quelque infortuné pigeon destiné à être sacrifié !

« Ça risquerait de les effrayer. Laissez-les s'envoler et se trouver une autre maison ! » Elle répéta le slogan du Dr Laufer : « Un pigeon doit aimer sa maison, sinon il ne reviendra pas. » Le Bébé, qui se tenait là, près du colombier, espérant qu'elle lui proposerait peut-être d'approcher pour l'aider dans son travail, se souvint de ce jour comme de celui où elle fuma deux cigarettes coup sur coup et où son genou tranquille se mit lui aussi à trembler.

La responsable de la maison des enfants annonça qu'elle avait également son mot à dire : elle ne se résignait pas à ce que « dans la ferme des animaux, si proche des enfants, reste en suspens une telle faute d'hébreu » ! Lorsqu'on lui demanda ce qui provoquait chez elle un tel émoi, elle expliqua que la vocalisation du mot « pigeonnier » était fautive et qu'il ne fallait pas écrire *shovekh,* comme l'avait fait le Dr Laufer, mais *shovakh.* Ce à quoi Myriam lui répondit que tous ceux qui connaissaient le Dr Laufer savaient que ce n'était pas la seule faute d'hébreu que commettaient les colombophiles.

Ainsi, expliqua-t-elle, on appelle la porte-trappe à l'entrée du colombier *loked* et non *lokhed,* qui est pourtant la forme correcte grammaticalement. Même elle, Myriam, dit *loked,* bien qu'elle ait conscience que c'est une faute, mais elle n'a nullement l'intention de retirer la plaque avec *shovekh* au lieu de *shovakh,* car si les pigeons voyageurs doivent aimer leur maison il en est de même pour la colombophile.

J'ai d'ailleurs trouvé il y a quelque temps un *shovekh,* non pas dans la ferme aux animaux d'un kibboutz reculé mais dans un poème de son excellence le vénérable Nathan Alterman, comme dirait Meshoulem Fried.

Des champs pâlissant et des arbres portant une traîne baignaient dans une lumière blanche.
Cette nuit-là, étourdie par les pigeons sur le shovekh, illumine pour toi les cerisiers.

Cela m'avait beaucoup ému. Myriam la colombophile avait raison. Qui oserait affirmer qu'Alterman ait pu se tromper — Alterman ! —, qu'il ait pu faire une erreur en hébreu. Pourtant, le poète d'une erreur avait fait une autre erreur : les pigeons ne volent pas la nuit. Je voulais raconter tout cela à ma mère et lui demander qui avait précédé quoi, le *shovekh* du poème ou le pigeonnier du kibboutz de la vallée du Jourdain, mais ma mère était déjà morte. Quant à Benyamin, à qui je téléphonai pour lui raconter la chose, il me répondit qu'il était temps que je cesse mes bêtises, que ma dépendance à une femme fortunée et au souvenir de ma mère morte me rendaient oisif et stupide.

« *Shovakh* ou *shovekh,* c'est pareil ! Les poètes sont capables de tout pour le rythme et la rime ! » me dit-il. Avant de raccrocher, il ajouta que si j'avais du mal à m'endormir à deux heures du matin ce n'était pas une raison pour le réveiller lui. « C'est pour ça que Dieu a créé la femme », s'emporta-t-il. « Tu n'as qu'à réveiller la tienne ! »

4

Le quatrième jour, une fois que tous les nouveaux pigeons se furent familiarisés avec l'aspect du colombier, avec ses odeurs et ses bruits, Myriam décida de les faire s'envoler. La première d'une série de vols du matin et du soir destinés à faire comprendre aux pigeons que, contrairement aux pigeons de roches, leurs frères sauvages qui quittent le foyer en quête de nourriture, les pigeons voyageurs, eux, y reviennent précisément pour ça.

Ainsi commença la routine des entraînements. Chaque matin, Myriam se levait à l'aube, vérifiait si tout allait bien autour et dans le pigeonnier, puis, quelques minutes après le lever du soleil, elle ouvrait ses fenêtres en grand et chassait les pigeons en agitant un drapeau blanc et en frappant dans ses mains. Pendant un moment, ils demeuraient sur les rebords, puis, trop heureux de dégourdir leurs membres, ils s'élevaient, décrivant des cercles autour de leur nouvelle demeure.

Quelques minutes après, comme ils cherchaient à revenir, Myriam agitait devant eux le drapeau blanc qu'elle remplaçait un quart d'heure plus tard par un drapeau bleu. Elle déplaçait le cran de sûreté de la porte-trappe vers la position « ouverte », sifflait bruyamment et disait aux enfants : « Allez-vous-en ! Ils veulent revenir ! » Quand les pigeons commençaient à s'approcher, elle leur chantait : « Viens, viens, viens manger » en agitant bruyamment la boîte de graines en fer-blanc.

Les pigeons se posaient, d'abord hésitants, puis confiants. Myriam consignait qui s'était posé le premier, qui le dernier, qui ne parvenait pas à rentrer par la grille de la porte-trappe et qui réussissait sans problème. Ceux qui tardaient ou refusaient d'entrer après moult tentatives, elle les plaçait dans un autre compartiment afin qu'ils ne deviennent pas un mauvais exemple pour les autres.

Les deux premiers jours, les pigeons qui rentraient trouvèrent des graines disséminées sur le sol, puis Myriam veilla à ne les répartir que dans les mangeoires. La nourriture des pigeons est très sèche et ils terminent toujours avec de l'eau. Quand le premier pigeon avait fini de manger et commençait à boire, Myriam ôtait toutes les graines, ne laissant rien pour les paresseux, les retardataires ni bien sûr pour ceux qui étaient restés sur le toit du colombier. Après le repas, elle s'en allait vaquer aux travaux qui incombaient aux camarades du *Palmach* et les pigeons restaient cloîtrés. Elle revenait l'après-midi, les portes s'ouvraient et le drapeau blanc s'agitait, signe de départ du second vol. À leur retour, les pigeons recevaient leur repas principal. Myriam, une fois son travail terminé, s'asseyait pour fumer sa cigarette du soir en faisant trembler son genou, puis elle allait se coucher au campement du *Palmach*.

Très vite les pigeons apprirent à identifier la blancheur de l'envol, le bleu de l'atterrissage, l'acuité du sifflement de ses doigts, les différents systèmes de fermeture de la porte-trappe ainsi que la promesse magique du bruit des graines dans la boîte en fer-blanc. Après quelques jours,

Myriam allongea la durée des vols d'une demi-heure le matin et d'une heure l'après-midi. Pendant que les pigeons étaient dans les airs, elle nettoyait le pigeonnier, changeait l'eau et jetait les ordures.

Les enfants s'approchaient, observaient la scène et posaient des questions, mais Myriam gardait le silence et leur faisait signe de s'éloigner. Elle changeait alors les drapeaux, et la nuée affamée atterrissait comme un seul pigeon. Tous entraient dans le pigeonnier et la colombophile était satisfaite. Elle les inspectait les uns après les autres, prenait des notes dans toutes sortes de carnets, sur des fiches, et vérifiait les chances d'accouplement. Ainsi, jour après jour, elle les nourrissait, leur donnait à boire, les faisait voler, sifflait, les faisait se poser, nettoyait, agitait ses drapeaux sans répondre à aucune question des enfants ni les gratifier du moindre regard.

Très vite aussi les enfants s'habituèrent à ce spectacle et cessèrent d'approcher et d'épier — tous, hormis un seul, l'enfant petit et potelé que tout le monde surnommait « le Bébé ». Ainsi l'appelait-on déjà, ainsi l'appela-t-on encore lorsqu'il devint adolescent, ainsi continua-t-on de l'appeler au sein du *Palmach,* comme quand se propagea le cri dans les ruelles du kibboutz, neuf années plus tard : « Le Bébé a été tué ! », « Le Bébé est tombé au combat. » Suivi de bien d'autres cris encore qui traduisaient non seulement la peine, la douleur mais aussi le choc créé par l'association de ces deux mots si antagonistes — « mort » et « Bébé ».

5

Le pigeonnier irrésistiblement l'attirait. Le contraste entre l'humble apparence des pigeons voyageurs et leur sublime appellation l'excitait. Le travail de Myriam suscitait en lui mille pensées. L'heure de son réveil s'était d'elle-même avancée et, contrairement à son habitude, il ne restait plus couché au lit pour goûter les rares instants qui n'appartenaient qu'à lui seul. Il se levait, s'habillait en vitesse, prenait deux tranches de pain dans la boîte de la cuisine des enfants et partait observer la sortie des pigeons pour leur vol matinal. Myriam de la main lui faisait signe de s'éloigner. Il reculait alors et se cachait derrière le palmier à proximité. Sans s'en rendre compte, il mimait ses gestes, agitait des drapeaux imaginaires, abritait ses yeux de sa main, adoptant déjà le regard levé vers le ciel qui accompagne la disparition de l'oiseau ou guette sa réapparition, le regard de tout colombophile en tout temps et en tout lieu.

Myriam se souriait à elle-même, adressant cependant un regard courroucé au Bébé. Ses prunelles se rétrécissaient : « Va-t-en ! » Son front se renfrognait : « Tu fais peur aux pigeons ! » Le gamin reculait encore un peu et regardait de loin, mais, passé quelques jours, il se rapprocha puis osa même lui offrir son aide. Il était prêt à accomplir n'importe quelle tâche, lui dit-il. Il avait beau être petit, poursuivit-il, il était appliqué et fort — « Voyez mes muscles ! Touchez là ! N'ayez pas peur, appuyez fort... » ajouta-t-il, le visage écarlate en bombant son bras plié. Il ne lui casserait pas les pieds, ne la dérangerait pas, arriverait juste après l'école, exécuterait n'importe quel ordre sans poser aucune question.

« Ce n'est pas nécessaire ! » lui répondit Myriam. Mais le même jour un joint céda dans le tuyau d'alimentation en eau du robinet du pigeonnier et elle eut besoin que quelqu'un l'aidât à ouvrir et fermer la valve le temps qu'elle réparait. Le Bébé remplit son rôle parfaitement et, satisfaite, elle l'autorisa à nettoyer les mangeoires. Elle l'observait d'un regard conquis comme le Dr Laufer l'avait regardée quand elle avait le même âge et que sa mère l'avait emmenée au jardin zoologique à Tel-Aviv, où ni la panthère, ni le lion, ni les singes ne l'avaient intéressée mais seulement les pigeons qu'elle n'avait quittés des yeux que lorsque l'immense homme roux qui y travaillait l'avait invitée à entrer. Elle voyait bien à présent que le Bébé se révélait appliqué et efficace et surtout qu'il évoluait dans le pigeonnier avec un calme naturel dans des mouvements doux et fluides sans effrayer les pigeons par sa présence.

Elle lui ordonna de balayer le sol du pigeonnier, l'envoya enterrer les déchets dans la fosse et, quelques jours plus tard, alors qu'elle éteignait sa cigarette du soir, elle lui demanda soudain quel âge il avait.

— Onze ans, lui dit-il.

— C'est un bon âge. Veux-tu continuer à nous casser les pieds à moi et aux pigeons ou préfères-tu apprendre et devenir un vrai colombophile ?

— C'est quoi un colombophile ? demanda le Bébé.

— Un colombophile est quelqu'un qui s'occupe des pigeons voyageurs, lui répondit-elle. Moi, par exemple, je suis colombophile. C'est l'heure que je préfère, ajouta-t-elle. En ce moment le soleil se couche aussi à Tel-Aviv et le jardin zoologique s'emplit de cris, de roucoulements et de rugissements. Le Dr Laufer apporte à ses pigeons leur dîner et leur souhaite bonne nuit.

— Alors ce sont vraiment des pigeons voyageurs ? demanda le Bébé. Comme il l'a dit ?

— Oui.

— Et où apportent-ils leurs lettres ? Là où on le leur demande ?

Elle sourit.

— Les pigeons ne savent faire qu'une seule chose : rentrer à la maison. Si tu veux que quelqu'un t'envoie une lettre avec un pigeon, il faut que tu lui confies des pigeons qui ont été élevés dans ton colombier.

— Oui, dit le gamin, je veux apprendre et devenir un vrai colombophile.

— Alors on va voir ce que l'on peut faire, dit Myriam en se levant, signe qu'elle s'en allait à présent et qu'il lui fallait en faire autant, car elle lui avait interdit de rester près du pigeonnier quand elle n'était pas là. Les pigeons pouvaient prendre peur et comme chacun sait les pigeons doivent aimer leur maison, sinon ils ne reviennent pas.

6

Étrange coïncidence que personne ne releva alors mais dont on comprendra plus tard l'influence et la signification : le jour où le Dr Laufer quitta Myriam et ses pigeons, les laissant avec le colombier qu'il avait installé au kibboutz, un pigeon blessé atterrissait sur une terrasse de la rue Ben Yehuda à Tel-Aviv. Se posa-t-il ou tomba-t-il ? Il fut en tout cas pris de convulsions, éclaboussant les dalles du sol de quelques gouttes de sang avant de s'effondrer.

Sur la terrasse se trouvaient à ce moment-là un garçon et une fillette. Elle avait douze ans, était fille unique et était allongée sur le ventre en train de lire. Lui avait quinze ans et demi. C'était le fils des voisins du troisième étage, et il était descendu quelques minutes auparavant pour venir chercher une chemise tombée de leur corde à linge.

Tous deux se précipitèrent vers le pigeon blessé. Ils l'observèrent, penchés au-dessus de lui. Un pigeon d'aspect banal, gris-bleu, avec des pattes rouges, semblable à mille autres pigeons. Mais il avait l'œil révulsé par la douleur et son aile droite était tordue et pendouillait. On pouvait voir son os blanc brisé saillir à travers la chair déchiquetée.

Le garçon se hâta de remonter chez lui et rapporta une boîte sur laquelle était écrit VERBANDSKATEN en belles lettres blanches. Il en sortit une bande et des produits désinfectants, nettoya la blessure du pigeon avec de l'iode et fabriqua une attelle pour son aile droite avec une baguette et du raphia. La fillette, qui cherchait à mieux voir, pressa contre lui sa tête blonde et bouclée, ce qui provoqua chez lui un doux et agréable frisson qu'il n'eût jamais osé ressentir même dans les rêves qu'il faisait d'elle.

La fillette, qui ignorait ce qu'elle suscitait dans son cœur, désigna du doigt la queue du pigeon.

— Regarde ! s'exclama-t-elle. Un fil fin liait deux plumes ensemble. Cette plume lui appartient mais pas celle-ci, dit-elle.

En effet, l'une des deux était sans barbes et

non enfoncée dans la chair. Son épaisseur laissait penser qu'elle était celle d'une poule, peut-être même d'une oie. Le garçon coupa le fil avec une paire de petits ciseaux pour libérer la plume étrangère qu'il leva face à la lumière. Quelque chose était coincé dedans. Un petit papier enroulé. Il le retira avec une allumette, le déroula et dit :

— Lis. Il y a un message.

Sur le papier étaient inscrits trois mots interrogateurs : « Oui ou non ? » Aussi laconiques que des mots peuvent l'être.

— Que peut bien vouloir dire oui ou non ? se demanda le garçon, oui ou non quoi ?

Le cœur de la fillette se mit à battre.

— C'est un oui ou non d'amour. Quelqu'un cherche à savoir si quelqu'une est d'accord.

— Pourquoi d'amour ? demanda le garçon. Ce pourrait être aussi une lettre entre des membres d'une même famille, entre hommes d'affaires ou quelque chose qui a trait à la *Haganah*.

Mais la fillette s'entêta :

— C'est une lettre d'amour. Maintenant le pigeon est là et le garçon ne comprend pas pourquoi la jeune fille ne lui répond pas.

Chacun comprendra qu'il n'est nul besoin de tremblement de terre ou de guerres mondiales pour bouleverser et changer le cours de l'existence d'un homme. Le lance-pierre d'un enfant, les griffes d'un chat ou le fait de se retrouver confronté à un faucon peuvent parfois suffire. Le pigeon ayant besoin de soins et le garçon d'une opportunité, ce dernier prit une vieille caisse en bois qu'il recouvrit d'un grillage et dans laquelle il plaça le pigeon en disant :

— Je sais ce que nous allons faire ! Au jardin zoologique, il y a sûrement un vétérinaire. Si tu veux, nous allons nous y rendre ensemble. Je t'aiderai à porter la caisse.

Au début, ils remontèrent vers le nord par la rue Ben Yehuda, puis ils tournèrent à l'est et empruntèrent un boulevard jusqu'à la colline de grès que tous les habitants de Tel-Aviv connaissaient. Nombre d'entre eux se baignaient dans la piscine qui jadis servait à l'irrigation des vergers.

« Tickets ! » leur dit un homme qui se tenait à l'entrée du jardin zoologique. Un homme très gros en uniforme kaki avec une casquette vissée sur le crâne.

— Mais nous avons un pigeon blessé.

— Ici ce n'est pas un hôpital pour animaux. Si vous voulez entrer, il faut payer.

Les deux enfants reculèrent.

— Quel méchant homme ! dit la fillette.

— Tu ne le connais pas ? C'est le gros monsieur du jardin zoologique, lui répondit le garçon. C'est comme ça qu'on l'appelle, il n'est pas méchant, c'est son travail. Mais si on lui apporte du pain sec pour les animaux, il laisse entrer.

— Alors va vite en chercher ! Les gens déposent toujours du pain rassis sur les clôtures plutôt que de le jeter à la poubelle.

Le garçon disparut au moment où arrivait dans la rue un pick-up vert. Un homme dégingandé, très grand et maigre, d'un âge indéfinissable, avec des cheveux roux et un fin nez crochu en descendit pour se diriger vers la porte d'entrée. « Bonjour Docteur ! » lui dit le gros monsieur. La fillette s'approcha de lui sans hésiter et lui demanda :

— Vous êtes peut-être le médecin des animaux ? J'ai avec moi un pigeon blessé.

L'homme regarda le pigeon.

— Entre, dit-il à la fillette, nous allons voir ce que nous pouvons faire.

Le gros monsieur les laissa passer. Le Dr Laufer s'empressa d'entrer, les pieds et les mains fébriles, le corps penché en avant et ses taches de rousseur semblant valser dans l'air. Elle le suivit le long d'une allée que ses jambes, dans les années à venir, allaient parcourir des milliers d'autres fois : l'enclos des grandes tortues d'abord, ensuite quelques cages de petits animaux qu'elle ne pouvait alors nommer — toutes sortes de belettes et de martres —, puis le lion et la lionne et, pour finir, leur acariâtre voisin, la panthère solitaire. Le sentier serpentait avant de se diviser pour accueillir en son milieu le pigeonnier, non pas un édifice circulaire sur un piédestal comme elle se l'était imaginé mais un hangar. Un véritable hangar avec une porte, des fenêtres grillagées, un toit, des murs, le tout orienté vers le sud avec à côté un bassin rempli d'oiseaux aquatiques, entre les cages des singes et l'enclos de l'éléphant.

Le Dr Laufer sortit le pigeon de sa boîte, retira l'attelle et demanda :

— Qui l'a pansé ?

— Mon voisin, répondit la fillette.

— Beau travail, félicita le Dr Laufer.

Il ôta le bandage, désinfecta la plaie du pigeon avec une pommade brune, remit une nouvelle baguette et un nouveau bandage. Puis, sans arrière-pensée ni malice, il ajouta :

— Tu as compris bien sûr qu'il s'agit d'un pigeon voyageur, jeune fille ?

— Non, répondit la fillette en se sentant rougir.

— Maintenant tu sauras. Chez un pigeon normal le bec saille de la tête comme la poignée d'une poêle, mais chez le pigeon voyageur il prolonge la ligne du front et présente une proéminence claire. Ici, vois-tu ? Il est aussi plus corpulent et a les ailes plus larges. À l'intérieur, il a des poumons et un cœur de sportif. Et si tu le vois voler, il vole seul, en ligne droite, plus haut que les pigeons ordinaires.

— Je ne l'ai pas vu voler. Il est brusquement tombé sur la terrasse.

— Avait-il un anneau à la patte ? demanda le vétérinaire. Avec un numéro ? Nous pourrions savoir à qui il appartient.

— Non, répondit la fillette.

— N'avait-il pas à la patte quelque chose comme ça ? Avec une lettre ?

Le Dr Laufer sortit de sa poche une sorte de petit tube métallique avec une lanière et un petit bouton-pression :

— On appelle ça une capsule, dit-il.

— Il n'y avait rien, dit la fillette.

Le garçon, qui venait tout juste de revenir avec son pain sec, haletant et le visage luisant, voulut ouvrir la bouche mais resta muet devant le regard qu'elle lui lança.

— Ou quelque chose comme ça ? poursuivit le Dr Laufer qui sortit d'une autre poche une plume d'oie sectionnée.

La fillette rougit et garda le silence.

— Tu t'en es bien occupée, c'est un bon pigeon. Il est jeune et guérira vite. Si tu le veux bien, nous continuerons de le soigner ici.

— Je le soignerai chez moi, dit-elle.

— Je t'aiderai, s'empressa d'ajouter le garçon.

— À qui ai-je l'honneur ? demanda le vétérinaire.

— Je suis son voisin.

— C'est toi qui as pansé le pigeon ? Le nœud était un peu maladroit mais tu as une bonne main. Peut-être un jour deviendras-tu professionnel !

Puis le Dr Laufer se tourna à nouveau vers la fillette :

— Quand ce pigeon sera guéri, il faudra que tu le libères. C'est un pigeon voyageur. Il doit rentrer chez lui. C'est tout ce qu'il sait faire et tout ce qu'il souhaite faire. On ne l'appelle pas pour rien « l'Ulysse des oiseaux ».

— C'est ainsi chez les pigeons voyageurs, dit le garçon d'un air important. J'ai lu un article là-dessus dans un journal pour enfants. Ils montent très haut, décrivent des cercles en l'air puis volent directement jusqu'à la maison.

— Mais je le veux, dit la fillette. Il est arrivé chez moi blessé. Je vais le soigner, l'élever et ma maison sera la sienne.

Les taches de rousseur du vétérinaire se rapprochaient maintenant les unes des autres.

— Ce pigeon ne t'appartiendra jamais. Un pigeon voyageur n'appartient jamais à un être humain, il appartient à un endroit. Quand il revient, les propriétaires sont bien sûr très heureux, mais ce n'est pas vers eux qu'il revient. Il rentre chez lui. Voilà pourquoi en anglais on les appelle *homing pigeons*.

— Ça ne viendrait pas du mot hébreu *homiyah* ? demanda la fillette.

— « Qui roucoule » mais qui signifie aussi « qui languit ». Très astucieux en effet ! dit le vétérinaire en la regardant surpris. J'aurais dû y songer moi-même en lisant le poème de Bialik : « Une languissante colombe, une colombe blanche m'a déposé sur la mer sur les ailes du bateau. »

— Je m'en occuperai, supplia la fillette. Dites-moi seulement s'il vous plaît ce que je dois lui donner à manger.

— Un pigeon blessé mange la même nourriture qu'un pigeon en bonne santé. Le plus important, c'est de lui changer son eau deux fois par jour. Les pigeons aiment se baigner et boire ; c'est merveilleux à voir. Ils s'abreuvent comme les chevaux, trempent leur bec dans l'eau et aspirent, contrairement aux autres volatiles, dit-il en imitant un oiseau en train de boire, baissant la tête, les lèvres allongées dans un mouvement de succion.

Interloquée, la fillette éclata de rire. Le Dr Laufer lui remit un sachet de mélange de graines, suffisant, assura-t-il, pour une semaine, y joignant également un paquet plein de graviers, de boue, de basalte et d'éclats de coquilles d'œufs. Il insista sur l'importance de changer l'eau et lui dit de revenir chercher d'autres graines dans quelques jours. Si le gros monsieur à l'entrée du zoo ne voulait pas la laisser entrer, elle n'avait qu'à dire qu'elle était son invitée.

— Au besoin tu n'as qu'à crier ! dit-il. Appelle-nous d'une voix forte par-dessus la barrière. C'est un petit zoo. Même si nous sommes à l'intérieur, nous entendons toujours.

— Pourquoi dit-il toujours « nous » ? s'étonna le garçon en sortant du zoo.

— C'est ce qui fait son charme, dit la fillette.

En dépit de sa blessure, le pigeon mangea avec appétit et but de l'eau. Les jours suivants, il semblait ragaillardi, déployant et repliant ses plumes autant qu'il pouvait. Une semaine plus tard, la fillette revint au jardin zoologique. Le Dr Laufer ausculta l'aile du pigeon.

— Nous allons de mieux en mieux. La physiothérapie n'a pas de secret pour ce pigeon. Laisse-le ici, nous allons lui retirer son attelle, il va pouvoir ouvrir l'aile et reprendre confiance. Bientôt il pourra voler.

— Mais il s'est habitué à ma maison. Il peut s'entraîner à voler chez moi.

— Dans cette petite caisse, il ne peut pas faire d'exercice, et si tu le libères il volera à peine dix mètres et tombera. Comme dans l'histoire du pigeon de l'espionne Sarah Aharonson qui s'effondra en plein milieu de la cour de l'officier turc.

Il partit de son rire de *Yekke* que la fillette allait réentendre encore bien souvent.

— Alors que dois-je faire ?

— Laisse-le ici dans notre grand pigeonnier et viens chaque jour t'en occuper.

7

C'est exactement ce qui se passa. Le pigeon resta dans le pigeonnier du jardin zoologique et, chaque jour après l'école, la fillette venait lui rendre visite. Même si le gros monsieur du zoo la laissait désormais entrer, elle veillait toujours à lui faire plaisir avec du pain sec pour les animaux.

Le pigeon se portait de mieux en mieux et elle suivait ses progrès — ses efforts pour déployer et étirer son aile en faisant des sauts de plus en plus hauts.

Quelques jours plus tard, le Dr Laufer l'appela « pour voir quelque chose d'intéressant » dans les cellules de ponte. Un oisillon était sorti de sa coquille. Il lui montra comment ses parents le nourrissaient avec du « lait de pigeon » qu'ils vomissaient de leur gorge. Il lui apprit comment secouer la boîte de graines tout en chantant « Viens, viens, viens manger ». Un autre jour, il lui montra « une femelle charmeuse » en train de séduirc le mâle d'une autre pigeonne.

Après quelques jours, il lui annonça :

— Ton pigeon est guéri. Il peut voler à présent.

Elle respira profondément et dit :

— Je m'y suis faite. Je l'accepte.

— En son nom nous te remercions, répondit le Dr Laufer.

Mais la fillette rougit :

— Il y a encore une dernière petite chose, dit-elle.

Elle évoqua alors la plume fixée à la queue du pigeon et la lettre qui s'y trouvait.

— Il y avait donc bien un pigeongramme, la gronda-t-il. Pourquoi ne nous l'as-tu pas dit quand tu l'as apporté ?

La fillette se tut.

— Sais-tu ce qu'est un pigeongramme, hein ?

— Non je ne sais pas, mais je comprends.

— Et qu'y avait-il d'écrit ? Tu l'as lu bien sûr !

— C'était une lettre d'amour.

— Vraiment ? C'est beaucoup plus intéressant que les ennuyeux pigeongrammes que nous envoyons pour la *Haganah*. Mais combien d'amour peut-on écrire sur un aussi petit bout de papier ?

— Trois mots. « Oui ou non ? »

— Vraiment ? dit le Dr Laufer.

La fillette sortit la plume de sa poche pour la lui donner. Le Dr Laufer, sous le coup de la surprise, balbutia.

— Nous ne connaissons que deux personnes qui insèrent leurs pigeongrammes dans une plume. L'un a fait ses études avec nous en Allemagne et y est resté lorsque nous avons émigré ici, l'autre est venu avec nous, mais il est mort.

Il sortit le papier et lut : « Oui ou non ? » Il sourit :

— C'est en effet ce qui est écrit... nous pensions que tu posais une question.

Il enroula le message et le remit à sa place, et scella la plume, qu'il attacha à celle du milieu de la queue du pigeon.

— Comme ça, dit-il, exactement comme elle avait été fixée par celle qui a expédié le pigeon.

— Pourquoi dites-vous ça ?

— C'est le terme correct. On envoie une lettre, mais on expédie un pigeon.

— Non... pourquoi « elle » ? Comment savez-vous que c'est une femme qui l'a expédié ?

— Pour nous c'est clair. Regarde toi-même. C'est l'écriture d'une jeune femme.

— C'est un garçon qui l'a envoyé, pas une fille, objecta la fillette.

— C'est une jeune fille, insista le Dr Laufer, regarde l'écriture.

« C'est un garçon, pensa la fillette, il suffit de voir les mots. » Elle s'étonnait elle-même.

« Comment à douze ans de telles choses peuvent-elles me traverser l'esprit ? »

Le Dr Laufer tendit le pigeon à la fillette :

— Prends-le. Expédie-le.

La fillette saisit le pigeon à deux mains. Elle sentit la douceur de son plumage, sa chaleur, son cœur qui palpitait, plus vite même que son cœur à elle.

— Ne le jette pas, ne le fais pas tomber mais expédie-le. Comme ça, lui montra-t-il avec les mains vides. Dans un mouvement fluide. Pense bien à ce que tu fais la première fois. Tu vas ressentir un sentiment particulier. Lorsque nous sommes arrivés ici d'Allemagne, que nous avons commencé à nous promener, à apprendre la faune et la flore de la terre d'Israël, que nous avons vu pour la première fois une scille et senti la poussière d'un troupeau, que nous avons bu à la source, mangé des olives concassées, une figue sur l'arbre, nous avons eu alors exactement le même sentiment.

La fillette agit selon sa volonté et, d'un geste fluide et sûr, elle expédia le pigeon. Trois choses se produisirent en même temps : une lumière inonda son visage, une douleur nostalgique emplit sa poitrine, et le pigeon, qui ignorait tout cela autant qu'il ignorait le contenu du message qu'il emportait, déploya ses ailes dont il battit puissamment pour s'élever dans le ciel.

— Parfait ! s'exclama le Dr Laufer. Nous avons pris la bonne trajectoire. La force est en nous. Nous étions déjà bien portant. Maintenant que nous pouvons voler nous allons devenir plus vigoureux encore. Ne t'inquiète pas pour lui. Il arrivera à la maison. C'est un bon pigeon, c'est un petit pays et les distances ne sont pas grandes.

Le pigeon s'éleva au-dessus des cages, monta et se dirigea vers le sud-est.

— Peut-être va-t-il à Jérusalem, commenta le vétérinaire. Mais souhaitons que sa maison soit plus proche, à Rishon-le-Tsion ou à Rehovot. Ou même à Serafend, ajouta-t-il, au camp de l'armée anglaise. Il y a là-bas un grand pigeonnier militaire et il arrive parfois que des soldats soient amoureux. Comment avons-nous pu ne pas penser à Serafend, nous sommes parfois si stupide !

Il se protégea les yeux de la main, et, voyant la fillette l'imiter, il ne put s'empêcher de sourire.

— Ne le quitte pas du regard car il va disparaître très vite, plus vite que tu ne l'imagines.

— Il disparaîtra dès que celui qui l'attend l'apercevra, dit la fillette.

— C'est impossible. Ça ne se peut pas, rétorqua le Dr Laufer.

— Mais c'est ainsi que cela se passera, lui répondit la fillette.

Le Dr Laufer, devant l'expression de son visage, sentit qu'en dépit de toute logique elle avait raison.

— Sais-tu ce qu'est un *duvejeck* ? lui demanda-t-il. Je suis né à Cologne, en Allemagne, et c'est comme ça qu'on appelle les gens fous de pigeons. C'est ce que tu es en train de devenir. Une vraie *duveyekit*.

Il sortit son carnet de sa poche pour y consigner une nouvelle règle : « Le pigeon disparaît de la vue de l'expéditeur quand il se révèle à celle de celui qui l'attend. Il en est ainsi même si cela ne se peut pas ! » ajouta-t-il en soulignant la phrase d'un trait avant de ranger le carnet dans sa poche.

La fillette, en son for intérieur, se demandait si le pigeon arriverait à temps, car fût-ce un « oui » ou un « non », ces deux réponses étaient susceptibles d'avoir des conséquences imprévisibles. Elle se récita la prière du voyageur dont les mots, du moins le croyait-elle, allaient voler derrière le pigeon et l'escorter pendant une courte distance dans sa course céleste.

— Tu le vois encore ? lui demanda le Dr Laufer.

— Oui, répondit-elle.

— Nous, nous ne le voyons plus.

— Parce que c'est moi qui l'ai expédié et pas vous.

Deux minutes plus tard, elle ajouta :

— Il est arrivé.

Le Dr Laufer lui demanda alors :

— Veux-tu continuer de venir ici pour nous aider au pigeonnier ?

— Je vais y penser, répondit la fillette.

— Une jeune femme qui a travaillé ici pendant six ans vient tout juste de nous quitter. Elle aussi nous a rejoint alors qu'elle n'était encore qu'une enfant.

— Elle était arrivée aussi avec un pigeon blessé ?

— Non, elle était venue avec sa mère, comme ça, pour visiter le jardin zoologique.

— Et où est-elle partie ?

— Elle est partie pour s'occuper d'un nouveau pigeonnier dans un kibboutz de la vallée du Jourdain. Tu peux commencer à apprendre et à travailler à sa place. Amène aussi le garçon qui est venu avec toi.

Il se pencha vers elle et sourit :

— Oui ou non ?

— Je vais réfléchir, je vais aussi en parler à mes parents et je vous dirai.

La fillette passa les trois jours qui suivirent sur sa terrasse. Elle levait les yeux au ciel et chaque fois qu'elle voyait un pigeon, son cœur cessait de battre. Mais le Dr Laufer avait raison. Le pigeon ne revint pas, et au quatrième jour la fillette retourna au jardin zoologique pour lui annoncer :

— Oui, je veux.

— Où est ton ami ?

— Il ne peut pas. Il apprend l'anglais toute la journée. Il a un oncle à Chicago en Amérique et il veut aller chez lui pour étudier la médecine.

— Dommage, dit le Dr Laufer. C'est bien dommage. Mais peut-être est-ce mieux ainsi.

— C'est à cause de ce que vous lui avez dit, expliqua la fillette, qu'il avait une bonne main.

Et c'est ainsi qu'au début de l'année 1940, un garçon de Tel-Aviv se mit à étudier l'anatomie de Corning ainsi que le dictionnaire anglais et que deux enfants commencèrent à travailler dans deux pigeonniers et à apprendre le métier de colombophile — la fillette du jardin zoologique de Tel-Aviv et le Bébé du kibboutz de la vallée du Jourdain. Comme il n'y avait pas beaucoup alors de colombophiles dans le pays, que tous étaient liés à la *Haganah,* qu'ils se rencontraient de temps à autre lors de congrès professionnels, et surtout parce que le destin le voulait ainsi — et le destin a ses raisons — la fillette et le Bébé étaient destinés à se rencontrer et le garçon à partir en Amérique pour y faire ses études avant de revenir ensuite à Tel-Aviv.

CHAPITRE V

1

Avec ma famille — mes parents, mon frère, ma femme —, certains traits de caractère nous opposent. J'en ai déjà évoqué quelques-uns. Je vais à présent en relever d'autres : ils — elle aussi — ont conscience du ciel au-dessus de leur tête et de la terre sous leurs pieds. Pour ma part, je me sens tel un cerf-volant dont la ficelle a lâché. Ils — elle surtout — osent quand moi j'hésite. Ils — et elle bien sûr — décident et agissent, lorsque moi je me contente de rêves et d'espoirs. Tel un dévot en prière, à l'image d'un marteau qui s'abat inlassablement sur un même point. Toujours avec les mêmes mots, toujours vers le même orient. Parfois — avec mes yeux sombres et rapprochés, mon désir d'errance et ma peur des voyages, mon recours à la prière et ma crainte en même temps qu'elle ne soit exaucée — j'ai le sentiment d'être le seul Juif de la famille.

Vot'père décida de mon orientation au lycée — maths et biologie — comme il décida dans quelle unité j'allais servir à l'armée. Sur son insistance, j'intégrai un cours de secourisme et grâce à ses accointances et à ma réussite, je fus affecté à un poste d'instructeur. Il interpréta cela comme un premier pas vers des études de médecine et la reprise de son cabinet, idée qui me prit de court. Jamais je n'avais manifesté l'envie de devenir médecin et je ne m'attendais pas à ce qu'il ait pu prétendre décider de mon avenir.

— Et Benyamin ? m'étonnai-je. N'était-ce pas lui qui devait faire médecine et te succéder ?

— Benyamin, me répondit Vot'père d'un air sérieux, presque sombre, n'a pas la fibre médicale.

Lorsque je lui demandai ce que Benyamin aurait en contrepartie s'il me donnait son cabinet, il me répondit :

— Il n'y a pas à s'inquiéter pour Benyamin, Yairi. Il se trouvera une femme riche.

Mais Benyamin fit sa médecine et épousa une femme qui avait pour seul bien un bon esprit et un cœur joyeux. Quant à moi, je suivis une formation de guide auprès du ministère du Tourisme comme ma mère me le conseilla. « Ne travaille pas dans un bureau, disait-elle, c'est si bon d'être dehors et si agréable de rentrer chez soi en revenant d'un endroit à chaque fois différent. Et en plus, plaisantait-elle, qui sait si dans un car tu ne feras pas la connaissance d'une femme riche ? Une touriste américaine, pourquoi pas ? Ce ne sera peut-être pas Benyamin qui la rencontrera mais toi ! »

— De quel droit ! De quel droit se mêle-t-elle ? Non seulement elle s'en va mais en plus elle ose nous dire quoi faire !

Vot'père s'était levé de sa chaise, allant d'une pièce à l'autre, avant de se calmer :

— Tu pourrais être un excellent médecin. Pourquoi guide touristique ?

Il pencha alors sa tête vers moi :

— Pour leur raconter des histoires, les emmener dans des magasins de souvenirs... Petits chameaux en bois d'olivier... Croix en coquillages... Attendre un pourboire... Et c'est quoi toutes ces sottises, Yairi, sur une riche Américaine ? Les touristes fortunées voyagent sur le siège arrière d'une Mercedes-Benz avec un chauffeur ! Pas dans un car !

— C'est une plaisanterie de Maman, dis-je. Elle ne disait pas ça sérieusement.

— Je n'aime pas ses plaisanteries ! répondit Vot'père en colère. Elles ne me font pas rire !

Je pesai le POUR et le CONTRE, devins guide et rencontrai ma femme riche exactement comme tu l'avais prédit en plaisantant : dans un car de touristes. Si j'en avais le courage je gémirais comme un petit enfant : « Tout ça est de ta faute ! » Mais je décrirai les choses comme elles se passèrent, sans brandir de doigt accusateur sur quiconque : je conduisais des groupes sur les lieux saints chrétiens et sur les sites des Croisés, leur racontais des histoires, les emmenais dans les magasins de souvenirs, me fis bientôt un nom et accumulai, d'abord dans ma mémoire puis dans un calepin offert par Vot'père — un fana de calepins tout petits et noirs — anecdotes et autres histoires. Et qui sait, peut-être eussé-je poursuivi ainsi si un jour n'était montée dans mon car une jeune et jolie touriste américaine — j'ignorais alors qu'elle était aussi riche — qui s'installa à l'arrière. Elle écouta mes explications avec une grande attention. De temps à autre je sentais son regard qui s'attardait sur moi, me jaugeant et m'évaluant. Dans l'après-midi, elle s'était approchée et m'avait dit qu'elle s'appelait Liora Kirschenbaum et qu'elle serait ravie de discuter un peu plus avec moi après le dîner.

En vérité, cette touriste avait déjà attiré mon attention. Sa taille et ses yeux me rappelaient ma mère, Vot'père et mon frère, mais elle était plus belle qu'eux et d'étrange manière. Généralement, la beauté ne réside pas seulement dans les traits mais aussi dans le rayonnement qui en émane. Ma mère avait à la fois de jolis traits et une aura particulière. Tirzah n'a pas particulièrement de beaux traits mais elle rayonne jusqu'à vous aveugler. Cette touriste ne dégageait rien mais elle était exceptionnellement belle. Lorsque nous nous assîmes ce soir-là dans le hall de l'hôtel, les clients s'interrogeaient en nous regardant, comme les gens s'interrogent en voyant une jeune femme en compagnie d'un garçon brun, petit et mal dans sa peau.

Le chauffeur du car fit même une allusion grossière sur les touristes qui cherchent à fricoter avec le guide, mais la tête de cette touriste était ailleurs. En automne, m'avait-elle dit, elle projetait de revenir en Israël avec quelques amis anglais, des jeunes gens qui avaient du temps et de l'argent et qui s'intéressaient aux oiseaux.

— Nous aimerions, Monsieur Mendelsohn, que vous nous emmeniez deux semaines explorer la nature sur la trace des oiseaux migrateurs.

— Je ne connais rien à la nature, lui dis-je, et encore moins aux oiseaux migrateurs.

Elle me prit le bras.

— Vous n'avez nullement besoin de connaître

les oiseaux ni d'expliquer quoi que ce soit à personne. Vous n'aurez qu'à prévoir les sites d'observation, les endroits où dormir et où manger, équiper et conduire une voiture. Nous serons six, y compris vous et moi.

Vot'père avait alors parmi ses connaissances un vieux gynécologue grincheux, petit, impatient et amateur d'oiseaux — un *vogelkunder,* selon ses termes. J'allai le consulter et il me présenta à une société ornithologique, tous de vieux *Yekkes,* de vieux Juifs allemands étranges comme lui et bien plus intéressants que les oiseaux qui suscitaient leur intérêt.

Je lui racontai la proposition que j'avais reçue de la jeune Américaine et il m'invita alors à les accompagner dans l'une de leurs sorties.

— Elle m'a dit qu'il n'était pas nécessaire de connaître les oiseaux, dis-je.

— Il faut au moins que vous connaissiez les ornithologues. Ce seront eux vos clients, et pas les oiseaux !

Les vieux *Yekkes* arrivèrent munis de jumelles, d'appareils photo et de télescopes, chaussés de godillots, en bermudas et en chaussettes kaki, tombant, pour les premiers, et montant, pour les secondes, jusqu'aux genoux. Tous étaient coiffés de larges chapeaux de paille. L'un d'eux arborait même une plume sur son couvre-chef, ce qui provoqua chez ses pairs des propos de désapprobation : un chapeau pareil ne sied point à un ornithologue : « *Es gehört sich nicht.* »

Ils s'installèrent sur de petits pliants et quelques minutes plus tard les annonces commencèrent à pleuvoir : distance, direction, espèces... entrecoupées de polémiques : vautour ou milan, aigle des steppes ou des grenouilles ? Les débutants confondent souvent le faucon et l'épervier, pourtant les ailes du second sont plus larges, m'expliquèrent-ils, et il ne plane pas. En règle générale un petit rapace qui plane ne peut être qu'un faucon, mais un grand oiseau de proie qui fait la même chose a de grandes chances d'être un *schlangenadler* — un *Circaetus gallicus*.

Deux heures plus tard, le déjeuner fut mis au vote. Ils sortirent de leurs sacs à dos sandwichs, thermos de café noir et fruits. Des odeurs de saucisson et d'œufs durs flottaient dans l'air.

— Deux personnes sont de service, m'expliquèrent-ils. L'un continue de scruter le ciel pour alerter les camarades si quelque chose d'intéressant apparaissait. Et le second, j'ai l'honneur de vous présenter le professeur Freund, qui s'est vu aujourd'hui octroyer la responsabilité des gâteaux.

Le professeur Freund, spécialiste en temps ordinaire de l'histoire de Grèce, se mit à découper et à servir cérémonieusement un extraordinaire gâteau aux oranges que sa femme avait fait.

— Elle nous a aussi préparé un strudel et elle est restée à la maison, ajouta-t-il fièrement. Pour nous, les hommes, l'ornithologie est le meilleur des hobbies.

Il eut un rire bizarre semblable à un raclement de gorge.

Devant moi, ils déployèrent la carte du pays, m'expliquant quelle sorte d'oiseau je pourrais rencontrer et à quel endroit. Cette leçon fut importante car aujourd'hui encore je suis loin d'exceller dans l'identification des oiseaux bien que je sois devenu expert des lieux où l'on peut les voir. Certains lieux, comme la vallée de Houla, sont connus de tous, mais dans quelques endroits aux alentours de Jérusalem, on peut assister au coucher des aigles, comme dans une des vallées du Gilboa, au coucher des cigognes. Je connais un petit ravin où elles séjournent toute l'année et un coin dans le désert de Judée où les oiseaux de proie se rassemblent pour dormir à même le sol. Je connais aussi un hibou — le seul oiseau qui suscite en moi une sincère sympathie —, à qui j'ai rendu visite de nombreuses fois là où il couvait, et je ne manque jamais aujourd'hui encore de montrer à mes touristes ses descendants. Il y a encore ce petit plan d'eau perdu dans et autour duquel évoluent toutes sortes de canards, colverts ou poules d'eau, cormorans, hérons blancs et gris, cigognes noires, échassiers et vanneaux. Tiens ! Voilà que je me souviens des noms sans pour autant que je sache toujours à quels oiseaux les attribuer.

2

Quelques mois passèrent. Le jour dit, je pris le volant du car que j'avais loué au port de Haïfa pour aller chercher la jeune et riche Américaine ainsi que ses amis ornithologues anglais. Dans le ciel, des mouettes tournoyaient et d'immenses nuées de pigeons décollaient et atterrissaient à proximité sur des silos à céréales.

Mes clients descendirent d'un bateau en provenance du Pirée. Liora Kirschenbaum m'appela « *darling* », se pencha et m'embrassa sur les joues avant de me présenter aux autres : une petite et aimable compagnie un peu ivre de quatre nez brûlés par le soleil, abrités — mais un peu tard — sous de clairs chapeaux de paille. Quatre paires de jumelles sur quatre bustes concaves ; quatre petits flacons plats gainés de cuir et dissimulés dans quatre poches arrière.

Nous quittâmes le port en direction du check post, et, à peine arrivés dans la ville, ils avaient déjà réussi à identifier des hirondelles et des martinets. Nous montâmes vers le nord. Bien que l'on ne m'eût rien demandé, et peut-être par gêne ou par habitude, j'entrepris de leur raconter en chemin quelques anecdotes qui m'étaient familières : le prophète Elie au mont Carmel, les Croisés et Napoléon à Saint-Jean d'Acre, l'escargot qui produisait la couleur mauve et que les Phéniciens utilisaient en teinturerie, ou encore l'invention du verre. Mais aussitôt l'un d'eux, un petit homme au teint bilieux et à la pomme d'Adam saillante, s'insurgea. Ils ne voulaient pas entendre toutes ces sacrées conneries — ce sont ses propos — que les guides vendent aux touristes en Terre sainte.

— Nous sommes venus voir des oiseaux, Monsieur Mendelsohn, se plaignit-il, mieux vaut mettre les choses au point dès maintenant pour que le voyage soit un succès.

Et le voyage, en effet, fut un succès. L'organisation, la nourriture, les endroits où l'on coucha, le minibus de location, tout se passa bien. Même les oiseaux ne déçurent pas. La cigogne arriva à heures fixes, l'hirondelle respecta son heure d'arrivée et d'immenses nuées d'oiseaux de proie vinrent à passer comme s'ils en avaient reçu l'ordre. Mes nouveaux clients pouvaient être satisfaits. Ils s'enthousiasmèrent particulièrement lorsqu'ils entendirent un tendre craquètement dont on ne pouvait identifier ni la distance ni la direction. C'était l'après-midi, nous mangions des sandwichs à la lisière d'un grand champ dans la vallée de Beit She'an, quand tout à coup quatre paires d'yeux se levèrent. Leurs regards scrutaient le ciel mais l'expression de leurs visages traduisait, plus que l'observation, la concentration dans l'écoute.

— Que cherchez-vous ? demandai-je.

La créature bilieuse et irascible me répondit d'un geste impatient de la main qui signifiait « silence ! » Après avoir passé la moitié d'une minute l'oreille tendue, il porta ses jumelles à ses yeux et annonça :

— Une heure, trente degrés.

Ses camarades regardèrent et l'un d'eux s'exclama :

— Les éclaireuses !

— Ce sont des grues, Yair, me chuchota Liora, ses lèvres — comme c'était agréable ! — collées à mon oreille. Écoutez ! Vous entendez au loin leur chant doux et calme.

J'écoutai un joyeux craquètement pareil à une conversation, et je vis alors trois grands oiseaux aux longues pattes et aux cous tendus.

— Je croyais qu'ils se déplaçaient en bande, dis-je.

— Les éclaireuses, intervint le petit homme au teint jaunâtre, volent devant la bande. Ils vont trouver un bon endroit où passer la nuit, s'y poseront puis feront signe au reste de la bande.

— Le soleil va bientôt se coucher, fis-je remarquer.

— Les grues volent aussi la nuit.

La cigogne, le pélican comme les oiseaux de proie, tous planent, c'est ce qu'il m'expliqua ensuite. Le soleil réchauffe le sol, le sol réchauffe l'air, l'air chaud monte et les oiseaux grâce à lui s'élèvent et planent. Ils ne se déplacent en effet que pendant la journée et seulement au-dessus de la terre ferme. Mais la grue est le seul grand oiseau capable à la fois de planer et de voler. Et la mer Noire que la cigogne contourne en quelques jours en planant, la grue la traverse en une nuit de vol.

Nous dormîmes cette nuit-là dans un kibboutz de la vallée de Beit Shean. Quelques années plus tard, il s'avéra qu'il s'agissait du kibboutz de Zohar, ma future belle-sœur, et que le jeune homme, grand, fort, jovial et particulièrement efficace qui me loua les chambres était l'un de ses trois frères. Parfois, je m'interroge : que se serait-il passé si elle-même s'était chargée de la location ou si au lieu de m'être prélassé sur la pelouse je m'étais promené à travers le kibboutz. Si je l'avais rencontrée dans l'une des ruelles, j'aurais alors pu la mettre en garde contre son mariage avec Benyamin. Mais ce soir-là, j'étais resté assis avec mes ornithologues anglais sur la pelouse jusque très tard dans la soirée et mon existence prit le cours qu'elle connaît actuellement.

La pleine lune brillait. Ils étaient tous les quatre à boire et à raconter des histoires qui les faisaient beaucoup rire ainsi que Liora. J'étais jaloux d'eux. Leur comportement trahissait l'insouciance et la liberté pécuniaire qui ne devaient rien ni au travail ni à un héritage mais plutôt à une forme mystérieuse d'hérédité.

Le petit bilieux à la grosse pomme d'Adam

tenta de me convaincre de participer à leur beuverie. Je refusai. Lui expliquai que je n'étais pas habitué à boire, que je n'avais jamais pris d'alcool fort et que je m'abstenais même la plupart du temps de boire du vin. Mais « Monsieur la jaunisse » n'avait pas l'intention de renoncer : « Il est temps de vous y mettre. Vous n'avez qu'à faire cul sec. C'est un excellent whisky irlandais ! »

Peut-être à cause de la présence de Liora et peut-être parce que ses propos m'avaient convaincu, je vidai le verre qu'il me tendit. Était-ce ce que ma mère ressentait lorsqu'elle buvait son petit verre de brandy quotidien ? Un serpent de feu vint se lover autour de ma gorge. Un cheval rua à l'intérieur de mon front. J'avais envie de m'éloigner, de respirer de l'air et de me ressaisir, mais mon corps refusait de se lever. À quatre pattes, je rampai sur le côté. Tout le monde rigolait. Liora s'approcha de moi, de la pitié au fond des yeux mais le sourire en coin.

— Je suis désolée, dit-elle. Il ne pouvait pas savoir que tu réagirais ainsi.

Je n'osais pas ouvrir la bouche, de peur de vomir ou de m'évanouir. Je me contentai d'un mouvement d'irritation, l'air de dire « lâche-moi ! » et parvins à me lever et à marcher, nauséeux et titubant. Liora me suivit, m'allongea — c'est le mot précisément — sur l'herbe, s'assit à côté de moi puis posa ma nuque sur son mollet pour que ma tête soit un peu penchée en arrière.

Je repris mes esprits quelques instants plus tard. En chancelant, je me rendis jusqu'à ma chambre où Liora m'accompagna et me prépara un café turc.

— C'est la première fois que je fais un café turc, me dit-elle. J'espère qu'il sera bon.

Elle me prit la main et me fit un sourire d'encouragement. Je lui rendis un sourire d'excuse. J'avais envie de revenir sur la pelouse, lui dis-je, pour respirer un peu d'air frais.

Les Anglais étaient partis se coucher. La pleine lune était plus haute encore. Elle avait perdu son tendre éclat jaune qui avait viré au bleu pâle métallisé. Je m'allongeai sur l'herbe et Liora s'installa près de moi. Elle se pencha, approcha de moi sa jolie tête et entrouvrit ses lèvres pour m'embrasser. Son corps se relâcha un peu, trahissant son désir de s'étendre à mes côtés. Nous nous serrâmes l'un contre l'autre. Je ne pouvais croire ce qui se passait. Sa beauté était si proche. Je la voyais de mes yeux, la sentais de toute la surface de ma peau.

Sa bouche et sa langue me surprirent par leur chaleur et leur vitalité, ses mains par leur audace, mon corps par son plaisir et ses reins par leur ardeur.

— Tu es mignon, me dit la riche touriste dont j'avais fait la connaissance dans le car, tu es petit et doux. C'est ainsi que les hommes doivent être. Même sans connaître ta mère, je sais qu'elle est plus grande que toi. C'est ce qui m'a plu lors de notre première rencontre dans le car.

Soudain elle s'arracha à mon étreinte, s'étendit sur le dos et me dit :

— Écoute !

J'écoutai. Je n'entendis rien. Je voulus l'embrasser à nouveau mais elle posa sa main sur ma poitrine.

— Sois patient. L'instant où l'on commence à les entendre est l'instant crucial.

Nous étions couchés l'un à côté de l'autre sur le dos, nos mains l'une dans l'autre. Le temps passa, ponctué du glapissement des chacals et de la rumeur de la route au loin. Puis le calme total s'installa, un silence délicat, suivi d'un lointain papotage qui se rapprochait pour se muer en craquètements. Le monde s'emplit d'ailes, les oreilles, d'un tendre bruissement. La pleine lune dansait et lançait des signaux, disparaissant puis réapparaissant de derrière les ombres qui passaient.

— Qu'est-ce que c'est ? demandai-je alors.

— Ce sont les grues, me répondit la riche et jeune touriste américaine. Tu te souviens des trois grues que nous avons aperçues cet après-midi ? C'est le gros de la troupe qui les rejoint.

J'écoutai, perplexe : de quoi peuvent-elles bien parler ? D'expériences de précédents voyages ? De l'endroit où se poser ? Peut-être comparent-elles avec d'autres lieux où elles firent étape ? La jeune et riche femme que j'épouserais à la fin de l'année me fit rire quand, avec trois craquètements différents, elle se mit à les imiter :

— Plus vite... On va atterrir et il faut trouver un bon endroit... Mais où Grand-mère est-elle donc passée ?... Encore une fois nous serons les derniers et il ne restera plus rien à manger...

Les voix de leurs conversations s'amplifièrent de plus en plus. Je n'en reviens pas aujourd'hui encore de la distance où porte la voix des grues. On la perçoit toujours bien avant qu'elles arrivent et bien longtemps après qu'elles ont disparu.

— Les oies et les grues discourent ensemble

en volant, me dit Liora, peut-être parce qu'elles volent aussi la nuit.

Elle m'expliqua que c'étaient des cris d'encouragement de « *Mum Crane* » et « *Daddy Crane* » à l'intention de la petite grue devenue grande et qui, pour la première fois, sortait avec toute la bande.

La riche et jeune touriste que tu avais prophétisée s'était muée en femme de chair et de sang et se tenait à côté de moi. J'étais séduit. Son discours me plaisait. Elle ajouta :

— Au Japon, les grues sont le symbole d'une longue vie maritale et de fidélité. Dans l'Égypte ancienne ce sont les corbeaux.

— Vraiment ? lui dis-je. Chez nous on dit « un couple de tourtereaux ».

Liora pencha un peu ma tête et couvrit ma nuque de nombreux et tendres baisers. Je sentais qu'elle puisait ma force, que j'allais mourir de plaisir et de faiblesse. Elle retira sa chemise, dénuda ses jolis petits seins, me poussa avec délicatesse pour que je reste allongé sur le dos, posa sa cuisse longiligne sur moi et dit :

— Voilà, Yair, ça va nous arriver pour la première fois.

— Tu es vierge ? demandai-je effrayé.

Elle eut un petit rire.

— Nous allons bientôt savoir.

— Moi oui, dis-je. Je préfère que tu le saches, qu'il n'y ait pas de malentendus.

— Je ne te crois pas.

— Pourquoi ? dis-je. Ma mère aussi était vierge, et mon père aussi je crois. Chez nous c'est familial.

Elle approcha son visage. Ses mains s'ouvrirent, s'activèrent, tâtèrent, orientèrent. Son corps grimpa, chevaucha.

— On me l'a déjà fait. Trouve autre chose.

Le battement des ailes s'intensifia. Le bruit emplissait ma tête. La jeune et riche touriste se renversa, se déploya, se courba. Je me fondais dans sa chair. C'était bien plus facile que je ne le craignais, plus agréable que je ne l'espérais.

— Ch... chut ! Calme-toi ! Tu vas réveiller tout le monde ! dit-elle en posant sa main sur ma bouche.

3

Il semble que, de retour chez eux, les ornithologues anglais aient parlé de moi à leurs amis car ils furent de plus en plus nombreux à téléphoner et à venir. Mon nom circulait parmi les agences de voyage. Le bonheur du jeune adulte, le bonheur de l'autonomie financière me gagna. J'avais le sentiment que je m'envolais, que mes ailes se déployaient. Comme ma mère n'avait pas d'argent, que Vot'père s'opposait au métier que je m'étais choisi, me répétant qu'il « n'est pas encore trop tard, Yairi, pour changer de direction », je me tournai alors vers Meshoulem Fried pour qu'il me prête de l'argent afin que je puisse m'organiser et acquérir un nouveau véhicule.

Quelques années à peine s'étaient écoulées depuis que Gershon était tombé au combat et chaque fois que je venais lui rendre visite, Meshoulem sortait de sa poche son grand mouchoir bleu : « Depuis que Gershon... j'ai du mal à te regarder. » Ainsi s'exprimait-il depuis la mort de son fils, et ainsi s'exprime-t-il encore aujourd'hui : « Depuis que Gershon... » sans le verbe terrible qui doit suivre.

— Je ne peux pas te regarder, Iraleh, me dit-il en larmes dans son mouchoir, sans le voir à côté de toi. Voir Tiraleh sans lui m'est déjà difficile, mais toi encore plus.

Puis d'un seul coup il se reprit :

— Ça y est. J'ai fini de pleurer pour cette fois. En quoi puis-je t'aider ?

Je lui parlai des ornithologues que j'accompagnais, de l'occasion qui m'était alors offerte, quand Meshoulem m'interrompit :

— Je sens là la main d'une femme. J'en mettrais ma main au feu.

— C'est la main de ma mère, répondis-je, c'était son idée.

— Non, une autre femme, dit Meshoulem, pas seulement Madame Mendelsohn. C'est écrit là sur ton front comme le gros titre du journal.

Je lui demandai s'il pourrait m'aider à trouver un minibus d'occasion. Il me répondit qu'il trouverait. Pourrait-il me prêter de l'argent, ajoutai-je, mais il refusa :

— Pour toi ce sera en cadeau.

Il n'était pas question pour moi d'accepter un cadeau de cette importance, répondis-je, mais il objecta :

— Alors pas un cadeau. Meshoulem te fera un prêt et tu ne le lui rendras pas.

Il me lança un regard réprobateur :

— Depuis que Gershon... tu es comme mon fils, Iraleh. S'il était vivant, ne lui donnerais-je pas cet argent ? Et si tu épousais Tiraleh, ne te le donnerais-je pas non plus ?

Je refusai à nouveau.

— Je ne suis pas Gershon et Tirzah a épousé quelqu'un d'autre.

Meshoulem grimaça.

— Nous lui avons organisé un magnifique mariage. La nourriture était excellente, la mariée était belle, les demoiselles d'honneur, magnifiques, il aurait seulement fallu que le mari soit un autre.

Je ne réagis pas.

— Pardon, dit-il. Chez Meshoulem la bouche et le cœur c'est la même chose. Ce qu'il dit avec le cœur il le pense tout haut.

Quelques jours après, il me téléphonait :

— Je t'ai trouvé une auto. Viens voir.

Je me précipitai à son bureau.

— Quel dommage, dit-il, Tiraleh était ici il y a à peine un quart d'heure. Je lui ai dit « Attends, ton ami Iraleh doit venir », mais elle est tout le temps sur des charbons ardents, et elle a couru à je ne sais quel rendez-vous de travail. Il faut dire, avec un mari comme le sien !

Le minibus était dans le garage. C'était exactement ce que je cherchais, dis-je à Meshoulem, qui ordonna à son commis de vérifier tout ce qu'il y avait à vérifier, de s'occuper du transfert des papiers, et qui lui chuchota à l'oreille apparemment d'autres consignes encore, car d'une simple vérification, au départ, le véhicule revint avec une galerie, une échelle, des pneus neufs et une roue de secours.

— Combien cela a-t-il coûté ? m'effrayai-je.

— Des clopinettes. N'ai-je pas le droit d'offrir au fils du professeur Mendelsohn une petite chose ? Je te souhaite tout le succès que tu mérites.

— Où est le vendeur ? Je veux discuter du prix avec lui.

Meshoulem éclata de rire.

— Avec Meshoulem on ne discute pas ! J'ai parlé avec lui et j'ai fait baisser le prix. Tout est arrangé. Tu me rembourseras quand tu commenceras à gagner de l'argent.

4

Une année passa. Les oiseaux migraient, revenaient, et mon minibus, bondé d'ornithologues allemands et scandinaves, américains et hollandais, les suivait, de la plaine de Houla à la mer Morte, de la vallée de Beit She'an au sud de la Arava. Je réussissais bien dans mon travail et j'avais déjà rendu à Meshoulem — après maints palabres — une large part de son prêt.

Durant tout ce temps, je correspondais avec Liora. Ses lettres et sa vie étaient plus intéressantes et plus drôles que la mienne. Nous décidâmes de nous revoir et cette fois elle vint seule.

— J'ai commencé des études de photographie, m'annonça-t-elle. Avant d'entrer dans les affaires familiales, je m'essaie dans différents domaines.

Je l'emmenai photographier des bouquetins dans les gorges du Nahal Hever et du Nahal Mishmar, des vautours dans le Nahal David et un spécimen rare de hibou à Arugot. Nous voyageâmes beaucoup. Marchâmes énormément. Nous dormions dans une petite tente qui s'emplissait d'amour. Je lui avais manqué, me dit-elle, elle avait rêvé de cette nuit lorsque les grues volaient au-dessus de nous.

J'annonçai à ma mère et à Vot'père que j'avais « une amie ». Je leur dis que j'avais l'intention de la leur présenter. Vot'père, prenant son courage à deux mains, téléphona à ma mère pour la prévenir que selon lui cela avait l'air sérieux et que mieux valait m'épargner deux présentations. Elle accepta et vint pour la première fois depuis qu'elle était partie. Benyamin, qui était alors étudiant en médecine, fit lui aussi l'effort de venir.

— Allons nous installer dans le salon, dit Vot'père, mais nous nous assîmes dans la grande *küche*, la cuisine qui autrefois avait été la tienne. Tu regardais Liora mais Vot'père n'avait d'yeux que pour toi. Puis, se ressaisissant, il s'excusa et dit :

— Liora, c'est comme si tu étais de la famille.

Elle sourit :

— Votre fils ne nous avait rien dit.

En effet, jusqu'à ce jour, la ressemblance entre Liora, ma mère, mon frère et Vot'père était à moi seul perceptible. J'étais heureux de les avoir mis face à cet état de fait. Ils se regardèrent émus, dévisagèrent à nouveau Liora. Un petit nuage rose et sympathique s'éleva au-dessus de leurs têtes vers le plafond.

Benyamin s'en alla au bout d'un quart d'heure, Liora et moi un peu après.

— Pourquoi ne restes-tu pas, Raya ? demanda Vot'père à ma mère, mais elle sortit avec nous et repoussa ma proposition de la raccompagner.

— Je vais rentrer à pied, dit-elle. Ce n'est pas loin.

Liora retourna aux États-Unis et deux mois plus tard je m'y rendais — mon premier et dernier voyage à l'étranger — pour faire la connaissance de ses parents et de son frère Emmanuel. Nous rentrâmes mariés en Israël. Liora ne photographiait plus de bouquetins et n'observait plus les oiseaux. Elle créa la filiale israélienne de la société familiale et réussit brillamment. Elle nous acheta une maison, tomba enceinte, apprit rapidement l'hébreu, et, avec la même facilité qu'elle avait amassé mots et argent, elle perdit ses fœtus. Mes deux enfants moururent dans le tombeau de sa matrice l'un après l'autre et au même âge, après une grossesse de vingt-deux semaines.

Je me souviens du choc que me firent les paroles du médecin, ce même vieux *vogelkundler* qui, quelques années plus tôt, m'avait indiqué les bons coins d'observation. À la première fausse couche, il nous avait annoncé : « C'était un garçon », puis à la seconde, avec son hébreu épouvantable à l'instar de la réalité qu'il nous décrivait : « Cette fois c'était une fille », d'un air entendu et énigmatique.

— Pourquoi dit-il cela ? dis-je en colère. On lui a demandé quelque chose ? Encore heureux qu'il ne nous ait pas donné leurs noms. Son nom à elle et son nom à lui, quelle école il fréquenterait et où il servirait à l'armée.

Liora se coiffait lentement devant le miroir sans rien laisser transparaître, excepté sa fatigue et sa beauté encore plus flagrante. Des cascades d'or et de cuivre ruisselaient entre les poils de sa brosse à cheveux. Tous les deux nous la regardions. Moi son profil et elle son propre reflet. Nos regards reflétés se rencontrèrent alors et Liora sourit avec l'indulgence des mères face à leur petit garçon qui pique sa première colère.

Elle tourna vers moi son clair et beau visage.

Le visage d'une reine, pensai-je, un visage d'ivoire serti de saphirs et incrusté d'or et de bronze. Je ressentis l'humiliation et la douleur du miroir. Jusqu'à cet instant, il recelait toute sa beauté et subitement il s'était soudain vidé.

— Peut-être pourrais-tu aller voir tes parents deux ou trois semaines ? lui dis-je.

— Ma maison est ici, mon bureau et mon travail sont ici, et toi aussi, me répondit-elle.

Ma mère — je m'étais enfui de la maison de Tel-Aviv pour me réfugier quelques heures chez elle à Jérusalem — me dit :

— Liora est une femme forte, tu le sais bien sûr, mais lorsque les gens forts se brisent, la cassure est plus grande encore et les éclats d'autant plus petits.

— Mais peut-être y a-t-il quelque chose qui ne va pas chez elle ? demandai-je.

— N'accuse pas Liora, me dit-elle, c'est peut-être aussi quelque chose que je t'ai transmis. N'oublie pas que chez nous aussi il y a eu une fausse couche.

Elle posa sa main sur la mienne :

— Te souviens-tu comme nous vomissions ensemble chaque matin toi et moi ?

— Bien sûr que je me souviens, dis-je en souriant, et je n'accuse personne Maman, ni elle, ni moi, ni toi. J'essaie seulement de comprendre ce qui s'est passé.

— Retourne auprès d'elle à présent, me dit-elle, il n'est pas bon de laisser seule une femme dans cette situation.

Je rentrai. Liora avait déjà recollé ses fragments et extérieurement elle ne laissait rien paraître. Elle était grande et belle comme avant, la peau lisse et pure, les cheveux brossés crépitant comme le feu, les yeux clairs et calmes. Elle ne me demanda pas où j'étais, ne me fit aucun reproche de l'avoir laissée seule, mais lorsque nous nous assîmes pour boire un thé elle m'annonça qu'elle n'avait plus l'intention de tomber enceinte. Je lui répondis qu'il valait mieux peut-être consulter d'autres médecins mais elle me coupa :

— Il n'y a en moi aucun problème.

— Qu'essaies-tu de me dire ? Que le problème vient de moi ? Tu es pourtant tombée enceinte, dis-je.

Liora se mit en colère :

— Je n'ai jamais voulu dire quoi que ce soit, Yair. Si j'ai quelque chose à dire, je le dis franchement.

Plus tard, je m'allongeai à côté d'elle, l'étreignis, tentai de la calmer par des mots tendres. Elle se leva, se dressa au-dessus de moi de toute sa hauteur :

— Chacun de nous pris isolément est parfait, mais nous deux ensemble, ça ne va pas.

Puis elle s'enveloppa dans le grand drap qui jusqu'à présent nous couvrait tous les deux, prit son oreiller — Liora utilise un oreiller particulièrement doux, le mien lui fait mal au cou — et déménagea dans la chambre qui est désormais la sienne.

Je ne protestai pas, et rétrospectivement je pense qu'elle a eu raison. Même alors elle avait raison. Une fois par mois, elle venait me rendre visite dans ma chambre pour son « traitement pour le teint » — ainsi caractérisait-elle l'événement —, et moi, je dois bien l'avouer, je me sentais reconnaissant et heureux, puis blessé et en colère, car finalement elle se relevait et s'en retournait dans sa chambre.

— Ce n'est pas gentil, lui dis-je au « traitement » suivant. Tu te comportes comme les hommes dont bien des femmes se plaignent. Une fois que tu as joui tu t'en vas.

— Joui ? *Don't flatter yourself.*

— Alors pourquoi t'en vas-tu ? Pourquoi ne restes-tu pas avec moi jusqu'au matin ?

— J'ai trop chaud avec toi dans le lit.

Comment auraient été le fils et la fille qui ne naquirent jamais ? S'ils étaient nés, auraient-ils ressemblé à elle ou à moi ? Après le constat du médecin — un garçon d'abord, puis une fille —, au regard de leur différence d'âge, deux ans exactement, je ne peux que supputer et me perdre en conjectures. Assis maintenant sur la terrasse en bois que m'a construite Tiraleh, *mon amou,* dans mon nouveau refuge, je les imagine, prenant soudain forme à partir des molécules de l'air et du paysage, pour se concrétiser en des personnages réels dans l'espace transparent. Ils ne flottent pas comme des poissons, ne planent pas comme des oiseaux. Même si leurs pieds ne touchent pas le sol, ils avancent malgré tout.

Sur un point, je n'ai guère de doute : s'ils étaient nés, ils seraient bons amis. Le fait est qu'ils me rendent toujours visite ensemble. Jamais séparément. Il est plus âgé qu'elle de deux ans. Elle est plus vive et plus énergique. Très proches l'un de l'autre, ils sont toujours occupés ensemble à la même chose tels deux jumeaux siamois liés par un intérêt commun. Ils discutent, regardent quelque chose au loin, attirent l'attention de l'autre en levant les mains.

Je ne leur donne pas de nom. Suffit déjà cette ineptie de les faire apparaître devant mes yeux. Cela mis à part, un nom a besoin d'un corps auquel il puisse être accolé et ces deux-là changent en permanence. Ils sont parfois comme mes parents, ma femme et mon frère — le teint clair, minces et élancés —, parfois ils sont comme moi, mats et petits, mais jamais l'un comme ci et l'autre comme ça. Pourtant, ils n'ont pas de physionomie. Je sens tous leurs mouvements, j'entends des voix mais ne discerne pas leurs visages.

Je leur demande : « Pourquoi n'êtes-vous pas nés ? », me répondant à moi-même : peut-être est-ce un malheureux hasard, la main du destin, peut-être votre mère a-t-elle raison, toute combinaison entre elle et moi — maison, enfant, travail, sommeil — est vouée à l'échec.

5

Liora a hérité sa beauté de son père et sa grâce de sa mère. Il est président de la Kirschenbaum Real Estate à New York et elle est propriétaire de Kirschenbaum Pastries à New Rochelle. En dehors de ses parents, elle a son frère aîné auquel j'ai déjà fait allusion, Emmanuel, père de six filles et directeur de la filiale de Real Estate sur la côte Est — Boston, Washington, Long Island et New York. Autrefois, c'était un joyeux fêtard, amateur de pêche, qui aimait boire, manger et les vêtements chers. Aujourd'hui, il porte des chemises blanches et le costume noir et simple des orthodoxes. Il a les yeux et les épaules tombantes, il parle tout bas et marche d'un petit pas traînant, comme il sied à un Juif repentant. Mais il est toujours aussi pénible : il m'épuisait déjà avec ses conversations sur les créateurs de chaussures et les moteurs de bateaux, et maintenant, ce sont les dons aux colons et les messages secrets de la Bible.

Liora ne croit pas qu'un être humain puisse changer.

— Tout ça c'est du cinéma, dit-elle en parlant de son frère. Il est resté le même âne et ses horribles nouveaux vêtements sont une autre forme d'exhibitionnisme. Emmanuel est le seul orthodoxe au monde à porter un châle de prière de chez Versace, ajoutait-elle avec mépris.

Mais pour moi elle se trompe : Emmanuel était et est resté pénible et ennuyeux, même si son retour à la religion est sincère.

Deux ou trois fois par an, il débarque chez nous à l'occasion d'un de ses voyages mêlant affaires-judaïsme-famille, et chaque fois que lui ou d'autres Kirschenbaum arrivent, le *Monstre* et moi sommes envoyés à l'aéroport pour les transporter à leur hôtel. C'est mon rôle car il ne faut pas oublier que je reçois un salaire de la filiale israélienne dc la société.

La porte automatique des arrivées s'ouvre pour moi. J'entre et attends. Parfois même je brandis un panneau « Kirschenbaum » dans les deux langues. Je n'ai ni casquette ni costume de chauffeur mais je joue parfaitement mon rôle et le panneau met Emmanuel hors de lui.

Les voilà. Emmanuel et son père avancent en tête, derrière eux marchent deux femmes, toutes deux vêtues de tenues modestes quoique onéreuses. La femme d'Emmanuel porte une boîte à chapeaux ronde. Il arrive qu'ils soient plus nombreux. Je ne les connais pas tous mais je les identifie néanmoins facilement. Bien que très différents les uns des autres, les Kirschenbaum, même ceux qui ont rejoint la famille par alliance, dégagent tous une atmosphère d'unité et d'identité familiale.

— Regarde comme ils sont beaux, m'avait reproché Liora lorsque les photos de notre mariage étaient arrivées des États-Unis. Il n'y a que toi qui détonnes.

— Je suis comme je suis, avais-je répondu, je détonne même au sein de ma propre famille.

Après avoir eu les honneurs du nouvel Emmanuel ou de la nouvelle Liora qui viennent de naître ou de rejoindre la famille, je laisse tout le monde s'embrasser, s'étreindre ou papoter, et pendant ce temps, je charge les valises au fond du *Monstre* et sur le toit. Je grimpe, tire, charge, serre avec des sangles. Ces simples tâches me dotent d'énergie et de zèle. Je m'assieds au volant et j'attends les ordres.

Quelques jours plus tard, une fois terminées les retrouvailles familiales et les affaires, le *Monstre* et moi sommes à nouveau sollicités pour les emmener en promenade. Les parents de Liora sont des touristes agréables, ravis de tous les endroits où je les emmène et de toutes les explications que je leur prodigue. Emmanuel, contrairement à eux, ne s'intéresse évidemment toujours qu'aux mêmes lieux : le tombeau de Rachel, la grotte de Makhpela et les colonies illégales. Ces derniers temps, il a même découvert des tombes de Sages dans le Nord, ce qui m'oblige à de plus longs voyages que d'habitude. Cela m'est égal de conduire mais il m'est pénible d'être en sa compagnie aussi longtemps. Le *Monstre*, qui est ordinairement une voiture très spacieuse, se transforme soudain en cachot sur roues, et je deviens un prisonnier impatient et irascible dont la peine n'a pas encore été fixée.

— Je n'ai pas la force pour ce genre d'excursions, dis-je à Liora.

— C'est le propre de ce travail. Tout guide a parfois affaire à des touristes agaçants. Mais n'oublie pas que ce touriste agaçant dirige la société qui paie ton salaire.

6

La branche israélienne de la société à qui je dois mon salaire a des bureaux vastes et élégants, inondés d'air et de soleil, boulevard Chen à Tel-Aviv. La distance avec notre appartement rue Spinoza est faible et Liora peut y aller à pied même en talons hauts. Ainsi s'y rend-elle d'un pas vif chaque matin. Elle se dirige vers le sud rue Spinoza, traverse la rue Gordon, ignore les admirateurs qui l'attendent à Frishman pour regarder ses mollets musclés, elle coupe, prend un raccourci, tourne à droite et descend de sa démarche chaloupée le boulevard ombragé avant de franchir d'un pas leste les vingt-quatre marches qui mènent à son bureau.

Sigal, sa secrétaire boulotte et sévère, lui communique l'emploi du temps de ses rendez-vous en lui tendant une tasse de citron chaud parfumé au miel. Puis au travail ! Il faut bien que quelqu'un entretienne, finance et achète à Yair des vêtements pour des voyages qu'il ne fera pas, des sacs à dos qui ne seront jamais portés, des amortisseurs qui n'arriveront jamais à bout de course et des protège-essieux pour le *Monstre* qu'aucun rocher ne viendra jamais érafler.

La plupart des clients de Liora sont des Juifs américains aisés à la recherche d'un appartement en Israël, mais aussi des diplomates étrangers et, ces derniers temps, de riches Juifs français ou mexicains que son frère Emmanuel rencontre lors de réunions religieuses. Elle leur trouve des maisons et des appartements à Talbieh ou à Rehavia à Jérusalem, à Césarée, à Rishpon, à Ashdod ou à Tel-Aviv. Comme beaucoup d'entre eux n'habitent pas en permanence dans ces maisons, elle se charge aussi de leur entretien et de leur location.

Il arrive que Sigal m'envoie préparer une maison vide en vue d'une courte location ou de la visite de ses propriétaires. Je vérifie l'eau, l'électricité, l'air conditionné, les divers appareils ménagers, fais venir des ouvriers, des techniciens et une femme de ménage, et parfois même j'achète quelques bouteilles et friandises qu'ils trouveront dans leur réfrigérateur. En contrepartie, la filiale israélienne de Kirschenbaum Real Estate me verse un salaire mensuel, une somme qui me permet de jouir de l'illusion de mon autonomie et à ma femme d'amortir quelques dépenses.

Être marié à une femme riche revêt quelques avantages, mais aussi un inconvénient : je dois rendre des comptes, accepter d'être jaugé, évalué en termes de rentabilité. En quelque sorte, la vie avec la femme que tu m'as souhaitée est une longue chaîne de délivrance de quittances et de justificatifs.

— Tu te trompes ! avait réagi Liora en m'entendant protester. Jamais je ne t'ai demandé pourquoi tu avais besoin de quelque chose. Je ne t'ai jamais rien refusé. Mais l'argent est l'argent et c'est un ordre d'Itzik. Il faut savoir ce qui entre, ce qui sort, d'où et où.

Itzik est son comptable, un Prussien né au Maroc toujours coiffé d'une petite kippa tricotée en guise de casque à pointe.

— Je ne suis qu'un sujet, un serf. Je suis un otage, dis-je, Itzik et toi braquez en permanence votre porte-monnaie contre ma tempe.

— Alors tu n'as qu'à donner ta démission. Je te verserai des indemnités et tu seras libre.

— Les guides touristiques n'ont pas aujourd'hui suffisamment de travail.

Et comme Liora ne m'opposait que son silence teinté de mépris, je me mis en colère :

— Sais-tu au moins pourquoi je n'ai pas de travail ? À cause de gens comme ton frère et ses amis colons.

— Ne cherche pas d'excuses. S'il n'y a pas de travail dans le tourisme, alors change de métier. Je me porterai caution et te ferai un prêt pour démarrer, comme l'ami de ton père, cet entrepreneur qui construit la moitié de l'État. Je me souviens de lui après notre mariage et des regards de vipère qu'il m'avait lancés.

Elle me jeta alors son regard fielleux.

— Il paraît qu'il a une fille très forte en affaires qui est en train de construire l'autre moitié de l'État. Peut-être pourrais-tu aller travailler chez eux plutôt que chez moi ? Peut-être te sentiras-tu plus à l'aise auprès d'elle ?

— Je pourrais être ton chauffeur. Et pour cette joyeuse occasion tu pourrais même augmenter mon salaire.

— Je suis prête à augmenter ton salaire uniquement pour que tu ne sois pas mon chauffeur.

Voilà comment elle a réagi, mais dans les semaines qui suivirent, Sigal se mit à me téléphoner de temps en temps pour que je la conduise. Elle prend place à côté de moi ou sur le siège arrière du *Monstre,* ses grands yeux gris plongés dans les dossiers de son Mac portable, se préparant à quelque rendez-vous ou tractation, pendant que les miens, bruns, rapprochés et profonds, les yeux d'un taureau qui pressent son destin, font le va-et-vient entre la route et le rétroviseur. Si j'incline le rétroviseur et la tête dans le bon angle, le large espace entre ses yeux et celui, étroit, entre ses genoux m'apparaissent soudain dans un même cadre.

Cette nouvelle situation suscita en moi un nouveau désir, comme chez Liora apparemment, en tout cas une fois. Nous nous rendions alors de Jérusalem à Beit Shemesh. Emmanuel lui avait demandé de voir quelques propriétés dans le nouveau quartier ultra-orthodoxe et j'avais suggéré de descendre par Ein Kerem, Bar Giora et la vallée d'Elah.

Nous roulions quand soudain ma femme ordonna que le *Monstre* emprunte un chemin sablonneux latéral que je ne connaissais pas, et là, sous un grand caroubier sachant garder un secret, nous fîmes l'amour sur une couverture que je tirai du coffre, une couverture que je m'étais offerte et qui désespérait de n'être jamais déployée. Tout heureux de l'inopiné plaisir que me dispensait ma femme, me désolant néanmoins de sa rareté, je me levai et rapportai du *Monstre* le réchaud alpin, la bouilloire et la poêle. Lorsque Liora se réveilla, qu'elle s'étira et sourit, j'avais déjà préparé pour nous deux un déjeuner bucolique, utilisant même quelques herbes ramassées entre les roches.

— J'ignorais que toi et le *Monstre* fussiez si bien équipés, dit-elle. Qu'as-tu encore d'autre ?

— Tout ce qu'il faut.

Et même davantage : du matériel de travail, de sauvetage et de cuisine, un grand sac de couchage et un fin matelas de voyage du genre gonflable, des bonbonnes d'eau et de gaz, une lampe frontale, des batteries, un réchaud à gaz, un nécessaire à café, des têtes d'ail, une soupe en poudre et toutes sortes d'aliments salés — car comme disait ma mère : « Benyamin aime le sucré et Yair le salé » —, en bref tout ce qui m'était nécessaire pour partir ou divorcer.

Mais j'ai aussi un jeu de clefs du *Monstre* en réserve, dissimulé dans un lieu secret de son châssis. Aussi, le jour où Liora m'annoncera qu'il faut que je m'en aille, je me lèverai et partirai sur-le-champ, sans me soucier des valises et des paquets à faire, du choix et de la quantité de vêtements à prendre, et de l'immanquable question : « As-tu vu ma clef ? » Je partirai comme autrefois le faisaient les femmes répudiées — leur or et leurs bijoux sur elles. Je m'en irai, roulerai, et en attendant que me reprenne une autre femme riche, je pourrai survivre quelque temps entre les collines.

Le lendemain, Itzik m'annonça que ma femme ne ferait dorénavant plus appel à mes services de chauffeur mais que mon salaire serait néanmoins payé normalement. Quelques jours plus tard, j'étais appelé à son bureau. Je signai quelques papiers et de guide touristique à moitié au chômage je devins « directeur du département des transports » de la branche israélienne de la société, département né en une nuit à mon intention. Le *Monstre* et moi, qui jadis guettions les oiseaux migrateurs, nous mîmes à transporter des conférenciers, des chanteurs et des acteurs, et comme nous étions tous deux capables de quitter les routes goudronnées pour des pistes de traverse, également des ingénieurs qualifiés de la régie d'électricité, des équipes de télévisions étrangères ou des hôtes du cabinet du Premier ministre et du ministère des Affaires étrangères. C'est ainsi que je rencontrai le *palmachnik* américain et ses camarades, que j'emmenai avec moi au point d'observation de Harel, au cimetière du *Palmach* de Kiryat Anavim et au monastère d'où s'était envolé le dernier pigeon du Bébé.

Durant mes voyages et mes transports, je commençai à m'interroger sur la possibilité de ne pas revenir. De me trouver une autre maison, un lieu à moi. Le manque de sérénité dans la maison de Liora me rongeait déjà depuis de nombreuses années, et il m'était à présent offert la possibilité de prospecter et de chercher. Plus d'une fois, alors que je conduisais un conférencier ou un chanteur dans de petits villages, je profitai de l'occasion. Pendant que mon passager se produisait dans le club local ou au centre culturel, j'arpentais le village, guettant les panneaux « à vendre » et les maisons inoccupées, autant de maisons qui cherchaient à être investies par un nouvel occupant, un endroit qui me construirait en même temps que je le construirais.

S'il y avait un panneau sur la maison ou quelqu'un à l'intérieur, je frappais à la porte. Si la maison était abandonnée, je m'approchais et regardais par les fenêtres. Parfois un voisin soupçonneux s'inquiétait : qui étais-je et que faisais-je ici exactement ?

— Je suis le chauffeur de l'artiste qui se produit ce soir au club, disais-je.

— Et que cherchez-vous ?

— Une maison.

Je me sentais revivre. Combien de gens peuvent-ils exprimer avec autant d'aisance leur être profond autant que leur désir ?

CHAPITRE VI

1

Je m'en fus me chercher une maison. Un cocon où me réfugier. Je parcourais des ruelles de villages, parsemées d'ombre et de lumière ou du roucoulement des tourterelles. Je regardais, frappais aux portes, entrais dans les épiceries locales, m'enquérant de ce qui était à vendre, j'étudiais les panneaux d'affichage criblés de trous de punaises et couverts de petites annonces. Je visitais les mairies et me retrouvais invariablement confronté à cette sempiternelle grisaille des bureaux et des gens comme aux classiques photos aériennes : patchworks de vergers et de champs, bâtiments agricoles, étables tachetées de points noirs et blancs, des vaches saisies dans l'ambre de la lentille.

Je planais tel un vautour à l'affût d'un mort, d'un moribond ou d'un agonisant. Je rendis visite à des agriculteurs sur le déclin. Rencontrai des couples en train de divorcer. J'arpentai de multiples cours poussiéreuses envahies de ronces. Je bus du thé avec des vieillards dont les enfants ne souhaitaient que la mort et qui ne voulaient pas vendre. Des pigeons roucoulaient sur des tas de foin, le vent s'infiltrait à travers les toitures effondrées. Défilaient devant moi des rêves réduits à néant, des amours déçues, du ciment qui s'effritait et des toiles d'araignées.

Vagabondant et errant, en quête sur toute la surface de la terre, derrière le grand et doux volant du *Monstre,* pour finalement trouver. Elle était là, la maison dont tu me faisais cadeau : petite et misérable, mais avec deux vieux cyprès visibles de la fenêtre comme tu le souhaitais, deux immenses caroubiers dans un coin de la cour et de l'herbe entre les pavés ainsi que tu l'avais si ardemment désiré et exigé.

Bonjour, maison ! Tes murs sont recouverts d'un crépi lépreux, ta porte est condamnée, clouée sur ses montants, tes fenêtres sont obturées par des planches en bois, mais derrière, les pièces désertes m'appellent en écho. Un grand lézard court sur la gouttière en zinc. Ses griffes me hérissent. D'anciens nids de moineaux débordants de paille dépassent entre les tuiles du toit. Maintes fois j'en fis le tour, me frayant un chemin entre les ronces agressives presque aussi hautes que moi. Un figuier chétif, de l'herbe rase, un citronnier à l'agonie. Soudain, un bruissement me fit sursauter. Un gros lézard qui s'enfuyait.

De l'autre côté de la maison m'attendait le paysage. Vaste et rassurant, indifférent quoique faisant ici et là l'effort de verdoyer un peu. Contrairement aux autres paysages de ce pays, pas la moindre route, aucune ligne à haute tension ni le moindre village ne venaient l'entraver. Rien que des collines sur d'autres collines comme des dos de moutons, qui, couvertes de petits lentisques obstinés et de versants jaunissants, s'éloignaient de plus en plus en pâlissant. Ici, non loin, un caroubier solitaire, là-bas des enclos à bestiaux, et le long des petits oueds de lisses terrasses cultivées parcourues de chemins sablonneux. Un paysage simple, mais madré et accueillant qui donne envie de sortir de chez soi pour aller le rejoindre.

La maison avait été édifiée sur un versant et sa façade occidentale reposait sur des piliers. Dessous, toutes sortes de vieilleries s'étaient accumulées : d'anciennes latrines, des planches, des tuyaux et des cornières. Entre deux piliers, un petit enclos délimité par un grillage devait jadis faire office de poulailler, avec à l'intérieur une mangeoire en fer-blanc, deux caissettes de ponte déglinguées et quatre étranges petites touffes de plumes. Les inspectant du bout du pied, je fus saisi d'effroi : c'étaient les cadavres desséchées de quatre poules. La personne qui vivait dans cette maison avait dû les oublier ici, enfermées, les condamnant à mourir de faim et de soif.

Je m'en allai. S'il n'y avait pas d'embouteillages, je pouvais rejoindre Liora pour dîner à Tel-Aviv. Dans le ciel, quelques corbeaux cherchaient un rapace à taquiner avant de se rassembler pour leur repos nocturne. Au-dessus flottaient de gros nuages cotonneux. Le coucher du soleil rosissait leurs pourtours et les poussait vers l'est.

Je m'arrêtai. Je sentais derrière mon dos la maison que je m'étais trouvée. L'espace d'un court instant, le monde entier sembla m'appartenir. Un court instant, car dans la foulée, mon pied écrasait à nouveau la pédale pendant que mes mains donnaient un tour complet de volant. Le *Monstre* fut surpris. Lui qui habituellement rentre à la maison telle une vache à sa mangeoire ! Voilà qu'il se retrouvait embarqué dans un nostalgique écart sur le bas-côté de la route. Il fit volte-face dans une giclée de graviers et de boue. Je revins sur mes pas vers la maison qu'à travers champs je m'étais dénichée.

Le *Monstre* escalada lentement le versant arrière escarpé. Je sortis du coffre le sac de couchage ainsi que le matelas. Avec un levier, j'arrachai quelques planches et me hissai pour m'asseoir sur le rebord de la fenêtre défoncée. « Lorsque tu auras trouvé l'endroit, m'avait dit ma mère, reviens le voir soir et matin, à des heures et à des saisons différentes. » Il faut se faire une idée de la portée des voix et du vent, m'avais-tu expliqué. Vérifier la déperdition de chaleur au niveau de la toiture et les infiltrations d'air froid à travers les murs, étudier les courbes d'ensoleillement et de floraison, lire les cadrans solaires et les girouettes.

« Bonjour, maison... » dis-je à voix haute et distinctement dans l'obscurité qui attendait. Je me tus et tendis l'oreille. La maison respirait et répondit. J'entrai et me mus dans son espace sans rien voir ni heurter quoi que ce soit. Je riais intérieurement. Dans la maison de Liora, se lever en pleine nuit est un périple en haute mer. Dans les eaux territoriales d'abord, la main gardant un contact avec le mur, puis, avec l'intrépidité des explorateurs, redoublant soudainement d'audace, à tâtons, les bras tendus, me cognant et rebroussant chemin devant des bancs de sable de meubles, récifs surgis en une nuit. Combien de fois heurtai-je mes doigts de pied et mon front au linteau qui avait changé de place.

Ici j'avançais en sécurité. L'air était étonnamment frais. Le sol, qui depuis longtemps n'avait pas senti le contact d'un pied, respirait le bonheur. J'y étendis le matelas gonflable. Je me déshabillai, me glissai dans le sac de couchage comme un animal dans son antre. Aussitôt, j'eus le sentiment d'être allongé en plein sur le méridien, mes pieds marquant le nord, l'oreiller sous ma tête le sud, et au plaisir que j'éprouvais vint s'ajouter la sensation de flotter. Je fermai les yeux et entendis le souffle singulier du vent dans les grands arbres, le jappement du chacal. Puis l'oiseau de nuit au cri lugubre, creux, cadencé et précis comme un métronome. Avant de m'endormir, je me dis qu'au matin j'irais jeter un coup d'œil dans le guide des oiseaux qui se trouve à l'intérieur du *Monstre* pour vérifier de quelle espèce il s'agit. Alors, une fois que j'aurai là aussi la réponse, je prendrai une décision. Je pèserai le pour et le contre. Déciderai à ta manière.

2

Le lendemain matin, dès que j'ouvris les yeux, je sus où je me trouvais. Je me levai et sortis jusqu'au *Monstre*. L'oiseau nocturne était une chouette hulotte, un chat-huant « petit, commun et chevelu ». Je souris intérieurement — Liora trouverait sans doute que cette expression me va parfaitement. Je contournai à nouveau la maison, l'observai pour soupeser à nouveau le pour et le contre : la malédiction des poules mortes, la jungle de ronces dans la cour, les taches d'humidité sur les murs, le bruit des griffes du lézard, la nécessité de décider et d'agir, tout cela disait non. L'étendue du paysage, l'âge des caroubiers dans la cour, l'emplacement des cyprès, la respiration de la maison, mes mouvements assurés dans son espace, tout cela disait oui.

Je répondis moi aussi que j'étais « pour » et aussitôt je ressentis une grande joie. « Pour », dis-je à nouveau, surpris de ma nouvelle aptitude : décider. Je rangeai le matelas et le sac de couchage dans le *Monstre* et sortis le réchaud à gaz. Je bus mon premier café dans la maison que je m'étais trouvée et partis faire quelques vérifications à la mairie.

Entre les deux, il y avait cent cinquante mètres, trois maisons, deux jolis jardins et un autre aride et dégarni, quatre paires de cyprès qui auraient réjoui ton cœur et un immense pin qui, d'après la quantité de fiente tout autour, devait abriter de nombreux oiseaux.

— À vendre ? De quelle maison parlez-vous ? demanda le secrétaire de mairie.

— De cette maison-là.

Je la lui montrai du doigt. Comme dans chaque mairie, était accrochée une photographie aérienne du village. Les ombres courtes et anguleuses des cyprès comme autant d'aiguilles de boussoles témoignaient que la photo avait été prise par une après-midi d'été. Une voiture de couleur claire — à qui appartenait-elle ? — était garée tout près de la maison. Sur des cordes à linge des draps porteurs de secret étaient comme suspendus dans le temps. La voiture, le lent mouvement de l'ombre, le tissu agité par le vent… l'appareil photo avait figé la scène.

— Bien sûr qu'elle est à vendre.

— À qui faut-il s'adresser ?

— Ici.

— À vous ?

— Vous voyez quelqu'un d'autre ici ?

— C'est votre maison ?

— Non, elle appartient au village.

— Et qui l'habitait jusqu'à maintenant ? J'ai vu qu'elle a été murée avec des planches.

— Plus personne à présent. Quelqu'un la louait, mais il a pris la poudre d'escampette en laissant des dettes. Six mois de factures d'eau et d'électricité en plus du loyer. Mais cela restera à notre charge. Ça ne doit pas vous préoccuper.

— Et quel en est le prix ?

— Nous avons un conseil municipal, je vous l'ai déjà dit, avec un trésorier, ce n'est pas un trou ici, nous avons même un avocat de Tel-Aviv. Une commission doit se réunir, ajouta l'homme, car nous avons d'autres gens intéressés. Mais ne vous inquiétez pas, nous trouverons un arrangement.

— Vous allez faire un appel d'offres ?

— Chacun fera une offre et nous prendrons la meilleure.

Je sortis, retournai à la maison et y jetai un dernier regard. Puis je fis démarrer le *Monstre* et descendis à travers champs. Au-dessus de moi, une bande de pélicans décrivait des cercles. À l'automne, comme me l'avait dit un jour un ornithologue danois, les pélicans font des cercles dans le sens des aiguilles d'une montre, et au printemps, dans le sens inverse. Me revinrent alors à l'esprit les « deux Y », Yariv et Yoav, et les propos de Vot'père sur les houppes des jumeaux.

Je me souviens de deux autres choses encore de ce voyage. D'abord, le sentiment que la maison me suivait dans mon dos tandis que je m'éloignais. Puis, alors que je m'apprêtais à quitter le chemin sablonneux pour la route, le *Monstre* avait tourné son nez à droite plutôt qu'à gauche. Ainsi s'avéra-t-il que je me rendais au bureau de Meshoulem Fried à Jérusalem et non chez Liora Mendelsohn à Tel-Aviv.

3

Cela faisait bien longtemps que je n'étais venu ici. Je voyais Meshoulem régulièrement, mais toujours chez Vot'père, à qui il rendait souvent visite. Aux bureaux de sa société avaient été ajoutés un étage et deux mots sur la plaque à l'entrée : « et fille ». Un vigile m'accueillit, il téléphona à quelqu'un puis m'autorisa à entrer. La porte du bureau de Meshoulem était entrouverte. Je frappai et allongeai la tête.

— Iraleh !

Les bras ouverts, Meshoulem se leva de derrière son bureau à ma rencontre.

— Tu me blesses ! Toi, frapper à la porte de Meshoulem !

Il me serra dans ses bras, m'embrassa sur les deux joues et sourit joyeusement.

— Quelle surprise... Tu jouais ici aux osselets avec Gershon et Tiraleh, tu te rappelles ?

— Oui.

— Depuis que Gershon... je ne vis plus que

dans les souvenirs. Il sortit son mouchoir. S'essuya les yeux et me demanda ce qui lui valait l'honneur de ma visite et en quoi il pouvait m'aider.

— J'ai besoin de toi quelques heures, dis-je.

— Pour toi Iraleh j'ai tout le temps du monde, me répondit-il. Il est arrivé quelque chose. De bon ou de mauvais ?

— De bon. Je me suis trouvé une maison. J'aimerais que tu viennes la voir.

— Tu as trouvé une maison ? s'exclama Meshoulem. J'ignorais que tu en cherchais une. Bravo ! Et pour quoi faire ?

— Un endroit qui soit à moi, lui répondis-je, te citant d'un ton solennel.

— Qu'est-ce que ça veut dire « un endroit qui soit à moi » ? Tu as une grande et belle maison à Tel-Aviv. Le professeur Mendelsohn m'a raconté à quel point c'était luxueux à l'intérieur. Et Madame Mendelsohn ? Elle connait l'existence de la nouvelle maison ?

— Pas encore.

— Tu as gagné au loto ?

— Au loto ?

— Si ta femme n'est pas mêlée à cette affaire et que tu n'as pas gagné le gros lot, où as-tu trouvé l'argent ?

— J'en ai. D'où, cela n'a pas d'importance. Quand auras-tu un peu de temps pour venir la voir ?

Meshoulem se dirigea vers la porte.

— Maintenant. Allons-y !

Les décisions rapides m'effraient toujours.

— Maintenant ? Ça va prendre du temps, c'est un peu loin...

— Ne t'inquiète pas pour le temps. J'en ai suffisamment. Meshoulem Fried n'est pas riche en argent comme tout le monde croit, mais il est très riche en temps et il décide comment le dépenser et comment l'économiser.

Il sourit :

— J'ai tellement de temps que je mourrai sûrement avant de l'avoir dépensé.

Il entra dans le bureau voisin, donna quelques ordres, traversa le couloir d'un pas énergique. Je le suivis. D'un regard il éconduisit un employé qui voulait lui dire quelque chose, puis posa une main rassurante sur l'épaule d'un autre avant de se tourner vers moi pour me dire d'une voix tonitruante :

— Voilà la vraie liberté. Pas l'argent. Mais le temps.

Nous sortîmes sur le parking. Meshoulem hésita un instant. Ses mains, telles deux créatures autonomes, firent de petits gestes indécis.

— Prenons ta voiture, décida-t-il finalement, faisons une petite excursion et tu me raconteras en chemin toutes tes histoires que tu vends aux touristes. Où Mahomet s'est-il envolé dans le ciel ? Où Jésus a-t-il marché sur l'eau ? Où les anges ont-ils rendu enceinte Sarah, la femme d'Abraham ?

Il me tapa la cuisse.

— Mais d'abord, au kiosque de Glick ! Allons prendre un sandwich pour la route.

Nous quittâmes la ville. Je m'apprêtai à lui montrer la voie romaine que nous allions croiser, lui proposer éventuellement une petite promenade, et si l'occasion se présentait, lui parler du cadeau que ma mère m'avait fait. Mais Meshoulem entreprit de m'entretenir de ses propres histoires. Il me montra des maisons qu'il avait bâties. D'autres qu'il avait détruites. Puis les collines où il avait combattu lors de la guerre d'Indépendance quand il faisait partie du *Palmach* — « Qu'est-ce que tu imagines? me dit-il. Qu'au *Palmach* il n'y avait que des grands blonds comme ta mère? Il y avait là-bas aussi des comme moi. » — puis il en vint à ce qui lui tenait à cœur, à sa Tiraleh, à Tirzah.

— Tu te souviens Iraleh, quand vous étiez enfants, chaque été Gershon allait en colonie à l'Institut Weizmann et elle venait avec moi au travail? Sais-tu quelle grande entrepreneuse elle est aujourd'hui? Sais-tu qu'elle est responsable de tous les projets de Meshoulem Fried?

— Je savais qu'elle travaillait avec toi mais j'ignorais qu'elle t'avait renvoyé du bureau!

Le visage de Meshoulem rayonnait.

— Ce n'est pas moi qu'elle a renvoyé, mais son mari, ce Yossi. Et elle est venue travailler avec moi.

Il rit :

— Meshoulem Fried et fille SARL.

Puis soupira.

— Si mon Gershon vivait encore, jamais je ne l'aurais fait rentrer dans la société, mais elle c'est autre chose. (Il sourit.) Lui serait allé à l'université. Elle m'aurait apporté l'honneur de l'argent et lui l'honneur de la culture. Tous deux auraient été ma vengeance sur les frères de Goldie de Mémoire Bénie qui m'ont toujours regardé de haut, particulièrement lorsqu'ils venaient me demander que je leur prête de l'argent.

Devant l'expression de mon visage, il poursuivit :

— Tu crois que Meshoulem n'a pas pensé durant toutes ces années à toi et à elle ? Tu crois que Meshoulem ne sait pas que toi et sa fille formez un couple du ciel ? Déjà à l'époque j'avais compris cela, le jour où j'ai emmené chez vous mon Gershon. Je courais avec mon enfant à moitié mort dans les bras vers la porte du cabinet. « Entrez Monsieur Fried, par ici ! » m'avait dit le professeur Mendelsohn qui était sorti au-devant de moi. Du coin de l'œil, je vous avais vus vous regarder l'un l'autre. Vous vous ressembliez comme deux gouttes d'eau.

Il me fixa du regard.

— Une femme comme Tiraleh doit avoir un homme comme elle, et un homme comme ma Tiraleh doit avoir une femme comme lui. Elle a renvoyé son mari et toi tu pars de chez toi. Le temps est venu à présent. Il faut battre le fer tant qu'il est chaud !

— Ça suffit Meshoulem, je ne pars pas de chez moi, lui répondis-je.

— Tu ne pars pas ? Excuse-moi Iraleh, je me suis trouvé une maison as-tu dit, un endroit qui soit à moi as-tu précisé. Qu'est-ce que ça signifie si ce n'est pas partir de chez soi ?

— Je ne suis pas Tirzah, ce n'est qu'extérieurement que je lui ressemble. Intérieurement, c'est un *mensch,* moi non.

— Là, tu as absolument raison. Mais combien de *mensch* faut-il dans une seule maison ?

— Nous étions amis au lycée, dis-je. Nous avons eu notre chance mais ça n'a pas marché. Et ça ne va pas si mal avec Liora malgré ce que tu peux croire. La vie conjugale est ainsi faite. Parfois ce n'est pas parfait, mais en définitive ce n'est pas si mal.

Meshoulem prit un air dédaigneux.

— Tu t'es mis à lire la presse féminine ? Tu n'as pas dit une seule fois que tu l'aimais. Une chose aussi simple que l'amour et qui est censée souder deux personnes ensemble. Même ça tu ne l'as pas dit.

— Parce que tu es peut-être aussi expert en amour ?

— Pour dire ce que je viens de dire doit-on être expert ? Il faut seulement ne pas être idiot.

— En dehors de l'amour il faut encore plusieurs autres choses pour vivre ensemble.

— Peux-tu me dire quoi alors ? Quelles sont toutes ces choses qui font que vous soyez ensemble ?

Et comme je me taisais, il répondit lui-même :

— Soit son argent, soit ta peur ou alors les deux. Voilà ce qui vous tient ensemble.

— Pourquoi cela te préoccupe-t-il tant ? demandai-je. Et en quoi cela te regarde-t-il ?

— Ça me regarde car je veux te voir toi et Tiraleh à nouveau ensemble.

Je me tus durant quelques secondes, mais Meshoulem eut soudain un petit rire :

— Te souviens-tu de ma femme de Mémoire Bénie ? Ma Goldie que j'aimais tant ?

— Bien sûr, dis-je. Je m'en souviens très bien.

— De quoi te souviens-tu ?

Toute expression de dédain avait disparu de ses yeux. J'y lus alors de la supplication.

— De ses cornichons, dis-je, avalant la salive que sécrétait ma mémoire. De la bonne odeur de ses mains et de son silence. Ma mère était certaine que quand tu étais au travail avec tes employés, tes camions et tes machines, le silence de ta femme te manquait.

— Ta mère était une femme très intelligente, dit Meshoulem, elle aussi devait avoir une blessure dans le cœur. Mais tu le sais bien. Sinon pourquoi serait-elle soudain partie ? Moi, le silence de Goldie me manque mais aussi sa bonne odeur. Elle sentait le citron. Les autres femmes dépensent des fortunes pour leurs parfums, mais elle, ça émanait de sa peau. Mais tout ça est au ciel à présent ! Et j'espère bien finir aux enfers car si j'y allais aussi, je lui gâcherais son paradis.

Le mouchoir bleu réapparut. Meshoulem se racla la gorge :

— J'en ai déjà deux là-bas. Puis il le replia et le rangea dans sa poche. Maintenant écoute ! Goldie et moi n'aimions pas le Yossi de Tirzah ni comme être humain ni comme mari. Chez les hommes on remarque tout de suite les imbéciles. On ne voit pas toujours qui est intelligent. Mais un imbécile ça saute aux yeux. Et tu connais Tiraleh, c'est uniquement parce qu'on lui a dit cela qu'elle a voulu s'opposer. Parfois, lorsque je demandais à ma Goldie son avis, ce que ces deux-là pouvaient bien faire ensemble, sais-tu ce que cette femme discrète et délicate, comme tu dis, me répondait ? « Dans ce genre de chose, Meshoulem, tout est une affaire de lit. » Aurais-tu imaginé que ma douce et discrète Goldie puisse parler ainsi ?

— Rien ne me choque, Meshoulem.

— La sagesse sortait de sa bouche. Écoute ça par exemple : une femme doit faire attention à elle, mais un homme, il suffit qu'il soit un peu plus beau qu'un singe.

Nous échangeâmes un sourire.

— C'est notre chance qu'il existe des femmes qui pensent ainsi. Autrement que resterait-il pour des hommes comme nous ? Seulement des filles perdues. Crois-moi Iraleh, Meshoulem, au premier coup d'œil, peut te dire comment se comporte un couple au lit.

Je choisis de ne pas réagir à ses propos. Meshoulem en rajouta :

— Ma Tiraleh décide et agit. À la différence de toi. Un beau matin, elle s'est levée et a divorcé. Je te l'ai déjà dit pourtant et tu n'as même pas cherché à savoir pourquoi ni comment.

— En effet, je ne t'ai rien demandé, dis-je. Je n'aime pas fourrer mon nez dans ce qui ne me regarde pas.

— Que veux-tu dire par là ? Que moi je fourre mon nez ?

Je gardai le silence.

— Tu sais quoi ? Tu as raison. Oui, je me mêle de ce qui ne me regarde pas. En effet. Si on s'assied sur le côté gentiment et que l'on attend que les choses arrivent, rien ne se passe. Il faut parfois fourrer son nez. Et pas seulement le nez. Mais aussi une main, puis l'autre, et si la porte n'est qu'entrouverte, il faut aussi y mettre le pied et l'épaule, et il est même parfois recommander d'y fourrer son pénis, le fourrer comme il faut. Car loin du sexe loin du cœur ! Ainsi va l'amour.

Meshoulem vérifia que je souriais et poursuivit :

— Il faut que tu saches, Iraleh. Tiraleh est libre. Elle ne s'appelle plus désormais Tirzah Weiss, mais à nouveau Tirzah Fried. J'ai dépensé beau coup d'argent pour que ce gros connard consente à divorcer. Mais aujourd'hui elle m'en rapporte bien plus.

— Alors peux-tu me dire maintenant, osai-je, si tu sais au premier coup d'œil comment est chaque femme au lit, peut-être peux-tu me dire alors comment est ta Tirzah ?

Un petit nuage passa sur le front de Meshoulem, flotta autour de sa mâchoire avant de disparaître.

— Au lit, ma Tiraleh est comme son père. Elle comprend tout, elle est chaude et bonne. Et tu sais quoi ? Tu n'as qu'à essayer. Tu verras bien ! Prends-toi par la main !

Ses lèvres retombèrent soudain et se mirent à trembler. Il extirpa à nouveau son mouchoir bleu.

— Essaie Iraleh... Essaie... Sa main se posa sur ma cuisse et la pressa. Tu ne le regretteras pas. Je te le promets. Sa voix s'étrangla et se brisa : Essayez tous les deux. Essayez et faites-moi un petit-fils, que j'aie un nouveau Gershon.

Meshoulem, comme certains hommes dont je ne fais pas partie, est quelqu'un de dur et tendre à la fois, déterminé et sensible, et quand un bâton vient frapper violemment un tel roc, toutes ses eaux sourdent subitement.

— Arrête la voiture, gémit-il, je dois encore pleurer.

Je m'arrêtai. Meshoulem sortit, s'appuya sur la portière arrière. Je pouvais sentir son vieux corps, pas très grand mais ramassé et fort, qui faisait trembler le *Monstre*. Puis les secousses diminuèrent et Meshoulem s'éloigna un peu, donnant des coups de pied en l'air sur le bord de la route pour se calmer.

Il replia son mouchoir et remonta dans la voiture :

— Nous avons bien de la chance de perdre un peu la mémoire en vieillissant, sinon nous aurions un sac encore plus lourd à porter à présent que les forces nous quittent. Mais assez parlé comme ça ! Allons-y !

4

Nous entrâmes dans le village. Tournâmes à droite au centre. Cent cinquante mètres. Trois maisons, deux charmants jardins, un autre aride, abandonné, puis les cyprès qui auraient réjoui ton cœur, le grand pin et enfin la maison. Des ronces tout autour. Les fenêtres condamnées avec des planches en bois. Meshoulem l'observait, silencieux, à travers la vitre de la voiture.

— Alors qu'en dis-tu ? Elle te plaît ?

— Pas mal.

— Tu ne veux pas la voir de plus près ?

— Mangeons d'abord. L'odeur des sandwichs me donne faim et il faut que je me calme.

Je sortis la nourriture et des bières de la glacière. Nous nous installâmes sur les marches en haut du trottoir — entre les pavés l'herbe poussait comme tu voulais —, Meshoulem mangea et but avec grand plaisir. Sa façon de mastiquer montrait qu'il était plongé dans ses pensées.

— Qu'y a-t-il à vérifier ici ? lâcha-t-il enfin. Au premier coup d'œil on a tout vu. Regarde toi-même : l'endroit est bien. Mais la maison ! Elle ne tient qu'à un fil. Il faut tout démolir et tout reconstruire.

— Cette maison me plaît. Je ne veux pas la détruire.

— Tu as vu sur quoi elle tient ! Les piliers sont trop minces et la rouille sort de partout.

— Combien faut-il que je la paie d'après toi ?

— Tu l'achètes pour investir ? Parce que tu n'as pas de toit au-dessus de la tête ? C'est un cadeau que tu te fais, alors quelle importance combien ça coûte ! Discute un peu pour le plaisir, mais prends-la.

— Mon budget est limité.

— Pour une ruine pareille ton budget sera bien suffisant. Et s'il te fallait un peu plus, tu sais bien, Dieu soit loué, à qui emprunter. N'oublie pas que la seule chose qui compte dans une maison c'est ce qu'on ne peut pas modifier, autrement dit l'emplacement et la vue. Même Rothschild avec toute sa fortune ne peut pas s'offrir une fenêtre donnant sur la mer à Jérusalem. Cette maison a en effet une très belle vue mais il faut la démolir. Si tu ne me crois pas demande à Tiraleh. Je l'appelle pour qu'elle vienne !

— Si cette maison est si bien, dis-je, alors pourquoi personne ne l'achète ?

— Parce que les gens sont aussi stupides que toi. Ils arrivent, voient l'humidité dans les murs, les fissures et la rouille, et ils prennent peur. Ils pensent à la maison, au prix, mais ni au temps ni à l'emplacement. Ici l'endroit est parfait et on a le temps. Achète ! Tiraleh te la démolira et t'en construira une nouvelle. Ça revient au même pour elle.

— Non, Meshoulem, cette maison me plaît. Je veux seulement la restaurer.

— Cause toujours. Entrons voir ce que l'on peut faire.

5

Dans la maison, Meshoulem se mit à cogner contre les murs et les poutres. Avec le poing, de la paume, ou du bout des doigts.

— Tu entends ? Ces bruits ne me disent rien qui vaille. Tu as vu toutes ces fissures ? Elles courent partout. La maison est foutue. Elle s'affaisse même sur un côté.

Il sortit un petit tournevis de la poche de sa chemise, l'enfonça dans une prise et l'arracha du mur.

— Regardez-moi ce camarade, dit-il. L'isolation est encore en tissu noir, de l'époque de Mathusalem. Il va falloir tout refaire. Regarde ! dit-il en tirant sur le robinet de la cuisine, tu as vu ?

Celui-ci s'arracha du mur, laissant un tuyau béant, pourri et rouillé d'où dégoulinaient de grosses gouttes brunes.

— Tu vois ! Ce n'est pas que je sois si fort, mais tout ici est pourri. Regarde le plafond comme il s'effondre, les murs près du sol qui s'écaillent. Même chose ici, c'est trempé au niveau des plinthes ! L'humidité peut venir de loin. L'eau a dû suinter sous les tuiles comme un voleur qui se faufile la nuit. Cette maison a été habitée par de mauvaises gens. Ils l'entretenaient comme ils se haïssaient les uns les autres.

— Combien cela coûtera-t-il pour tout refaire ?

— Autant que si on en construisait une nouvelle et avec des maux de tête en plus !

— Combien malgré tout ?

— Pourquoi me parles-tu tout le temps d'argent ? Demain matin je t'amènerai Tiraleh et tu verras avec elle. Viens, rentrons.

Alors que nous nous dirigions vers le *Monstre,* il me dit :

— Regarde ce qui arrive à ce camarade !

Sous le figuier était tombée une multitude de fruits verts avortés. Autour du tronc s'amoncelaient de petits tas de sciure jaunâtre. Je levai les yeux et constatai qu'elle provenait de trous dans l'écorce.

— Il faudra l'arracher, dit Meshoulem, le tronc est infesté et ne donne plus de fruits. Enlève-le avant qu'il ne s'effondre sur la tête de quelqu'un.

— Je vais tout faire pour le sauver, dis-je.

— Qu'est-ce qui te prend ? La maison est sur le point de s'effondrer, le figuier se désagrège, et tu veux les garder tous les deux ? Construis une nouvelle maison et plante un nouvel arbre !

Je le raccompagnai à ses bureaux à Jérusalem, laissai à Liora un message pour l'avertir que je devais prendre en charge une équipe de la télévision autrichienne dans l'extrême Nord, puis revins à la maison que je m'étais trouvée. Je roulai rapidement et sans à-coups dans le silence. Rien ne m'arrêta, ne me ralentit ni ne me détourna de mon chemin. Les autres voitures me laissaient la voie libre. Les carrefours que je traversais me présentaient leur visage vert. Après avoir quitté la route principale, je poursuivis tout droit à travers champs pour rejoindre la maison que je m'étais trouvée.

À nouveau j'arrachai les planches qui obstruaient les ouvertures, escaladai la même fenêtre et entrai. « Bonjour, maison ! » redis-je, et celle-ci me répondit à nouveau. Je me déshabillai entièrement, m'immergeant dans cette agréable nuit d'avril, la saison que tu aimais tant. À l'heure où les premiers khamsins et les derniers jours de l'hiver se rencontrent « un peu comme les touches d'un piano », comme tu disais, « chaudes et froides ». Je m'allongeai nu sur mon matelas de camping, mon sac de couchage enroulé à mon chevet. Je sentais la maison envelopper mon corps. J'étais en elle.

J'éprouvais aussi un autre sentiment dont au début j'ignorais la nature, mais je savais à présent que c'était l'attente de la venue de Tirzah, le fait de savoir qu'un nouveau chapitre allait s'ouvrir, un autre et le même en même temps, ancien et nouveau à la fois.

CHAPITRE VII

1

Au fronton du colombier, Myriam, la colombophile, accrocha deux panneaux. Sur le premier figurait cette inscription :

LES DIX QUALITÉS
DU PARFAIT COLOMBOPHILE

Avec écrit dessous :

1. Le colombophile doit être calme de nature. Un colombophile fantasque risque d'effrayer les pigeons.
2. Le colombophile est loyal et responsable, il exécute chaque tâche en temps et en heure.
3. Le cœur du colombophile est bon et il doit se soucier de chaque pigeon.
4. Le colombophile est patient et dévoué.
5. Le colombophile est ordonné et veille à la propreté.
6. Le colombophile est énergique, il impose sa discipline aux pigeons.

7. Le colombophile a le sens de l'observation, il sait évaluer le comportement et la condition de chaque pigeon.
8. Le colombophile a le cœur à l'ouvrage. Il y a toujours quelque chose à faire dans le pigeonnier.
9. Le colombophile pense aux autres.
10. Le colombophile apprend et connaît tout ce qu'il faut savoir : les caractéristiques du pigeon, la manière de le nourrir, ses entraînements et ses soins. Il doit savoir rédiger un court et clair pigeongramme.

Sur l'autre panneau, on pouvait lire :

EMPLOI DU TEMPS DU PIGEONNIER

Avec écrit dessous :

1. Le matin en entrant : inspection générale des pigeons et du pigeonnier.
2. Premier vol d'exercice.
3. Grattage et tamisage du sol. Ajout de sable propre. Enterrement des ordures dans la fosse.
4. Nettoyage des abreuvoirs et des mangeoires. Changement de l'eau potable et de l'eau pour le bain.
5. Retour des pigeons — service d'un repas léger.
6. Notes dans le registre du pigeonnier.
7. Vérification de chaque pigeon l'un après l'autre.
8. Tâches particulières : baguage, hybrida-

tion, vérification de la nourriture, longues expéditions.

9. Vol de fin d'après-midi.

10. Dîner.

11. Inspection générale.

12. Extinction des feux.

— Tu dois apprendre ces deux panneaux par cœur, ordonna au Bébé Myriam, qui lui rapporta les propos du Dr Laufer lorsque enfant elle travaillait chez lui : les neuf premières qualités du parfait colombophile sont valables aussi pour tout homme, même pour qui n'élève pas de pigeons voyageurs, mais seule la dixième s'adresse exclusivement aux colombophiles.

— Je ne sais pas siffler comme toi, lui dit le Bébé, j'aimerais que tu m'apprennes à siffler avec les doigts.

— Ce n'est pas urgent, répondit Myriam. Nous avons le temps.

Quelques jours plus tard, il vit qu'elle attachait des rubans colorés aux pattes de trois pigeons. Elle appela l'un des *palmachnik,* lui remit un carnet et un crayon et lui expliqua ce qu'il avait à faire. Puis elle mit les pigeons dans un panier de paille tressée, referma le couvercle, le fixa à son vélo et s'en alla vers l'étable et les champs. Le Bébé courut derrière elle sur une vingtaine de mètres, mais Myriam quitta l'exploitation sans tourner la tête.

Il revint au pigeonnier et au-devant du *palmachnik* toujours posté là.

— Tu es trop près de la porte-trappe, lui dit-il, les pigeons vont avoir peur de rentrer.

— Fous-moi le camp ! répondit le garçon.

Le Bébé se tut, s'éloigna, leva les yeux au ciel et attendit. Au bout d'une demi-heure, il lui cria :

— Ils reviennent !

— Où sont-ils ? Où sont-ils ? répondit le garçon affolé.

— Là. Les voilà. Tu ne les vois donc pas ? Ils approchent. Qu'est-ce que tu attends ? Lève le drapeau et siffle.

Le *palmachnik*, perturbé par la soudaine agressivité et les yeux de faucon du Bébé, agita le mauvais drapeau. Les trois pigeons prirent peur et s'élevèrent à nouveau au-dessus du pigeonnier.

— Le drapeau bleu ! hurla le Bébé, avant de crier : Viens, viens, viens manger !

Les pigeons se posèrent. Le garçon, de plus en plus troublé, leur versa quelques graines sur la tablette devant la porte-trappe et non dans le réceptacle à l'intérieur. Les pigeons mangèrent à peine et s'envolèrent à nouveau.

Quand Myriam revint, haletante et transpirante sur son vélo, le garçon lui annonça : « Ils sont tous revenus ! » et il lui rendit le carnet. Myriam y jeta un œil et s'étonna :

— Mais tu n'as rien noté !

Le Bébé ne put se retenir :

— Le bleu est revenu le premier ! cria-t-il, mais il leur a donné à manger dehors !

Myriam était furieuse :

— Ils doivent savoir qu'il faut qu'ils rentrent, autrement, impossible de leur ôter leur capsule ! Maintenant je dois tout recommencer à zéro !

Le lendemain, elle voulut vérifier que le Bébé était capable de remplir ses formulaires d'une écriture lisible et elle lui annonça que désormais c'était lui qui accueillerait les pigeons à leur retour.

— C'est très important, dit-elle. Il ne suffit pas seulement que le pigeon revienne à la maison. Un vulgaire pigeon de roche sait aussi le faire. Il faut également calculer à quelle vitesse il revient et voir ce qu'il va faire en arrivant, s'il fait des tours dehors ou s'il entre tout de suite par la porte-trappe à l'intérieur du pigeonnier.

— Quand est-ce que tu m'emmèneras avec toi ? demanda le Bébé quelques jours plus tard.

Myriam lui répondit que la colombophilie s'apprenait étape par étape et qu'il était temps à présent qu'il passe du grade de celui qui accueillait les pigeons et nettoyait les mangeoires à celui de cuisinier.

— Tu as encore beaucoup à apprendre avant d'expédier des pigeons toi-même, dit-elle, tout en lui remettant un carnet et un crayon.

Il nota : petits pois, lentilles et vesce fournissent les protéines. Le sorgho, le riz, le maïs et le froment, les hydrates de carbone. Le lin, le sésame et le tournesol, les graisses. Myriam lui enseigna le secret du mélange des graines et l'importance de les renifler pour s'assurer qu'elles ne sentent pas le moisi avant d'en écraser une ou deux avec un marteau : s'il est suffisamment sec, le mélange s'effrite facilement, mais s'il est trop humide, il est impossible de le broyer.

Un pigeon qui a faim est vif et plus efficace, lui expliqua-t-elle, plus actif et plus léger pour voler. C'est pourquoi, après le vol du matin, on ne leur donne qu'un repas frugal, le principal ne leur étant servi qu'après le vol de l'après-midi.

Elle ouvrit devant lui la boîte du mélange

minéral qu'elle appelait « le gravier » où se trouvaient des débris de basalte pour aider les pigeons à broyer les graines dures qu'ils avalent, de l'oxyde ferrique pour purifier leur sang et du carbone pour nettoyer leur système digestif, ainsi que des coquillages écrasés, de la chaux et des coquilles d'œufs — « comme on en donne aux poules pondeuses dans leur poulailler » — pour renforcer leurs os. « Car un pigeon voyageur doit avoir les os plus solides qu'un pigeon classique. Plus solides mais aussi plus légers. »

— Ce mélange contient également du sel, expliqua-t-elle, aussi est-il interdit d'en donner à un pigeon avant un long vol.

— Pour ne pas qu'il ait soif, dit le Bébé.

— Très bien ! Que risquerait-il d'arriver s'il avait soif ?

— Il mourrait en chemin.

— Non, s'esclaffa Myriam, il descendrait boire, et alors, au mieux, il perdrait du temps, et au pire, quelqu'un l'attraperait ou le mangerait.

Le Bébé s'enhardit et demanda quelles étaient les petites graines sombres et lisses qu'elle donnait parfois aux pigeons qui rentraient. Elle lui répondit qu'il s'agissait de graines de haschisch dont les pigeons étaient très friands. On en ajoute toujours un peu au mélange journalier mais si l'on en donne plus, cela devient un traitement spécial, une récompense.

— Deux fois par semaine, dit-elle, on les nourrit dans la main.

Cela prend du temps, expliqua-t-elle, mais c'est plus agréable et plus convivial. L'animal craint les yeux de l'homme, l'odeur de son corps et la malice de ses doigts. La meilleure façon de venir à bout de tout cela est de lui apprendre à manger dans la paume de la main. Ainsi l'apprivoise-t-on progressivement pour s'en faire un ami fidèle.

— Le pigeon n'est pas intelligent ni sensible et complexe comme un chien ou un cheval, dit-elle, et en dépit de ce qu'on dit sur lui et de son apparence, il a un caractère difficile. Mais il sait aussi très bien ce qu'est la fidélité et l'amitié. Ça, tu n'es pas obligé de l'écrire ! Il y a des choses qu'il suffit d'entendre et de se rappeler.

2

— Tu es magnifique ! lui dit-elle quelques jours plus tard. Tu seras un vrai *duvejeck*.

— C'est quoi un *duvejeck* ? demanda le Bébé, inquiet.

— Quand tu seras un vrai *duvejeck* tu le sauras toi-même.

— Quand est-ce que tu m'emmèneras envoyer des pigeons ?

— Pas « envoyer », « expédier » ! Mais avant ça, tu dois apprendre encore une autre chose importante : comment attraper et tenir un pigeon dans la main.

Il est interdit de l'attraper en l'air, lui expliqua-t-elle, jamais en dehors du colombier, mais seulement après qu'il s'est posé et une fois à l'intérieur. Les mains s'approchent face au regard de l'oiseau, pas à la dérobée ni furtivement, pas trop vite non plus, et surtout sans hésitation. Toujours d'en haut pour que s'il s'envole on puisse le rattraper. La manière de le prendre enfin en saisissant ses ailes entre les paumes, les doigts se refermant sur les pattes. « Avec délicatesse. Avec la plus grande des délicatesses. Ce n'est pas un corps simple comme le nôtre, c'est un corps complexe et délicat fait pour voler. »

« Ne le regarde jamais dans les yeux ! », disait-elle, répétant que les animaux prennent cela pour un acte agressif. « Les yeux des pigeons voient sur les côtés et les nôtres devant, aussi, notre regard lui semble celui d'un prédateur ou d'un rapace. »

Les mains du Bébé s'approchèrent du pigeon, descendirent vers lui, le saisirent, sentirent les palpitations de son cœur. Le sien battait au diapason. « Pas trop fort... » dit-elle, ce qui provoqua chez lui une certaine anxiété. « Très bien... » Une sensation d'allégresse le traversa. « Maintenant prends-en un autre, ils sont tous très différents. » Il s'exerça, apprit et les apprivoisa avec douceur, délicatesse, et une assurance qui allait croissant.

Quelques jours plus tard, Myriam lui demanda de se procurer un vélo afin qu'il puisse l'accompagner dans l'une de ses excursions. Trop petit, il ne parvenait pas à chevaucher « les vélos pour hommes » du kibboutz, aussi réclama-t-il à sa tante son « vélo pour femme ».

La tante hésita.

— C'est le vélo de l'étable, dit-elle.

— S'il te plaît Maman, s'il te plaît, insista le Bébé.

Quand elle entendit ce « Maman » et voyant l'espoir et le désespoir valser sur son front, elle accepta, mais à une condition : qu'il ne l'utilise que très peu et qu'il s'exerce avant de monter « avec la fille du pigeonnier ».

Il essaya, tomba, réessaya, s'exerça jusqu'à ce qu'il trouvât le bon équilibre. Écorché et contusionné, il fila au pigeonnier, plein de gratitude à l'égard de Myriam qui ne posa aucune question mais qui l'enjoignit de se hâter et de laver ses blessures avec de l'eau et du savon. Elle les enduisit d'un onguent de vétérinaire et lui montra les trois pigeons qu'il devait prendre.

Au début, ils pédalèrent sur un sentier sablonneux parallèle à la route, elle d'un mouvement indolent et sans efforts, lui appuyant de tout son poids et haletant, oubliant ses blessures et sa peur. Tout à l'émotion de ce qui allait se produire, le frottement des pneus sur le sol le mettait en joie. Au grand poteau électrique, ils tournèrent pour rouler à travers champs le long d'une route bordée de cyprès, l'œil stimulé par les jeux d'ombre et de lumière à travers le grillage des clôtures, et le nez jauni et caressé par l'odeur des fleurs d'acacia.

Après quelques kilomètres, près de l'usine à pompage, Myriam s'arrêta, appuyant son vélo contre le tronc d'un cyprès, puis elle sortit du panier le pigeon marqué de rouge.

— Prends le carnet et le crayon, dit-elle, et note la couleur du ruban ainsi que la date, l'heure et l'endroit, chaque chose dans sa colonne.

Il consigna, en lettres rondes et enfantines, fier et inquiet en même temps.

— Maintenant les chiffres et les lettres qui sont sur sa bague. Très bien. Dans la colonne « lieu », note « usine à pompage ». Dans la colonne « temps », clair, 24 °C, léger vent d'est. Dans celle de l'heure écris 13 h 45, soit deux heures moins le quart. Tu as noté ? Tu as tout compris ? Maintenant regarde bien !

Il regarda ses mains s'élever tandis qu'elle lâchait le pigeon, son corps se tendre, ses seins se dresser brusquement sous sa chemise grise de travail, son sourire monter inconsciemment sur ses lèvres. Le lâcher fut si doux que le pigeon ressemblait à un sourire qui se serait détaché et épanoui de son corps et l'envol, si beau et si attirant que le Bébé se sentait honteux, sans comprendre pourquoi, de l'émotion qui l'étreignait.

De la même manière, Myriam expédia le pigeon au ruban jaune. Le Bébé s'inquiéta : allait-elle lui confier le troisième pigeon ou l'enverrait-elle aussi ? Il remplit le dernier formulaire et leva ses yeux sur elle. Myriam dit alors : « À présent, à toi ! »

Il saisit le pigeon et malgré ce qu'il avait appris, le regarda brièvement dans les yeux, comme un oiseau de proie.

— Pense à ce que tu fais, lui dit Myriam, c'est ton premier pigeon, n'oublie pas. Ne l'abandonne pas, ne le jette pas. Dis-toi que tu l'offres au ciel. Avec délicatesse.

Avant qu'il ait fini d'ouvrir ses mains, il sentit que son geste n'était pas aussi assuré que celui de Myriam. Mais le pigeon avait déjà déployé ses ailes. Ses yeux l'accompagnèrent dans son ascension. Son corps aurait voulu le suivre. L'oiseau battait des ailes. Au début gris-bleuté, puis, dans le ciel immense et clair, il commença à s'estomper et à rapetisser. Le Bébé le regarda, ignorant que ce serait la dernière image qu'il verrait neuf ans plus tard, baignant, sur le dos, dans son sang, dans la remise de jardinier détruite du monastère, le corps criblé, brisé et déchiqueté, tandis qu'un pigeon s'élèverait au-dessus de lui en emportant son dernier désir.

— Tu es parfait, lui dit Myriam.

Elle lui caressa le crâne d'une main froide, d'un petit mouvement joyeux et circulaire, puis avec deux doigts qui glissèrent de chaque côté de sa nuque, lui procurant un agréable frisson dans le dos.

3

Quelques semaines plus tard, Myriam chargea le Bébé d'aller voir sa tante, afin qu'elle demande au chauffeur du camion qui transportait le lait d'emporter avec lui des pigeons pour de plus longues expéditions. De Tsemah d'abord puis d'Afula et de Haïfa. Elle avait aussi appris que son oncle se rendait parfois à des réunions du Mouvement des kibboutz à Tel-Aviv. Peut-être pourrait-il lui demander de prendre avec lui trois pigeons pour les envoyer de là-bas.

— Comment les transporterai-je ? demanda l'oncle.

— Dans un panier spécial, répondit le Bébé, un panier en osier tressé avec un couvercle et une anse.

— Ils risquent de se battre en chemin. De faire des saletés.

Myriam ne renonça pas pour autant. Elle s'en alla avec le Bébé trouver l'oncle et tenta de le rassurer :

— Les pigeons ne se battront pas, et s'ils faisaient quelques saletés, ce n'est pas bien grave. Le panier est tapissé de journaux.

— Et d'où les ferais-je s'envoler ? protesta l'oncle. Comme ça ? En plein milieu de la route j'ouvre le panier ?

— Vous souvenez-vous du Dr Laufer qui a sauvé le veau malade de votre femme ? Je suis certaine que vous serez ravi de lui faire une faveur en retour. Allez lui livrer les pigeons. Il travaille dans notre pigeonnier central au jardin zoologique, dit Myriam. Il les lâchera, remplira les formulaires et il vous confiera aussi probablement quelques-uns de ses pigeons pour que je les expédie d'ici. C'est très important. Nous n'avons pas tous les jours l'occasion de le faire d'aussi loin.

Le visage de l'oncle prit une expression soucieuse. Tout laissait présager chez lui un refus imminent. C'est alors qu'intervint le Bébé pour qui les mots « pigeonnier central » revêtaient une connotation magique :

— Je viendrai avec toi, dit-il, je m'occuperai du panier et surveillerai les pigeons. Tu auras seulement à me conduire au pigeonnier central du jardin zoologique.

— Excellente idée ! s'exclama Myriam en le prenant par l'épaule. Je te fais confiance.

— Et après ? répondit l'oncle, soucieux de ses propres affaires. Je vais t'avoir à mes basques toute la journée pendant mes réunions et mes rendez-vous.

— Vous n'aurez qu'à le laisser au zoo, dit la colombophile. Le Dr Laufer lui trouvera sûrement quelque chose à faire. Le pigeonnier central est suffisamment grand et le travail ne manque pas.

À trois heures du matin, l'oncle réveilla le Bébé et le traîna, les yeux clos, son panier de pigeons serré entre les mains, jusqu'au camion de lait. Le voyage entretenait sa torpeur mais par moments il se réveillait. Chaque fois qu'il ouvrait les yeux, il voyait un paysage différent, et le voyage lui faisait l'effet d'une série de rêves fragmentée. À Haïfa, ils se rendirent à la station d'autobus. L'oncle lui sortit un sandwich de sa sacoche et lui acheta un verre d'une boisson acidulée chez un marchand arabe. Quand l'autobus s'ébranla et commença à longer la côte en direction du sud, il lui conseilla de ne pas seulement regarder par la fenêtre, mais aussi d'humer profondément ce qu'il voyait car l'on se souvenait ensuite mieux des odeurs.

L'autobus s'arrêta à de nombreuses stations ; des passagers montaient et descendaient. La mer, d'abord si proche et si bleue, qui sentait le sel, s'éloigna peu à peu en verdissant. Son odeur aussi changea : faible au début puis de plus en plus prégnante, pour finalement laisser place à celle des champs. Les pigeons restaient silencieux dans le panier. Le Bébé s'endormit à nouveau et ne se réveilla que lorsque l'oncle le poussa du coude pour qu'il ouvre les yeux.

— Voilà, nous sommes arrivés. C'est la première fois que tu viens à Tel-Aviv. Regarde, c'est la gare centrale des bus, dit-il.

Le Bébé était impressionné :

— Il y a déjà un pigeonnier central et maintenant une gare centrale !

L'oncle éclata de rire :

— Et le Comité central pour le peuplement de la terre d'Israël mais aussi le *Mashbir* central, le grand magasin de matériel agricole. C'est comme ça à Tel-Aviv !

De la gare centrale ils empruntèrent une rue brûlante et moite avant de sauter dans un autobus. L'oncle le poussa à nouveau du coude pour qu'il regarde autour de lui et lui montra des hommes coiffés de chapeaux, des voitures et des magasins, toutes choses que l'on rencontre en ville et pas au kibboutz. Mais le Bébé avait autre chose en tête. À l'approche du jardin zoologique, alors qu'ils commençaient à en entendre les cris et à en sentir les odeurs, il dit à son oncle qu'il lui fallait à présent expédier ses pigeons.

— Mais Myriam a dit que le Dr Laufer les lâcherait lui-même, s'étonna l'oncle.

— Elle me fait confiance, le coupa le Bébé. C'est pour ça que j'ai fait tout ce voyage. Tu verras, Papa, les pigeons rentreront sans problème et Myriam sera contente de moi.

Il donna aux pigeons quelques graines, un repas léger, pour ne pas alourdir leur vol mais pour les rassasier néanmoins un peu afin qu'ils ne se posent pas en chemin pour manger. Il leur versa de l'eau dans une coupelle et mit les formulaires dans la main de son oncle.

— Note ici la date, lui ordonna-t-il tout en lui dictant : « Lieu du lâcher : entrée du jardin zoologique de Tel-Aviv. »

L'oncle écrivit également l'heure puis le temps : chaud, humide, silencieux et clair. Myriam avait déjà inscrit les numéros des bagues.

Le Bébé recopia les détails sur un bout de papier qu'il garda dans sa main et mit les formulaires dans les capsules qu'il attacha aux pattes des pigeons. Il leva les mains et les expédia les uns après les autres, le plus clair d'abord, puis quelques minutes après les deux bleu-gris. L'oncle l'observait. Ses lèvres souriaient et son cœur, ainsi s'en souviendrait-il, se serra. C'était un oncle bon et aimant. Il n'oublia pas cet instant et le racontait même en larmes à tous ceux qui vinrent le consoler neuf ans plus tard, après la mort de son neveu. Quant au Bébé, il regrettait que Myriam n'ait pas été là pour voir son geste désormais doux et précis.

— Maintenant entrons dans le zoo et allons au pigeonnier central, dit-il.

Le Dr Laufer les avait devancés et était sorti à leur rencontre, grand et un peu voûté dans ses bottes en caoutchouc, ses bras faisant de grands moulinets, avec son long nez, ses taches de rousseur et ses cheveux rouges, suivi par un très gros monsieur coiffé d'une casquette.

— Le voilà ! murmura le Bébé. C'est le Dr Laufer qui a construit chez nous le pigeonnier.

— Regardez qui est là ! s'écria le docteur. Voilà le garçon que nous a envoyé Myriam, voilà aussi son oncle. Il ne manque plus que les pigeons !

Embarrassé, le Bébé restait silencieux.

— Personne, aucune voix pour répondre ! dit le Dr Laufer paraphrasant la Bible, puis citant Bialik : « Un pigeon et un garçon frappent avec insistance à la porte ! » C'est toi qui a expédié les pigeons. Nous les avons vus il y a deux minutes !

— J'ai tout respecté à la lettre, se vanta le Bébé tendant fièrement le double qu'il avait conservé.

Le Dr Laufer lut ce qui était écrit.

— Parfait. Nous aurions pourtant aimé ajouter un petit pigeongramme pour Myriam mais à présent les pigeons se sont envolés et c'est trop tard.

— Elle ne m'avait rien dit, se défendit le Bébé.

— Vous, camarade oncle, poursuivit le vétérinaire, vous pouvez vaquer à vos affaires à présent. Il va travailler chez nous jusqu'à votre retour.

L'oncle s'en alla et le Dr Laufer expliqua au gros monsieur :

— Tu vois ce jeune camarade ? C'est notre invité. Chaque fois qu'il viendra, laisse-le entrer.

Puis il se tourna vers le Bébé :

— Viens avec moi ! dit-il.

Le jardin zoologique se révélait aux yeux du Bébé tel un royaume enchanté de contes de fées. Près de l'entrée somnolaient d'énormes tortues qui malgré leur taille et peut-être surtout à cause de cela semblaient irréelles. Au-delà s'agitaient les singes à la vue desquels le Bébé comprit qu'il s'agissait des créatures qui peuplaient ses cauchemars et dont il ne réussissait jusqu'à présent pas à se souvenir lorsqu'il se réveillait. Puis suivaient quelques petites bêtes en cage, cruelles et rusées en apparence, et qu'il avait déjà vues plus d'une fois disparaître dans des enchevêtrements de roseaux sur les rives du Jourdain, non loin du kibboutz. Venait ensuite un bassin où évoluaient toutes sortes de canards et des pélicans qu'il connaissait eux aussi de la vallée du Jourdain. Il y avait également un ours brun puis un couple de lions, et l'idée qu'il eût pu s'agir des mêmes Tamar et Gibor que je vis des années plus tard lorsque ma mère m'accompagna ici m'enchantait. Sans oublier Teddy, bien sûr, le grand léopard capturé en Galilée. « Tu te rends compte, Yair ! Un léopard chez nous en Israël ! Aux portes de Safed... »

Mais le Bébé voulait avant tout se rendre au pigeonnier, le pigeonnier central, auquel il n'avait cessé de penser jusqu'alors. À force, il l'avait imaginé tel un grand palais de marbre comme dans les histoires que lui racontait son oncle et comme sur les images de l'album français où figuraient des centaines de pigeons bleus et blancs resplendissants, en train de picorer des graines d'or dans des mangeoires en porphyre, de se désaltérer dans des bassins d'ivoire ou de somnoler sur des lits d'ébène et des coussins de lin brodés.

Mais lorsqu'ils parvinrent au pigeonnier central, il dut constater qu'il s'agissait d'un pigeonnier on ne peut plus ordinaire, avec fenêtres, grillages, fientes, cellules et portes-trappes. Il était seulement nettement plus grand que celui du kibboutz et était divisé en compartiments séparés pour les pigeons des autres pigeonniers, avec quantité de cellules de pontes car ici, expliqua le Dr Laufer, nous pondons aussi et élevons la plupart des pigeonneaux qui iront ensuite peupler les nouveaux pigeonniers.

Sur le fronton du pigeonnier central, il remarqua les deux mêmes panneaux, les qualités du parfait colombophile et l'emploi du temps. C'est alors qu'apparut dans le pigeonnier central une petite fille, une fillette aux cheveux clairs et bouclés, l'air sérieux, d'un an et demi à peine plus âgée que le Bébé et le dépassant d'une demi-tête.

Le Dr Laufer les présenta l'un à l'autre.

— Tu es le plus jeune, dit-il au Bébé, et elle est la plus jeune colombophile. Elle connaît bien le travail dans notre pigeonnier et elle saura te dire quoi faire.

Le Bébé la regarda... Il aurait aimé prolonger sa visite indéfiniment afin que la Fillette lui dise chaque jour quoi faire. Il s'imaginait déjà auprès d'elle, et pas seulement ici mais en tout lieu et en tout temps. Désireux de lui plaire il lui dit :

— On m'a envoyé spécialement de la vallée du Jourdain pour que j'expédie des pigeons.

— Tu ne dois jamais dire ce genre de chose, c'est un secret, rétorqua la Fillette.

Le Bébé était confus.

— Je pensais qu'à toi j'avais le droit.

— C'est un pigeonnier secret de la *Haganah,* expliqua-t-elle. Il est défendu de dire quoi que ce soit à quiconque.

— Et qu'est-ce que tu es en train de faire maintenant ? se moqua-t-il.

Ils rougirent l'un comme l'autre.

— Arrêtez de vous disputer ! dit le Dr Laufer. Entre nous on peut tout se dire. C'est seulement interdit devant les étrangers.

Le Bébé attendit un moment avant de demander :

— À quelle heure les sortez-vous pour le premier vol ?

— Un peu après le lever du soleil, répondit la Fillette. Je dois me lever très tôt pour arriver ici à temps. Puis je vais directement à l'école.

— Moi je me lève avant l'aube pour avoir le temps de travailler, dit le Bébé, car notre école est loin du kibboutz. Combien de temps sortent-ils ?

— Ça dépend, répondit la Fillette. Les plus âgés s'éloignent plus que les jeunes qui sont encore un peu craintifs.

— Es-tu déjà autorisée à attraper et à tenir un pigeon dans ta main ? lui demanda le Bébé.

— Depuis longtemps. J'emporte aussi toute seule des paniers de pigeons pour les lâcher. Avant-hier des écuries, parfois même depuis le fleuve Yarkon.

— Moi aussi je peux les prendre et les expédier, dit fièrement le Bébé. Aujourd'hui j'en ai lâchés d'ici pour le kibboutz, mais parfois, c'est plus fort que moi, je continue à les regarder dans les yeux.

Comment s'appelle le colombophile chez vous ? demanda la Fillette.

— C'est une colombophile, mais je ne sais pas si j'ai le droit de le dire car c'est peut-être un secret.

— Je demanderai au Dr Laufer, se vexa la Fillette. Tous les colombophiles et tous les pigeons du pays viennent d'ici.

— Qu'est-ce que je peux faire pour t'aider ? lui demanda le Bébé.

— Qu'est-ce que tu sais faire ?

— Tout sauf siffler avec les doigts.

Elle éclata de rire avant de se rembrunir aussitôt :

— Je ne peux pas te laisser toucher nos pigeons car peut-être que chez vous, dans votre pigeonnier, ce n'est pas très propre et tu pourrais leur transmettre des maladies. Mais tu peux nettoyer tout autour.

— Et toi, qu'est-ce que tu vas faire ?

— Je dois nourrir les petits en train d'être sevrés.

Le Bébé fut bien forcé d'admettre que Myriam ne lui avait pas encore confié de tâches aussi délicates, et la Fillette entra victorieuse dans le compartiment voisin, là où résidaient les oisillons en passe de devenir adultes qu'il fallait sevrer du « lait de pigeon » que leur avaient jusqu'à maintenant donné leurs parents.

Le Bébé nettoya les mangeoires sans la quitter des yeux à travers les interstices du grillage. Elle mélangea des graines qui avaient ramolli quelques heures dans l'eau, saupoudra un peu de mélange de coquillages écrasés et de sels minéraux, s'assit et posa un oisillon sur ses genoux. De sa main gauche, elle ouvrit son bec et à l'aide d'une petite et étroite cuillère y déposa quelques graines. Elle répéta l'opération jusqu'à ce que son jabot soit plein. Puis elle versa au fond de son gosier un peu d'eau avec la même cuillère.

— Ce n'est pas bien compliqué, commenta le Dr Laufer derrière lui, mais c'est le genre de travail qu'il vaut mieux laisser aux personnes habituées au pigeonnier plutôt qu'aux invités. De toute façon ne t'inquiète pas, chez vous aussi il y aura des petits et tu apprendras très vite.

4

Avant la tombée du soir, l'oncle revint au jardin zoologique. Il trouva le Bébé en train de travailler avec une grande fillette bouclée et éprouva une sensation étrange : la nuée de mots qui en permanence valse dans l'esprit de chaque homme s'organisa soudain en une phrase. Et cette phrase lui murmurait intérieurement que ces deux-là allaient bientôt tisser des liens d'amour.

Il appela le Bébé, qui tourna vers lui un visage radieux et lui répondit en chuchotant pour que les pigeons ne prennent pas peur :

— Un instant, Papa. J'ai presque fini.

L'oncle demanda au Dr Laufer si son jeune hôte ne l'avait pas gêné.

— Bien au contraire ! dit le vétérinaire, il nous a aidés et a été fort utile. N'hésitez pas à nous l'envoyer quand vous voulez. Nous autres avons souvent besoin d'aide et il est professionnel et consciencieux.

— Nous ne voulons pas être une charge, répondit l'oncle, mais où dormira-t-il ?

Le Bébé s'empressa d'intervenir :

— Je me débrouillerai.

— Nous lui ferons une place dans la cage aux singes ! ajouta le Dr Laufer, qui éclata de son rire guttural et ostentatoire. « *Ouarf, ouarf, ouarf...* »

La Fillette chuchota à l'oreille du Bébé :

— C'est comme ça que les *Yekkes* rient. Il faut le savoir.

L'air chaud de sa bouche effleura le lobe de son oreille. Continue, ne t'éloigne pas, reste, suppliait son cœur.

— C'est comme ça aussi que rit mon père, lui murmura la Fillette. C'est ainsi que les *Yekkes* annoncent que ce qu'ils viennent de dire est drôle.

— Merci beaucoup, dit l'oncle, et le Bébé — encore enivré de cette proximité — pria pour que, non seulement le Dr Laufer, mais elle aussi, l'invitent à revenir. Malheureusement, la Fillette le regarda sans mot dire. Une légère rougeur descendit de son front sur ses joues. Le Bébé était sous le charme de l'harmonie des nuances de son visage — rose, bleu et blond. Sa peau, ses yeux, ses cheveux.

— Avant que vous ne partiez, il reste une petite chose à régler, dit le Dr Laufer.

Il écrivit quelque chose sur un bout de papier, le roula et le glissa dans un fin tube en carton puis il dit au Bébé :

— Maintenant, ta main s'il te plaît.

Le Bébé tendit sa main. Le vétérinaire chantonna dans sa barbe : « *Lâche un pigeon héraut, avec, s'il se laisse faire, un petit mot fixé à ses ailes tel un fronteau à ta main attachée.* » Puis il fixa le tube à son bras grassouillet avec un fin ruban de tissu.

— C'est trop serré ? s'inquiéta-il.

— Non.

— Agite un peu ta main. Bien. À présent tends-là et plie-la.

Le Bébé fit comme il le lui ordonnait et le vétérinaire ajouta :

— Parfait. Tu peux voler maintenant. *Ouarf, ouarf, ouarf !* Et que te restera-t-il à faire quand tu arriveras au pigeonnier ?

— Je donnerai ça à Myriam.

— Non surtout pas ! Entres-y simplement, poursuivit le vétérinaire en déployant ses longues mains, avec la lettre sur ton bras. Sans courir, d'accord ? Pour ne pas effrayer les autres pigeons.

— Et puis ?

— Exactement comme chaque fois qu'un pigeon revient au pigeonnier, Myriam prendra la lettre et te donnera quelque chose de bon à manger, dit le Dr Laufer. Puis il demanda à l'oncle s'il acceptait de prendre avec lui quelques pigeons de Tel-Aviv afin que Myriam les expédie du kibboutz vers le jardin zoologique.

— C'est moi qui les enverrai ! s'écria le Bébé.

Cette fois l'oncle consentit volontiers et le Dr Laufer mit trois pigeons dans le panier tressé que le Bébé avait apporté, auquel il ajouta un sac rempli de capsules, de rubans, de bagues et de formulaires à l'intention de Myriam.

Le soleil déclinait. Le jardin s'emplit de cris. Le Bébé comprit alors qu'il s'agissait des cris aigus, des grognements et des rugissements dont lui avait parlé Myriam. La Fillette, qui les accompagna jusqu'à l'entrée du zoo, lui sourit :

— J'adore cette heure, dit-elle.

Le Bébé et son oncle la quittèrent et se dirigèrent vers la station d'autobus.

— C'est une fillette très sympathique, dit l'oncle au Bébé.

Le Bébé se demanda s'il avait pris congé d'elle comme il fallait et si elle avait compris qu'il avait envie de revenir et de la revoir. L'oncle dit alors :

— Sais-tu ce que tu peux faire ? Écris-lui un petit mot et envoie-le-lui avec les pigeons que le Dr Laufer nous a confiés pour les lâcher du kibboutz. Les femmes adorent les lettres, et qu'espérer de mieux que de recevoir une lettre par pigeon !

5

Myriam avait déjà rassemblé les pigeons après leur vol matinal et leur avait déjà servi leur collation quand le Bébé réapparut. Il battait ses mains dans l'air et ses pieds soulevaient la poussière.

Elle sourit. Ce jeu lui était semble-t-il familier. Elle lui offrit quelques graines de tournesol et l'attrapa par-derrière dans une agréable étreinte :

— C'est pour moi ? dit-elle, n'est-ce pas ?

Puis elle retira de son bras le cylindre en carton.

— Les pigeons sont revenus ? demanda-t-il.

— Les deux bleus, oui, dit Myriam. Le plus jeune a mis une heure et demie. C'est un très bon temps. Le second, une heure quarante-deux minutes.

— Et le clair ?

— Il n'est pas revenu.

Le Bébé se sentit triste et coupable. Peut-être eût-il fallu l'expédier en même temps que les deux autres et non avant eux ?

— Tu as accompli un excellent travail, dit Myriam, peut-être arrivera-t-il dans les heures qui viennent.

Mais le Bébé ne se calma pas. Des visions de serres s'enfonçant, de balles qui fusent et de plumes en train de voler défilèrent devant ses yeux. Il épancha sa tristesse auprès de Myriam, qui le consola en lui disant que s'il s'était agi d'un pigeon vétéran qui avait fait ses preuves il aurait eu de bonnes raisons de se lamenter, mais qu'un jeune pigeon ne revenant pas de sa première et véritable expédition était le signe qu'il n'était pas un bon pigeon voyageur et que cela valait mieux ainsi.

C'est alors que l'oncle apparut à son tour, apportant les pigeons que lui avait remis le Dr Laufer. Myriam les fit passer du panier tressé dans une large caisse, leur servit des graines et de l'eau et dit :

— Nous les expédierons demain matin après qu'ils se seront reposés du voyage.

Le lendemain, le Bébé consigna les détails de l'expédition dans les formulaires appropriés. Il en remit une copie à Myriam et glissa les autres dans des capsules. Puis Myriam et lui ajoutèrent deux autres petits messages dans des plumes séparées. Myriam écrivit quelque chose au Dr Laufer et le Bébé écrivit à la Fillette : « J'aimerais te confier un de mes pigeons et j'aimerais que tu me confies un des tiens. »

CHAPITRE VIII

1

Je fus réveillé à six heures du matin par un vacarme assourdissant. Un vieux tracteur tournait autour de la maison avec une faucheuse accrochée à l'arrière. Il montait, descendait, décrivait des cercles, fauchant l'herbe et les ronces avec acharnement. Je sortis. Le conducteur du tracteur éteignit le moteur et ôta son oreillette.

— Vous êtes le propriétaire ? me demanda-t-il.

— Pas encore. Et vous, qui êtes-vous ?

— On m'a demandé de venir ici enlever les mauvaises herbes.

— Qui vous a demandé ça ?

— Votre entrepreneur, répondit le tractoriste en ricanant. Votre entrepreneur est une femme, le saviez-vous ?

Je lui dis que j'étais au courant. Il se remit à la tâche et je le suivis telle une cigogne derrière un laboureur, les yeux baissés sur la terre humide, à l'affût des lézards, insectes ou scolopendres en train de fuir leurs maisons dévastées. Même le gros lézard fut contraint de se sauver, imité par deux fins serpents affolés et quelques scorpions dont l'aiguillon menaçant remuait de frayeur. Toutes sortes de vestiges archéologiques refaisaient surface, preuves et témoignages d'une existence antérieure : couteau de cuisine brisé, poupée estropiée, et même deux chaussures dépareillées — marron et de travail pour le pied gauche, blanche et de petite fille pour le droit.

Le conducteur avait terminé son débroussaillage. Il alluma une cigarette et demeura dans la cour.

— Qu'attendez-vous ? lui demandai-je.

— Mon argent. Elle m'a dit qu'elle arrivait bientôt.

Ainsi, de la bouche d'un conducteur de tracteur j'apprenais que j'allais revoir l'amoureuse de mon enfance. Je voulus alors aller chercher dans le *Monstre* mon nécessaire de toilette et de rasage mais je n'en eus pas le temps. Un pick-up blanc à l'enseigne verte de la « Meshoulem Fried et fille SARL » s'approcha. Un soleil matinal bas laissait entrevoir deux silhouettes à l'intérieur. Meshoulem Fried descendit du côté volant, et sa fille SARL de l'autre. Il la laissa passer devant lui. Tirzah était petite, à peu près comme moi, mais elle avait de longues jambes et un corps svelte. Autant que moi et autant qu'elle, son père était conscient du charme de sa démarche.

J'abritai mes yeux de la main et la regardai. Ombre chinoise devant le soleil levant. Que ferai-je lorsque son visage m'apparaîtrait ? Comment l'appellerai-je ? Tiraleh ? Tirzah ? Et quels seraient mes premiers mots ? « Bonjour, comment vas-tu ? »

Tiraleh, Tirzah, mon amour dans un passé lointain, mon *amou* dans un futur proche, avança de quelques pas puis s'arrêta. Je savais que si le soleil assombrissait et occultait ses traits, il éclairait et exposait les miens.

— Bonjour, me dit-elle.

— Bonjour, répondis-je, profitant de l'aubaine. Comment n'avais-je pas songé à une entrée en matière aussi simple ?

— Comme on se retrouve Iraleh ! Je savais bien que nous finirions par nous rencontrer à nouveau !

Je m'avançai au-devant d'elle, fis un pas de côté et son visage se dessina soudain. C'était elle. Ses lèvres cependant s'étaient affinées et sa chevelure était désormais saupoudrée d'un peu de blanc. Ses yeux étaient restés jaune-vert, et de petites rides en striaient les coins. Avaient-elles été dessinées par le temps ? Avaient-elles été creusées par le rire ?

Meshoulem s'éloigna pour inspecter le terrain débroussaillé. Tirzah me tendit ses deux mains que je pris dans les miennes. Nous approchâmes nos visages, nous embrassâmes sur les deux joues. Tels deux anciens amants, nos lèvres ne s'arrondirent pas pour embrasser l'air mais elles prirent la liberté de se rejoindre au plus près de leurs commissures.

— Je suis heureux que tu sois venue, dis-je.

— Moi aussi, me répondit-elle, souriante. Bravo pour la maison et encore plus pour cette décision ! Montre-la-moi et dis-moi ce que tu veux faire.

— Je suis désolé, dis-je, confus.

— De quoi ? C'est un très bel endroit.

— Non, pas au sujet de la maison. À notre sujet. Sur tout ce temps qui est passé.

— Il n'y a pas à être désolé. C'est probablement ainsi que les choses devaient se produire.

Elle interpella alors son père :

— Meshoulem, arrête d'embêter ce garçon et donne-lui son argent !

Meshoulem paya le conducteur du tracteur, mais celui-ci resta dans la cour, démangé par la curiosité. Tirzah et moi entrâmes dans la maison.

— Montre-la-moi, dit-elle. Explique-moi ce qu'elle a de bien.

— Moi, répondis-je spontanément, surpris de la vivacité de mon diagnostic, ce qu'il y a de bien dans cette maison c'est moi.

Tirzah rit aux éclats. Les frères momifiés de son rire se réveillèrent dans ma mémoire, se levèrent et lui répondirent joyeusement. L'air s'emplit d'espoir et d'émotion. Elle regarda par toutes les fenêtres et s'exclama :

— Le paysage est magnifique !

Elle revint vers moi et me demanda :

— Alors que souhaites-tu faire ? Restaurer ou reconstruire ?

— Restaurer.

— Très bien.

— Mais ton père a déjà réussi à m'effrayer. Il m'a dit que cette maison allait me tomber sur la tête. Qu'il fallait la détruire avec un bulldozer pour en bâtir une nouvelle.

Elle rit :

— Il t'a seulement dit ça ou il t'a fait tout son numéro ? Il a arraché des robinets n'est-ce-pas ? A donné de grands coups de poings ? A écouté les murs et traduit ce qu'ils disaient ?

Oui, répondis-je tout heureux, il a fait son numéro. Il a arraché, cogné, écouté chaque mur.

— Meshoulem adore impressionner les gens. Il aime aussi que tout soit neuf sur de nouvelles fondations. À qui appartient la maison ?

— Au village.

— Alors, d'abord, achète-la. C'est un bon emplacement.

— Ton père aussi a dit cela.

Elle tourna la tête vers moi et s'approcha.

— Cela ne m'étonne pas. Il veut à nouveau nous rapprocher, et je ne serais pas étonnée d'apprendre qu'il te l'ait dit explicitement.

— Il l'a dit.

— C'est dans sa nature. Chez lui le cœur et la bouche sont au diapason.

Tirzah n'arracha aucun tuyau ni ne cogna contre le mur. Elle tapa doucement sur ma tête, un coup léger et moqueur de l'extrémité des doigts. Du sillon qu'elle ouvrit dans mon crâne se mirent à jaillir des images et des gens.

— Nous nous ressemblons toujours autant, dit-elle, nous vieillissons de la même manière. Les mêmes cheveux qui ne se raréfieront jamais, le même début de grisonnement, les mêmes rides asymétriques autour de la bouche. Mais chez moi la plus profonde se trouve du côté droit alors que la tienne est à gauche.

Elle frappa soudain mon ventre :

— Mais moi je n'ai pas ce petit bourrelet de graisse. Donne-moi ton poing. Regarde comme le mien est dur !

Je ne la frappai pas. Touchai seulement son ventre de la paume.

— Qu'est-ce que c'est que cette main faiblarde ? dit-elle de ses yeux rieurs. Tape un bon coup !

Je fermai mon poing et lui assenai un coup léger.

— Plus fort !

Et comme je ne réagissais pas, elle ajouta :

— Je suis prête à m'occuper de cette restauration mais à condition que je ne travaille qu'avec toi et seulement en ta présence. Si devait venir un architecte, si débarquait ta femme avec ses propres idées, alors adieu. Ton entrepreneur s'en va.

— Très bien, dis-je.

— Car ici on ne va pas construire, on va réparer et réajuster. Rétrécir ici, élargir là, raccourcir ailleurs, faire des points par-ci par-là. Pour cela il faut un créateur de mode, un tailleur qui sache coudre.

De la rue des cris retentirent : « Qu'est-ce qui se passe ? Qu'est-ce que vous faites ici ? » Apparurent deux hommes que je ne connaissais pas.

— Qui êtes-vous ? nous demandèrent-ils.

— Meshoulem, appela-t-elle de la fenêtre, pourrais-tu s'il te plaît vérifier ce qu'ils veulent ?

Meshoulem alla à la rencontre des deux hommes :

— Bonjour, qui êtes-vous ?

— Nous sommes de la mairie.

— Enchanté. Nous sommes les acheteurs.

— Quels acheteurs ? Qui achète ?

— Cette maison est à vendre n'est-ce pas ? Voilà l'acheteur, dit Meshoulem en me montrant du doigt.

— Mais vous n'avez pas encore acheté ! Qu'est-ce qui vous prend de faire ici des travaux ?

— Ce n'est rien qu'une petite coupe de rafraîchissement des ronces tout autour. Nous voulions voir le toit mais aussi les murs. Nous prenons tout en charge, et nous n'avons pas l'intention de le décompter du prix d'achat. Maintenant au revoir. Laissez-nous s'il vous plaît visiter tranquillement pour que nous puissions prendre une décision.

— Continuons, Iraleh, me dit Tirzah. Explique-moi ce que tu veux faire.

— J'aimerais que les murs extérieurs restent comme ils sont, dis-je précipitamment comme si je déclamais un texte, que l'entrée reste au même endroit, avoir des fenêtres plus grandes ouvrant sur le paysage. Et surtout je veux du calme. Ne pas avoir de fuites à travers le toit, avoir des canalisations qui ne soient pas bouchées, des robinets qui s'ouvrent et se ferment sans problème. J'aimerais que les fissures n'envahissent pas les murs, que tout soit solide et fonctionne correctement.

— C'est tout ? Je m'attendais à ce que tu souhaites quelque chose de particulier. Une fenêtre sur le toit peut-être ? Un bidet en plein milieu du salon ?

— Pourvu seulement que j'aie de l'ombre et du vent là où il faut, du soleil où je veux et que le paysage pénètre à l'intérieur de la maison.

— Ça me semble déjà plus intéressant. Je te suggère qu'ici, plutôt qu'une grande fenêtre, nous abattions complètement le mur et que nous construisions une terrasse en bois.

— Tiraleh, intervint Meshoulem, avant de lui faire une terrasse, consentirais-tu à écouter les conseils d'un professionnel ? Démolis cette ruine et bâtis-lui une belle et nouvelle maison.

— Je veux d'abord entendre de sa bouche qu'il achète bien cette maison, que c'est sérieux, dit Tirzah.

— J'achète !

— Tu fais bien ! Je vais t'organiser un rendez-vous avec notre avocat. Il te représentera devant le village, devant l'administration des sols en Israël et pour toute autre démarche. Je vais faire venir un architecte pour qu'il examine les fondations et les poutres.

— Pour casser il suffit d'un bulldozer, pas d'un architecte, s'entêta Meshoulem. J'aimerais voir s'élever ici une nouvelle maison.

— Qu'est-ce que ça signifie « j'aimerais » ? Tu peux vouloir tout ce que tu veux dans ta propre maison mais pas ici !

Meshoulem soupira.

— Alors change-lui tout, entends-tu ? Que rien de vieillot ne subsiste. De nouvelles tuiles, de nouveaux carrelages, des fenêtres, des portes, un nouveau chauffe-eau solaire. Fais sauter toute l'électricité et la plomberie ! Remplace tout ! Tuyaux, fusibles, prises de courant... Racle tous les murs et arrache tout ce qui sort du béton. Sans lésiner sur rien.

Nous sortîmes dans l'arrière-cour et nous nous éloignâmes un peu. Le débroussaillage avait découvert le sol et redonné à la maison un charme ancien auréolé d'un bonheur passé.

— Ici, entre les caroubiers, dit Tirzah, là où le tracteur ne peut pas passer, il faut tout nettoyer.

Elle avança à travers la broussaille, les genoux levés, et piétinant dans ses bottes de travail.

— C'est infesté d'orties et de serpents ! Il y a un vrai risque d'incendie. Il va falloir nettoyer, arranger, élaguer les caroubiers et alors nous aurons un magnifique petit coin.

— Tu m'as demandé tout à l'heure s'il y avait

quelque chose de particulier que j'aimerais..., lui dis-je les joues en feu.

— Quoi ?

— J'aimerais, en plus de la douche à l'intérieur de la maison, en avoir une seconde ici dehors.

— Pas de problème Iraleh, une douche en plein air c'est si agréable et ce n'est pas compliqué à installer.

— Quelque chose de simple, un tuyau avec une douche au-dessus de la tête, quelques carreaux pour les pieds et un demi-mur de nattes afin que personne ne puisse voir mes fesses pendant que je jouis du paysage.

Nos regards soudain se croisèrent, conscients l'un comme l'autre de nos réminiscences communes. Elle, Gershon et moi en train de nous asperger d'eau dans le jardin de la maison Fried. Meshoulem et sa Goldie étaient partis rendre visite à de la famille. « Je vous ai laissé à manger dans la cuisine », avait dit Goldie. « Soyez sages les enfants », avait ajouté Meshoulem. Nous nous étions tous trois déshabillés, nous tripotant et nous examinant. Nos *pipot,* celui de Tirzah et les nôtres, étaient si différents et toutefois tellement semblables. Nous tripotant et nous examinant : nous les garçons face à elle, elle et lui face à moi. Nous pelotant, haletants, à la découverte de nos corps enlacés.

— On pourrait la construire ici, poursuivit Tirzah, et drainer l'eau vers le citronnier. Il sera content... Vous êtes encore là ? demanda-t-elle au conducteur du tracteur qui avait laissé sa faucheuse et qui nous suivait timide à distance. Prenez cet argent, faites un saut à l'épicerie et rapportez-nous quelque chose à manger. Du pain, du cottage, des anchois et deux ou trois légumes.

Quelques minutes plus tard il revenait avec de la nourriture, tendit le ticket de caisse, la monnaie et avertit qu'il n'y avait plus d'anchois.

Tirzah sortit d'une caisse de son pick-up un récipient en plastique rempli d'eau froide, quelques assiettes et des gobelets jetables. J'allai quant à moi chercher dans le *Monstre* mon réchaud et le thermos de café. Et nous prîmes notre premier repas dans la cour de ma nouvelle maison.

— Pourquoi restez-vous debout ? demanda Meshoulem au conducteur du tracteur. Venez avec nous !

— Notre architecte sera libre dans quelques jours, dit Tirzah. Il lui en faudra quelques autres de plus pour dessiner les plans et établir les devis.

— Parfait, répondis-je. Je ne suis pas pressé.

— Tu devrais prendre des photos de la maison pour les montrer à ta mère.

2

La maison dans laquelle je vis depuis près de vingt ans, dans le quartier des « logements ouvriers N.7 », entre la rue Spinoza et la rue Reines à Tel-Aviv, est celle de ma femme. Créée à son image. Elle est son double, son alliée. Autrefois, il s'agissait de deux appartements mitoyens au même étage. Après une heureuse et néanmoins complexe négociation, Liora avait pu les acheter et les réunir pour en faire un seul grand appartement.

La maison lui a obéi, s'est soumise, la laissant ajouter, changer, greffer des appendices, enlever des tissus. En très peu de temps, elle oublia les familles de travailleurs modestes qui l'avaient habitée auparavant pour devenir la demeure d'une belle femme riche de l'État de New York. Liora la dota de sanitaires et d'installations électriques importés directement par avion des États-Unis, de douches à jets d'eau dissimulées dans les murs, de commutateurs silencieux, de doubles vitrages. Elle détruisit et érigea, obstrua, ouvrit. Très vite, la maison oublia sa vie antérieure et fut reconstruite à l'image de sa maîtresse. Les rares choses qui me plaisaient disparurent : les placards anciens furent retirés de leurs niches, le petit meuble à claire-voie qui servait d'égouttoir, suspendu au-dessus de l'évier, fut supprimé, tout comme son frère grillagé, le garde-manger, arraché du patio. La porte qui faisait communiquer la chambre à coucher et la salle à manger disparut à son tour pour être comblée par des briques et peinte comme si elle n'avait jamais existé. Des volets électriques vinrent remplacer les persiennes en bois.

De la même façon, les portes des deux salles de bains qui arboraient des judas bien sympathiques et excitaient les imaginations furent remplacées par de nouvelles. Mais lorsque Liora donna l'ordre de casser les deux lavabos, je m'interposai : « Pas eux ! », bien décidé cette fois à ne pas céder. Ces généreuses vasques aux piètements courts et épais et aux larges bords me séduisaient par leur forme et leur esprit.

— Peu m'importe qu'ils soient vieux ! m'exclamai-je dans un épanchement d'émotion qui me surprit moi-même. Je te le demande ! Pas eux !

Liora, qui n'avait pas réuni les deux salles de bains des deux appartements, comme si elle avait su qu'un jour l'une deviendrait la mienne et l'autre la sienne, me rétorqua : « J'ignorais que c'était si important pour toi », et elle consentit à épargner l'un des deux lavabos. C'est ainsi que l'une des deux salles de bains m'échut, et le matin, à chaque fois que je me rase, la ligne de démarcation autour de mon cou — « Il faut que tu traces une frontière entre ta barbe et les points du torse » —, je sens vois-tu malgré tout, dans ce territoire hostile et ennemi dans lequel je vis, que je possède un allié. Un simple lavabo. Mais lorsque j'y pose mes ustensiles de rasage et mon savon — j'aime les savons ordinaires alors que Liora les aime parfumés —, il devient mon coin à moi.

La réunion des deux appartements créa sept pièces, et lorsque je lui demandai pour quoi faire — car nous n'avons pas d'enfants, nous n'en aurons probablement jamais, et les rares invités qui viennent nous voir ne restent pas dormir — elle me rappela que sa maison familiale en Amérique en comprenait huit très vastes, deux grandes remises et un immense sous-sol bien que seulement elle et Emmanuel y aient été élevés.

— Liora, lui dis-je alors, ici, ce n'est pas l'Amérique et nous n'avons pas d'enfants.

Elle se mit en colère : la rendais-je coupable ? N'y avait-il que les parents avec enfants qui avaient le droit de jouir d'un appartement spacieux avec de nombreuses pièces ? Cherchais-je à la blesser ? Était-ce ce que je pensais d'elle « depuis ses deux fausses couches » ?

— Il y a ceux qui distribuent les pièces selon les personnes et les tâches, dit-elle, pour ma part je le fais selon les besoins et le temps, et comme nous changerons, elles aussi changeront. Mais je n'attends pas de toi que tu comprennes cela.

Ainsi me retrouvai-je à l'étroit dans une maison hostile où se succédaient en apparence chambres à coucher, chambres d'invités et autres bureaux mais qui étaient en fait des pièces du matin et du soir, des chambres de solitude, d'amusement, de séparation, de disputes ou de réconciliation. Avec entre chacune de petits no man's land changeants, des sas et des barrages.

Sans oublier les pièces où errer lorsque Liora n'est pas là, où l'on peut sentir les états fluctuants de son humeur, vérifier les profondes griffures de ses ongles sur les portes. Malgré sa taille élancée, elle me rappelle souvent un ours mâle, allant et venant dans les forêts de sa maison, laissant sur les troncs de ses linteaux des preuves de sa grandeur et les empreintes de sa force, quand sur les miroirs elle imprime en passant le témoignage de sa beauté.

Mais moi aussi je laissais des signes. Les pièces se muèrent en cabinets sombres et sur leurs murs s'affichait l'exposition permanente de mon image, rapetissée et inversée. J'étais catalogué. Photographié. Entreposé. Copié en mille exemplaires. En mille images de disputes, en rares scènes de sexe, en longs enregistrements de silence. Les murs absorbaient mes cris et renvoyaient ses murmures en écho.

3

Les logements ouvriers N.7 forment un petit quartier agréable mais l'appartement en lui-même suscitait en moi un certain malaise. Au début, c'était un peu comme si quelqu'un cohabitait avec nous, derrière le mur ou à l'intérieur de l'armoire. Puis la gêne devint physique : l'été, les murs exsudent une chaleur que Liora ne sent pas, et l'hiver c'est une réelle froideur qu'ils exhalent et qu'elle s'obstine à ne pas reconnaître. Mon angoisse est palpable, semblable à celle que l'on peut ressentir après avoir mangé de la nourriture avariée : une véritable oppression au niveau du diaphragme dès que je pénètre dans la maison et un soulagement qui ne trompe pas chaque fois que j'en sors.

Le seul fait de me rendre chaque matin à l'épicerie libère mes poumons et me fait reprendre du poil de la bête. Je sors de la maison, dépose les restes de pain de la veille sur la clôture et m'en vais acheter un nouveau pain de seigle et de la feta du jour. Si tu veux, mon existence est caractérisée par les femmes et les lieux autant que par quatre épiceries : aujourd'hui celle du village, dans un passé proche celle de Shai, rue Gordon, dans un passé lointain celle de Violette et Ovadia dans le quartier de Beit Hakerem à Jérusalem, et dans un passé plus lointain encore, celle de Zolti, rue Ben Yehuda à Tel-Aviv. Et puis je rentre, avec un poids de plus en plus lourd sur les épaules, à mesure que je gravis les escaliers. Je songe alors : tout le monde descend en enfer, je suis le seul à y monter. Réussirai-je cette fois à entrer sans déclencher l'ire de la porte d'entrée ? Quand Liora l'ouvre, elle pivote sur ses gonds dans un silence docile, mais avec moi elle hausse le ton : grincement de réprobation lorsque j'entre, renforcé bien souvent par l'alarme, et claironnement de joie dès que je sors.

Même à l'époque où nous n'avions qu'une simple serrure, avant la collection d'art de Liora, le coffre, les caméras, détecteurs et autres systèmes d'alarme, la clef refusait de tourner et la porte de s'ouvrir. La première fois, j'avais été désemparé. J'avais attendu dehors son retour. Elle avait écouté mes récriminations avec un flegme ironique, m'avait pris la clef des mains et avait ouvert la porte récalcitrante. La seconde fois, j'avais forcé un peu la serrure. Les semaines qui suivirent, je l'entendis plusieurs fois se plaindre. À elle-même, à sa famille lors de son appel téléphonique bi-hebdomadaire, à Benyamin :

— Il a cassé la clef dans la porte. Il ne se rend pas compte de sa force.

— Ah ça, pour être fort, on peut dire qu'il est fort ! s'exclama Benyamin sautant sur l'occasion. Un sourire entendu plana soudain entre eux. Il s'envola, s'arqua au-dessus de ma tête et se posa comme les documents ailés sur l'écran de l'ordinateur de Vot'père. L'idée me traversa qu'ils pussent coucher ensemble. C'est bien connu que la ressemblance entre deux êtres stimule en eux un désir réciproque. Si cela a pu effleurer mon esprit, pourquoi n'en aurait-il pas été de même pour eux ?

— À huit ans, il portait déjà les courses pour notre mère dans les escaliers et les pots de peinture, ajouta mon frère.

Il se souvenait fort bien mais pourquoi usurpait-il mes souvenirs ? Elle filait devant moi, ne portant que les brosses, son bouquet de glaïeuls ou le carton d'œufs « pour éviter qu'ils se cassent », et moi, rougeaud, je peinais derrière elle, trop content de lui faire plaisir, avec la peinture, le mazout pour le poêle, des paniers pleins de légumes, jusqu'à la porte du second étage. « Ne t'arrête pas, Yair, monte d'une traite... » Tu te félicitais de ma force : « Quel enfant ! Petit peut-être mais si costaud ! Un vrai taureau ! »

Même une fois qu'elle nous eut quittés pour s'en aller dans son endroit à elle, il lui arrivait souvent de faire appel à moi pour déplacer « quelque chose de lourd ». Pendant qu'avec Benyamin ils prenaient le thé dans sa *küchlein,* je traînais son grand matelas sur la terrasse pour le battre, ne pouvant m'empêcher de m'interroger : y a-t-il vraiment un autre homme ? Mes coups effacent-ils son odeur ou la rendent-ils plus forte et plus pénétrante encore ?

Je franchis la barrière électrique de l'entrée, traverse la cour intérieure et grimpe les escaliers. Je l'ai déjà dit : je n'aime pas cette maison, qui d'ailleurs, il faut bien le dire, me le rend bien. Elle me sent aussitôt et braque sur moi un projecteur, me fixe de ses yeux électroniques et suspicieux. Quel est cet étranger qui monte ? Quel est cet individu qui vient troubler notre maîtresse ? Je sors la clef de ma poche et me remémore ce que je vais avoir à faire : ouvrir, entrer, composer le code en vitesse pour neutraliser l'alarme. Mais la maison de Liora pointe sur moi sa lentille scrutatrice, capture mon image, la compare à celle de cet autre mari, mieux que moi, qu'elle aurait dû épouser, avant de pousser un cri d'horreur et de protestation.

— Tu fais mal le code, répondit Liora à mes plaintes, baissant la tête vers moi avec la patience d'un père *yekke* ou d'une mère très grande.

— Je n'en suis pas encore au stade de taper

le code. Elle ne me laisse pas approcher, tu comprends ?

— Non.

Je lui demandai de venir près de moi voir de ses propres yeux comment sa maison me maltraitait. Nous nous plaçâmes tous deux devant la porte, je sortis la clef et dis « tu vas bien voir », et la maison se comporta parfaitement. Elle attendit que j'ouvre, me laissa suffisamment de temps pour composer les quatre chiffres secrets, me signala que je m'étais trompé, m'octroya le temps et la chance de me corriger, de m'améliorer, de devenir un meilleur occupant et un meilleur mari.

— Alors ! me dit Liora.

— La porte s'ouvre parce que tu es là, dis-je, elle s'ouvre pour toi. Pas pour moi.

— Tu es fou Yair ! dit-elle.

— Pourquoi fou ? répondis-je, tu vois bien que ta maison me déteste !

— Ne serais-tu pas amoureux d'elle ?

Cette nuit-là, elle vint, laissa tomber le drap dans lequel elle s'était enveloppée et se glissa pour s'allonger à côté de moi.

— Un mois est déjà passé depuis le dernier traitement ? m'étonnai-je.

— À peu près, dit-elle.

Surprise ! Elle avait apporté avec elle son oreiller si doux.

— Dois-je comprendre que tu comptes rester dormir avec moi ?

— Si tu ne te serres pas trop fort contre moi.

Elle possède cette qualité rare dont ne sont gratifiées que les femmes chanceuses : sa beauté croît avec les années. Dans sa jeunesse elle était parfaite, froide et sculpturale. À présent, les fines rides qui nervurent sa peau, le bleu de ses veinules, le ramollissement de son ventre et de ses seins que ne voit pas l'œil mais la main sont autant de signes de vie et de chaleur. Nous nous endormîmes ensemble, comme autrefois : elle sur le ventre, la joue sur l'oreiller, une jambe tendue, l'autre ramassée, et moi lové derrière elle, ma main sous son sein, mes cuisses entre les siennes et mon pied contre le sien.

Lorsque au matin j'ouvris les yeux, je m'aperçus qu'elle s'était réveillée pendant la nuit et qu'elle était retournée dans sa chambre. Je me rendis à l'épicerie puis revins. Je rangeai les quelques denrées que j'avais achetées dans le réfrigérateur et me tournai vers elle :

— Comment as-tu dormi ?

— Très mal. Merci.

— Moi, au contraire, j'ai très bien dormi.

— Parfait ! Au moins une chose que tu sais faire !

Les suppléments économiques sont éparpillés devant elle, son ordinateur portable, avec la pomme à moitié mordue éclairée, ronronne tranquillement. Son premier verre d'eau tiède citronnée au miel coule dans son estomac.

— Si tu te prépares un petit déjeuner, alors j'en veux bien un aussi, s'il te plaît.

Il y a deux choses qu'elle s'est empressée d'apprendre et d'aimer : la langue hébraïque et mon petit déjeuner. Plein de fierté, je branche la bouilloire et allume le grille-pain, prépare une salade de crudités finement coupées, tranche un peu de feta fraîche et lui fais frire un œuf. Un jour que je lui avais préparé un œuf dur, j'avais fendu la coquille contre son front en criant : « *Splatch!* » et elle s'était mise en colère :

— Arrête tes enfantillages, Yair! Je ne suis pas ta mère!

Je mets l'huile à chauffer dans la poêle, tournant le dos à sa litanie de plaintes : elle n'avait à nouveau pas fermé l'œil de la nuit. Regarde ces cernes noirs, merci pour le cadeau! Elle en est convaincue, je lui vole son sommeil. Ça aussi.

CHAPITRE IX

1

Le temps avait passé. L'oncle du Bébé s'était mué en convoyeur régulier de pigeons, du colombier du kibboutz vers le colombier central de Tel-Aviv. Mais tous les pigeons lâchés du kibboutz s'en revenaient sans réponse de la Fillette. Le Bébé lui avait bien envoyé un pigeongramme par l'un des pigeons que son oncle avait rapporté, mais elle n'avait pas répondu non plus.

— C'est le mauvais âge, dit l'oncle à la tante, il est assez mûr pour éprouver de l'amour, mais trop jeune pour une telle déception.

Il proposa au Bébé de retourner avec lui à Tel-Aviv, « que tu la voies et qu'elle te voie et tout ira bien », promit-il. Mais le Bébé refusa. Il attendrait qu'elle lui envoie un message et alors il viendrait.

Sur ce, le pick-up vert revint et le Dr Laufer en descendit. Il avait fait la tournée des grands pigeonniers des kibboutz Yagur, Merhavia, Beit Hashita puis Gesher et il venait à présent voir Myriam, « la dernière mais non la moindre » ! Il lui avait apporté des pigeons à expédier et d'autres pour la reproduction. Il inspecta le pigeonnier et ses pensionnaires, les listes et les fiches individuelles, se rendit à l'étable, but du thé au citron dans la salle à manger et prononça encore un discours à l'intention des membres du kibboutz.

Avant que le Dr Laufer reparte, le Bébé osa lui demander si la Fillette lui avait remis un message. Le vétérinaire, un peu embarrassé, lui répondit qu'elle ne lui avait rien confié et l'oncle, quand il eut vent de l'affaire, conseilla au Bébé :

— Tu as presque quatorze ans. Il faut forcer les choses. Va à Tel-Aviv et apporte-lui tes pigeons toi-même.

Le Bébé choisit et marqua six pigeons déjà adultes qu'il se mit à entraîner tout particulièrement. L'oncle les lâcha pour lui de Tibériade, d'Afula, de Haïfa et de Tel-Aviv. L'un d'eux ne revint pas, un autre fut écarté par le Bébé car, en dépit de sa rapidité, il ne s'empressa pas de revenir au pigeonnier. Mais quatre mois plus tard, il annonça « nous sommes prêts », et ajouta qu'il voulait à présent les apporter à la Fillette.

L'oncle essaya de lui organiser son voyage dans le camion du laitier mais la place avait déjà été réservée. Le Bébé ne voulut pas attendre. Il lui fallait prendre la route sur-le-champ. Il avait quatorze ans et quatre mois et il n'y avait aucune raison de s'inquiéter. L'oncle lui remit un peu d'argent et dit :

— Tu trouveras bien un moyen de te rendre à Afula. Achète un billet de train pour Haïfa et là-bas des amis te mettront dans l'autobus.

Le Bébé installa les quatre pigeons dans un panier tressé, un panier spécial avec un couvercle et une anse. Dans son havresac, il mit de la nourriture et de l'eau pour eux comme pour lui. À l'aube, il prit la route, où un charretier de Menahamia, qui se rendait à Tibériade pour vendre des fruits et acheter des marchandises, le fit monter avec lui. À proximité du kibboutz Kinneret, il arrêta une voiture qu'il connaissait, celle du directeur de l'école de Yavne'el, et ce dernier l'envoya — après l'avoir réprimandé pour ses absences — dans la ferme d'un paysan où il pourrait manger et passer la nuit en échange de sa participation au triage et à l'empaquetage des amandes.

— Il n'y a pas meilleur aliment que les amandes pour le voyageur et pour la femme enceinte, lui dit le paysan, prends-en pour le reste de la route, ça rassasie et ce n'est pas trop lourd à porter.

Le lendemain, il embarqua à bord du camion d'un chauffeur circassien que connaissait le cultivateur d'amandes. C'était un homme maigre dont on ne voyait que les yeux et la moustache, et, au grand soulagement du Bébé, plutôt taciturne. Il était du genre à parler tout seul, ses mimiques en témoignaient. Le Bébé pouvait à sa guise contempler le paysage, songer et comprendre que la nostalgie qu'il combattait, les pensées qu'il nourrissait, et la volonté toujours inassouvie de voir et entendre, toucher et sentir, étaient, à n'en pas douter, ce que les adultes appellent l'amour. Il n'y avait guère d'autre possibilité, d'autre signification, car si ce n'était pas de l'amour, qu'était-ce donc alors ?

Le camion se traîna dans les lacets abrupts puis il atteignit le sommet. Le mont Thabor lui apparut dans sa rondeur féminine. Plus polissonne, au loin, la colline Hamoreh. Le Bébé se sentit dans son corps tel un petit point qui progressait sur la surface de la terre en route vers sa bien-aimée. Le panier se mit à remuer. Les pigeons s'agitaient et il trembla avec eux. À l'approche de Kafr Kanna, le chauffeur s'exclama soudain : « Voilà ma maison ! », avant de replonger dans son silence.

Du village de Thabor le Bébé poursuivit sa route à pied ou sur des charrettes de foin qui venaient à passer ainsi qu'à bord de camions de lait et de légumes. En ces jours-là le monde était vide, la circulation lente, les distances grandes, et ce bout de chemin qu'aujourd'hui je parcours avec le *Monstre* en moins de vingt minutes, il le fit en une demi-journée. À Afula, deux garçons l'invitèrent à boire un soda. Ils discutèrent de pigeons puis se séparèrent et une fois rendu à la gare le Bébé découvrit qu'ils lui avaient volé la maigre somme que lui avait donnée son oncle. Il resta assis une heure sur un banc de la gare, le panier sur ses genoux, le cœur gros et palpitant. Finalement, il monta dans le train et partit en direction de Haïfa sans billet.

Très vite il se fit prendre. Le contrôleur lui réclama deux pigeons s'il voulait poursuivre son voyage. Le Bébé supplia, refusa, au bord des larmes. Le contrôleur le saisit par le cou et menaça de le jeter en plein milieu du désert de la vallée de Jezréel. Il était terrorisé. Il avait aperçu peu de temps auparavant une bande de vautours sur la carcasse d'une vache et il craignait à présent pour sa propre vie. Dans son cœur, il projetait déjà d'envoyer un pigeon à Myriam afin que son oncle organise des secours. C'est alors qu'une femme étrangère et bizarre, une Hollandaise grande et osseuse assise dans le wagon et qui peignait à l'aquarelle des chardonnerets et des étourneaux, fut prise de pitié. Elle lui acheta un billet en lui expliquant dans une langue qu'il ne comprenait pas qu'elle savait ce qu'il y avait dans son panier et la raison de son voyage.

À Haïfa, le Bébé se rendit auprès de proches de la famille, qui le confièrent à l'un de leurs amis, un vieil ingénieur anglais qui devait faire le voyage de nuit pour Tel-Aviv. L'homme s'excusa de conduire lentement car il ne voyait pas très bien la nuit et il demanda au Bébé de lui parler pour qu'il ne s'endorme pas. Le Bébé redoutait qu'il ne lui pose des questions sur ses pigeons, et c'est en effet ce que ne manqua pas de faire le vieil ingénieur. Non seulement il lui en posa mais il afficha une réelle connaissance dans deux domaines ô combien sensibles : la colombophilie et l'hébreu. Le Bébé ne pouvait prétexter son ignorance de l'anglais. Il raconta à l'homme qu'il vivait à Haïfa, qu'il possédait un pigeonnier sur le toit de sa maison et qu'il s'apprêtait à « les faire s'envoler » depuis Tel-Aviv, prenant garde à ne pas utiliser le verbe « expédier ».

— C'est fascinant cette capacité qu'ils ont de retrouver leur chemin jusqu'à leur maison, dit l'Anglais.

— C'est peut-être leur sens de l'orientation ? rétorqua le Bébé.

— Ils en sont totalement dépourvus, répondit l'Anglais. Ils sont incapables de retrouver leur chemin excepté vers leur pigeonnier. Ça n'a rien à voir avec l'orientation. Le sens de l'orientation est la capacité de trouver son chemin partout, vers n'importe où et particulièrement vers des endroits que l'on ignore. Quant au retour chez soi, comment dirais-je mon garçon ? C'est comme obéir à la loi de la gravité. Comme un fleuve qui connaît le chemin jusqu'à la mer sans cartes. Comme une pierre que l'on jette et qui n'a pas besoin d'une boussole pour revenir sur terre.

Lorsqu'ils traversèrent le fleuve Yarkon, l'horizon commençait à pâlir et l'on pouvait apercevoir au loin les premières lumières de Tel-Aviv. La voiture passa près des écuries dont lui avait parlé la Fillette et d'où elle lâchait les jeunes pigeons. Ils poursuivirent vers le sud et le Bébé demanda soudain à descendre dans un endroit désert.

— Il fait encore nuit, s'étonna l'ingénieur anglais, où comptes-tu aller ?

Mais le Bébé lui répondit :

— Ne vous inquiétez pas, le jour va bientôt se lever.

Puis il partit pour le jardin zoologique. Il ignorait le chemin mais le rugissement du léopard et les cris matinaux des singes et des oiseaux étaient déjà perceptibles et guidaient ses pas. La porte n'était pas encore ouverte. Le Bébé s'assit près de l'entrée et une demi-heure plus tard, il fut réveillé par le gros monsieur qui venait ouvrir.

— Je me souviens de toi, tu travailles dans le pigeonnier de Myriam, lui dit-il. Ton amie n'est pas encore arrivée, mais entre, entre, tu n'as qu'à l'attendre à l'intérieur.

2

Deux jours plus tard, sur le chemin du retour, le Bébé voyageait en autobus. Dans son panier d'osier se trouvaient quatre pigeons que la Fillette lui avait confiés. Le Dr Laufer leur avait dit à tous deux :

— Des pigeongrammes d'amour c'est très bien, mais il ne faut pas oublier le travail et les entraînements ! À chaque pigeon que vous lâcherez joignez des informations sur votre activité et la météorologie. Et surtout ne vous trompez pas entre nos capsules et vos plumes car nous pourrions lire ce que vous vous écrivez l'un à l'autre. *Ouarf, ouarf, ouarf...* Et puisque tu es en mission, voilà un peu d'argent pour le voyage et pour ton ticket d'autobus.

Il pensa à elle pendant tout le trajet, à la promenade qu'ils avaient faite au bord de la mer à Tel-Aviv, à la rue où elle avait retiré sa main de la sienne et à la ruelle où elle s'en était abstenue. Au baiser qu'elle lui donna, à ceux qu'il lui rendit, à la manière dont elle repoussa dans un soupir sa main, à leurs langues s'entrelaçant. Il lui avait demandé qu'elle lui apprenne à siffler et comme il n'arrivait pas avec un seul doigt et encore moins avec deux, elle avait proposé : « Alors essayons comme ça », en lui glissant dans la bouche ses propres doigts.

« Siffle ! » avait-elle dit, mais sa langue s'était bloquée au contact de ses doigts, son diaphragme comprimé par le désir empêchant ses poumons d'aspirer.

« Siffle ! » répéta-t-elle. Et son sifflement se transforma en un fou rire de surprise et de tendresse. La Fillette dit alors : « Maintenant comme ça ! » et elle saisit les deux index du Bébé qu'elle enfonça dans sa bouche. Quand elle se mit à siffler vers lui, c'était comme si lui-même avait soufflé. Jamais il n'avait connu un tel bonheur. La mer gémissait. Leurs yeux se regardaient, si proches que leur vue se brouillait, si profondément qu'ils croyaient se noyer.

— Oui ou non ? demanda-t-il.

— Oui ou non quoi ?

— Oui ou non me donneras-tu un pigeon ?

Il revoyait l'expression du visage de la Fillette lorsqu'elle avait pris ses pigeons, son regard quand elle lui avait donné le sien en disant : « Nous acceptons. » Et comme c'était un petit pays où la nostalgie est forte, ils lâchèrent deux pigeons le lendemain matin : un du pigeonnier de la vallée du Jourdain, un autre du pigeonnier central au jardin zoologique de Tel-Aviv.

Les pigeons, qui se croisèrent très probablement en chemin, arrivèrent et se posèrent. Leur gorge lustrée battait très fort. La Fillette et le Bébé, chacun de l'endroit où ils se trouvaient, transmirent au Dr Laufer et à Myriam le contenu des capsules, défirent les fils de soie qui reliaient les plumes aux queues puis firent un pas sur le côté pour lire les mots qui leur étaient destinés. Comptés et laconiques comme il se doit en colombophilie : oui-oui-oui-oui. Oui, nous nous aimons ; oui, nous nous manquons ; oui, nous n'oublions pas ; oui, nous nous souvenons.

Jamais ils n'auraient pu imaginer que si peu de mots, si brefs et si simples, eussent pu réjouir leurs cœurs à ce point. Jamais ils n'auraient cru possible de les relire autant de fois encore et encore. Myriam et le Dr Laufer, lui à Tel-Aviv et elle au kibboutz, regardèrent le Bébé et la Fillette en soupirant et en souriant. Ils savaient qu'il en serait ainsi. Après une lettre d'amour transmise par un pigeon, plus jamais l'expéditeur comme le destinataire ne pourrait consentir à un autre facteur. Rien n'équivaudra jamais à son lâchage, à sa disparition du regard qui l'accompagne et à son apparition — au même instant exactement — devant les yeux de celui qui attend.

Le voilà : il plonge et arrive, son vol est droit comme une flèche, le bruissement et le battement de ses ailes se mêlent au battement du sang dans les tempes et dans le cœur. Qu'y a-t-il de comparable au moment où on le tient dans sa main ? Aux douces plumes de sa gorge ? À l'extraction du message de la capsule ? Aux palpitations de son cœur ? Comment a-t-il la force de porter tant d'amour ? Et qu'y a-t-il de plus émouvant : la main de l'expéditeur qui s'ouvre ou celle du destinataire qui se referme pour le saisir ?

Le Dr Laufer pouvait être lui aussi satisfait : lors d'un vol vers le nord un record avait été battu — un pigeon avait volé de la Fillette vers le Bébé à la vitesse moyenne de soixante-quatorze kilomètres à l'heure, soit trois heures de moins que le pigeon Alphonse, le détenteur belge du record cette année-là.

Tous les deux mois, le Bébé se rendait à Tel-Aviv, apportant et reprenant de nouveaux pigeons. Au bout d'une année, la Fillette vint lui rendre visite au kibboutz.

— C'est la fillette dont tu m'as parlé ? Celle qui se trouvait là-bas lorsque vous êtes partis tous les deux avec les pigeons au jardin zoologique ? demanda la tante du Bébé à son mari.

— Elle a un peu grandi depuis mais c'est elle en effet, confirma l'oncle.

— Qui croira, poursuivit la tante, que la fillette la plus jolie et la plus intelligente qu'on ait jamais vu ici soit venue spécialement pour notre petit *kelbeleh* ? Tu vas voir maintenant comme les filles vont lui courir après. Elles ont le don pour sentir... J'espère seulement qu'il ne fera pas de bêtises !

CHAPITRE X

1

Bien que Meshoulem ait dit que « leur prix était exagéré » et que « l'on pouvait les mettre à genoux », je ne discutai pas. Le prix avait été fixé et je fus invité à venir avec « la femme » rencontrer le conseil municipal.

— Que vais-je faire ? lui demandai-je. Les yeux vont leur sortir de la tête quand ils verront Liora avec ses vêtements chers qui leur fera des remarques et leur parlera anglais.

— Prends Tiraleh à sa place, suggéra Meshoulem. Elle ferait une excellente Mme Mendelsohn. Il en sera de même face au conseil.

— Comment ça prends Tiraleh ?

— Comment ? Dans ta voiture pardi !

— Mais elle n'est pas ma femme ! Ils ont dit de venir avec « la femme ».

— Parfaitement. Ils ont dit de venir avec « la femme », ils n'ont pas dit avec « votre femme ».

— Et si elle n'accepte pas ? Qui te dit qu'elle voudra bien venir ?

— Ça je m'en occupe.

Le lendemain, Meshoulem m'annonça au téléphone que sa Tiraleh était d'accord. Non seulement elle l'était, mais elle avait réagi par un de ses grands éclats de rire habituels. Son père, lui, avait de la suite dans les idées :

— Si vous devez aller ensemble au village, pourquoi ne pas venir la chercher plus tôt ? On n'a qu'à dire à dix heures du matin, à l'un de nos bureaux de Tel-Aviv.

— Mais le conseil se réunit le soir, rétorquai-je.

— Ce n'est pas encore l'été, continua Meshoulem patiemment, c'est toujours le printemps. On trouve encore quelques coquelicots et des cyclamens dans des coins ombragés. Des lupins aussi, des bleuets et des renoncules. Tiraleh peut bien s'offrir une demi-journée de congé. Organise-lui une petite excursion, pourquoi pas un pique-nique sympathique avec plein de bonnes choses. J'enverrai quelqu'un faire des courses pour vous remplir une glacière. Allez vous promener, régalez-vous, prenez un peu de bon temps ensemble puis rendez-vous à la réunion du conseil.

— Mais peut-être n'a-t-elle pas le temps d'aller se promener ? Peut-être n'a-t-elle pas envie ? Peut-être a-t-elle d'autres projets ?

— Elle a le temps, elle n'a rien prévu et elle a envie !

2

Direction le sud, seuls pour la première fois, nous sortîmes de Tel-Aviv. Moi, dans un mutisme embarrassé, elle, dans l'expectative, souriant en silence. Un silence que quelques banalités venaient parfois rompre :

— Meshoulem nous a même prévu un temps superbe ! J'adore ce genre de nuages comme dans les *Simpson*.

Je lui montrai une bande de grands oiseaux qui planaient haut dans le ciel :

— Ce sont des pélicans, en route vers le nord, dis-je.

— Comment peux-tu les reconnaître de si loin ? s'étonna-t-elle, qui te dit que ce ne sont pas des cigognes ?

— Les pélicans changent de couleur quand ils tournent sur eux-mêmes, contrairement aux cigognes.

Quelques minutes plus tard, je poursuivis :

— Les oiseaux migrateurs ont une maison pour l'hiver et une autre pour l'été, mais laquelle est leur véritable demeure ? Celle qui les voit revenir ?

— Le monde entier est leur demeure, répondit Tirzah.

— Lorsqu'ils s'envolent vers l'Afrique, ils ne font après tout qu'aller dans la pièce d'à côté.

Je lui parlai des *yale* — ces habitations que regagnent l'été les bergers des montagnes dans le nord-est de la Turquie. En hiver, ils les quittent pour redescendre dans les villages des vallées et des petites collines de la côte. Au printemps, ils reviennent avec leurs troupeaux.

— J'ignorais que tu avais été là-bas, dit Tirzah. Avec qui es-tu parti ?

— Avec personne, dis-je, je n'ai jamais été là-bas, j'ai seulement entendu une conférence sur les montagnes Kaçkar au magasin *Le Voyageur*.

— Pourquoi n'as-tu pas envie d'aller vraiment dans les montagnes Kaçkar plutôt que d'entendre toutes ces histoires racontées par les autres ?

— Je n'aime pas voyager, j'aime revenir, dis-je, et je lui déclamai ces vers superbes que je connaissais par cœur sur le retour à la maison, gravés sur la tombe de Robert Louis Stevenson, et que j'avais entendu aussi lors de cette conférence consacrée aux îles Fidji, aux Samoa et à d'autres îlots de l'océan Pacifique.

This be the verse y ou grave for me:
Here he lies where he longed to be.
Home is the sailor, home front the sea,
And the hunter from the hill.

Le conférencier les avait lus, avait parlé de *L' Île au trésor*, de la maison que Stevenson s'était construite à Samoa et qu'il n'avait eu le temps d'occuper que pendant trois ans avant de mourir, des indigènes qui l'adoraient et qui avaient porté sa dépouille jusqu'au sommet de la montagne, quand soudain mon ouïe et ma mémoire avaient enfin fait le lien. Je comprenais alors que Stevenson, et non ma mère, avait composé ces vers qu'elle me récitait il y a des années sur le seuil de notre maison, rue Ben Yehuda à Tel-Aviv : « Le marin est rentré à la maison, revenu de la mer, et le chasseur de la montagne. » Elle les déclamait en me tendant la clef, me soulevait jusqu'au trou de la serrure et disait : « Ouvre ! Dis bonjour à la maison ! »

3

Je me rappelle l'effet que me fit ce mot enfantin de *yale* la fois où je l'entendis lors de la conférence. Non pas chambre d'hôte, ni datcha, ni résidence d'été, mais *yale.* Je songeai à l'occupant de ce *yale,* faisant fi du froid matinal, ignorant la tombée des feuilles, tournant le dos aux premiers flocons de neige, jusqu'à ce qu'il n'ait d'autre choix que de fermer la porte derrière lui pour redescendre jusqu'à l'appartement qu'il possède dans la petite ville bourbeuse sur le bord de la mer Noire. Durant tout l'hiver humide, entre le charbon, la fumée, la boue et le raki, la nostalgie le porte vers son petit coin dans la montagne, son endroit à lui, jusqu'à ce qu'il remonte au printemps, gravisse les marches en bois, ouvre la porte, respirant l'air qui l'attendait à l'intérieur, avant de dire : « Bonjour, *yale...* » Et le *yale,* à la manière des maisons dans lesquelles on revient, respire et lui répond.

— Que veux-tu que je te dise, me dit en riant mon entrepreneur-qui-est-une-femme, c'est une bonne chose d'acheter cette maison. Juste au bon moment...

Elle ajouta que son architecte était déjà venu la voir et avait donné l'ordre de consolider les fondations et d'ajouter des poutres en bois et en métal.

— Ce qui veut dire, Iraleh, qu'il va falloir décider au sujet des pièces.

Je lui répondis que leur répartition, un séjour et deux petites chambres à coucher, me semblait la solution idéale.

Tirzah me trouvait conservateur.

— Il n'y a pas de lois absolues dans la composition d'une maison, dit-elle. Tout dépend des besoins et des possibilités. D'ailleurs pourquoi te faudrait-il des pièces ? me demanda-t-elle, pourquoi n'abattrions-nous pas les murs pour que tu aies une très grande chambre et une autre petite pièce en cas de besoin, avec une salle de bains et des toilettes ?

— Parce que c'est ainsi que cela doit être, grommelai-je, quelque peu menaçant après son « pourquoi n'abattrions-nous pas » au pluriel, car les maisons ont besoin de pièces. De chambres à coucher, de bureaux, de chambres d'invités. C'est comme ça que sont les maisons de tout le monde. Qu'est-ce que ça veut dire « pourquoi te faudrait-il des pièces » !

— Ne te fâche pas, Iraleh. Nous ne nous sommes pas retrouvés pour nous disputer. Nous nous sommes retrouvés pour te bâtir une maison et tu dois remercier Dieu que ce soit moi ton entrepreneur car tu n'as pas idée à quel point une rénovation pareille peut vite devenir un cauchemar.

— Pardon.

— D'ailleurs, qui c'est « tout le monde » et que signifie « c'est ainsi que cela doit être » ? Une maison n'est pas un grand magasin que l'on doit subdiviser en rayons meubles, vêtements et accessoires pour la maison. Une maison doit être édifiée autour d'un homme et non autour de fonctions. Dans ton cas — où tu n'auras pas à y élever des enfants et où il ne me semble pas que tu recevras beaucoup —, il n'est pas nécessaire d'avoir plus d'une grande pièce pour y vivre, y faire la cuisine, y manger, y dormir, et une autre plus petite avec un lit en cas de besoin, des toilettes, le tout avec de grandes ouvertures sur le panorama et une terrasse, sans oublier la douche que tu voulais dehors.

— Combien de temps ai-je pour me décider ?

— Le plus vite sera le mieux. Maintenant cessons avec cette maison. Où m'emmènes-tu en promenade ?

J'avais décidé de l'emmener vers mes trois collines : chaque année elles commencent avec les coquelicots et s'achèvent avec les renoncules. Tirzah les aperçut de loin et, comme moi lorsque je les vis la première fois, elle ne crut pas que tout ce rouge pouvait être des fleurs. Mais le *Monstre* s'approcha davantage et le manteau écarlate se révéla dans le détail être des pétales rouges avec des cœurs noirs, le vert clair des boutons de renoncules non encore ouverts et le gris-blanc des graines de coquelicots qui voletaient dans l'air.

— Arrête-toi ! cria-t-elle, c'est si beau ! Arrête-toi !

Elle descendit, se posta face au champ écarlate et déploya ses bras. J'étendis la couverture et m'assis. Elle se pencha et m'embrassa sur la bouche. Un baiser les lèvres à peine entrouvertes, un baiser amusé et explorateur. Sa langue ne pénétra pas dans l'espace de ma bouche mais remua entre mes dents et ma lèvre supérieure, scrutatrice, me demandant : ai-je changé ? ai-je changé de goût ? Ce premier baiser depuis notre enfance me fit tressaillir tant par sa ressemblance avec ceux, maladroits et impudiques, d'autrefois que par sa différence.

La peau de son visage exhalait une fraîche et agréable odeur et mes lèvres sentirent son sourire avant qu'elle ne se fût détachée de moi. Face à la hardiesse de notre enfance, songeai-je alors, nous nous comportons aujourd'hui avec innocence et retenue.

— Que comptes-tu dire devant le conseil ?

Elle éclata de rire :

— Que tes lèvres sont restées les mêmes mais que ton âme est devenue tourmentée et inquiète. (Elle approcha la tête.) Il ne faut rien préparer. La première question est toujours : « Présentez-vous. » Il est important que tu répondes le premier sans me regarder. Ils souhaitent un couple classique, avec une femme effacée et un homme chef de famille.

Elle ouvrit la glacière et éclata encore de rire.

— Les aphrodisiaques de Papa Fried ! s'exclama-t-elle en sortant les denrées qu'elle se mit à disposer sur la couverture en les énumérant : De la feta, du fromage suisse avec des trous, du pain de seigle, des tomates cerises — il connaît bien sa fille... du salami hongrois, du vin blanc. Apparemment, pour lui les choses ne doivent pas attendre même si cela implique que nous arrivions fin saouls devant le conseil municipal. Des radis, du beurre, de l'huile d'olive, des cornichons... (Elle les sentit.) Le pauvre ! Il a voulu faire ceux de ma mère mais c'est raté... Dégustons tout cela ici pendant que lui, assis à la maison, est en train de se ronger les ongles d'inquiétude.

4

Nous entrâmes dans le village.

— Parfait, dit Tirzah. Il fait nuit noire dans la

rue, il y a des trous dans la chaussée et nous avons vu qu'ils n'ont même pas d'anchois à l'épicerie.

— Et tu trouves ça parfait ?

— Ça signifie qu'ils n'ont pas un sou. Qu'ils ont davantage besoin de nous que nous d'eux.

Deux voitures et quelques vélos étaient garés devant la mairie. Nous entrâmes, Tirzah jeta un coup d'œil dans la salle où les gens étaient assis et dit dans un sourire charmeur :

— Bonjour. Nous sommes la famille Mendelsohn.

— Un instant s'il vous plaît, répondit une voix.

— Trois hommes, chuchota-t-elle, et deux femmes. C'était prévisible. Exactement les visages auxquels je m'attendais.

Nous regardâmes les photographies aériennes sur les murs : le village avec ses maisons, ses poulaillers, ses étables et ses champs.

— Il ne se passe pas grand-chose ici, dit Tirzah, c'est parfait.

— Comment le sais-tu ?

— Parce qu'il n'y a pas d'évolution entre les photos en noir et blanc et celles en couleur. Mêmes bâtiments publics, peu de constructions nouvelles sur les exploitations agricoles. Et tu as vu cette cour : en noir et blanc il y a encore quelques vaches, mais plus sur les photos en couleurs. Toutes les maisons sont restées identiques.

— Dans chaque mairie ce sont les mêmes photos, dis-je.

Elle me dit qu'elle ne savait pas que je connaissais autant de mairies, et je lui répondis que j'avais cherché notre maison dans bien des endroits avant de la dénicher ici.

— Tu n'es pas encore obligé de dire « notre maison », Iraleh, me dit-elle en souriant.

— Je ne fais que m'exercer en vue de l'entretien, Tiraleh, lui répondis-je.

— Tu ne choisis pas la facilité en voulant vivre ici, poursuivit-elle. Un coin perdu, archaïque, dont jamais tu ne connaîtras les petits secrets, le patois et les rivalités intestines. Tu serais même capable de te lier avec le seul homme mis au ban du village ou de louer auprès de quelqu'un celui qui couche avec sa femme. Il faut faire attention.

Deux autres hommes arrivèrent, pénétrèrent dans la pièce et aussitôt une voix se fit entendre : « Entrez s'il vous plaît ! »

Tirzah avait raison. Je remarquai tout de suite le Monsieur-pour-qui-tout-est-perdu, le Monsieur-comment-cet-homme-pourrait-il-nous-sauver, la tête de moineau, la vieille fille, la pucelle languissante, le sous-chef de bataillon de l'armée de réserve et le chien de garde autoproclamé. Treize yeux — la tête de moineau avait un pansement sur l'œil gauche — nous dévisageaient avec un mélange de pitié et d'autorité.

Tirzah s'excusa de la boue sous nos chaussures.

— Nous ne voulions pas être en retard, dit-elle, alors nous sommes partis très tôt, et comme nous sommes arrivés en avance, nous nous sommes un peu promenés dans les environs.

— Présentez-vous, dirent en chœur le sous-chef de bataillon et le pessimiste en échangeant des regards courroucés. Tirzah se sourit à elle-même.

— Je m'appelle Yair Mendelsohn, dis-je en chef de famille, et voici ma femme Liora. J'ai quarante-neuf ans, je suis guide touristique, mais maintenant, vu la situation économique et le reste, je m'occupe aussi de transporter des gens, quant à Liora...

— Où emmèneriez-vous vos touristes dans cette région ?

— La région présente peu d'intérêt pour ce qui touche à mon domaine, l'ornithologie et l'histoire.

— Pourquoi ? demanda l'oiseau, me scrutant de son seul œil. Des pélicans et des cigognes passent régulièrement par ici, parfois même des grues, et nous avons aussi tout un réseau d'anciens puits de l'autre côté de la colline ainsi que des cavernes secrètes de l'époque de la révolte de Bar-Kochba.

— C'est vrai, confirma la vierge pleine d'espoirs, chaque année débarquent chez nous des milliers de touristes du monde entier pour visiter le réseau de puits derrière la colline. Il faudrait quelqu'un qui puisse les guider et surtout des policiers pour régler la circulation à cause du nombre de voitures.

— Où étiez-vous dans l'armée ? me demanda la vieille fille, à ma grande surprise.

— J'étais secouriste, et j'ai fini par devenir instructeur.

— Je vois d'après votre dossier, Yair, que vous n'avez pas d'enfants, me dit le sous-chef de bataillon d'un ton anodin mais néanmoins suspicieux.

— Excusez-moi d'intervenir, le coupa Tirzah poliment, mais pour ce qui est des enfants, je suis la femme à qui vous avez demandé de venir et ça me semble plutôt me concerner.

— Pardonnez-moi.

— J'ai en effet des enfants. Mais d'un mariage précédent. L'aîné est aux États-Unis et ma fille voyage en Extrême-Orient.

— Et vous que faites-vous Liora ?

— Beaucoup de choses. J'ai une certaine expérience dans les domaines horticole et infantile. Je suis nourrice, et à l'armée j'étais secouriste comme Yair. Nous nous sommes connus au même cours d'instruction, mais après, chacun a suivi des chemins séparés avant que l'on se rencontre à nouveau.

Elle me sourit et je blêmis. Je n'excelle guère dans l'art de l'improvisation pas plus que dans celui de l'affabulation.

— Et aujourd'hui ?

— Aujourd'hui, nous soufflons sur de vieilles braises.

L'une des femmes éclata de rire. L'homme-pour-qui-tout-est-perdu s'obstina :

— J'ai bien compris, Madame Mendelsohn, que vous avez beaucoup d'aptitudes, mais malgré tout j'aimerais savoir ce que vous faites dans la vie.

— Je sais tout faire, répondit Tirzah. J'ai toujours gagné ma vie et je n'ai jamais été dépendante de personne. J'ai travaillé chez un traiteur, fabriqué et commercialisé des jouets en bois, je donne des cours de danse folklorique, mais lui ne danse pas, dit-elle en me désignant, il manque totalement de coordination.

— Et pourquoi souhaitez-vous venir vivre ici ?

« Pour éviter de vous flinguer ou de me flinguer, me dis-je intérieurement, pour me ressourcer, avoir un endroit à moi, pour ces grands arbres dans la cour et cette herbe entre les pierres qui poussent. »

— La région est magnifique, dit Tirzah. Tout comme le village. La maison nous a séduits. Nous aimons la nature, avons économisé un peu d'argent et nous voulons changer d'air et d'environnement.

— Et que comptez-vous faire ici ?

— J'espère que la situation va s'améliorer et que je pourrai continuer le même métier, dis-je, peut-être même me spécialiserai-je dans le tourisme local, quant à Liora...

— Tout d'abord, j'ai le projet de rénover cette maison moi-même, et le cas échéant, je poursuivrai dans ce domaine de manière professionnelle.

— À votre avis, demanda le chien de garde, qui jusqu'à maintenant griffonnait en silence sur une feuille de papier, quelle contribution allez-vous apporter ici ?

— Je crois dans les relations de bon voisinage, dis-je. Et c'est avec plaisir que je rendrai service à quiconque en aura besoin.

— J'entendais par là une réelle contribution à la communauté.

— Peut-être au sein du service culturel, proposai-je, Liora, comme vous l'avez compris, peut apporter son aide dans de nombreux domaines, organiser...

— Je pourrais, pourquoi pas, siéger dans votre commission lors de l'audition des prochains candidats, suggéra Tirzah. Vous m'en verriez ravie.

— Vous êtes un peu âgés, regretta le chien de garde. Nous aurions aimé un jeune couple avec des enfants en bas âge et le projet d'en avoir davantage.

— Nous aussi aurions aimé rester jeunes, dit Tirzah, et faire plein d'enfants, mais revenons à la réalité et soyons sérieux. Cette maison est fermée et vide depuis longtemps, personne ne s'y est jamais intéressé, et voilà que vous avez des acheteurs. Alors, quel intérêt de s'attarder sur des choses secondaires. Nous sommes comme vous. Des gens biens, normaux, nous voulons vivre paisiblement, et nous n'avons pas de passé criminel. Nous contribuerons comme vous tous contribuez, ni plus ni moins.

Quelques minutes plus tard, nous nous séparâmes et partîmes faire un petit tour dans le village plongé dans l'obscurité. Nous nous attardâmes quelques minutes près de la maison. Tirzah dit qu'elle devait rentrer. Elle avait un rendez-vous de travail dans le Sud le lendemain. Elle téléphona, donna des ordres, et je l'accompagnai jusqu'à la grande route. Un pick-up de « Meshoulem Fried et fille SARL » dont la blancheur étincelait dans la nuit et avec les feux de position allumés nous attendait déjà.

Je ne pus m'empêcher de lui raconter ce qu'avait dit d'elle le chauffeur du tracteur venu ratisser la cour. Elle éclata de rire :

— Il a vraiment dit ça ? Votre entrepreneur est une femme ? Il s'est un peu trompé dans l'ordre des mots mais ce n'est pas grave.

— Bonne nuit, Tiraleh. Merci pour ton aide lors de cet entretien.

— Merci pour la promenade. Et ne t'inquiète pas, c'est gagné.

— C'est toi qui as gagné. J'ai été très mauvais.

— Nous avons gagné ensemble. C'est sûr qu'à leurs yeux nous ne sommes pas Mme Idéale et M. Parfait, mais ils sont criblés de dettes, ils n'ont pas d'autre candidat et personne ne leur fera une offre comme celle que tu viens de leur faire. Essaie de réfléchir à propos des pièces, car il va falloir préparer les plans.

— J'accepte l'idée de la grande chambre et de la petite comme tu as proposé.

— Tu fais le bon choix. Embrasse Meshoulem de ma part. Il va sûrement t'appeler d'ici une minute. Et demain commence à désherber autour des caroubiers, arrache toutes les ronces et les mauvaises herbes. Coupe l'herbe aussi. Le tracteur n'a pas réussi à entrer avec la faucheuse.

— Tu ne veux pas d'abord attendre la réponse du conseil municipal ?

— Ce n'est pas la peine. Nous avons réussi. Quoi qu'il en soit, ils auront au moins un nettoyage gratuit. Elle sortit de la caisse à outils du pick-up venu la chercher une faux, des gants de travail, une tenaille, un sécateur et une scie :

— Prends tout ça, dit-elle, tu en auras besoin.

5

Cette nuit-là encore, je restai dormir dans la nouvelle maison où je reçus même un présent sous la forme d'un rêve. Dans mon rêve, le téléphone se mit à sonner. Je décrochai. D'abord je n'entendis rien puis j'entendis mon nom. Pour la première fois depuis ta mort tu m'appelais. « Yair... », me disais-tu, avant de répéter : « Yair... » Ta voix était plus tendre que ta voix normale, mais elle m'était familière et il n'y avait nul doute dans mon cœur : « Yair... Yair ?... » avec ce petit point d'interrogation impossible à décrire, presque inaudible, que tu accolais souvent à mon nom et qui signifiait : c'est bien toi ? Tu es là ? Réponds-moi, mon fils...

Mais avant que j'aie eu le temps de me ressaisir et de répondre, ma mère avait raccroché. Le rêve était fini. Le silence s'instaura. Seul le chat-huant, la petite chouette hulotte, hululait dehors en cadence. Je me réveillai en sursaut. Pourquoi n'avais-je pas répondu : « Je suis là, Maman ? » Pourquoi n'avais-je pas dit : « Je suis dans la maison que tu m'as achetée » ? Pourquoi n'avais-je pas demandé : « Où es-tu ? Quand reviendras-tu ? » « Je suis là », l'entendais-je répondre dans mon cœur au fond de ma poitrine. « Elle n'est plus là », me répondait le mur. « Yair ?... Yair ?... Yair, Yairi, Yairi », me répondait mon rêve en écho. « C'est bien lui », confirmaient mes sens. « Il est avec nous, laissez-le entrer », disaient les souvenirs. La conscience de ma place et de mon existence se renforça aussitôt et je sentis la maison que ma mère m'avait achetée et que me bâtissait *mon amou* grandir et m'envelopper comme une nouvelle peau. Ce sentiment était si agréable et si fort que je ne savais plus si je l'éprouvais vraiment ou s'il venait m'envahir dans mon rêve tel un écho chaud et froid contre mon front.

J'enfouis ma tête sous la couverture. Petite obscurité intime. Je me retrouve dans mon endroit à moi, emmitouflé dans ton cadeau. Je suis l'espace entre les murs. Je suis l'homme et sa maison. Ma maison et son intérieur. Je suis l'empreinte du pied, la travée entre les montants, l'écart entre le sol et la tête.

La pâleur de la nuit finissante attend que mes yeux s'ouvrent — combien de temps a passé ? —, comme le chant des bulbuls à mes oreilles, comme la suite du rêve de mon cœur. « Laisse-moi partir car l'aube pointe, dis-tu. Laisse-moi partir, mon fils. »

6

Ma main se lève pour atteindre le commutateur électrique. Dans la maison de Liora, elle se heurtait toujours à l'abat-jour et ça faisait du bruit. À l'époque où nous dormions encore dans le même lit, elle lâchait entre ses dents un long *chchut* de protestation. Mais ici, ma main est sûre, mon doigt a trouvé le chemin et a allumé sans hésitation ni tâtonnements. Ça s'était passé comme ça cette nuit-là avec une torche, et aujourd'hui c'est la même chose avec la lampe, dans la même maison, nouvelle et rénovée. Et à nouveau Tirzah n'est plus avec moi. Elle a achevé de la construire et s'en est allée. Parfois je lis un livre, attendant que le sommeil me gagne, parfois je m'évade devant une carte topographique, partant enfin en voyage.

Tout est pour le mieux dans le meilleur des mondes : vêtements de voyage, chaussures de marche, sacs à dos, tentes anti-tempête et sacs de couchage sont entreposés dans l'armoire et dans le *Monstre*. Mes pieds se reposent sur le lit, mes poumons respirent paisiblement, seuls mes yeux errent entre deux lignes d'altitude et devinent le paysage, élargissant les deux dimensions de la carte aux trois de la réalité : ici un ravin, ici une éminence, là un affluent, un peu escarpé par-ci, en pente douce par-là, enfin des falaises. Et moi d'escalader, de glisser, de me dresser une tente devant un feu de bois.

Parfois, il m'arrive de partir véritablement en excursion. De la maison au jardin et du jardin aux collines. Je m'en vais à la découverte des sentiers de randonnée tant de fois foulés, des voies par où passent les troupeaux, des traces laissées par les fourmis et les hérissons, des chemins de chasse des porcs-épics, des chacals et des sangliers. C'est ce que je fais partout et en toute occasion : je me familiarise avec le réseau des sentiers et des pistes sablonneuses, les possibilités de fuite, de détour et de sauvetage. « D'où vient ta paranoïa ? D'où vient qu'un garçon israélien ressente les mêmes angoisses que les Juifs de la diaspora ? » me demanda Liora lors de mon premier et dernier voyage hors du pays pour aller l'épouser dans la maison de ses parents à New Rochelle. J'étais sorti me promener le matin à pied et étais revenu après une absence qui avait inquiété toute la famille.

« Que s'est-il passé ? Où étais-tu ? » m'avait-on demandé affolé. « Je suis sorti reconnaître les environs. »

Son père, sa mère, son frère, sa belle-sœur, ses oncles et tantes, leurs fils et leurs filles, tous les Kirshenbaum venus voir le fiancé qu'avait ramené Liora d'Israël s'étaient regardés en hochant la tête.

« Ici on ne se promène pas à pied, m'expliquèrent-ils. Ici on prend sa voiture ou on va courir en jogging le long de chemins prévus pour cela. Quiconque traîne dans la rue est arrêté pour vagabondage. »

« Pourquoi fais-tu ça ? » se plaint Liora à

chaque fois que je quitte la route goudronnée pour m'aventurer dans un chemin de traverse. « Il y a des routes. Elles ont été pavées avec les impôts que je paie. Les emprunter nous rembourse d'une partie de notre contribution. »

Lors d'une de ces excursions, je suis tombé sur les puits qu'avait évoqués le conseil municipal : grands et profonds avec des mangeoires de pierres sèches adossées à la margelle. Autrefois s'élevait là un village avec des troupeaux et des fermes, mais à présent ne subsistent plus que les traces de cordes gravées dans le calcaire sur le rebord du puits. Qui a creusé le premier ? Des Cananéens ? Des Philistins ? Des Arabes ? Mes ancêtres du temps de la Bible ?

Non loin se trouve un grand bosquet, « la forêt » comme disent les autochtones. Mélange étrange de chênes, de caroubiers et de térébinthes qui côtoient des massifs de pins, d'eucalyptus et de cyprès, vestige d'une pépinière éphémère du KKL, le Fonds national juif, dans les années cinquante. Mais on rencontre aussi toutes sortes d'arbustes sauvages, d'amandiers centenaires entre lesquels je découvris de vieux pressoirs, des tombes et des traces dans la roche tendre d'anciennes fouilles noircies par le lichen. Cette forêt n'abrite ni loups ni ours mais son odeur est celle d'une forêt, ses ombres, celles d'une forêt, son calme, celui d'une forêt, un calme qui n'est pas un silence mais un murmure et un bruissement de feuilles qui tombent, de vents qui passent, de germinations de graines et de battements d'ailes.

Au cœur de la forêt se cachent quelques petites clairières ombragées, agréables pour s'isoler ou se suicider, mais le plus souvent envahies de grandes familles de nouveaux émigrants. La nostalgie de la forêt russe les force à se contenter d'un bosquet local. Ils boivent, mangent et font de la musique, jouent aux échecs, font griller de la viande sur des braseros et ramassent des champignons. J'ai un jour croisé une vieille femme en larmes. Elle s'était aventurée entre les arbres et s'était perdue. Je l'avais fait monter à bord du *Monstre* et nous étions restés ensemble une bonne heure à rouler, cherchant alentour. Elle parlait un russe émouvant aux consonnes collées par les larmes. Je songeai alors à la possibilité de l'enlever afin d'avoir une nouvelle mère à ta place. Mais nous finîmes par entendre ses vrais enfants crier en courant « Mamma ! » Leur suspicion se mua vite en remerciement, leurs craintes en joie et j'acceptai leur invitation à dîner, j'osai même boire un peu, éprouvant jalousie et empathie à la fois.

Il m'arrive parfois de rencontrer des promeneurs d'une tout autre espèce : non pas de ceux qui veulent profiter de leur week-end mais de ceux qui souhaitent échapper au quotidien.

Chercheurs de solitude, nostalgiques de leur adolescence, couples suspects en quête de tranquillité ou, s'ils ne le sont pas, en quête de nouveauté — subtilités que seules Tirzah et Liora peuvent discerner. Moi j'en suis incapable. Parmi eux se trouvent des hommes de mon âge, nous nous contentons d'un signe de tête et d'un échange de regards signifiant « on s'est compris ».

On est sur le même bateau, se disent nos yeux les uns aux autres : nous marchons droit devant nous, nous souffrons, nous nous affaiblissons, insatisfaits, oubliés, pour disparaître, engloutis dans le sous-bois.

7

D'abord, je m'emparai de la faucille. Le dos courbé, les mains qui arrachent, qui scient, rétives au début face à l'ire des ronces puis se réfugiant dans les nouveaux gants de travail. Une main agrippée au manche pendant que l'autre serre le cou de la victime. Puis, lorsque mon dos se mit à me faire mal et que mon cœur s'emplit d'assurance, ma main essaya la faux. Je sentais bien que mes gestes étaient mauvais mais je ne savais pas comment les corriger. Alors que j'allais reprendre ma faucille, quelqu'un me toucha l'épaule. C'était le tractoriste. « Plus lentement, me conseilla-t-il, et pas si fort. » Je sentis derrière moi ses deux mains, la gauche sur mon épaule et la droite sur ma hanche, telles celles d'un marionnettiste. Ma colonne vertébrale se changea en voile, mât tournant sur lui-même. La force rustre de mes cuisses monta en elle, se divisa, s'étendit entre mes épaules pour affluer, délicate, vers mes mains et converger finalement dans la lame en mouvement. La faux ressentit elle aussi tout cela, elle se mit à décrire des cercles d'elle-même, murmurant près du sol, si affûtée et si précise que même les plantes les plus sèches et les plus fines, loin de se briser ou de s'affaisser, se retrouvèrent décapitées à son passage. Le tractoriste avait disparu, mais le contact de ses mains demeurait sur mon corps et je continuai de travailler ainsi un long moment. Même si je ne suis guère habitué au travail physique, j'ai en moi, comme le disait souvent ma mère, la force et la ténacité d'une bête de somme :

le dos épais, bas, le front saillant et les cuisses courtes. « Le corps de Yair pousse du derrière, l'entendis-je dire une fois à Vot'père quand nous étions petits, celui de Benyamin descend du cou. »

Des gouttes de sueur perlaient de mon front, traversaient mes sourcils, glissaient et me brûlaient. La douleur irradiait mes vertèbres, mais mes muscles ne se fatiguaient pas. L'herbe et les ronces avaient été entièrement coupées. Je les ratissai et les mis en tas puis décidai de m'attaquer aux plantes grimpantes lovées autour des branches des caroubiers telles des boas constricteurs. Elles s'étaient ramifiées et les feuilles envahissaient les cimes en quête d'air et de soleil. Je grimpai à leur poursuite, d'abord sur une échelle puis sur les branches elles-mêmes, amputant, dégageant, jetant. Le chauffeur du tracteur réapparut, avec à sa remorque une charrette vide. Je chargeai le tout à l'aide d'une fourche, puis il s'en alla le vider à la décharge.

Alors que je buvais de l'eau fraîche sortie de la glacière du *Monstre* arriva Meshoulem qui contempla le travail.

— Regarde comme ces petites girls t'aiment à présent, dit-il en regardant autour de lui.

— Petites girls ?

— Ce sont des caroubiers femelles.

— Comment le sais-tu ?

— Tu ne vois pas tous ces fruits ? Les caroubiers c'est comme chez nous. Les hommes puent et les femmes font des fruits. Mais qu'est-ce que c'est que ce sécateur de merde et cette scie ? C'est avec ça que tu comptes tailler ?

— C'est ce que ta fille m'a donné.

— Que Tiraleh s'occupe de bâtiments ! Elle n'y comprend rien en jardinage. Va à mon auto, j'ai, c'est une chance, quelques outils qui sont exactement ce qu'il te faut.

Sur le siège arrière de sa voiture, je trouvai deux sécateurs avec deux longues poignées et deux scies japonaises dans leur emballage encore intact, ainsi qu'une effrayante cisaille à corde pour les cimes, un treuil, une perche et un récipient plein d'un épais liquide vert pour enduire les branches sectionnées. Meshoulem exultait.

— Une chance que j'aie eu tout ça aujourd'hui avec moi, n'est-ce-pas ? Quel merveilleux hasard ! Nous allons d'abord enlever toutes les branches basses de l'arbre pour dégager son tronc et qu'un homme puisse se tenir debout dessous.

Nous sciâmes, taillâmes les branches que nous amassâmes sur le côté. Meshoulem entreprit de m'enseigner l'art de l'élagage :

— Dès qu'une branche pousse à l'intérieur, il faut couper. Pour celles qui poussent vers l'extérieur, il suffit de désépaissir. De temps en temps, fais quelques mètres en arrière pour voir ce que ça donne, comme un peintre regarde l'œuvre qu'il est en train de peindre. Assure-toi surtout qu'au-dessus et sur les côtés il reste un toit et des murs, car un caroubier comme celui-là, c'est comme une maison. Les feuilles ne tombent pas en automne et si on le taille convenablement, il stoppe la pluie l'hiver et le soleil l'été comme un toit.

Nous travaillâmes ainsi près de trois heures, Meshoulem en bas, donnant des ordres et me dirigeant, et moi perché sur l'échelle ou sur les branches. Tirzah fit deux courtes apparitions.

« Tu es encore là Meshoulem ? Et qui garde la boutique ? » dit-elle la première fois. « Parfait, c'est vraiment parfait les enfants ! » s'exclama-t-elle la seconde en riant.

À présent les deux caroubiers avaient l'air de deux grands et épais parasols. On pouvait se tenir sous eux debout, et voir au-dessus un espace aéré et frais ainsi qu'un toit dense et vert.

Le conducteur du tracteur revint avec sa charrette à détritus. Meshoulem me demanda si je savais faire marche arrière avec la remorque mais je lui répondis que je n'avais jamais essayé.

— Reculer avec une charrette ce n'est pas comme jouer du violon, plaisanta-t-il, si tu n'as jamais essayé, alors tu ne peux pas savoir.

Il prit place sur le siège du tracteur et le manœuvra d'une main experte.

— J'étais autrefois le meilleur chauffeur du *Palmach,* dit-il. Je suis le fils de Fried le ferblantier de la rue Herzl à Haïfa. Meilleur que tous les *kibboutznik* et *moshavnik* qui me regardaient de haut. Maintenant charge toutes ces saletés et je vais aller me reposer. Je ne peux plus travailler autant que je le voudrais.

Il sortit une bouteille de bière de sa poche et une chaise pliante de sa voiture, s'assit, but et dit :

— Avant, quand Tiraleh était encore petite, j'avais du plaisir à ce qu'elle m'appelle « Meshoulem ». Mais depuis que Gershon... je ne cesse de la supplier qu'elle m'appelle « Papa ». Un homme ne peut pas se résoudre à ne plus s'entendre appeler « Papa ». Il y a suffisamment de gens qui m'appellent Meshoulem ou Monsieur Fried. Alors appelle-moi « Papa ».

Soudain, il se mit à crier :

— Appelle-moi « Papa » ! Tu m'entends ? Appelle-moi « Papa ».

Tirzah était dans la maison. Elle l'entendit mais ne réagit pas.

— Si c'est si important pour toi, Meshoulem, dis-je alors, je peux parfois t'appeler « Papa ».

— On n'a qu'à dire une fois par semaine, proposa-t-il.

Il somnola un moment sur sa chaise, puis il se réveilla et s'en alla.

CHAPITRE XI

1

De temps à autre, les colombophiles de la Haganah se réunissaient en congrès. Ils écoutaient des conférences sur les pigeongrammes, la nourriture, les parasites et autres maladies, se racontaient des anecdotes, échangeaient des avis et des pigeons de race trop vieux pour voler mais encore aptes à l'accouplement.

En règle générale, ces conférences avaient lieu dans un kibboutz au cœur du pays, mais en 1945 le Dr Laufer avait décidé que le congrès se tiendrait cette année-là à Tel-Aviv. C'étaient les grandes vacances et il avait obtenu une salle de classe de l'école *Ahad Ha-Am* où il avait aménagé jadis une ferme pour animaux à l'intention des enfants. Tout le monde alla rendre visite au pigeonnier central du jardin zoologique, non pas en une seule grande délégation mais « au compte-gouttes », comme l'avait conseillé le Dr Laufer, afin « de ne pas éveiller l'attention ». Les participants furent hébergés chez plusieurs familles, membres de la Haganah à Tel-Aviv, et la mère de la Fillette recommanda les services d'une « honnête maîtresse de maison », qui leur prépara à tous un dîner frugal pour une somme modique.

Myriam arriva à Tel-Aviv pour aider le Dr Laufer à préparer le congrès deux jours avant le Bébé qui, en attendant de les rejoindre, s'assura que leur remplaçant — un vétéran responsable du poulailler et non un simple garçon ou fille du *Palmach* — avait bien noté et compris tout ce qu'il avait à faire. Il portait sur son épaule droite une petite sacoche dans laquelle se trouvaient de quoi se laver et écrire, une chemise et des sous-vêtements de rechange. Dans sa main gauche, il avait un panier avec des pigeons pour la Fillette et dans sa poche un ticket d'autobus que le pigeon de Myriam lui avait rapporté de Tel-Aviv.

Lorsqu'il arriva à l'école *Ahad Ha-Am,* quelques participants se trouvaient déjà là, rien que des adultes qui l'observaient avec curiosité. Le Dr Laufer lui fit bon accueil et le présenta à l'assistance comme « la génération de l'avenir ». Voici le « camarade Bébé », dit-il. La Fillette n'était pas encore là, occupée à des préparatifs de dernière minute. Juste avant le discours d'ouverture, elle entra et s'assit à la place libre qu'il avait pris soin de lui réserver près de lui, pressant aussitôt son bras contre le sien. Il avait seize ans et un frisson parcourut son corps.

Sur les murs avaient été accrochées des planches anatomiques du pigeon, de l'intérieur et de l'extérieur du corps avec des versets comme : « *Qui sont ceux-là ? Ils planent comme une nuée, comme des colombes en direction de leurs colombiers.* » Ou des légendes du cru du Dr Laufer : « Merci pigeon, ami fidèle », « Le pigeon est un allié courageux et fraternel », « Sous la pluie, en pleine chaleur, par vent de tempête, toujours le pigeon reviendra. » Cette année, un nouveau slogan était apparu : « L'oiseau du ciel transmet tout. » « Tout » au lieu de « la voix » de l'Ecclésiaste.

Au milieu des encarts et des affiches trônaient des portraits de « pigeons héros » aux patronymes évocateurs : Mercure, Comète, Flèche... Et, comme chaque discours du Dr Laufer, celui-ci foisonna lui aussi de héros ailés. En l'an 1574, lorsque la ville de Leiden était assiégée et sur le point d'être détruite, que ses habitants s'apprêtaient à rendre les armes, qui vint leur annoncer que des renforts allaient arriver dans les deux heures ? Un pigeon. Lorsque la reine Marie-Antoinette était emprisonnée, qui donc apporta de ses nouvelles à ses conseillers hors de Paris ? Un pigeon. Et pendant la bataille de Verdun, qui réussit à s'envoler au-dessus des nuages de gaz toxiques que les Allemands avaient propagés et à transmettre des nouvelles du front ? Encore des pigeons. Des pigeons voyageurs français.

Il mit l'assistance au courant des événements colombophiles marquants à travers le monde. Les Anglais, dit-il en grimaçant, ont apprivoisé des faucons pèlerins pour attaquer les pigeons voyageurs de l'ennemi. En Allemagne, poursuivit-il l'air grave, une loi venait d'être adoptée : chaque éleveur devait se faire recenser et avait l'obligation de mettre ses pigeons au service de la nation en cas d'urgence. L'État, de son côté, financerait l'acheminement des pigeons pour l'entraînement et les compétitions. Un pigeon voyageur canadien baptisé Rayon de soleil avait sauvé des pêcheurs dont le bateau était sur le point de chavirer dans les eaux glacées de Terre-Neuve. En Belgique — la puissance numéro un mondiale pour les pigeons et les colombophiles bien qu'il n'y ait que quatre millions de citoyens — cent mille éleveurs de pigeons voyageurs se trouvent déjà recensés, l'aile levée comme un seul homme. *Ouarf, ouarf, ouarf*...

Les participants aussi s'exprimèrent. Une colombophile larmoyante de Jérusalem lut une courte et poignante nouvelle qu'elle avait écrite sur un pigeon qui s'était posé sur des fils électriques et qui était revenu deux mois après son lâcher, « en claudiquant sur les moignons brûlés de ses pattes ». Un colombophile du kibboutz Yagur traduisit un rapport d'un officier américain de la Première Guerre mondiale : « Nous attendions des nouvelles du champ de bataille quand soudain est apparu le pigeon Cher Ami au corps déchiqueté. Sur le pigeongramme qu'il apportait était écrit : "Notre artillerie tire sur nos propres troupes. Ajustez vos tirs ! Sinon nous mourrons tous." »

Puis quelqu'un évoqua un pigeon voyageur qui avait apporté aux citoyens assiégés et affamés de Candia, en Crète, « un pigeongramme bouleversant » sur lequel on pouvait lire : « Mangez-moi ! » Un débat moralisateur s'ouvrit alors. Quelqu'un hurla que cette histoire était totalement invraisemblable. Le Dr Laufer fit taire l'assistance et annonça en haussant la voix : « Et maintenant, les pigeons dans la poésie hébraïque ! » Il demanda alors à la Fillette de se lever et de venir à côté de lui pour lire l'extrait « de l'éminent poète Shaul Tchernichovsky » qu'il lui avait demandé de préparer et qui décrivait de nombreuses sortes de pigeons :

Voilà les « pigeons égyptiens », voici ceux que l'on appelle « moines »,
Là les « porteurs de jabots » la gorge enflée comme des ronds-de-cuir.
En face le « pigeon perroquet » déploie sa jolie queue, les « porteurs de crinière » se pavanent une tresse autour de la nuque.
Une bande de « pigeons bouclés »
Croise d'« immenses tourterelles »,
Dans un coin les amants roucoulent, des couples de « Romains »
Et des « Maures » à tête noire.
Tandis que descendent en hâte des « pigeons perlés ».
Un petit d'une famille de « prêtres »,
Des Italiens, des Suisses et des Syriens.

La Fillette lut le poème avec un grand sérieux, une légère rougeur ravivant la roseur de sa peau. Le Dr Laufer la remercia et dit :

— Apparemment, le poète a oublié de mentionner les pigeons voyageurs. Il ne s'est intéressé qu'aux pigeons d'ornement. Les monstres ! ne put-il s'empêcher d'ajouter, mais si l'on y regarde de plus près, à la fin de son énumération apparaissent les Syriens. Il semble incontestable qu'en évoquant ces « Syriens » le poète avait à l'esprit les pigeons voyageurs si fameux de Damas, conclut-il.

La plupart des colombophiles présents étaient des adultes, et, à l'heure du déjeuner, le Bébé et la Fillette se firent les yeux doux et du pied sous la table. Il était plus petit et plus jeune qu'elle comme il allait le rester jusqu'au jour de sa mort, mais il n'était plus guère embarrassé en sa présence ni en celle des autres. Il fit d'ailleurs entendre sa voix comme un colombophile vétéran.

Les débats de l'après-midi se concentrèrent sur les graines riches en protéines comparées à celles qui étaient riches en graisse et sur cette question : nourrir des petits dans la main est-il susceptible d'imprimer une marque, de créer un lien qui puisse plus tard empêcher le pigeon de s'accoupler ? Puis ils passèrent aux pustules et s'interrogèrent sur la manière de désinfecter le pigeonnier en cas d'épidémie de dysenterie. Ensuite à des sujets sans solution ni fin : le pigeon navigue-t-il guidé par son seul sens de l'orientation ou se souvient-il de détails du chemin et du paysage ? Peut-être les deux sont-ils exacts ? Le Bébé s'enhardit à faire observer que les participants projetaient sur le pigeon une conception humaine des cartes, des boussoles et des roses des vents. Loin de toutes ces considérations, il ne connaît semble-t-il qu'une seule destination, « la maison ! », sans savoir que les hommes donnent à cette direction des noms qui varient, parfois « le sud », parfois « l'est », parfois « le nord-nord-ouest ».

Le silence s'instaura. La Fillette rougit comme une mère fière. « C'est très intéressant », dit le Dr Laufer. Il se souvint de ce qu'elle avait dit sur le pigeon qui disparaît des yeux de celui qui l'a lâché à l'instant même où il se révèle à ceux de celui qui l'attend, et il comprit soudain que l'amour qui s'épanouissait devant lui était bien plus grand et plus profond qu'il ne le supposait.

Mais il se ressaisit, se rappelant son rôle et fit observer : « Nous aussi avons parfois des pensées aussi intéressantes et aussi belles que celle-ci, mais revenons toutefois aux choses sérieuses ! »

Les autres colombophiles acquiescèrent aussitôt. Des questions pratiques attendaient : Qu'est-ce qui le faisait rentrer au pigeonnier ? La nostalgie du foyer, de la mangeoire ou de la famille ? Était-il bien convenable et valait-il la peine de dresser des pigeons à voler en forçant leur nature, même la nuit ? Y avait-il dans le bec du pigeon des particules magnétiques et quel était le rôle de la protubérance au-dessus du bec ?

Le soir, la Fillette emmena le Bébé sur la promenade du bord de mer, éconduisant quelques filles de sa classe qui cherchaient à savoir qui était ce garçon inconnu. Elle l'embrassa sur les lèvres et cette fois le laissa caresser tous les endroits de son corps, mais par-dessus ses vêtements. Il lui montra qu'il savait désormais siffler mais lui demanda de le faire comme lors de leur précédente rencontre, chacun avec les doigts de l'autre.

Le lendemain, le Bébé revint participer aux discussions des colombophiles adultes. Son rêve, dit-il, serait d'hybrider et de créer une race locale, plus résistante à la chaleur, aux parasites et à la soif que les pigeons européens. La Fillette pour sa part releva que, dans le passé, les plus grands centres d'élevage au monde se trouvaient au Caire, à Bagdad et en Inde, lieux où le climat est plus pénible qu'à Liège ou à Bruxelles.

Puis, durant la pause rituelle où chacun trempa des biscuits dans du thé jauni par beaucoup de citron, le Bébé sortit de la salle de classe pour rejoindre la Fillette dans la cour.

— C'est ici que tu vas à l'école ? lui demanda-t-il, planifiant déjà en son for intérieur ses prochaines questions : dans quelle salle, dans quelle rangée, à quelle table et sur quelle chaise était-elle assise ?

— Non. *Ahad Ha-Am* est une école de garçons et non de filles.

— Alors où vas-tu à l'école ?

— Au Carmel, répondit-elle, c'est plus près du jardin zoologique.

— Moi je ne vais presque plus à l'école. Je suis toute la journée dans le colombier avec les pigeons. Je fais aussi les travaux du kibboutz et je lis des livres.

La Fillette lui dit que la remarque qu'il avait faite au sujet du sens de l'orientation des pigeons était très juste.

— Ce n'est pas seulement l'orientation, poursuivit-elle, tout ce que veut le pigeon en fin de compte c'est rentrer à la maison et bien sûr transmettre un important pigeongramme au pigeonnier central.

Ils s'assirent en riant, le regard aimanté, et il lui parla d'une autre idée qui lui était venue à l'esprit et qui pourrait concrétiser le rêve de tous les colombophiles à travers les siècles : dresser des pigeons pour un vol à double sens et pas seulement pour retourner quelque part, mais pour aller et revenir entre deux pigeonniers. Un tel vol ouvrirait beaucoup de possibilités nouvelles à la colombophilie, s'enthousiasmait-il. Un pigeon voyageur pourrait ainsi effectuer un vol régulier entre un berger dans les collines et sa ferme, entre un journaliste en province et sa salle de rédaction ou des allers et retours entre des unités militaires et le haut commandement.

— Et aussi entre des membres d'une même famille, ajouta la Fillette, ou entre des amis ou des couples.

2

Le congrès se poursuivit pendant trois jours et à la fin arriva le gros monsieur du jardin zoologique avec entre les mains des paniers d'osier tressés que l'on entendait roucouler. Le Dr Laufer extirpa les pigeons les uns après les autres, les partagea entre les participants et demanda que chacun, une fois rentré chez soi, les lâche. Dans les paniers vidés, il mit les pigeons que les participants avaient apportés et dit que ceux-ci seraient lâchés d'ici même le surlendemain matin.

Les participants prirent congé les uns des autres, chacun rentra chez soi et à son pigeonnier, et le Dr Laufer dont la promiscuité avec les animaux avait appris à interpréter chaque tremblement de l'œil, chaque nuance de la peau et chaque frémissement du lobe, demanda au Bébé de rester encore un peu pour aider la Fillette à retirer les photos et les planches et à les rapporter avec les paniers des pigeons au jardin zoologique.

Ils étaient seuls à présent. Ils enlevèrent du mur photos et slogans, les enroulèrent convenablement afin qu'ils ne se froissent pas, et lorsqu'ils se baissèrent vers les paniers pour les soulever, leurs têtes se rapprochèrent au point de se toucher. Leurs corps aussitôt se redressèrent et s'étreignirent.

Elle se pencha et colla ses lèvres contre les siennes, le Bébé la prit par la taille et pressa son corps contre le sien, et, sans bien savoir ce qu'il faisait, lui retroussa son chemisier, découvrant ses seins. Il détacha alors ses lèvres des siennes pour embrasser et sucer son mamelon.

Elle trembla et gémit tandis que sa main descendait vers lui, et, avant qu'elle n'ait pu faire autre chose que de le tenir, le Bébé émit un cri de plaisir et, avec la rapidité d'un jeune garçon, il lâcha sa semence dans sa main. Une douleur nostalgique le transperça bien qu'elle fût avec lui. C'était comme s'il était mort et vivant à la fois. Il perdait sa force et son âge. La Fillette, elle, sentait la coulée chaude entre ses doigts et fut saisie d'un grand frisson. Jamais elle ne s'était sentie si forte.

Le Bébé, embarrassé, chercha et trouva un chiffon pour essuyer sa chair, son vêtement et la main de la Fillette. Mais celle-ci jeta le chiffon par terre, essuya sa main sur le visage du Bébé, le poussa vers le sol et lui dit : « Maintenant touche-moi à ton tour. »

Encore jeune garçon, il ne comprenait pas qui était le plus troublé et qui jouissait le plus, sa main à lui ou ses reins à elle, sa chair ou la sienne, et il voulut savoir comment ses doigts parvenaient à développer le sens du goût et la capacité de voir. Même s'il ne comprenait pas encore toutes les informations que son corps lui transmettait, il voulait sentir tout ce qu'elle était, non pas approximativement mais précisément. Connaître la forme du miracle que sa main caressait et explorait, pas seulement sa douceur, son aspect lisse et sa chaleur, mais aussi goûter de sa bouche, sentir de son nez et voir de ses yeux. Tout cela ressemblait-il à ce que ses doigts sentaient ?

La Fillette saisit sa main qu'elle déplaça de son sexe à son ventre. « Ça suffit, dit-elle, je ne veux plus. » Ils restèrent un temps allongés l'un à côté de l'autre, surpris de leur force et de leur faiblesse, se léchant mutuellement la main. Puis ils se levèrent, ajustèrent leurs vêtements, s'emparèrent quelque peu embarrassés des paniers des pigeons et avancèrent dans la rue Ahad Ha-Am. Souriant au fond d'eux-mêmes, ils empruntèrent la longue et douce descente en direction du jardin zoologique.

Au bout s'étendait un terrain sablonneux, les souvenirs d'un verger et quelques sycomores. À l'autre extrémité, une colline gréseuse avec la piscine et le jardin zoologique. Aujourd'hui, lorsque je passe par là dans la direction opposée, je me remémore les planches en bois installées là « avant qu'il y ait des trottoirs ». Le Bébé ne voulait pas marcher devant la Fillette ni derrière elle. Il marchait à côté d'elle, ses pieds s'enfonçant, le cœur gai, même si déjà la tristesse le taraudait : bientôt ils allaient se séparer. La Fillette resterait à Tel-Aviv et lui retournerait au pigeonnier du kibboutz.

CHAPITRE XII

1

Le téléphone sonna. Une voix d'homme fluette me dit que la femme et moi avions passé l'entretien avec succès.

— Mais il y a un autre petit problème dont le trésorier voudrait vous entretenir, ajouta-t-il, passant le combiné à ce dernier, qui se racla la gorge avec autorité ; quelque chose dans sa toux laissait penser que d'autres personnes étaient à ses côtés et écoutaient la conversation. Il y a eu une légère méprise, commença-t-il par me dire, et le conseil municipal, après réflexion, vérification et concertation d'un spécialiste réclame que l'on monte un peu le prix.

— « Un peu » c'est-à-dire ?

— Quinze mille dollars, c'est ce qu'on nous a conseillé de demander.

— Je vous rappelle, dis-je.

Et je m'empressai de téléphoner à Tirzah.

— Évidemment ! me répondit-elle, la vérification en question a sûrement porté sur la superbe voiture que ta vraie femme t'a achetée. Nous aurions dû venir avec la Subaru d'un de mes maçons plutôt que dans la voiture blindée du président des États-Unis.

— Mais qu'est-ce que je fais maintenant ?

— Appelle-les et dis-leur que tu renonces à l'affaire. Mais pas tout de suite. Attends une quarantaine de minutes. Quarante minutes c'est un temps particulièrement agaçant. Trop court pour avoir le temps de rentrer chez soi et infiniment long si l'on doit attendre sans bouger assis à la mairie.

— Mais la maison !.. m'affolai-je, je la veux.

— Ne t'inquiète pas. Ils vont vite renoncer à leurs prétentions. Je te parie les quinze mille dollars supplémentaires qu'ils réclament ! Téléphone dans quarante minutes et surtout n'oublie pas : ne laisse transparaître aucune émotion et ne te mets pas en colère. Rappelle-leur que ce sont eux qui ont fixé le prix et que nous l'avons accepté sans discuter, dis-leur que l'argent est prêt et laisse-leur le temps jusqu'à demain pour qu'ils se décident. N'oublie pas non plus que dans leur esprit je suis Madame Mendelsohn. Si les choses se compliquent, je peux très bien intervenir.

— Mais pourquoi ? répondit le maire. Vous avez parfaitement réussi votre entretien. Si vous n'avez pas la somme, on peut sûrement trouver un arrangement.

— Ce n'est pas le problème, rétorquai-je. Vous avez fixé le prix, nous avons accepté sans discuter. L'agent est prêt, je vous laisse jusqu'à demain pour revenir à votre premier prix ou pour trouver un autre acheteur.

Meshoulem, qui n'eut vent de cet incident que le lendemain matin par sa « fille SARL », ne cacha pas sa satisfaction.

— Voici le nouvel Iraleh ! se réjouit-il en me tapant sur l'épaule. Dommage que tu ne leur aies pas plutôt répondu : « Vous en revanche, mes amis, vous avez échoué devant *notre* commission ! » Mais peu importe, l'essentiel est qu'ils sachent qu'avec nous ils ne peuvent pas jouer au plus malin.

Et tout se passa comme prévu. Ils renoncèrent et le lendemain, le nouvel Iraleh vint signer la promesse de vente ainsi qu'un premier chèque. Puis il alla photographier la maison, développa les photos au centre commercial voisin et partit les montrer à sa mère.

Elle était à l'hôpital *Hadassah,* couchée dans un lit près de la fenêtre.

Je restai quelques minutes sur le seuil de la porte à la regarder. Son corps était frêle et faible. Son crâne chauve caché par un grand foulard bleu. Ses yeux étaient tournés vers le paysage — le Castel, le radar, Nabi Shemu'el — puis, lentement, ils se dirigèrent vers moi.

— Bonjour, Maman, dis-je. Tu as un nouveau foulard ?

— C'est Meshoulem qui me l'a offert.

Elle regarda les photos que je lui avais apportées.

— Je suis si heureuse ! C'est exactement l'endroit que je m'imaginais. Je vois des pigeons sur le toit ! S'ils logent sous les tuiles, il faut que tu les chasses et que tu obstrues chaque entrée et chaque fissure. Des pigeons sous un toit c'est un vrai cauchemar !

— Je ne suis pas très bon photographe, dis-je, on ne voit pas très bien sur les photos à quel point la maison se marie dans le paysage. On attendra que tu te sentes un peu mieux et je t'emmènerai là-bas.

— Je crains que cela n'arrive jamais, Yair, mais Tiraleh va faire un très beau travail, j'en suis sûre. Tu es dans de bonnes mains, ajouta-t-elle.

J'étais tellement troublé que je ne lui demandai pas comment elle savait que Tirzah allait restaurer la maison.

— Tu vas guérir, protestai-je, tu verras la maison avant et après rénovation, tu viendras chaque fois que tu en auras envie, tu entendras le vent souffler dans les grands arbres et tu boiras ton petit verre de brandy face au paysage que tu imaginais. Cette maison est plus la tienne que la mienne.

Mais le lendemain, ma mère sombrait dans le coma. Elle mourut trois jours plus tard. Meshoulem pensa qu'il était préférable de repousser le début des travaux.

— La maison peut attendre. On verra après les sept jours de deuil. L'essentiel est qu'elle ait su que tu l'avais trouvée et que tu es en de bonnes mains. Il se mit à sangloter. Depuis que Gershon et ma Goldie... je n'avais pas ressenti une telle peine.

Nous pensions l'enterrer dans sa ville, Tel-Aviv, mais ma mère avait laissé un testament explicite et surprenant. Elle souhaitait pour sa dernière demeure être ensevelie sur les hauteurs de Jérusalem tournées vers le nord-ouest. Meshoulem fit intervenir quelques-unes de ses connaissances et régla leur dû aux pompes funèbres. « Ce n'est pas pour voir Tel-Aviv. C'est pour que Tel-Aviv puisse me voir », avait-elle expliqué à Meshoulem et à l'avocat qu'il lui avait présenté.

Nous prîmes le deuil dans le grand appartement de Vot'père. Zohar s'occupait du samovar, des verres et des biscuits. Meshoulem nous apportait à manger du kiosque de Glick. Les fort encombrants « deux Y », Yariv et Yoav, avaient obtenu une permission et s'étaient précipités aussitôt, donnant l'impression que l'appartement était toujours plein de visiteurs, même dans les moments où personne ne venait. Le soir arrivaient Liora et Benyamin, les sempiternels consolateurs, et les camarades de mon frère qui n'en finissaient pas de raconter d'horribles histoires d'erreurs médicales. Tirzah ne se déplaça pas, mais Meshoulem me transmit un message de sa part. « Elle est désolée, me dit-il, elle aimait beaucoup ta mère, mais l'architecte ne pouvait pas changer son rendez-vous avec elle pas plus que les géomètres qui doivent suivre. »

Les deux hommes que j'avais vus un jour chez ma mère allaient-ils venir aussi, songeai-je : le vieux qui m'avait demandé ce que je comptais faire comme études et le boiteux à la peau basanée qui avait préparé du café en fredonnant une amusante comptine sur le roi Assuérus et la fête de Pourim. Mais à leur place débarquèrent les consolateurs de Vot'père : des collègues et d'anciens étudiants, des patients qu'il avait soignés ainsi que leurs enfants, certains par reconnaissance, d'autres mus par la curiosité de voir ce qui se cachait derrière la porte « Y. MENDELSOHN — PRIVÉ. »

Le septième et dernier jour, une pluie diluvienne et inattendue se mit à tomber. Le soir, le temps que je rentre avec Liora rue Spinoza à Tel-Aviv, des trombes d'eau avaient inondé la chaussée et les trottoirs. La radio rendit compte de ces intempéries et une pensée terrible envahit soudain mon esprit : que ta tombe encore fraîche sur le versant de la colline soit charriée jusqu'au fleuve Soreq.

Dans la maison de Liora, j'écoutais le bruit des gouttes d'eau coulant dans les gouttières, tombant sur le toit, sur les feuilles du jardin et les tôles de ma mémoire. Des images effroyables défilaient dans mon imagination : des membres qui se brisaient et des os emportés. Je sautai hors du lit et m'habillai. J'allais enfin pouvoir utiliser mon imperméable Gore-Tex flambant neuf et mes bottes en caoutchouc qui attendaient dans le coffre du *Monstre*.

— Où vas-tu ? me demanda Liora de sa chambre.

Je lui dis la vérité.

— Je crains que la tombe de ma mère n'ait été emportée par l'eau et je vais aller voir ce qui se passe.

— Comment ça « emportée » ? Elle est enterrée dans un caveau en béton !

— Tu n'as pas idée de ce que les inondations peuvent faire !

— Nous venons à peine de rentrer. Quelle histoire es-tu encore en train d'inventer ?

— Tu n'as qu'à venir avec moi si tu ne me crois pas, dis-je.

Mais elle ne viendrait pas. Ne prendrait pas part à ma folie.

— Même le plus névrosé des Juifs américains ne se précipiterait pas pour aller s'assurer que la tombe de sa mère n'a pas été emportée par les eaux. Et crois-moi que chez nous en Amérique, des mères et des pluies plus terribles que les vôtres, ce n'est vraiment pas ce qui manque !

— Chez nous les mères ont des fils meilleurs! dis-je en sortant.

Le temps était vraiment épouvantable. Le vent soufflait et la pluie cinglait de toutes parts. Parfois elle grondait sur le toit de la voiture, parfois elle s'abattait presque à l'horizontale. Mais le *Monstre,* déterminé comme son maître, naviguait avec assurance, ignorant les supplications des petites voitures immobilisées. Il traversa la vallée d'Ayalon, escalada Sha'ar Hagay, filant tout droit, alternant montées et descentes, et au feu, avant d'entrer en ville, tourna trois fois à droite puis grimpa jusqu'au cimetière.

Je sortis et courus entre les pierres tombales. Des rigoles ruisselaient au milieu des allées, mais la tombe de ma mère était bien à sa place, couverte de tous ses bouquets. Celui de l'hôpital *Hadassah,* celui de l'hôpital *Ichilov,* celui de l'Université hébraïque, celui de l'ordre des médecins, celui de Kirschenbaum Real Estate à Tel-Aviv, à Boston, à Washington et à New York, ainsi que le bouquet de Meshoulem Fried et fille SARL. Sans oublier la petite plaque blanche qui émergeait d'une flaque de boue. Droite, mouillée et volontaire avec RAYA MENDELSOHN écrit en lettres noires émaillées. Je contournai la tombe, vérifiai et revins vers le *Monstre* pour téléphoner à Benyamin.

— Tout va bien, lui dis-je.

— Qu'est-ce qui va bien ? De quoi parles-tu ?

— De Maman. Sa tombe a résisté. Elle a tenu bon malgré la pluie.

— Mais où es-tu Yair ? Tu n'es quand même pas retourné au cimetière ?

— Je n'étais pas tranquille. Avec un temps pareil et la tombe qui n'a pas encore sa dalle.

— Benyamin me demanda si je savais bien quelle heure il était. Je répondis oui. Il semblait inquiet de ma santé mentale.

J'ajoutai que je ne voyais pas où était le problème, lui rappelant que je ne lui avais pas demandé d'aide ni de conseil et que je me contentais de le tenir au courant.

— Tu ne m'as peut-être pas demandé de conseil en effet, me rétorqua-t-il, mais moi je vais t'en donner un. Maintenant que tu es à Jérusalem, va donc dormir chez Vot'père. Ça ne te fera pas de mal de voir un pédiatre avant d'aller te coucher.

2

Le lendemain matin, le ciel s'éclaircit. Lorsque j'arrivai à la maison je fus accueilli par trois géomètres. L'un était vieux et ridé avec la peau tannée, un autre, un peu bedonnant et au nez rouge, avait mon âge, quant au dernier, un apprenti, grand, de bonne humeur et appliqué, il était corvéable à merci et se faisait charrier sans cesse. « Va nous chercher de l'eau fraîche ! » lui disait-on à tout bout de champ ; ou encore : « Si ton jalon retombe, t'as qu'à penser à Brigitte Bardot ! » ce qui les faisait se tordre de rire.

Après leur départ, la propriétaire de la maison voisine sortit de chez elle. Elle se mit à enfoncer deux pieux dans la terre entre lesquels elle tendit une longue corde de démarcation.

— Vous devriez plutôt installer une vraie barrière ! lui suggérai-je.

— Ce n'est pas la peine, me répondit-elle.

Elle fit un nœud, serra la corde, puis d'un ton véhément prévint :

— Pour qu'il soit bien clair que la limite se situe là et pour éviter les histoires.

Le lendemain, elle venait déjà faire sa première inspection le long de la nouvelle frontière.

— Il y a déjà eu des problèmes dans le passé, cria-t-elle lorsque je sortis de chez moi pour la saluer. Quand les choses sont claires, c'est beaucoup mieux.

Sa remarque me laissa sans réaction, mais en moi-même je ne pouvais m'empêcher de m'interroger sur le fossé qu'il y avait entre son apparence et son comportement. C'était une jeune femme avenante. Sa beauté n'était pas de celles qui vous assèche la gorge ou vous fait flageoler mais plutôt de celle qui vous réjouit le cœur. Rien dans son sourire, dans sa démarche ou dans son attitude ne trahissait l'irritation et la méfiance qui couvaient en elle.

Après réflexion, je lui dis qu'au vu des plans que m'avaient laissés les géomètres, le fil qu'elle avait tendu ne passait pas exactement sur la frontière mais qu'il mordait même un peu sur son territoire à elle. Son mari, qui venait de sortir en entendant la discussion, ne put s'empêcher de sourire, ce qui ne fit que redoubler l'ire et les vociférations de la jeune femme. Elle en avait plus qu'assez « de tous ces nouveaux bourrés de fric » qui débarquaient ici au village et qui « venaient se mêler de nos affaires ».

— Il ne se mêle ni de tes affaires ni des miennes, objecta son mari timidement.

Cela n'eut pour effet que d'attiser encore davantage sa fureur.

— Mais de quel côté es-tu ? Du mien ou du sien ?

Ils retournèrent chez eux et moi je m'assis sur une grosse pierre pour écouter les bruits alentour. Les tirs en rafale du pivert sur le tronc du mélia des voisins. Ce que l'on pouvait prendre pour les pas furtifs d'un assassin caché dans le taillis mais qui n'étaient que des merles en train de picoter les feuilles tombées. Le rire débridé de l'espèce de grand martin-pêcheur multicolore dont j'ignore le nom. Mais les plus tapageurs de tous étaient les geais dont je ne sais jamais s'ils se bagarrent ou jouent, s'ils jurent ou bien cancanent.

Le soleil s'était couché. Du champ limitrophe s'élevaient d'étranges clameurs. Je me levai, m'approchai et aperçus une bande d'oiseaux sur le sol. Leur corps était brun-gris-jaunâtre, un peu plus grand que celui du pigeon, ils avaient de longues pattes, criaient comme des fous et caracolaient de toutes leurs forces, accueillant la nuit dans une étrange danse rituelle.

Des merles déclenchèrent d'ultimes alarmes, la pénombre s'épaissit et des collines descendirent les premiers jappements des chacals. Je me souvins soudain comme nous les entendions à Jérusalem, aux confins de notre quartier. Une bande toute proche à laquelle une autre répondait, et parfois même un peu plus loin une troisième qu'on percevait seulement entre les deux autres. Je t'avais demandé pourquoi ils jappaient. Tu m'avais répondu que contrairement aux hommes qui investissent tant d'énergie dans des bêtises, les animaux sont des créatures d'une extrême logique. Chaque comportement a son explication, et les bandes de chacals, avais-tu ajouté, communiquent ainsi pour s'informer les unes les autres de l'endroit où ils se trouvent et où ils comptent partir en quête de proies — « sinon ils se battraient toute la nuit plutôt que de chasser et de manger ». J'aimais tes petites leçons d'histoire naturelle. Je sentais que toi aussi tu avais eu un professeur dans ton enfance, quelqu'un qui t'avait appris des choses et dont tu avais apprécié les leçons.

Je retournai à la maison. Le matelas de camping jonchait le sol. Il se laissa docilement gonfler. Je me déshabillai, m'allongeai et fermai les yeux. Dehors soufflaient les deux vents que tu m'avais promis, l'un dans les grands arbres, l'autre, sensiblement différent, dans les petits. Je m'assoupis et me réveillai à plusieurs reprises. Une fois à cause de la petite chouette hulotte qui infusait dans mes veines mystère et magie : des sons uniformes et creux à intervalles si précis et si mesurés qu'ils engendraient en moi une agréable douleur. Une autre fois, ayant entendu de terrifiants râles d'agonie, j'étais sorti de la maison pour savoir d'où ils venaient et avais découvert qu'ils n'étaient autres que les respirations d'un hibou qui logeait dans le grenier de la mairie. Je m'étais recouché mais n'avais pu me rendormir. Tu avais raison, les petits grattements au-dessus de moi étaient bien des pas de pigeon. Meshoulem aussi avait raison, les imperceptibles grattements dehors étaient les dents de la chenille dans le figuier. Il fallait chasser les pigeons, boucher les fissures, arracher le figuier et en planter un nouveau.

De l'autre côté de la frontière montèrent soudain des voix qui ne trompaient pas : le voisin fricotait avec la voisine et d'après la clarté des bruits ils devaient s'adonner à leurs ébats sur leur terrasse ou dans le jardin. Lui était silencieux mais ses gémissements à elle avaient tout d'un superbe solo de violon allant crescendo et finissant non par un cri bruyant mais par un faible soupir de résignation. Il était facile de deviner le plaisir de ses cuisses sous les caresses, son cou lisse et la douceur de son sexe. Elle avait beau tendre des fils et marquer des frontières, une femme qui vibrait ainsi sous l'archet de son amant ne pouvait pas être une si mauvaise voisine, quand bien même voudrait-elle le faire accroire.

La maison aussi émettait des bruits. Elle était devenue une caisse de résonances et de souvenirs. Certains étaient sans équivoque et contingents : des volets qui battent dans le vent, une porte qui heurte son linteau. D'autres étaient récurrents et plus difficiles à identifier : un dialogue peut-être entre les briques condamnées à vivre toute leur existence les unes à côté des autres ? Ou les bruits du temps passé, des gens, de vieux enregistrements, des paroles dont les auteurs ont disparu et qui néanmoins subsistent, le dialogue entre un homme et une femme, les pleurs d'un enfant en plein cauchemar, les vagissements d'un bébé. Une lumière un jour absorbée dans les murs et qui à présent cherche à s'en extraire bruyamment.

J'écoutais, classais, apprenais par cœur. Là, on ne pouvait accuser les voisins. C'était ta maison qui respirait autour de toi, qui s'épanouissait, gémissait, se recroquevillait, enveloppait. Le sol, qui là n'était pas corseté dans du ciment ni comprimé entre des bandes d'asphalte, bougeait dans une lente et incessante danse, tandis que nous — maison, arbres, hommes et animaux — étions portés dans ses bras, nous mouvant sur sa fine écorce.

3

Tirzah, elle, depuis son divorce, n'avait plus de maison. Elle avait laissé à son mari l'appartement dans lequel ils vivaient tous les deux avant de se séparer.

— Par compassion d'abord. Mais si les choses peuvent se passer sans querelles, c'est quand même préférable. Combien d'années nous reste-t-il à vivre ? Sept bonnes années probablement puis sept mauvaises ? Peut-être trois à peine, comme ce pauvre Stevenson dont tu m'as parlé, mort une fois qu'il eut bâti sa maison sur une île. Alors ce peu qui nous reste, pourquoi faudrait-il le gâcher par de sordides histoires de propriété et de vengeance ?

Elle me lança un regard scrutateur pour voir si je saisissais bien sa pensée :

— Qu'il prenne l'appartement et soit heureux, l'essentiel est qu'il disparaisse de ma vue, que je ne sois plus obligée de l'entendre, de le supporter davantage.

— Et maintenant ?

Maintenant, elle n'a plus de maison. Elle possède une voiture et a quelques pièces à sa disposition : une dans ses bureaux de Tel-Aviv, une dans un hôtel de Haïfa, une dans un de Beer-Sheva, et une autre encore dans la spacieuse maison de son père dans le quartier d'Arnona à Jérusalem.

— Et s'il t'arrive d'avoir un invité ?

— Que veux-tu dire, Iraleh. Un coup ? Un mec pour une nuit ? Pour une semaine ? C'est ça ce que tu appelles avoir un invité ?

— Si tu veux.

— Non. Ça ne m'arrive jamais. Ni pour une nuit ni pour deux. Et ça fait bien longtemps. Les femmes peuvent vivre très bien sans homme, dit-elle dans un grand sourire. Mais Meshoulem, cela va t'étonner, a parfois lui des invitées.

— Ça ne m'étonne guère. Et où dort-il avec elles ?

— Il ne dort pas avec elles. Elles viennent puis repartent. Et il s'endort alors seul dans le lit de Gershon.

— C'est bizarre.

— Qu'est-ce qui est bizarre ? Qu'elles ne restent pas ?

— Non. Que ton père dorme dans le lit de Gershon.

— Rien ici n'est bizarre. Meshoulem est un père affligé par la mort de son fils. En dehors de la cérémonie commémorative annuelle au cimetière militaire il ne fait rien. Il n'a même pas fait publier un album à la mémoire de Gershon. C'est dommage, car Gershon a laissé plusieurs travaux originaux en chimie sur lesquels il travaillait au lycée ou à l'Institut Weizmann. J'ai proposé à Meshoulem que nous fassions en son nom une fondation pour décerner des bourses mais il s'est énervé : « Mon fils reposerait dans sa tombe pendant qu'un autre étudierait pour devenir professeur à sa place ? » Son attitude est désarmante n'est-ce pas ? Il ne pleure que dans son mouchoir et me demande de l'appeler « Papa » et non « Meshoulem » comme j'en ai l'habitude. Il dort dans le lit de Gershon et ça ne dérange personne. Ni moi ni ses invitées qui repartent, ni ma mère morte, et je suppose que ça ne gêne pas davantage Gershon que son père dorme dans son lit. Il y a assez de place pour deux. Alors je ne vois pas pourquoi tu trouves cela bizarre.

Ainsi la maison des Fried s'était-elle transformée en hôtel, et la cabane de jardin de Meshoulem, qui auparavant était son petit coin réservé, était devenue sa maison. La remise qui abritait autrefois l'outillage, les engrais et les graines s'était vite vu attribuer une nouvelle affectation : un lit pliant, une cuillère électrique, une boîte à sucre et deux tasses en avaient fait une parfaite garçonnière. Mais depuis que Gershon... avaient été ajoutés un réchaud à gaz, un petit Frigidaire et un fauteuil sur lequel on pouvait dormir après l'avoir basculé en arrière pour en faire un lit. Depuis que sa Goldie aussi..., le petit coin de Meshoulem s'était mué en véritable habitation. Quand il rentre de son travail, il y va directement, se repose, lit et se prépare de petits repas, puis il se couche avec, étendu sur son visage, son grand mouchoir strié de rayures bleues décolorées par le sel de ses larmes. Ce n'est que le soir qu'il regagne sa maison, se douche, se rase et reçoit ses invitées. Quand elles repartent, Meshoulem s'en va dormir dans le lit de son fils défunt et écoute les gouttes qui martèlent la tôle dehors. « Tout ça pour te dire que cette histoire de chambres, de noms et de fonctions n'a vraiment aucun sens ! »

4

Au matin, un nouveau bruit me réveilla. Je regardai entre les interstices des planches de bois qui obstruaient les fenêtres. Deux camions étaient garés près de la maison. Leurs grues déchargeaient d'énormes sacs de sable et de graviers, des briques et des tuiles sur des palettes en bois, toutes sortes de tuyaux souples et rigides de couleurs et de diamètres différents, des grilles métalliques épaisses et fines ainsi que des caisses de matériel électrique et de plomberie. Deux ouvriers chinois poussaient une petite bétonnière en direction du mur. Tirzah dispersait ses joujoux sur sa nouvelle aire de jeux.

Je m'habillai et sortis dans la cour.

— Bonjour, Iraleh, cria Meshoulem. Tu vois, c'est bien que tu aies tout taillé et nettoyé. Maintenant nous allons pouvoir te faire un magnifique jardin.

Il arpenta le terrain à grands pas, agita les mains, montra du doigt, fit en définitive ce qu'il aimait par-dessus tout : donner des ordres.

— Tout d'abord, il faut aplanir cette pente. On va te faire ici un mur en pierres. Il va falloir déverser trois ou quatre camions de terre. J'ai quelqu'un qui t'en apportera de la profonde sans aucune mauvaise herbe. Ça ne te coûtera pas un centime car il me doit une faveur.

Il chuchota quelque chose à l'oreille de sa fille. J'avais plaisir à voir leurs deux corps s'approcher l'un de l'autre, l'intimité avec laquelle le père collait sa bouche contre la tempe de sa fille, l'assurance avec laquelle la fille posa sa main sur l'épaule de son père, la caressa, lui insufflant sa force et extirpant sa douleur.

— Je ne veux pas de mur ici, m'empressai-je de dire, avant que tous deux ne scellent mon destin. Je préfère deux ou trois murets en terrasses et j'aimerais qu'il me reste un accès derrière la maison pour le *Monstre*.

— Un grand mur c'est mieux, s'opposa Meshoulem, péremptoire, tu as toute la rue en face pour te garer, pourquoi venir de derrière comme un voleur par les champs ? En tout cas, il faut se dépêcher car après l'été les pluies viendront, tout le champ en contrebas sera boueux et les camions de terre ne pourront pas approcher.

Tirzah pensait elle aussi qu'il valait mieux conserver pour le *Monstre* un accès par l'arrière et qu'une succession de murets en terrasses était préférable à un seul grand mur. Elle suggéra même que je les construise moi-même.

— Regarde-le Meshoulem, dit-elle en me désignant du doigt, avec toute l'énergie que cette maison lui donne, il serait vraiment dommage de ne pas l'exploiter !

— Je ne suis vraiment pas expert en la matière, dis-je.

— Ça n'a pas d'importance. C'est un travail stupide que n'importe quel âne serait capable de faire, dit Tirzah, je vais te prêter mon pick-up. Va chercher des pierres, charge-les, rapporte-les et mets-toi à la tâche. Ton corps est comme le mien, il a besoin d'exercice et d'ailleurs il aime ça. Je te déduirai tes terrasses du prix final.

Elle ajouta quelques instructions : une terrasse n'est pas une maison. Il ne faut pas des pierres taillées de manière uniforme ni de même nature.

Au contraire : des pierres grossières et toutes différentes font parfaitement l'affaire. Cela fait leur charme et leur singularité.

— Et surtout, n'oublie pas, cria-t-elle derrière moi, il faut que le pick-up puisse reprendre la route, alors ne le charge pas trop.

Le pick-up de Tirzah n'avait rien à voir avec le *Monstre* que m'avait acheté Liora. Il était plutôt simple et rudimentaire et, sur les routes rocailleuses, une des roues arrière se soulevait à tout bout de champ. « Mais, comme s'en félicitait sa propriétaire, rien ne l'arrête et il roulera toujours bien longtemps après que ton élégant carrosse aura rendu l'âme sur le bas-côté d'une route. »

Je le conduisis avec douceur, me réjouissant du vrombissement du moteur et de l'embrayage difficile après les vitesses souples et automatiques du *Monstre.* Mes mains tenaient le volant à l'endroit habituel des siennes. C'était comme si je portais l'un de ses vêtements imprégné de son odeur. Je m'imaginais la chaleur de ses reins absorbée par le siège et qui à présent montait en moi.

Après quelques minutes, alors que je plongeais dans le territoire mort au-delà de la colline, je m'arrêtai pour fouiller dans les différents réceptacles du véhicule. Chacun se doit de vérifier qui est son entrepreneur, surtout si son entrepreneur est une femme. Je découvris une collection affligeante de chants militaires, des lunettes de soleil noires, un baume pour les lèvres transparent, quelques briquets en plastique, un paquet de tabac *Drum,* un couteau suisse de taille moyenne ainsi qu'un trousseau de cinq clefs.

— Présentez-vous, mes amies, leur dis-je. L'une après l'autre, s'il vous plaît.

J'ouvre la maison qu'elle est en train de te construire. J'ouvre la maison Fried à Jérusalem. J'ouvre le bureau de Meshoulem Fried et fille SARL. Et moi, le placard des dossiers.

— Et toi, qui es-tu ?

Silence.

Je descendis du véhicule et ouvris le hayon. Sur le plancher traînaient un casque de chantier en plastique, des sandales ordinaires éculées comme jamais je n'oserais en porter. Trois bouteilles d'eau minérale, toutes entamées, un rouleau de papier toilette, des bottes en caoutchouc. Sur la banquette, un chapeau de paille, un appareil photo digital, des lingettes, une crème pour les mains, quelques livres cornés, tous traduits d'une langue étrangère.

« Je ne supporte plus les livres qui nous concernent, me confia-t-elle plus tard. Je préfère lire des histoires sur d'autres pays et d'autres peuples. » Elle avait souri : « C'est la seule question que tu as après avoir fouillé toute ma voiture ? »

Derrière le siège, je tombai sur des câbles de remorquage, des cordages, un coupe-vent militaire avec le nom à moitié effacé du sergent-chef Gershon Fried et une paire de gants de travail. Puis j'allai voir à l'arrière du véhicule. Tous les outils d'un parfait pilleur de pierres s'étalaient là : une barre à mine, une pioche, une autre paire de gants. Et puis, soulagement ! La cinquième clef ouvrait une malle en métal verrouillée. S'y cachaient quelques outils, un kit à café, une petite valise *Pelican* verrouillée elle aussi. Je l'ouvris à son tour : une robe propre qui sentait bon, un pantalon plissé, deux chemises, deux paires de chaussures, un nécessaire de toilette, un flacon d'after-shave, une autre clef et des sous-vêtements. Mon cœur qui s'était calmé se serra doublement. Où te rends-tu, Tiraleh ? Avec qui ? Quand porteras-tu cette robe avec moi ? Et cette maudite cinquième clef, que se passe-t-il derrière sa porte ?

Je remis tout en place et fermai. Je poursuivis ma route. Le long d'un ravin peu profond d'abord, me faufilant entre les troupeaux de bovins, puis dans la douce montée de la colline que je redescendis ensuite. Finalement, je parvins au village arabe en ruine que j'avais découvert au cours de mes explorations de la carte des environs.

Les maisons étaient toutes démolies. Quelques-unes s'étaient effondrées, d'autres avaient été victimes des exercices de sabotage de l'armée. Le réservoir de la source avait été détruit mais un filet d'eau suintait encore par la canalisation qui sortait entre d'énormes broussailles de menthe sauvage et de framboisiers. Tout autour, des tas de pierres, ici et là un pan de mur encore debout ou un arc obstiné qui arborait de multiples graffitis de soldats : *Équipe de Yalli, Peloton du désespoir, Born to kill, Le tigre volant.* Et comme dans tout village abandonné, des haies de cactus, d'amandiers aux fruits amers et des vignes jonchant le sol sans personne pour les relever, les tailler ou les cueillir. Là, aussi, des figuiers abandonnés et implorants dont les feuilles tombées à terre et les fruits avortés et boursouflés témoignaient d'un effort terrible de maternité pour transmettre leurs dernières gouttes de sève à leur progéniture.

À côté, quelques pruniers sauvages. Leurs petits fruits bleus attisèrent ma curiosité. Ils avaient dû autrefois être greffés à des abricots et à des prunes de culture et, n'ayant jamais été taillées ni soignées depuis des années, les branches solides de l'arbre porteur avaient pris le dessus sur les greffons et s'étaient mises à produire de petits fruits acides, pas aussi doux et goûteux qu'une prune de culture, mais séduisants et agréables au palais à cause de leur étrangeté. J'en cueillis quelques-uns pour les rapporter à Meshoulem car ils me faisaient penser à ceux qui figuraient sur ses bouteilles d'alcool de prune.

Puis je me tournai vers les pierres. Le choix était vaste : des pierres parfaitement taillées et de simples pierres des champs, des pierres locales et d'autres venues de loin. J'en identifiai même quelques-unes en calcaire qu'on avait dû rapporter de la côte. Certaines paraissaient très anciennes. On pouvait y déceler des traces de charnière ou de verrou, témoignage des habitudes de ce pays : guerres, exils, hommes déplacés et expulsés, pierres pillées, arrachées en tous temps et en tous lieux. Peut-être devrais-je emmener ici mes colombophiles pour observer le vol de ces pierres migratrices : pierres de temples, de cimetières, de thermes, de catapultes, de chaussées, pierres d'une tombe ou de la margelle d'un puits, pierres qui roulèrent, qui couvrirent, murèrent et clôturèrent, pierres d'angles, de faîte, de seuil ou de linteau. Pierres de pressoir à olives, de bornage, de mosaïques et de lapidation.

Après avoir fini de choisir et de charger, je manquai de tomber dans une profonde citerne que je n'avais pas remarquée. Je me penchai et regardai le sombre abîme. Deux pigeons, des pigeons de roche bleu-gris s'envolèrent dans un terrifiant battement d'ailes. Je reculai. Les oiseaux s'élevèrent dans le ciel où ils se mirent à tournoyer lentement, attendant que je m'en aille.

Je jetai une pierre à l'intérieur. Un coup bref et sec se fit entendre. La citerne était profonde et vide. Il n'y avait pas d'eau et d'autres pigeons s'échappèrent de ses entrailles. Leur battement d'ailes affola leurs frères des citernes voisines qui surgirent eux aussi de l'oubli. La terre semblait soudain ouvrir sa bouche sous moi pour cracher encore et encore des pigeons, qui s'envolaient par-dessus moi comme autant de poitrines lustrées et de fouettements d'ailes.

Puis les pigeons se rassemblèrent en une grande bandc, traçant un cercle dont, juste dessous, je formais le centre. Lorsque je partis, ils descendirent et revinrent dans leur colombier comme aspirés par l'abîme. Je remontai dans le pick-up de Tirzah et revins à ma nouvelle maison.

5

Les ouvriers avaient fini de décharger tout le matériel. Ils avaient descendu un vieux réfrigérateur de l'un des camions et l'avaient placé dans l'espace sous la maison entre les pilicrs puis l'avaient branché à une rallonge qui pendillait de la fenêtre. À côté, ils installèrent un petit placard et une table, une bouilloire électrique et un réchaud à gaz. Un jeune garçon grand et blond remplit le réfrigérateur de légumes, de yaourts, de cottage cheese, de boissons, de cartons de lait et d'œufs.

Une fois le déchargement et les installations terminés, l'armée de Tirzah monta sur son char et s'en alla. Meshoulem accrocha sur la façade le panneau de permis de construire octroyé par la municipalité.

— Tu vois ? Un simple coup de fil de Meshoulem suffit à t'épargner mille démarches.

Comme s'il avait attendu un signal, le conducteur du tracteur réapparut dans la cour. Il colla sa charrette contre l'angle arrière de la maison, en retira un épais tuyau métallique qu'il suspendit au citronnier. Il le frappa, le fit sonner et résonner, et les deux Chinois, le jeune et grand garçon blond et le conducteur du tracteur lui-même ainsi qu'un autre ouvrier costaud se rassemblèrent devant Tirzah. Moi, ne sachant où me mettre, je restai à l'écart.

— Mes amis, commença mon entrepreneur-qui-est-une-femme, je vous ai retiré de nos grands chantiers pour cet ami qui a besoin d'un endroit à lui. Nous allons lui faire un petit paradis. Il aura un sol et un toit, de l'eau, de la lumière, de l'herbe et des arbres, des oiseaux et des animaux. Il aura une nouvelle plomberie, une nouvelle électricité, des fenêtres et des portes. Nous allons consolider ses fondations. Nous allons ravaler, tout repeindre. Nous allons lui construire une petite douche à l'extérieur et une grande terrasse en bois où il pourra s'asseoir et se prélasser face au paysage.

Les ouvriers rirent poliment, acquiesçant dans ma direction et entrèrent dans la maison.

— Quel discours ! dis-je, mais es-tu sûre qu'ils comprennent l'hébreu ?

— Peu importe qu'ils comprennent l'hébreu, Iraleh, ce discours était pour toi. Maintenant, rentrons, car ils vont se mettre au travail et ta présence est indispensable, au début du moins.

Pour la première fois, plus encore que lors de la signature de l'acte avec le village ou lors de la remise du premier chèque, la solennité de ce moment où allaient débuter les travaux s'imposait, surtout au premier coup de la lourde masse contre le mur condamné à être démoli.

Le mur qui avait été choisi était celui, occidental, de la grande pièce qui donnait sur le panorama. S'y trouvait une petite fenêtre craintive dont les dimensions traduisaient plutôt une envie de rester fermée qu'une propension à s'ouvrir. À présent, le sort était jeté, condamnant le mur et la fenêtre à disparaître. Tirzah expliqua qu'ils allaient être remplacés par une immense baie vitrée devant laquelle il y aurait une terrasse en bois.

Elle donna l'ordre à l'ouvrier costaud de s'emparer de la masse. Elle lui fit un signe de la tête et du sourcil en direction du mur. L'ouvrier ne cracha pas dans ses mains ni ne les frotta l'une contre l'autre. Il saisit le long manche en bois à son extrémité afin de décupler l'intensité du coup et le brandit au-dessus de son épaule gauche. Comme un pigeon d'acier dont le message résiderait dans son atterrissage, il leva la masse, qui décrivit un cercle au-dessus de l'épaule et de la tête de l'homme, frappa et fit un trou dans le mur.

La maison en fut tout ébranlée. Cela faisait déjà plusieurs jours qu'elle sentait cette effervescence autour d'elle, qu'elle avait compris en quoi consistait le métier de Meshoulem à son ton et à ses coups, qu'elle avait surpris mes conversations avec Tirzah, avait observé les géomètres, l'architecte, les camions en train de décharger. Elle s'était préparée à ce qui allait arriver : le coup de corne de la masse, le coup de bec du ciseau, le sciage du disque, tout ce qui allait être arraché, chamboulé et évacué. Mais le choc qu'elle ressentait à présent n'en était pas pour autant amoindri car elle savait que les choses n'allaient pas s'arrêter là. Un nouvel occupant débarquait, qui voulait modifier ses habitudes, ses entrées et ses sorties. Il voulait recréer sa lumière et sa pénombre, oblitérer ses souvenirs, ses empreintes, ses odeurs, imposant même de nouvelles relations entre son intérieur et son extérieur.

L'ouvrier continua de taper autour de la première brèche, cassant méthodiquement les briques. Lorsque le mur ne fut plus qu'un tas de miettes, de blocs et de poussière, les deux ouvriers chinois se précipitèrent avec de grandes pelles pour le charger dans la charrette à gravats que le conducteur du tracteur avait amenée dans la cour.

— Et la lumière fut ! s'exclama Tirzah. Regarde comme la lumière entre maintenant dans ta maison !

Dans la foulée, l'ouvrier abattit deux autres cloisons intérieures et, avec sa scie à disque, agrandit les ouvertures des fenêtres dans les murs extérieurs. Les Chinois arrachèrent les canalisations d'eau rouillées, tirèrent et coupèrent des câbles électriques qui, désormais impuissants, ressemblaient à des serpents morts. Ils débarrassèrent les fenêtres de leurs bordures, et les portes de leurs anciens linteaux et encadrements.

Tirzah ordonna au jeune et grand garçon :

— Descends et mets à cuire une marmite de soupe, que nous ayons au moins de quoi manger à midi.

— Quelle soupe ? grommela-t-il.

— Une soupe comme tu aimes en manger chez ta mère.

— Mais je ne sais pas faire sa soupe !

Tirzah lui tendit son téléphone portable de sa poche.

— Tiens ! Appelle-la et demande-lui sa recette.

Le garçon s'éloigna, engagea une conversation en russe tout en prenant des notes détaillées puis il se dirigea vers Tirzah à qui il dit quelque chose. Elle lui donna les clefs du pick-up et quelques billets. Il partit puis revint. Une heure plus tard, une bonne odeur s'élevait déjà au-dessus du réchaud à gaz. Le garçon avait préparé une copieuse et épaisse soupe comme le lui avait indiqué sa mère, à base de pommes de terre, d'orge, d'oignons, de navets, de carottes, d'ail, d'os et de viande. Il demanda à Tirzah quand il devait servir.

— Dès que ce sera prêt. Je meurs de faim !

Lorsque la soupe fut prête, le garçon alla taper sur le tuyau de fer que le conducteur du tracteur avait suspendu au citronnier pour nous appeler tous à venir manger le premier déjeuner dans ma nouvelle maison.

6

Le lendemain, Tirzah renvoya le garçon russe et l'ouvrier costaud sur d'autres chantiers et nous restâmes avec les Chinois.

— Nous travaillerons avec eux jusqu'à la fin, me dit-elle. Quelques artisans viendront par la suite.

Les deux hommes se hissèrent dans l'espace entre le plafond et les tuiles du toit. On les entendait scier et arracher. Des pans entiers de la toiture, plaques de plâtre effrité collées à des armatures en fer rouillées, s'effondraient dans un nuage de poussière. Les pigeons, qui logeaient là et qui jusqu'au dernier instant avaient espéré que c'était une erreur, s'envolèrent effrayés. Ils se débattaient à l'intérieur de la maison et s'échappèrent par la grande et nouvelle fenêtre.

J'expliquai à Tirzah que ma mère avait insisté pour que je les chasse de là.

— Elle a cent pour cent raison, acquiesça-t-elle. Il faut se débarrasser de ces oiseaux dégoûtants et faire en sorte qu'ils ne reviennent pas. Et boucher chaque fissure et chaque trou. Il ne manquerait plus que ça ici, des pigeons au-dessus de ta tête !

Le fait d'avoir ôté le plafond redoubla l'espace de la maison et l'emplit d'échos. Tirzah apporta une échelle, grimpa et avança d'un pas assuré sur les poutres entre lesquelles elle trouva les nids des pigeons. Du bout de sa chaussure, elle les détruisit aussitôt. De fines brindilles recouvertes de fiente tombèrent sur le sol ainsi que quelques œufs blancs qui éclatèrent dans leur chute.

— Les pigeons, dit-elle, sont très sympathiques lorsqu'ils volent dans le ciel, beaucoup plus quand ils apportent des lettres, et bien davantage encore accommodés avec du riz et des épices. Mais sur un toit, ils n'ont vraiment rien de sympathique. Pas de ça chez nous, mes amis ! Allez vous trouver une autre maison !

Elle redescendit.

— Tu as envie de travailler ?

— Si tu veux, répondis-je, mais sache que je ne suis pas très compétent. Donne-moi quelque chose de simple.

Elle cassa deux carreaux du sol dans un coin de la pièce et me tendit une barre de fer :

— Prends ce camarade et arrache les vieux carreaux, puis charge-les dans la brouette avec les débris du toit.

J'étais ravi de voir la docilité des carreaux, comment ils se détachaient du sol et comment s'effaçait du même coup chaque plante de pied qui avait foulé cette maison avant moi. Je mis le tout dans la brouette que je déplaçai à l'autre bout de la pièce, là où, au début du chantier, s'élevait un mur et où à présent une immense ouverture faisait face au paysage. Je déversai le contenu de ma brouette dans la charrette à gravats garée en bas et revins sur mes pas. Puis je me mis à gratter le sol avec une énorme brosse jusqu'à atteindre la couche de béton.

— Parfait, me félicita Tirzah. J'adore ce stade où l'on peut jouir de toute la hauteur, du béton jusqu'aux tuiles, sans sol ni toit. Le maximum d'espace que l'on puisse avoir.

Lorsqu'elle eut fini de parler, Meshoulem apparut en compagnie d'un maigre vieillard avec des mains aux veines saillantes et dont les paumes étaient si larges qu'elles semblaient appartenir à un autre homme.

Le visage de Tirzah s'illumina.

— C'est Steinfeld, le couvreur. Notre plus ancien ouvrier. Je le connais depuis que je suis née. Il avait déjà alors cent ans. Tu imagines quel âge il peut avoir aujourd'hui !

Dans sa main immense, Steinfeld portait un

seau dans lequel se trouvait un tuyau transparent, long et souple, un petit entonnoir et un mètre pliant en bois. Un gros crayon jaune était planté derrière son oreille et il portait sur son dos un vieux sac d'écolier au cuir fatigué, dont les boucles étaient en lambeaux et les bretelles si vieilles qu'on pouvait se demander si c'était le même qu'il emportait avec lui enfant au cours préparatoire.

Il dessina sur une cloison un petit triangle à un mètre au-dessus du sol en béton.

— Tiens ce bout ici, mon garçon, me dit-il en me tendant le tuyau.

— Ce n'est pas un ouvrier, Steinfeld, c'est le propriétaire, le prévint Tirzah. L'ouvrier, c'est le Chinois, là-bas.

— Le *Khinezer* ? demanda Steinfeld en yiddish. Comment dois-je lui dire quoi faire ? En yiddish ou en hébreu ?

Il versa de l'eau dans l'entrée du tuyau qui se trouvait dans sa main puis se mit à le tirer d'un mur à l'autre, d'une pièce à l'autre, d'un coin à l'autre, d'une entrée à l'autre, rasant les murs et dessinant de petits triangles en me criant : « Ne bouge pas ! »

— Tu comprends ce que vous êtes en train de faire ? me demanda Tirzah.

— Non.

— Vous faites le *stichmuss*.

— Ah ? Maintenant je comprends mieux ! Tout s'éclaire.

— Tu ne te souviens pas à l'école avoir appris la loi des vases communicants ? Tous ces petits triangles sont à la même hauteur, exactement. Ils serviront de référence pour calculer les différentes mesures de la maison — celle du sol, des seuils des portes, des rebords des fenêtres, des plans de travail des éviers. C'est formidable, n'est-ce pas ?

— J'espère que c'est précis.

— Qu'est-ce qui te prend ? On ne peut pas trouver plus précis que le *stichmuss*. Ce n'est pas une mesure avec un mètre, d'après l'œil ou la main. Ce n'est pas une mesure par rapport au sol ou au plafond. C'est une mesure qui se réfère au monde. Ne trouves-tu pas agréable de savoir que le rebord de la fenêtre au-dessus de l'évier de la cuisine et celui de celle de la chambre à coucher sont à la même distance exactement du centre de la terre ?

— J'en conviens en effet !

CHAPITRE XIII

1

Au lycée régional de la vallée du Jourdain, sur la plaque à la mémoire des soldats tombés au combat figure aussi le nom du Bébé. Mais la vérité est qu'il fut un élève médiocre qui ne se rendait presque jamais en classe et qui ne cessait de se faire réprimander par ses professeurs. À quinze ans, il avait décidé que les pigeons importaient plus que tout ce qu'on pouvait lui enseigner là-bas. Deux ans après, Myriam, comme elle le lui dit alors, n'avait à son tour plus rien à lui apprendre.

À dix-sept ans, le Bébé était déjà en effet un *duvejeck* respecté qui participait à des séminaires, avait remporté des concours et avait hybridé d'excellents mâles avec des championnes de course. De temps à autre, il se rendait à Tel-Aviv, tant pour ses affaires de colombophilie que pour retrouver la Fillette. Pour parler avec elle, siffler avec elle, la toucher comme elle le touchait, lui apporter des pigeons en échange des siens. À dix-huit ans, il décida que le temps était pour lui venu de s'engager au *Palmach*.

Son oncle et sa tante étaient terriblement inquiets, mais le Dr Laufer les tranquillisa en leur expliquant qu'au sein du *Palmach* le Bébé poursuivrait la même activité et, comme Myriam, érigerait et dirigerait un pigeonnier. « Tout le monde est capable d'allumer un feu de camp, de tirer avec un *Sten* et de voler des poules, dit-il, mais combien y a-t-il de colombophiles compétents ? » Il les rassura en leur promettant que leur Bébé allait domestiquer, apprivoiser et élever des pigeons pour, quand il le faudrait, en envoyer un au commandement central ou en confier un autre à la division qui partirait au combat.

À l'approche de son incorporation, le Bébé se rendit à la menuiserie du kibboutz où, avec l'aide du menuisier, il confectionna un pigeonnier unique en son genre, qui puisse être porté sur le dos. Un pigeonnier en bois à quatre étages dont trois grillagés, le dernier étant bâché et divisé en compartiments pour accueillir capsules, fils, plumes, pigeongrammes imprimés, sachets de poudre minérale, médicaments, récipients à graines, à eau, du thé, du sucre, ainsi qu'une petit cuillère et un verre pour lui. Il avait installé aussi un rideau pour protéger les pigeons de la pluie et du trop grand soleil. Son oncle lui avait cousu de larges et épaisses bandes pour qu'il puisse le porter sur ses épaules.

Ainsi s'enrôla-t-il : avec ses bottes de travail, les vêtements kaki et usés qu'on lui avait donnés au magasin du kibboutz, son nouveau bob sur la tête, et sa petite valise à la main, dans laquelle s'entassaient vêtements et sous-vêtements, un chandail, un passe-montagne que sa tante lui avait tricoté, une trousse contenant de quoi écrire, un nécessaire de toilette et à couture, ainsi que trois pigeons pour le pigeonnier portatif : un de Myriam et deux de Tel-Aviv.

Bien que chargé comme un baudet, il conservait ce même regard étonné, captivé, dirigé vers le ciel, ce même corps robuste et cette même expression de curiosité que le jour où il s'était levé à l'aube pour aller voir le nouveau pigeonnier près de la maison des enfants. Il est aisé d'imaginer la réaction qu'il provoqua lorsqu'il débarqua ainsi au campement du *Palmach* à Kiryat Anavim, près de Jérusalem, où on l'avait envoyé. D'énormes éclats de rire retentirent, quelqu'un l'appela « âne porteur de pigeons », un autre *kelbeleh,* « veau », comme l'avait surnommé sa tante, mais ce veau-là n'était pas dit avec amour mais avec mépris, et le sourire qui l'accompagnait était un sourire mauvais entre de longues dents de rat. Un garçon qui avait étudié dans la même école que lui, deux classes au-dessus, se moqua : « Apparemment la situation est vraiment dure au *Palmach* pour qu'ils se mettent à recruter des bébés ! » Et c'est ainsi que son surnom le suivit pour toujours.

Mais le Bébé ne se laissa pas émouvoir pour autant. Il posa ses affaires, nourrit et abreuva ses pigeons puis s'en alla voir le pigeonnier où il aurait à élever les petits qu'il allait recevoir du grand pigeonnier central de Tel-Aviv. En le voyant, il décréta que ce pigeonnier et son emplacement ne convenaient pas. Ni pour les besoins des pigeons ni pour les obligations militaires. « Un pigeon doit aimer sa maison, expliqua-t-il, répétant le slogan des colombophiles. Aucun pigeon ne consentira à rentrer dans ce pigeonnier. »

Il courut chez le menuisier — le double exactement du menuisier revêche de son kibboutz et de la même lignée des menuisiers *kibboutznik* revêches à cette époque — et parvint à le convaincre d'abandonner son travail et de l'aider à construire un autre pigeonnier. C'était un homme de petite taille, méticuleusement coiffé et dont les vêtements de travail étaient toujours impeccablement repassés. Il n'osait pas porter de cravate mais sa chemise était boutonnée jusqu'au cou. Dans son atelier trônait un grand miroir dont aucune femme du kibboutz ne pouvait se prévaloir d'en posséder un semblable.

Les deux hommes construisirent ensemble un grand pigeonnier, protégé des courants d'air et de l'humidité mais inondé d'air et de soleil, correspondant à ce que le Dr Laufer avait dit au Bébé : « Il n'y a pas de règles absolues dans la construction d'un pigeonnier comme il n'existe pas de règles absolues dans celle d'une maison. Tout dépend des besoins et des possibilités. » Le Bébé trouva un endroit calme et peu visible et, aidé du menuisier, d'une mule, d'une carriole et de deux *palmachnik,* il le transporta jusque-là et l'installa tourné vers le sud. Après avoir creusé la fosse à déchets, il se lava les mains, s'empara d'un des deux pigeons de la Fillette, attacha une capsule à l'une de ses pattes et une plume à sa queue. Le pigeongramme dans la capsule était destiné au Dr Laufer : le pigeonnier était prêt pour accueillir des pigeonneaux et pour commencer l'entraînement. Tandis que le billet inséré dans la plume était destiné à la Fillette. « Oui, oui, et oui », pouvait-on lire. Oui, je t'aime, oui, tu me manques, et oui, je sais désormais que toi aussi... car elle lui avait écrit dans sa précédente missive, « non,

non », autrement dit, je ne veux personne excepté toi, je n'arrive pas à dormir la nuit.

Il leva les mains, libéra, expédia le pigeon. Il le vit monter. Dans un premier temps, il s'assombrit peu à peu puis se fondit et disparut dans le ciel bleu-gris comme lui. Il ressentit à nouveau ce même plaisir qui ne s'émoussait pas même après des centaines de milliers de lâchers, depuis ce jour lointain où il était parti avec Myriam dans les champs pour expédier son premier pigeon jusqu'à ce jour imminent où, allongé et baignant dans son sang, il allait envoyer son dernier pigeon.

2

Presque neuf ans avaient passé depuis le jour où le pigeon blessé s'était posé sur la terrasse à Tel-Aviv et depuis que le Dr Laufer, Myriam et leurs pigeons étaient venus au kibboutz de la vallée du Jourdain. Le Bébé et la Fillette étaient devenus de jeunes adultes. Myriam la colombophile en était déjà au moins à sa trois millième cigarette du soir. Le pick-up avait accumulé les kilomètres, les heures de moteur et les heures d'existence. Il avait beaucoup vieilli et gravissait maintenant péniblement les coteaux de la plaine côtière. Mais le Dr Laufer, malgré les filaments blancs qui parsemaient ses cheveux roux, était resté énergique et enthousiaste. Il arriva à Kyriat Anavim avec tout un équipement et des oisillons. Il sauta de son pick-up, son dos longiligne se voûtant, avec ses gestes amples et son sempiternel « nous » au pluriel de majesté si ce n'était d'humilité à la bouche.

— Nous avons avec nous une surprise ! cria-t-il à l'adresse du Bébé.

Et du pick-up était descendue après lui la Fillette, grande, sérieuse, bouclée, les yeux bleus, les joues roses et les cheveux clairs exactement comme dans ses rêves et son souvenir.

— Je suis venue t'aider, dit-elle le regard rieur et le rose lui montant aux joues.

Le cœur du Bébé s'arrêta. En présence du Dr Laufer il n'aurait jamais osé la toucher, mais la Fillette baissa un peu la tête. Leurs visages s'approchèrent et s'embrassèrent. Leurs mains s'éteignirent, se séparèrent, ne sachant où se poser.

Le menuisier quitta son atelier pour venir fixer les portes-trappes. Le Dr Laufer inspecta son travail :

— C'est bien, dit-il, très bien.

Et comme d'habitude, il chercha dans le pigeonnier des échardes et des clous qui auraient pu blesser, des interstices par lesquels un serpent ou un rat auraient pu pénétrer. Il boucha, ajusta, donna quelques petits coups de marteau. « Tu pensais que nous ne t'avions pas vu ! », comme il le répétait chaque fois qu'il avait à inspecter un nouveau pigeonnier.

La Fillette et le Bébé déchargèrent du pick-up la caisse des pigeonneaux, les sacs de graines ainsi que l'équipement classique de tout pigeonnier. Le Dr Laufer lâcha quelques pigeons qu'il avait apportés du pigeonnier central avant de s'en aller visiter celui de la Haganah à Jérusalem d'où il rapporta encore quelques oiseaux — des jeunes pour les expédier de Kyriat Anavim, d'autres expérimentés pour les lâcher de Hulda et d'autres plus avertis encore destinés à s'envoler de Tel-Aviv.

— Il faut profiter de chaque voyage, dit-il en souhaitant bonne chance au Bébé avant de disparaître.

La Fillette demeura deux jours encore à Kyriat Anavim. Ils rangèrent les sacs de graines sur des lattes de bois, en hauteur. Ils les protégèrent contre les souris avec un grillage de poulailler aux mailles serrées, puis ils préparèrent des bagues d'identification en inscrivant le mois et l'année de la naissance du pigeon ainsi que la première lettre du nom du colombophile responsable, depuis qu'il s'était révélé dangereux de mentionner le nom d'un lieu ou d'une unité. Ils firent glisser la bague autour des trois doigts antérieurs regroupés ensemble, firent ensuite passer le dernier replié et collé à la patte puis ils les relâchèrent.

La Fillette établit « la carte individuelle » de chaque pigeonneau, ainsi que « les cartes de reproduction » destinées à être remplies une fois que, devenus adultes, ils se seront accouplés. Puis elle consigna ses premières observations dans le « Journal de vol ».

Le soir, le Bébé se rendit dans la salle à manger d'où il rapporta du pain et des olives. Ils s'assirent et mangèrent devant le colombier. C'était une nuit de fin d'été, sèche et chaude, et comme cela arrive parfois dans les collines de Jérusalem, les fraîches caresses du vent s'entremêlaient à une chaude brise. Après avoir mangé, ils déployèrent par terre, près du pigeonnier, une couverture militaire en laine et s'y allongèrent côte à côte.

D'Abou Ghosh parvenait le premier appel nocturne du muezzin. Les chacals, comme chaque nuit, cherchaient à les concurrencer et à les devancer. La Fillette respira dans son cou :

— Ils sont si proches, murmura-t-elle.

— Moins proches que leur cri semble le dire, répondit le Bébé.

Plusieurs ombres passèrent, glissant le long du ravin avant de disparaître.

— Qu'est-ce que c'est ? demanda-t-elle.

— Ce sont mes camarades. Ils partent en opération.

Avant l'aube, ils se réveillèrent. De l'oued tout proche on entendait le son métallique d'outils qui creusaient la terre. Des pelles heurtaient la roche, des bêches ratissaient des éclats de pierre et des mottes de terre.

— Qu'est-ce que c'est ? chuchota la Fillette.

Il hésita. Pensa lui répondre que les *kibboutznik* faisaient des plantations, mais il lui dit la vérité, que ses camarades creusaient des tombes pour ceux qui ne reviendraient pas.

— En général moi aussi je creuse, ajouta-t-il dans un rire gêné, car je ne sors pas en expédition, mais cette nuit j'en ai été dispensé pour toi.

Le lendemain la Fillette retourna au pigeonnier central. Dans celui du Bébé, il n'y avait que de nouveaux pigeonneaux non encore domestiqués ni entraînés et il n'avait aucun pigeon à lui confier. Mais elle lui en laissa un à elle et monta à bord d'un camion qui descendait vers Tel-Aviv.

Lorsque le camion disparut de sa vue, le Bébé se sentit plus seul qu'il ne l'avait jamais été. Il se souvint soudain de sa mère qui l'avait abandonné et avait regagné l'Europe pour mourir pendant la Shoah — il comprenait maintenant l'attitude ambigüe des adultes. Il pensa aussi à son père venu lui rendre visite au kibboutz mais qui ne le regardait pas dans les yeux, et à la femme de son père qui, regardant, elle, tout autour, s'était exclamée : « Quel bel endroit, si seulement j'avais pu vivre ici !... » Il se souvint aussi de lui-même ce jour-là et de sa réaction : « Ne l'amène plus ici, lui avait-il dit. La prochaine fois que tu viens avec elle, je vous chasserai tous les deux. »

Il avait le cœur gros. La tristesse l'envahissait. Il se tourna à nouveau vers le pigeonnier, se demandant comment avec un départ si mauvais il était arrivé à une fin si bonne : si sa mère n'avait pas quitté son père et n'était pas revenue dans son pays, si son père ne s'était pas remarié et s'il n'avait pas été exilé dans un kibboutz. S'il n'avait pas fait la connaissance de Myriam, du Dr Laufer, des pigeons et de son amoureuse. Mais il se ressaisit et se consola en se disant que désormais il n'y aurait plus ni haut ni bas ni revers de fortune mais seulement l'amour pour la Fillette et la routine de la colombophilie. Et c'était bien ainsi. Un emploi du temps, un programme de travail, une liste de tâches à accomplir, tout cela apaisait et guérissait son cœur et il s'y consacrait avec joie.

Il se levait chaque jour de bon matin, expédiant ses pigeons pour des vols qui se prolongeaient de plus en plus, puis il les remettait en sécurité dans le pigeonnier, agitait des drapeaux, sifflait, les nourrissait, les enfermait et enfin nettoyait. La nuit, il creusait des tombes, et les heures où il devait travailler pour le kibboutz il allait les passer dans l'étable ou auprès du menuisier. Certains soldats le considéraient avec dédain et même avec mépris. Il ne combattait pas avec eux, ne perdait pas de camarades ni de sang, n'ajoutait pas de bûches à leurs feux de camp, n'accompagnait aucun convoi, et, comme ils disaient alors en plaisantant : il n'avait ni tué ni été tué ne serait-ce qu'une seule fois. Les plus sensibles le regardaient avec curiosité car il y avait quelque chose de magique et de fascinant dans le pouvoir qu'exerçait ce petit gamin rondelet sur les pigeons — même étrangers — qui descendaient vers lui et planaient autour de sa tête avant de se poser sur son épaule.

Les pigeons, comme l'avait dit le Dr Laufer à l'une de ses conférences, ne sont jamais aussi rapides ni aussi déterminés que quand ils rentrent chez eux, et ils ne sont jamais aussi méchants et meurtriers que quand ils ont à se battre pour défendre leur nid ou leur compagnon. Le Bébé trompait tous ceux qui le voyaient. Il avait encore le petit corps potelé de son enfance mais il avait pris de l'assurance, et sous les fossettes qu'ont tous les bébés sur les coudes, les genoux et sur le dos des mains, ses muscles avaient forci. Il avait un peu maigri, exactement comme moi quand Tirzah m'avait embauché pour la construction de ma nouvelle maison — et les gens qui savent interpréter la forme des lèvres et le regard ne pouvaient qu'y lire la volonté et la détermination.

Palpitait encore en lui son désir le plus cher, celui d'apprendre aux pigeons — qui ne savent voler que vers un seul endroit — à faire un aller-retour entre deux points. De tels pigeons voyageurs, comme le disaient les colombophiles avec admiration, ne se rencontrent qu'en Inde et aux États-Unis. Le premier a pour lui l'ancienneté et une expérience de milliers d'années de colombophilie, les seconds sont jeunes mais financièrement illimités.

— Voici notre Bébé ! s'exclama le Dr Laufer

lors du congrès de colombophilie de cette même année. Il a réussi ici, sans aucune aide ni aucun budget, à dresser des pigeons à voler dans les deux sens, maintenant ainsi un lien régulier de Kiryat Anavim à Jérusalem et inversement.

Comment s'y était-il pris ? Il s'était choisi de jeunes pigeons aux ailes prêtes à voler et fort pourvus en plumes. Après des exercices basiques de vol, il leur avait appris qu'ils recevraient désormais leur nourriture dans le pigeonnier où ils demeuraient et leur eau dans un autre, un colombier portatif repérable par sa couleur vive. Progressivement, il éloigna ce second colombier jusqu'à ce que les pigeons mangent à Kyriat Anavim et boivent à Jérusalem. Étant donné que dix kilomètres seulement à vol d'oiseau séparaient les deux pigeonniers — soit à peine dix minutes de vol —, les pigeons faisaient chaque jour deux allers et retours. Ils buvaient là et mangeaient ici, transmettaient rapports et ordres d'un poste de commandement à l'autre.

— La colombe qui était revenue dans l'arche de Noé, poursuivit le Dr Laufer face à son auditoire, peut très bien être assimilée au pigeon voyageur revenu au colombier portatif aussi repérable à l'œil que l'arche par son isolement.

Le Bébé avait même imaginé l'idée d'un grand colombier portatif tracté par un véhicule, rempli de pigeons et capable d'escorter des armées entières à la bataille. Mais à ce stade il n'avait en sa possession ni le véhicule ni le budget nécessaires. Les chemins n'étaient pas non plus très sûrs et les entraînements guère possibles. Aussi la chose resta-t-elle à l'état de rêve et le Bébé continua de s'occuper de ses pigeons voyageurs, de ceux qui demeuraient chez lui et de ceux qui appartenaient au pigeonnier de Jérusalem ou à celui, central, de Tel-Aviv. Ils attendaient, languissant, n'ayant pour seul objectif que le grillage de leur cage, l'immensité des cieux au-dessus d'elle, et la maison au-delà encore, ignorant ce qu'ils portaient dans leurs ailes, une lettre d'amour ou des ordres.

3

Entre-temps s'achevaient les entraînements d'un nouveau groupe de pigeons. Le Dr Laufer expliqua à la Fillette qu'une tâche importante les attendait. La guerre était imminente et les postes avancés dans le sud étaient le seul rempart entre l'armée égyptienne et Tel-Aviv, aussi était-il nécessaire d'aller dans chacun d'eux distribuer des pigeons qui permettraient de maintenir le lien ici avec le poste de commandement.

— Tu te rendras à Negba et à Ruhama, lui dit-il, à Dorot, à Gvaram et à Yad Mordechai, et si possible aussi à Kfar Darom, à Nirim et à Gvulot. À chacun de ces endroits, il faudra laisser des pigeons qui puissent nous prévenir si, à Dieu ne plaise, ils étaient assiégés. N'oublie pas de leur dire qu'il leur est interdit de les faire voler, car si on nous laisse sortir nous rentrons aussitôt à la maison, et notre maison, c'est ici à Tel-Aviv.

— Toute seule ? s'inquiéta la Fillette.

— On a mis à ta disposition une jeep avec deux *palmachnik.* C'est beaucoup plus que ce que l'on donne d'habitude pour des opérations classiques. Le premier est un excellent chauffeur, le second a été blessé au combat mais c'est un bon éclaireur qui connaît bien les routes. Ils ont la responsabilité de te conduire partout et de te ramener ici, et ta responsabilité à toi est de remettre des pigeons et de former des gens. À Ruhama et à Dorot nous avons des colombophiles et des pigeonniers déjà sur place. Rapporte-nous de là-bas plusieurs pigeons pour que nous puissions leur envoyer des pigeongrammes, mais ailleurs essaie d'attraper quelques pigeons dans l'étable. Si la distance n'est pas trop grande il y a une chance que l'un d'entre eux revienne. Nous lui peindrons deux plumes en jaune et en vert pour qu'ils l'identifient le cas échéant.

Ils préparèrent l'équipement et des provisions, choisirent, marquèrent et enregistrèrent les pigeons dans deux carnets identiques. L'un resta chez le Dr Laufer, la Fillette glissa l'autre dans son sac. Le lendemain matin, elle se leva tôt, dit au revoir à ses parents et se rendit au jardin zoologique. Sa mère pleura, « Il n'y a déjà plus de garçons ? Il faut donc maintenant envoyer des petites filles ? » « Nous te faisons confiance. Prends soin de toi et des pigeons », se contenta de dire son père.

— Chaque poste avancé recevra six pigeons, lui annonça le Dr Laufer. Quatre de chez nous et deux que tu prendras chez Shimon, le colombophile de Givat Brenner. Tu l'as déjà croisé à des conférences. Nous lui avons demandé de les différencier avec des bagues rouges pour que dans chaque poste avancé ils sachent où repart chaque pigeon.

Il se tut un moment puis ajouta :

— C'est un voyage un peu dangereux. Surveille

les garçons qui sont avec toi, qu'ils ne fassent pas de bêtises. Et n'oublie pas de prendre un pigeon du Bébé pour qu'il ne s'inquiète pas en se demandant où tu as soudain disparu.

Un sifflement retentit dans la rue. Le gros monsieur du jardin zoologique ouvrit le portail de livraison et la jeep entra et se dirigea lentement vers l'entrepôt. Les deux *palmachnik* s'y trouvaient, le chauffeur, petit, brun et trapu, qui lui rappela un peu le Bébé mais dont la physionomie était plus dure et plus agressive, et l'éclaireur, grand, basané et boiteux. Ils avaient apporté à la Fillette un long manteau militaire — les nuits sont encore fraîches, dirent-ils — ainsi qu'un pistolet.

— Je ne sais pas m'en servir, dit-elle.

— C'est très simple, lui expliqua le grand, tu entres tes mains par les manches et tu n'as qu'à le boutonner jusqu'en haut. Comme ça vois-tu.

— Si tu as toujours froid, tu n'auras qu'à relever ton col, ajouta le petit.

La Fillette se mit en colère et rougit. Les garçons éclatèrent de rire, ce qui fit frémir les animaux.

— D'accord ! dirent-ils, à Givat Brenner nous te ferons faire des exercices de tirs.

Sur le véhicule où étaient déjà entassés des paquets et du courrier, le gros monsieur du jardin zoologique chargea et sangla les caisses des pigeons ainsi que les sacs de nourriture. La Fillette prit congé du Dr Laufer, grimpa dans la jeep et s'assit sur un siège de fortune que les garçons lui avaient installé avec des caisses et des couvertures.

La jeep sortit du jardin zoologique, se dirigea

vers le sud et traversa les rues de la ville. La guerre, imminente, était partout perceptible. Devant les entrées des maisons s'amoncelaient des sacs de sable et des murets de protection avaient été érigés. Ici et là défilaient des barricades, des barbelés et des barrages. Le silence régnait. Des gens en uniformes kaki allaient et venaient affairés, le visage pensif et tendu.

À la sortie de la ville, les rejoignirent plusieurs véhicules surchargés qui les attendaient. À la première occasion le petit convoi quitta la route et se fraya un chemin au milieu des vignes et des vergers, le long de pistes sablonneuses et ocre. Rien de bien remarquable, en dehors des signes avant-coureurs du printemps. Les fleurs sauvages resplendissaient, les arbres fruitiers exhalaient leurs parfums, les oiseaux pépiaient au-dessus de leurs nids, les lézards se hâtaient, les papillons virevoltaient dans l'air. Un mois d'avril particulièrement radieux les entourait même si les deux garçons surveillaient en permanence les deux côtés du chemin. Le petit brun au volant avait même deux grenades dans une petite boîte sur ses genoux, et le grand basané tenait son *Sten* à deux mains, le regard courant entre le chemin sur la carte et celui qu'ils empruntaient. Lorsque l'un des pick-up s'enlisa, les hommes reçurent l'ordre de s'allonger autour en cercle, d'ouvrir les yeux et de tenir la garde jusqu'à ce que la jeep parvienne à le désensabler en le tractant.

Ils arrivèrent à Rishon Le Ziyon où, après le pressoir, ils se séparèrent des autres véhicules. Les autres partirent pour Hulda tandis qu'eux se rendirent à Givat Brenner à travers champs. Shimon, le colombophile de Givat Brenner, vint joyeusement accueillir la Fillette et lui demanda si elle voyait toujours le Bébé.

— Autant que je peux, dit-elle.

— C'est un garçon bien sympathique, ajouta Shimon.

— Nous acquiesçons totalement ! répondit la Fillette, ce qui fit rire Shimon.

— Pourvu que cette guerre finisse et vous aurez tout le temps, dit-il avant de s'excuser : Mais peut-être que je me mêle de ce qui ne me regarde pas. Désormais je me tairai.

Ses pigeons attendaient déjà dans leurs caisses avec leurs bagues rouges.

— Le Dr Laufer considère que seuls des colombophiles expérimentés peuvent les manier convenablement, mais il ne faut pas s'inquiéter, dit Shimon. Ceux des postes avancés n'auront pas à les apprivoiser ni à les entraîner, ils n'auront qu'à les nourrir, les abreuver et vérifier qu'ils ne sont pas malades. Ici tout le monde est agriculteur, tout le monde sait élever des oiseaux, et entre un pigeon et une poule la différence n'est pas énorme.

— Ne dis surtout pas ça au prochain congrès ! dit la Fillette. Le Dr Laufer serait terriblement blessé.

— Je te suggère de trouver, à chaque endroit comme celui-ci, un enfant responsable pour s'en occuper, dit Shimon, un enfant sur qui l'on peut compter c'est beaucoup mieux que n'importe quel adulte. Nous le savons pertinemment car nous étions nous-mêmes comme ça. Si l'on se mettait à évacuer les enfants, comme ça s'est déjà produit à certains endroits, alors que l'enfant qui a la responsabilité des pigeons en emporte quelques-uns.

Montre-lui comment envoyer des pigeongrammes pour encourager les parents qui sont restés se battre. Maintenant, au revoir et bonne chance !

Ils passèrent entre des buissons de genêts blancs semblant couverts de neige tant ils étaient fleuris, le long d'interminables plantations d'amandiers qui avaient déjà fini leur floraison, au milieu de vignobles. L'argile jaunissait de plus en plus, l'air se réchauffait. Les garçons évoquaient les villages et les bourgades où il fallait se méfier des habitants. Ils citaient des noms qu'elle connaissait des titres des journaux : Bureir, El-Barbara, Majdal, Beit Daras.

Le garçon petit était un chauffeur à nul autre pareil. Un moment avait surgi d'un ravin une bande hurlante qui tirait dans leur direction. Il s'était empressé de s'éloigner, faisant planer de manière stupéfiante la lourde jeep au-dessus des dunes. Le grand basané orientait à merveille, et plus encore, il devinait toujours le bon chemin à suivre à chaque bifurcation. Dans sa sacoche, il avait une boîte remplie de pâtisseries, des oreilles d'Amman.

— C'est ma mère, dit-il, j'en mange tous les jours, pas seulement à Pourim.

4

Ainsi poursuivirent-ils leur voyage. De ravins en collines, de terres labourées en champs de concombres, de parcelles en friche en vergers. Ils roulaient et s'arrêtaient, de poste avancé en poste avancé. Un périple inoubliable. Ils se dirigeaient vers le sud, elle et ses deux compagnons qui ne cessaient de la divertir par des devinettes, des histoires, des chansons ; qui lui préparaient du café fort et amer et qui, la voyant soudain lâcher un pigeon sur le chemin, comprirent que son cœur était à celui qui se trouvait dans le pigeonnier où allait se poser son pigeon.

— Il est sûrement grand, blond et beau comme toi, dit le petit.

Elle rit.

— Il te ressemble plutôt. Petit, laid et brun, mais toi tu es déjà un jeune homme alors que lui est encore un bébé.

— Et que fait-il ?

— Comme moi. Il se languit, attend, et s'occupe des pigeons du *Palmach*.

À chaque poste avancé, elle laissait des pigeons et enseignait ce qu'elle pouvait en quelques heures. Partout, elle rappelait qu'il était interdit de les faire voler car leur maison se trouvait ailleurs. À chaque fois, elle expliquait au menuisier comment réhabiliter pour eux un vieux hangar ou un appentis, assez grand toutefois, afin qu'ils puissent voler un peu à l'intérieur pour éviter que leurs muscles ne s'atrophient et qu'ils ne s'affaiblissent. Partout, elle leur demandait d'attraper des pigeons dans l'étable et de les transférer dans le kibboutz voisin pour plus de sécurité. Dans chaque poste, elle remarquait un enfant aux yeux écarquillés qui lui rappelait leurs débuts à elle et au Bébé.

Quand il n'y avait aucun convoi à rejoindre, ils voyageaient seuls de nuit, la jeep toutes lumières éteintes, le moteur silencieux, silencieux au point qu'ils pouvaient entendre les chacals japper et la rumeur de la mer au loin, ainsi que les coups de griffes des pigeons dans leurs caisses, tentant vainement de s'agripper au sol dans le véhicule bringuebalant.

La lune était presque pleine. L'or du sable était irisé d'argent et de bleu. Les imposants sycomores disséminés dans la région ressemblaient à de sombres troupeaux d'animaux. Soudain, à la grande joie des deux garçons, la pluie se mit à tomber — le risque de s'embourber était moindre, lui expliqua le grand, la bouche constellée de grains de pavot —, et quand les nuages se dissipèrent, il lui expliqua la carte du ciel. Il connaissait chaque étoile, tous les personnages mythologiques et tous les signes astrologiques. Il lui montra Orion le chasseur, avec à côté « le grand chien » et leur voisin « la colombe », le pigeon céleste dans sa course effrénée vers le sud.

— Elle tient une branche d'olivier dans le bec, poursuivit-il, mais pour qu'on la voie la lune doit être pleine et mieux vaut aussi un télescope.

Dans chaque kibboutz où ils faisaient halte, leur séjour aussi restait inoubliable. Les trois hôtes apparaissaient soudain, petit point grandissant et montant au lointain, se muant peu à peu en deux garçons en longs manteaux, l'un grand et boiteux avec pour unique coquetterie un chapeau australien râpé sur le crâne, l'autre petit avec un passe-montagne, et une grande fille aux boucles blondes, un foulard rose pâle sur la tête, elle aussi enveloppée dans un manteau et le visage comme eux couvert de poussière. La rumeur se propageait. Par des aboiements, par le souffle du vent, de becs à oreilles, répercutée par les pigeons des étables. Partout ils étaient attendus. On savait qu'allait arriver « la fille aux pigeons » de Tel-Aviv.

Elle distribuait ses pigeons comme des cadeaux, comme un verdict qui tombe, une lettre d'amour qui arrive ou l'annonce d'une mort prochaine. Jamais elle n'avait connu de tels changements. Passer si vite de l'angoisse à l'espoir, de l'inquiétude à la sécurité. Elle sentit qu'elle était soudain devenue adulte. Jamais elle n'oublierait ce silence plus terrifiant encore que la rumeur de la guerre qui va lui succéder, ces pistes sablonneuses et traîtres, tellement plus plaisantes mais plus dangereuses aussi que les routes pavées, le bruit de l'air lorsque les deux garçons dégonflaient leurs pneus pour ne pas s'enliser au risque de devenir une cible trop facile. Mais eux non plus, eux qui lui chantaient des chansons à tue-tête dès qu'ils le pouvaient et qui fredonnaient doucement quand c'était dangereux. Tout comme les *kibboutznik* qui remplissaient des sacs de sable, creusaient des tranchées, se préparaient à la guerre et qui s'efforçaient de ne pas penser à qui parmi eux allait mourir ou survivre.

Ce qui la marqua surtout, c'étaient les unités qui attendaient le long des chemins. Des hommes allongés, allant et venant, discutant, vérifiant les équipements, astiquant leurs armes ou assis autour de petits feux. Certains faisaient provision d'heures de sommeil, d'autres parlaient de ce qu'ils avaient fait quand d'autres encore n'en finissaient pas de gloser sur ce qui allait advenir. Elle observait et comprenait que ce qui défilait maintenant devant ses yeux ne la quitterait jamais.

Quelques jours plus tard, une autre constatation allait s'ancrer dans sa mémoire : le nombre impressionnant de ceux qui écrivaient des lettres. Les uns posaient leurs feuilles sur le capot d'un camion, les autres s'appuyaient sur leur genou, sur le tronc d'un arbre ou sur l'épaule d'un camarade pendant que celui-ci faisait de même sur le dos d'un autre. Plus d'une fois, la jeep fut stoppée pour qu'on leur poste leurs enveloppes : « Mets-les dans une boîte aux lettres quand tu reviendras à Tel-Aviv. » Elle les mettait dans un sac qui se vidait de ses graines et le gardait précieusement. Elle emportait avec elle cette énorme capsule de plus en plus gonflée qui s'emplissait de demandes, de testaments, de peurs, de nostalgie, d'évocations d'enfants dont certains allaient naître et d'autres non, d'illusions de retour et de retrouvailles, d'espoirs de ceux qui se quittent, de bénédictions de ceux qui s'apprêtent à mourir. Un désir immense pour le Bébé inonda soudain son ventre accompagné d'une joie inavouable : son Bébé ne partirait pas à la bataille, il resterait avec ses pigeons à l'attendre dans le pigeonnier.

CHAPITRE XIV

1

— Pourquoi ne buvez-vous pas ? me demanda le vieux *palmachnik* américain.

— Ma mère m'a interdit de boire avec des étrangers, répondis-je.

Il rit.

— Vous êtes déjà un grand garçon !

— La vérité est que je n'aime pas tellement boire.

— Alors un jus de tomate pour monsieur ! Et un autre whisky sour pour moi, commanda-t-il au serveur en désignant son verre. Si le Bébé ne s'était pas occupé tout le temps de ses pigeons, me dit-il, il aurait été un bon combattant. Une fois nous l'avons même vu rosser quelqu'un. Certains de nos hommes devaient alors partir pour Be'er Tuvia et il leur avait demandé de prendre avec eux des pigeons pour les lâcher le lendemain à l'aube.

À dix heures du matin, le Bébé s'affairait déjà autour du pigeonnier. Un peu tendu, les yeux levés vers le ciel, il le scrutait et attendait. Un pigeon voyageur parcourt soixante, voire soixante-dix kilomètres par heure, et il était inquiet. Le soleil était presque au zénith, et les pigeons n'étaient toujours pas revenus. Puis il se mit à décliner sans qu'ils fussent davantage visibles. Quand il se coucha, ils n'étaient toujours pas là.

Les pigeons ne revinrent pas le lendemain. Lorsqu'un jeune pigeon ne revient pas, on peut parler de sélection naturelle, quelque chose d'inévitable, mais quatre pigeons en même temps ! L'inquiétude du Bébé se transforma en réelle angoisse. Les quatre étaient vigoureux, en pleine santé, nés de mères championnes et de pères rapides qui n'avaient pas démérité dans les entraînements. Deux d'entre eux avaient même des petits, ce qui renforçait le désir du retour. Quelque chose de mauvais, quelque chose de nauséabond s'était forcément passé.

Cinq jours plus tard, les garçons étaient de retour. Ils allèrent au pigeonnier où ils lui présentèrent les formulaires avec la mention de l'heure, du lieu exact du lâcher et des conditions météorologiques et hygrométriques. Puis ils se rendirent au campement du *Palmach*. Mais quelque chose dans leurs propos avait éveillé ses soupçons. Le Bébé ne comprenait pas qu'ils n'aient pas eu la curiosité de savoir quand les pigeons étaient revenus et qui parmi eux était rentré le premier, car il arrivait souvent que les garçons fassent des paris de ce genre, perdant parfois une cigarette mais gagnant aussi de temps en temps une barre de chocolat. Il décida alors de se rendre au campement afin de leur poser quelques questions. De l'une des tentes fusaient des rires. Il s'approcha pour écouter et son cœur se glaça. Des bribes de conversation que l'on pouvait percevoir à travers la toile, il lui apparut alors clairement que dès le premier soir ils n'avaient pas hésité à tordre le cou des pigeons pour les faire griller sur le feu et les manger, chacun son pigeon.

Le Bébé fit brusquement irruption dans la tente et se mit à frapper, cogner et donner des coups de pied comme un fou. « Assassins ! criait-il. Fils de putes ! Je vais vous tuer ! » Et comme sous sa peau lisse et sous sa graisse de bébé se cachaient des muscles et une colère d'une force insoupçonnable, il fallut recourir à plusieurs personnes pour le maîtriser ainsi qu'à une corde pour lui lier les mains et les pieds.

Telle une brebis ligotée, le Bébé gisait sur le sol, se tordant, crachant et hurlant : « Ces pigeons auraient pu vous sauver la vie ! Ordures ! Vous auriez dû mourir à leur place ! J'espère que la tombe que je creuserai cette nuit sera pour vous ! »

— Ce n'était pas très gentil de nous dire ça, dit le vieux lion américain. Nous avions suffisamment de morts comme ça. Les camarades se sont énervés et se sont mis à le bourrer de coups de poing pour qu'il comprenne la différence entre un pigeon et un homme. Puis ils le traînèrent dehors où ils l'abandonnèrent pour qu'il se calme.

Après qu'on lui eut retiré ses liens, le Bébé revint au pigeonnier pour recouvrer son calme de la seule manière qu'il connaissait : en écrivant un pigeongramme à sa bien-aimée. Cette fois cependant il ajouta une plainte à l'adresse du Dr Laufer, lui rendant compte de ce qui s'était passé. Le lendemain, un de ses pigeons revenait déjà de Tel-Aviv. Fou de joie et en dépit des règles, il se jeta sur lui avant même qu'il ne fût rentré dans le pigeonnier. Mais le pigeon ne portait pas de plume avec une lettre de la Fillette et le pigeongramme dans la capsule ne provenait pas du vétérinaire. Il s'agissait de l'annonce d'une opération militaire imminente consistant à faire passer des convois de ravitaillement dans Jérusalem assiégée.

Il se précipita chez l'officier d'état-major, un robuste gaillard de Ra'anana au sujet duquel circulaient maintes rumeurs sur sa bravoure et son sang-froid au combat. Celui-ci lut le pigeongramme et exigea de savoir pourquoi il avait été ouvert. Le Bébé s'excusa, répondit qu'il croyait qu'il s'agissait d'un message personnel. L'officier le réprimanda. Les pigeons n'étaient pas destinés à un échange épistolaire privé. Mais aussitôt après il sortit du placard un battle-dress vert de l'armée américaine, ce genre de manteaux que les combattants portaient déjà depuis quelque temps.

— C'est pour toi, lui dit-il. Car tu vas nous accompagner dans un de ces convois avec quelques pigeons et nous n'aimerions pas que tu prennes froid.

Le Bébé revêtit le manteau et l'officier d'état-major ricana.

— Nous allons enfin faire de toi un combattant ! dit-il, les pigeons ne te reconnaîtront pas quand tu reviendras.

Il désigna quelques marques sombres sur les manches du manteau et sur la poitrine, là où autrefois avaient été cousus des insignes et des galons et il ajouta :

— C'était le manteau d'un sergent américain dont nous ne savons ni comment il s'appelle ni où il a combattu ni s'il est vivant ou mort. À présent il t'appartient, prenez bien soin l'un de l'autre.

Le Bébé serra le battle-dress contre son corps, se délecta de l'agréable et séduisante sensation qui l'enveloppa instantanément. Au lieu de se hâter vers le pigeonnier, il courut chez le menuisier car il voulait se voir dans son grand miroir. Le sergent américain inconnu devait être un géant et le Bébé paraissait un peu ridicule. Il hésita, fallait-il demander à la couturière du kibboutz qu'elle le lui raccourcisse, qu'elle le remette à sa taille ? Mais le menuisier pourtant si coquet lui répondit que cela n'était pas nécessaire, « Ce manteau a déjà appartenu à d'autres soldats dans différents pays et dans d'autres guerres. Regarde, il y a des taches indélébiles, de sang peut-être ou de graisse, et deux pièces sur le dos et sur le côté. Ce genre de manteau sait parfaitement s'adapter à ceux qui le portent. » Le menuisier termina sa tirade et le Bébé se précipita vers le campement, ignorant les remarques moqueuses — « Ça te va à merveille ! » ou « Regardez-moi ça ! » — pour aller préparer son pigeonnier portatif en vue de l'opération.

Il ne fut affecté ni au premier ni au second convoi, mais le dix-sept avril 1948, deux semaines avant qu'il tombe au combat, un autre convoi s'ébranlait. Le Bébé avait reçu l'ordre de prendre plusieurs pigeons et de descendre avec les combattants jusqu'à Hulda. De là, on l'envoya à Givat Brenner où il rencontra Shimon, le colombophile du kibboutz, qui lui dit :

— Ton amie est venue ici il y a un mois prendre des pigeons pour le sud.

Le Bébé comprit alors que le pigeongramme

qu'il avait reçu d'elle — « non et oui et oui et non » — n'avait pas été envoyé de Tel-Aviv. Elle n'avait pas voulu l'inquiéter. Il regarda les pigeons qu'elle avait laissés dans le pigeonnier de Shimon et imagina les doigts de la Fillette sur leurs ailes et sur leur gorge. Il en prit un dans ses mains et fut saisi d'une nostalgie et d'un désir immenses. Shimon le consola :

— Écoute, un de nos commandants part d'ici à motocyclette pour Tel-Aviv et revient cette nuit même. Si tu veux, je vais aller lui parler pour qu'il t'emmène auprès d'elle.

Le Bébé prit un des pigeons qu'il avait apportés et l'enfouit dans la poche de son nouveau manteau. Il se rendit au poste de commandement et attendit près de la motocyclette garée à l'extérieur.

— C'est donc toi mon auto-stoppeur ? lui demanda le commandant qui sortit peu de temps après.

— Oui.

— Es-tu déjà monté à motocyclette ?

— Non.

— Tiens-toi ici et là avec tes mains. Pigé ?

— Oui.

— Et n'aie pas peur de me tenir.

— D'accord.

— Alors allons-y ! Monte !

2

Le soir venait de tomber. Le jardin zoologique était déjà fermé. La motocyclette s'arrêta près de la grille d'entrée et le Bébé descendit. Il remercia le commandant et convint de l'heure à laquelle il reviendrait le chercher. Puis il escalada le mur du zoo et retomba de l'autre côté. La Fillette, il le savait, serait dans le pigeonnier. Il espérait qu'elle serait seule.

Autour, les animaux s'agitaient, faisaient du bruit, poussaient des cris comme chaque soir dans tout jardin zoologique. Ils gémissaient, criaient, piaillaient, rugissaient. Une certaine tristesse flottait dans l'air, comme chaque soir dans tout jardin zoologique. Le Bébé courait entre les cages. Il sentait sur lui les yeux curieux et captivés de ceux qui s'y trouvaient enfermés mais s'abstenait de répondre à leur regard.

Dans l'entrepôt à côté du pigeonnier une lumière brûlait. La Fillette était en train de travailler, de ranger des sacs, des fiches et des médicaments. Entendant ses pas, elle sursauta et poussa un cri de joie. Ils s'étreignirent.

— Pas si fort, j'ai un pigeon dans ma poche ! dit le Bébé.

Elle glissa sa main dans la poche de son manteau et s'en empara.

— Il est pour moi ? demanda-t-elle.

— Non, pour moi, dit le Bébé. Pour que tu m'envoies une autre lettre.

La Fillette attacha un ruban à la patte du pigeon et le plaça dans une caisse à part.

— Je suis si heureuse que tu sois venu ! Combien de temps as-tu ?

— Une heure.

— Une heure seulement ?

— Demain nous montons avec un convoi à Jérusalem, lui dit-il, et je vais devoir sortir avec les combattants. On m'a même donné un battle-dress comme eux, regarde... Il appartenait à un sergent américain de la Seconde Guerre mondiale, dit-il en faisant un tour sur lui-même et en riant.

— Magnifique ! dit-elle, moi j'ai hérité d'un long manteau militaire. Alors tu vois ! On m'a même donné un pistolet, je me suis exercée au tir et j'ai parcouru tout le sud en jeep.

— Le pigeon que tu m'as envoyé de là-bas, tu as fait comme s'il venait de Tel-Aviv.

— Je ne voulais pas que tu t'inquiètes.

— Shimon m'a dit que tu étais aussi passée chez lui.

— Je lui ai pris quelques pigeons pour aller les distribuer dans les kibboutz, dit-elle.

— Raconte-moi.

— C'était intéressant. Ça faisait peur. C'était triste. Plein d'espoir et de désespoir. Je voyais des combattants qui écrivaient chez eux et je me disais : heureusement que toi tu restes avec tes pigeons dans ton pigeonnier ! Mais pourquoi ont-ils décidé de t'envoyer dans un convoi ? Tu ne sais même pas tirer !

— Je sais un peu, mais je n'aurai pas à le faire. Il y a autour de moi suffisamment de gens qui savent. Et cesse de t'inquiéter ! Je ne me battrai pas. Je resterai à l'arrière avec les pigeons sur le dos.

— C'est faux. Tu as le statut d'un agent de liaison et tu dois marcher près du commandant, en tête.

Elle essuya une larme d'aigreur en rougissant. Elle l'embrassa puis recula :

— Alors, tu es venu me dire au revoir ?

— Je suis venu te voir, te toucher, te parler et te

dire aussi au revoir. On avait une heure et à force de discuter, il ne nous reste plus que cinquante deux minutes.

Elle se pressa à nouveau contre lui, colla ses seins contre son corps, sa cuisse s'insinua entre les siennes. Il sentait la chaleur de ses reins. Elle le caressa à travers son pantalon. Il gémit puis se détacha d'elle et retira son battle-dress. La Fillette l'étreignit et lui sourit les yeux dans les yeux.

— Caresse-moi, dit le Bébé, touche-moi et demande-moi comme tu le fais toujours : « Maintenant touche-moi pareil toi aussi. »

Ils entrèrent dans le pigeonnier et, alors qu'il venait de s'asseoir pour défaire les lacets de ses chaussures, la Fillette entreprit d'embrasser le creux de sa nuque, entre les deux muscles qui descendent vers le dos. Ses baisers longs et chauds le plongeaient dans une douce torpeur.

— Je hais ces singes, dit-elle. Tu as vu, ils nous regardent comme les voyous sur la plage.

Elle défit les embrasses des rideaux et les roucoulements des pigeons s'interrompirent aussitôt. Ensemble, ils étendirent par terre une couverture militaire, s'y allongèrent et échangèrent un interminable baiser. Le menton collé contre son cou, il lui susurra :

— C'est toi. Tes doigts sont comme les pétales d'une tulipe. Je sens bien que c'est toi.

Elle le lâcha, porta sa main à sa bouche, cracha de la salive dans le creux de ses doigts puis elle le tint à nouveau.

— Et maintenant ?

— Comme le ventre d'un lézard.

— Et maintenant ?

Il gémit.

— Comme un anneau de velours.

— Maintenant touche-moi pareil toi aussi, dit la Fillette.

Il glissa ses doigts entre les cuisses de la Fillette qui se serrèrent. Son corps se tendit puis se relâcha. Son odeur emplit l'espace.

— Faisons-le, dit-elle, nous ne sommes plus des enfants. Nous fournissons des pigeons voyageurs pour le front et partons même au combat.

— Quand je reviendrai de la guerre, dit-il.

— Lorsque les camarades du sud m'ont confié leurs lettres, dit-elle, je les ai regardés en me disant : qui rentrera à la maison ? Qui aura des enfants ? Qui n'en aura pas ?

— Nous, nous aurons des enfants.

— Faisons-le, mon amour, insista-t-elle, faisons notre enfant maintenant.

— Maintenant j'ai peur.

— De quoi ? Du qu'en-dira-t-on ?

— Quelle idée !

— Alors de quoi ?

— Que si nous faisons l'amour, je ne revienne pas.

— Ne dis pas de bêtises !

— Ça peut très bien arriver.

Elle se détacha de lui, s'allongea sur le dos et respira.

— Je veux me déshabiller, être nue. Fais comme moi !

Dans le plus simple appareil, ils s'allongèrent sur la couverture.

— Serre-moi, mon amour, dit-elle.

D'où venait cette terreur ? Et cette tristesse dans le cœur de la Fillette ?

— Lorsque je reviendrai de la guerre, dit-il en

la serrant dans ses bras, alors nous ferons l'amour. Quand tu as une raison de rester en vie, tu ne meurs pas.

Après un bref silence, ses doigts s'enhardissant, il poursuivit :

— La prochaine fois que nous serons ensemble, ce sera pour des retrouvailles et non pour se séparer. Dans une maison, dans un lit avec des draps, pas sur le sol d'un pigeonnier. Nous nous sommes tant retenus, nous pouvons bien attendre encore un peu.

Ils se serrèrent l'un contre l'autre de toutes leurs forces puis se relâchèrent un peu pour laisser l'autre main de la Fillette participer elle aussi.

— C'est agréable, dit-il.

— Qu'est-ce qui est agréable ? Dis-moi exactement.

— Que tu puisses des deux mains faire deux choses différentes en même temps.

Ils rirent puis se turent. Un silence de préparation et de concentration pour le Bébé, de curiosité pour la Fillette.

— J'aime voir jaillir ta semence, dit-elle, et le Bébé se mit à trembler de tout son corps, son dos s'arc-bouta, il gémit, enfouit sa tête entre ses seins puis rit.

— Ton rire et ton odeur comme lors de notre première fois, te souviens-tu ? À l'école *Ahad Ha-Am,* dit la Fillette.

— Je me souviens. Encore maintenant j'ai du mal à comprendre comment cela a pu arriver.

— Tu as soudain tété mes seins, je t'ai touché et ta semence était si blanche et si nouvelle ! dit-elle en repliant ses doigts en forme de coupelle.

Cela fait longtemps que nous ne nous sommes pas vus... Regarde ce que ça représente... Je peux introduire cela en moi et j'aurai ainsi un petit enfant de toi.

— Ne le fais surtout pas ! s'exclama le Bébé.

Il saisit sa main par le poignet et l'essuya vivement contre son torse.

— Nous ferons notre enfant après la guerre. Je rentrerai vivant à la maison. Nous ferons l'amour en pleine lumière, les yeux ouverts. Nous serons en moi et en toi.

— Embrasse-moi, lui demanda-t-elle.

D'où lui venait cette douleur au ventre ? Qui allait expulser la pierre qui oppressait sa poitrine ?

— Lorsque tu seras enceinte, je te casserai des amandes pour que tu aies du lait blanc et des dents blanches.

Il caressa son ventre. La respiration de la Fillette était précipitée :

— Touche-moi pareil toi aussi...

Le Bébé se pencha sur elle, ses lèvres erraient entre les mamelons de ses seins tandis que les doigts de la Fillette guidaient les siens qui, dociles, allaient encercler le délice de sa chair. Elle se tut, gémit, puis ses cris se firent si forts que le Bébé lui chuchota :

— Ch... Chut... Quelqu'un dans la rue risque de penser qu'il est arrivé quelque chose à un des animaux...

— Ce ne sera pas tout à fait faux, répondit la Fillette.

Tous deux pouffèrent de rire. Elle le fit taire, se cambra, s'étira, se détendit puis soupira :

— La prochaine fois. Cette guerre sera terminée, tu reviendras, et nous ferons l'amour les yeux ouverts, toi en moi et contre moi, moi en toi et contre toi, les mains dans les mains et les yeux dans les yeux. Nous ne serons plus qu'un.

— Nous aurons une maison de famille chez moi au kibboutz, poursuivit le Bébé, et nous aurons un enfant qui marchera pieds nus et pataugera dans la boue.

La Fillette ne répondit pas.

— Oui ou non ? demanda le Bébé.

Elle se leva et lorsqu'elle enjamba son corps, il vit son sexe planer dans la pénombre au-dessus de lui, gonflé, herbu et doux, clair et sombre à la fois. Ce spectacle était si beau et si attirant qu'il s'assit, lui saisit les hanches et colla ses lèvres entre ses cuisses, humant, baisant, cherchant à s'imprégner et à être aspiré par son odeur et par son goût.

— Oui ou non ? répéta-t-il, réponds-moi, oui ou non ?

Elle rit :

— C'est à moi ou à elle que tu t'adresses ?

Elle fut prise de tremblements :

— Arrête...

Elle lui demanda si son odeur était agréable car la gardienne de l'entrepôt du zoo lui avait dit que certains garçons colportaient des choses désagréables sur l'odeur des filles.

— Votre gardienne est idiote et ton odeur est merveilleuse, dit le Bébé. Je ne me laverai pas le visage ni les mains jusqu'à ce que cette guerre s'achève, afin que ta délicieuse odeur me garde en vie et reste avec moi à chacune de mes respirations. Allonge-toi près de moi encore un peu, je dois partir bientôt.

Elle se coucha près de lui, la main gauche du Bébé sous son cou et la droite sur sa hanche, jambes contre jambes, cuisses contre cuisses.

— Oui ou non ? redemanda le Bébé. Tu ne peux pas me laisser sans réponse.

— Oui, répondit-elle enfin. Après la guerre tu reviendras, oui et oui et oui et oui. Oui, nous mettrons au monde un enfant, oui, je t'aime, oui, tu me manques déjà, oui, je t'attends.

L'obscurité s'était épaissie. Les cris nocturnes du zoo se mêlaient aux voies humaines de la ville. Au loin, un enfant pleurait. Un cheval hennissait dans l'écurie. L'on entendit un homme crier dans la direction de Kiryat Meir. L'hyène riait et au loin lui répondait en anglais la chanson d'un ivrogne et les premiers jappements des chacals qu'en ce temps-là — c'est ce que tu m'as raconté — on pouvait encore entendre dans chaque maison de Tel-Aviv.

Ils restèrent quelques minutes encore ainsi allongés, enlacés et silencieux à écouter le vent dans les grands sycomores et le bouillonnement de leur sang dans leur corps. Puis le Bébé se redressa et lui dit qu'il fallait qu'il se rhabille car bientôt le commandant sur sa motocyclette allait revenir le chercher.

— Donne-moi un pigeon, le meilleur que tu aies ici.

Elle s'assit, le fit rouler sur le dos, se pencha et l'embrassa sur la bouche. Elle rassembla ses vêtements qu'elle lui tendit puis elle-même se rhabilla.

— J'ai un nouveau pigeon belge extraordinaire. Il vient de terminer son entraînement avec succès. Mais le Dr Laufer n'acceptera jamais de le donner. Pas même à toi.

Elle avança la main vers un des pigeons assoupis et le saisit.

— Il paraît un peu délicat, mais c'est la meilleure femelle du pays. La semaine dernière, on l'a lâché de Hanita et il est revenu deux heures et cinq minutes plus tard.

— Je le veux.

— Que vais-je dire au Dr Laufer ? Les pigeons voyageurs ne disparaissent pas comme ça. Sauf si on les vole.

— Tu n'as qu'à dire ça. Dis-lui que c'est moi qui l'ai volé, mais promets-lui qu'il reviendra bientôt.

— Tu vois cettc finc rayure ? Il est belge, mais selon le Dr Laufer c'est le signe que ses ancêtres vivaient dans les pigeonniers du sultan de Damas. Garde-le précieusement. C'est vraiment un bon pigeon.

— On ne s'en lassera jamais ! s'exclama le Bébé. Échanger nos pigeons. Te donner un des miens et en recevoir un de toi.

Il se leva et enfila sa chemise et son manteau.

— Quand tu penses qu'il y a des couples qui jamais n'échangeront de pigeons ni de lettres par leur entremise ! dit-il.

Il mit le pigeon qu'elle venait de lui donner dans sa poche et lui fit un rapide baiser.

— Au revoir, mon amour, je cours. À bientôt.

Rien dans leur étreinte ne laissait présager à la fillette qu'il s'agissait là de leur dernière rencontre. Rien dans le baiser du Bébé ne laissait entendre qu'elle ne le toucherait plus qu'en imagination ou dans ses rêves. Son dos qui s'éloignait, son pas pressé vers le portail du zoo, son manteau de combattant trop grand, presque ridicule et exaspérant jusqu'aux larmes, le meilleur pigeon du pays caché dans sa poche, l'une de ses mains collée au corps pour éviter qu'il ne soit balloté en courant, l'autre disant au revoir sans qu'il retourne la tête, tout cela semblait promettre qu'il reviendrait.

Les animaux s'étaient enfin tus. Plongeant qui dans le désespoir, qui dans le sommeil. Le Bébé passa devant le lion, la panthère et l'ours puis disparut dans le tournant juste avant le bassin des tortues géantes, et à l'endroit où il se tenait juste auparavant, la Fillette eut cette vision : tous deux marchant dans les allées entre les habitations du kibboutz. Un petit enfant le visage flou et les pieds nus. Il avance devant eux sur le trottoir, un pied encore sur la douceur de l'herbe, l'autre maculant de boue la rudesse du béton, se réjouissant l'un comme l'autre de ces deux sensations. Voilà la maison, nous sommes arrivés, voici la porte, voilà la clef, ouvre à Papa et à Maman, entrons. Sur la poignée, une main potelée avec des fossettes sur son dos. Un regard interrogateur : faut-il que je pousse ? Maman dira : bonjour maison ! Puis ce sera à ton tour. Elle répondra à la manière des maisons : d'un délicat mouvement de l'air, par une odeur, un écho, une étagère de livres, un tableau sur le mur, un lit, un rideau gonflé par un courant d'air.

« Au revoir ! » cria la Fillette dans l'obscurité. D'où venait cette larme qui coulait sur sa joue ?

Son œil droit pleurait, se fermait, prédisait par son aveuglement ce que l'esprit ignorait et ce que le cœur n'acceptait pas. Il suppliait : « Ne t'en va pas ! » Hurlait : « Non et non et non et non ! » par le seul moyen que l'œil a pour crier :

par la montée, le débordement et l'effusion de larmes.

3

Le bruit de la motocyclette se fit entendre. Sa lumière faible et vacillante apparut. « Tiens-toi bien et ne t'endors pas », lui dit le commandant.

De Givat Brenner, le Bébé alla à Rehovot puis repartit à Hulda. Là il fit manger et boire le pigeon qu'il avait reçu de la Fillette. Il le mit dans son pigeonnier portatif et ils montèrent avec le convoi en direction de Jérusalem. Par deux fois, ils essuyèrent des coups de feu. Un combattant fut blessé à la mâchoire par une balle qui pénétra par un interstice dans le blindage du camion. Il s'était écroulé, braillant et suffocant dans son sang. Le Bébé s'était emparé de son arme et avait riposté. « C'est étrange, je n'ai pas peur », s'était-il dit.

En revenant au pigeonnier, à Kiryat Anavim, il se présenta devant l'officier d'état-major qui lui dit : « Félicitations pour ton baptême du feu ! Il paraît que tu t'es très bien débrouillé ! » Il lui confia un pigeongramme à expédier à Tel-Aviv. Le Bébé fixa une capsule à la patte d'un des pigeons du pigeonnier central et attacha à sa queue une plume avec un message pour la Fillette : oui, son amour et son pigeon étaient arrivés à bon port ; non, on ne pouvait savoir lequel des deux reviendrait vers elle en premier.

Le pigeon disparut de ses yeux à l'instant où il se révéla à ceux de la Fillette. Elle délia, sortit le message et écrivit une réponse à son amour : « Oui, je me souviens, oui, fais attention à toi s'il te plaît, non, je ne suis plus en colère, oui, toi et moi. » Elle glissa son billet dans la plume, cacheta, attacha et expédia. Le pigeon que lui avait apporté le Bébé prit très vite de l'altitude, mais les mains de la Fillette qui, après chaque lâcher, demeuraient un instant déployées dans l'air revinrent aussitôt se coller sur ses lèvres pour faire cesser leur tremblement. Elle l'accompagna de ses yeux jusqu'à ce qu'il apparaisse à ceux du Bébé. Un frisson la parcourut, c'était comme si elle respirait et avalait l'odeur du Bébé. Une douleur lacéra ses entrailles. Ses mains, dans un geste instinctif et sauvage, quittèrent sa bouche pour étreindre son ventre.

CHAPITRE XV

1

Le *Monstre* traverse la vallée de la Croix, dépassant le blockhaus anglais qui curieusement a été peint en rouge. La route à présent commence à monter. Je m'efforce de faire abstraction des habitations construites ici depuis et d'imaginer le chemin emprunté par le Bébé et ses camarades : une pente rocailleuse, des oliviers et des escaliers de pierre, un sentier muletier qui serpente entre de petits lopins de terre. Les combattants le gravissent, un peu voûtés sous le poids de leur barda et de leurs armes, mais plus rapides que ne le soupçonne l'œil et plus silencieux que ce que l'oreille aurait pensé percevoir. Leurs ceintures sont bouclées et serrées, aucun d'eux ne semble fatigué ni ne trébuche, leurs jambes en ont vu d'autres, habituées aux expéditions nocturnes entre les rochers, et n'ont point besoin de l'œil pour ne pas faire de faux pas.

Sur ses épaules, le Bébé avait son pigeonnier portatif avec dedans trois pigeons : une femelle qui venait tout juste de s'accoupler à un mâle du pigeonnier du poste de commandement de l'unité, un grand pigeon nerveux de celui de la Haganah à Jérusalem et enfin la championne belge de Tel-Aviv de son amoureuse. La nuit et cette charge alourdissaient beaucoup ses mouvements, non seulement à cause du poids et de l'obscurité mais aussi à cause de sa peur, de l'émotion et de son inquiétude quant au bien-être de ses pigeons ainsi qu'à l'obligation de penser à chaque pas et au moindre geste de son corps. Il n'avait pas encore goûté ce genre de marche qui était le pain quotidien de ses camarades. À plusieurs reprises il avait chancelé et il manqua même une fois de tomber, mais le combattant derrière lui avait saisi de son bras long et fort le montant du pigeonnier et l'avait aidé à se remettre sur ses jambes.

Le plan était de progresser autant que possible sans se faire voir puis de s'approcher du monastère en rampant. Mais les soldats de la Légion jordanienne et les volontaires irakiens postés là avaient tendu des embuscades entre les rochers et ouvraient un feu nourri de toutes parts. Il y eut de nombreux blessés. Le Bébé, comme lors des tirs sur le convoi qui montait à Jérusalem quelques jours auparavant, ne se laissa pas effaroucher. Pourtant le pigeonnier l'encombrait, lui pesait et le manque d'expérience le ralentissait. Quand l'ordre fut donné de battre en retraite, c'est avec difficulté qu'il réussit à suivre ses camarades qui dévalaient la pente.

Le lendemain, les combattants reprirent leur ascension. À nouveau, ils subirent des salves de tirs, mais cette fois plus près du monastère. Ils décidèrent de donner l'assaut et de ne pas se replier. Mais ils perdirent vite l'avantage de la nuit tombée car quelqu'un lança une grenade offensive qui enflamma un baril d'essence dont personne ne soupçonnait l'existence. Le bâtiment mitoyen au monastère prit feu et les flammes éclairèrent tout autour. Les assaillants parvinrent néanmoins à pénétrer à l'intérieur du monastère par une petite porte dans le mur nord et à organiser leur défense. Ils poussèrent des tables contre les murs, et empilèrent des chaises dessus pour monter et tirer à travers les hautes et étroites fenêtres de la chapelle. Le Bébé, qui n'avait point d'expérience du combat, retenait l'un des tireurs par-derrière afin qu'il ne se renverse pas sous le souffle des tirs.

Un feu incessant s'abattit sur le monastère. On entendait les blessés crier. Le Bébé ressentit le choc qui ébranla le corps du combattant qu'il soutenait. L'homme tomba de sa chaise et roula sur le pigeonnier. Les pigeons battaient des ailes à l'intérieur de leur prison. Le blessé hurlait. Les plumes volaient. Le Bébé s'empara du pigeonnier et courut trouver une autre place, mais il se heurta à un chef de section qui lui tapa sur la cuisse du bout de son *Tommy gun* et cria :

— Assieds-toi quelque part en silence ou bien prends position et tire ! La seule chose dont on n'ait pas besoin ici ce sont tes foutus pigeons !

D'autres cris de blessés se firent entendre. Le Bébé s'approcha de l'infirmier et lui demanda s'il avait besoin d'aide.

— Il me faut plus de bandages et plus de lumière, répondit l'homme.

Le Bébé trouva des draps et des nappes qu'il déchira en bandes. Puis il apporta dans le coin où se trouvait l'infirmier de grands cierges. Dehors, les tirs ne faiblissaient pas. La cloche du monastère se mit à tinter et à gémir.

— Les gens meurent, soupira l'infirmier, mais la cloche ? Chaque coup de feu la ramène à la vie.

Des mitrailleurs furent envoyés sur le toit mais ils furent touchés les uns après les autres. Les blessés se multipliaient et leurs cris tétanisaient et affolaient leurs camarades. La radio avait été atteinte et avait cessé de fonctionner. Le Bébé ne doutait pas qu'on allait bientôt lui demander d'expédier un pigeon, mais le chef de section revint vers lui et lui dit :

— Tu es encore là ? Écoute. J'ai une tâche pour toi. À trente mètres d'ici il y a une remise, c'est un peu difficile de l'apercevoir dans le noir mais elle est existe. Cours l'occuper.

— L'« occuper » ? Qu'est-ce que je dois faire ?

— Ne t'inquiète pas, j'enverrai derrière toi quelques hommes. Si nous contre-attaquons, vous nous couvrirez de là.

— Et les pigeons ?

— Comment ça les pigeons ? Il n'est plus question de pigeons à présent.

— Je ne laisserai pas mes pigeons.

Le chef de section eut alors un large et mauvais sourire, qui montrait ses longues dents. Le Bébé se rappelait les avoir déjà vues mais il ne se souvenait plus où.

— Pas de problème, dit-il, prends tes pigeons avec toi.

Le Bébé chargea le pigeonnier portatif sur son dos, serra les sangles sur ses épaules, s'approcha de la porte et inspira profondément. La peur mêlée à une certaine jouissance inonda son corps.

Le chef de section jeta un coup d'œil sur la ruelle entre le monastère et les maisons et dit :

— Au coin il y a un de leurs blindés. Si tu le dépasses, tu es sauvé. Sinon, rendez-vous en enfer !

Il le poussa :

— Vas-y ! Je te couvre. Cours en zigzag ! Fonce !

Le Bébé bondit, rasa le mur et courut. Ni en zigzag ni courbé, il courut en ligne droite et à sa grande surprise il ne trébucha pas et ne fut pas touché. Il entendait bien les tirs, mais aucune balle ne siffla à ses oreilles comme dans les récits de guerre de ses camarades. Il courait dans un tunnel transparent de silence et de sécurité que seuls les nouvelles recrues ou les vétérans peuvent connaître. Il sentait la chaleur confortable et verte de son manteau et la présence du pigeonnier sur ses épaules qui ne lui pesait plus comme lors de l'ascension vers le monastère. Il avait trouvé le bon équilibre avec sa charge, hâtait le pas et avait fluidifié sa course. Dans son cœur une image se dessinait : les pigeons sur ses épaules déployaient leurs ailes et il s'envolait porté sur leur dos.

La porte de la remise était fermée. À son grand étonnement, un seul coup de pied suffit à casser le fin verrou métallique. Il entra précipitamment à l'intérieur, retira le pigeonnier de ses épaules et ce n'est qu'alors qu'il s'aperçut que son *Sten* avait disparu. Il ne savait pas s'il était tombé durant sa course ou s'il avait oublié de le prendre lorsqu'il était sorti du monastère.

Il posa son pigeonnier par terre et s'assit à côté. Je tremble comme la jambe de Myriam, pensa-t-il alors, et il se souvint de cette nuit, à peine après son arrivée au kibboutz, où il s'était levé de son lit, était sorti subrepticement de la maison des enfants, s'était allongé sur l'herbe et avait regardé le ciel en pensant à sa mère. Il avait soudain senti quelque chose glisser sur sa jambe. Il avait regardé et avait vu un serpent, une de ces grandes vipères de la vallée du Jourdain. Il n'avait pas bougé, mais une fois le serpent disparu, il s'était mis à trembler. Ses genoux flageolaient au point qu'il ne parvenait pas à se remettre debout. C'était ainsi qu'il se sentait à présent, mais il avait désormais plus d'expérience et savait que ce tremblement allait faire disparaître sa peur et apaiserait son cœur.

Aussi s'assit-il pour se calmer. Il attendit. Mais personne ne vint derrière lui, personne ne sortit du monastère pour contre-attaquer et personne ne pointa son nez dans la direction qu'avait indiquée un peu plus le tôt le chef de section. Il attendit. Le temps, qui en de tels instants échappait à toute mesure, passa malgré tout. Il craignait de revenir au monastère, et l'ordre du chef était on ne peut plus clair : s'asseoir et attendre. Sa fatigue et son angoisse s'accrurent et en dépit du bruit, de la peur, des combats qui faisaient rage et peut-être surtout précisément à cause d'eux, il s'assoupit. Il se réveilla dans un sursaut d'effroi. Où étais-je ? Sur quel rivage le rêve m'avait-il fait échouer ? Se souvenait-on que j'étais ici ? Et eux, qu'en était-il ? L'orient virait au gris et au rose, laissant peu à peu les yeux voir alentour. Des détails s'éclaircissaient autour de lui : des murs de pierre, un espace confiné. Des semis en cageots, des sacs d'engrais, des outils de jardinage — une binette et une fourche — évoquaient des jours meilleurs. Sur le mur, un fin carré de lumière apparut : une petite lucarne occultée par des volets en bois. Il se leva, l'ouvrit et regarda alentour. Son champ de vision était trop étroit, mais ses oreilles lui disaient que dehors le rythme et la direction des tirs avaient changé. Il se demanda à nouveau quoi faire. Allait-il continuer à attendre ? Ou prendre son pigeonnier et regagner le monastère ? Et si cette fois la chance ne lui souriait plus comme elle lui avait souri lorsqu'il avait couru jusqu'ici ? Et si, à Dieu ne plaise, les pigeons étaient blessés ? Les pigeons c'était sacré, peut-être même plus encore que lui.

Une autre salve heurta la cloche du monastère. Elle émit un son aigu de supplicié. Une salve frappa le mur de sa remise comme les doigts de l'oncle au kibboutz qui galopaient comme des chevaux sur la table. Quelques jours plus tôt, dans le convoi qui avait pénétré dans Jérusalem, le crépitement des balles sur la carrosserie blindée du camion avait eu un tout autre son. À travers sa petite lucarne, le Bébé constata que près des murs du monastère les morts et les blessés chez l'ennemi s'étaient accumulés. Il s'assit, se releva, se rassit puis alla jeter un coup d'œil à l'extérieur. Il aperçut un soldat du *Palmach* qui montait sur le toit du monastère et qui reçut alors une balle dans la jambe. Le Bébé entendit son cri. Un autre — jeune et robuste — se précipita pour lui prêter secours. Puis, allant le remplacer sur le toit, il fut déchiqueté par un obus de mortier.

Tout à coup, le Bébé perçut d'autres cris, pas des cris de douleur cette fois mais de colère et de folie. Une porte à l'angle du monastère s'ouvrit et le chef de section qui l'avait envoyé dans la remise se précipita dans la ruelle, vociférant, jurant et tirant avec son *Tommy gun* :

— Crevez tous, salopards ! Vous allez voir à qui vous avez affaire, sales bâtards !

Le Bébé le vit courir et tirer comme un fou tandis que le canon du blindé pivotait dans sa direction telle une faucille. Le chef de section fut touché aussitôt. Il s'écroula, commença à ramper, cria à l'aide. Une pelote de cordes blanchâtre et rouge traînait derrière lui. Le Bébé horrifié comprit qu'il s'agissait de ses intestins. Le blindé cessa de tirer. Il demeurait au bout de la ruelle comme une grosse bête en train de contempler l'agonie de sa proie. La laissait même ramper dans son champ, l'accompagnait du lent mouvement de son canon, qui la caressait presque, compatissait même, indiquait le chemin à sa proie : par ici, par ici, couche-toi là. Bientôt la mort s'occupera de toi. En ce moment elle a trop à faire. Un peu de patience, je te prie.

Quand le canon eut achevé sa rotation, il se retourna vers la ruelle, à l'affût d'une nouvelle victime. Le chef de section gisait dans un endroit assez protégé. Il gémissait et criait. Le Bébé se leva et passa à l'action : il suspendit le pigeonnier portatif à un gros clou qui saillait du mur de la remise, puis il sortit accroupi en direction du blessé auprès de qui il s'allongea. Le chef de section suppliait :

— S'il vous plaît... s'il vous plaît... s'il vous plaît...

— S'il vous plaît quoi ? Dites quoi ! demanda le Bébé.

Le chef de section gémit qu'il souffrait, avait froid et soif, « De l'eau, tu entends ! J'ai la gorge sèche... », puis il se tut. Alors que le Bébé pensait qu'il était déjà mort, il se remit à parler, déclarant qu'il devait vivre. Il tira quelques coups de son *Tommy gun* et cria :

— Venez, sales bâtards ! Et, toi, vas-tu bouger ton cul ?

Il se mit soudain à parler yiddish, ce qui lui permit de l'identifier aussitôt. C'était le garçon qui l'avait appelé *kelbeleh* le jour où il était arrivé au poste de commandement de l'unité. « *Di toybn*... ces pigeons... pardon... », répéta-t-il plusieurs fois, entrecoupé d'autres mots que le Bébé comprit comme *mamme, mamme, mamme*... un mot qui, contrairement à la cloche du monastère qui continuait de vibrer et de résonner après chaque coup qu'elle recevait, était en train d'expirer.

Le Bébé vomit et se sentit un peu mieux. Personne ne savait désormais où il se trouvait ainsi que ses pigeons. Il lui fallait revenir à la remise, prendre le pigeonnier et rejoindre le monastère au cas où un commandant aurait besoin d'expédier un pigeon. Il prit le *Tommy gun* des mains du chef de section mort, l'accrocha à son dos et se mit à ramper. Une balle siffla près de lui et, craignant d'avoir été découvert, il demeura immobile. Puis il continua, très lentement, sur le ventre et sur les coudes, la joue collée contre le sol, prenant garde à ne pas se faire remarquer.

2

Comme j'ai pu déjà l'évoquer, dans des moments et des situations particulières, le Bébé était énergique et déterminé. Son petit corps potelé dissimulait des muscles forts et une colonne d'acier. Il avait un pouvoir de concentration et une volonté farouche d'atteindre le but qu'il s'était fixé. Dans une direction claire, en ligne droite et inlassablement. S'il m'avait surpris lors de mes oisives et sinueuses déambulations dans les rues de Tel-Aviv, il m'aurait sûrement blâmé. Et s'il m'avait blâmé, alors au moins l'aurais-je entendu. Je sais à quoi il ressemble, ce qu'il fit et ce que fut sa mort, je peux imaginer le toucher de ses doigts mais je n'ai pas la moindre idée du son de sa voix.

Après qu'il eut rampé quelques mètres, une balle atteignit sa jambe gauche. Il fut projeté en arrière et roula sur lui-même, surpris par la force du coup. Qui n'a jamais vécu l'expérience de l'impact d'une balle dans son corps, surtout si elle touche un os, ne peut imaginer sa violence. La jambe se brisa près du genou. Le Bébé poussa un seul cri puis étouffa les suivants, enfonçant ses doigts dans la terre tout en continuant de ramper vers le pigeonnier.

Sa bouche était sèche. Ses yeux pleuraient de douleur et d'effort. Sa jambe traînait derrière lui comme un vieux chiffon. Son pantalon était plein de sang chaud et sa chemise pleine de sueur froide. Il approchait du muret de pierre et commençait à rassembler ses forces en vue de l'escalade et de la douleur qui le saisirait quand il basculerait de l'autre côté protégé. Il avait réussi à agripper le haut du muret et à se hisser dessus. Mais lorsqu'il s'y allongea, hésitant sur la façon dont il allait se laisser glisser de l'autre côté et pensant à la terrible douleur qu'il allait endurer, il reçut deux autres balles qui traversèrent les vieux empiècements de son battle-dress et vinrent se nicher dans sa hanche et dans son dos.

Gémissant, haletant, le Bébé se laissa tomber de l'autre côté du muret. Les balles n'avaient atteint ni une artère ni un organe vital mais elles avaient brisé les os du bassin, causant d'énormes plaies béantes qui saignaient abondamment. Le sang ne giclait pas comme si une artère avait été touchée, mais il se répandait en un flot continu, abondant et régulier.

Un canon vint se joindre au combat. Le Bébé l'entendit et se demanda s'il s'agissait du canon du blindé ou d'un autre dans les champs environnants, s'il cherchait à atteindre le monastère ou son réduit précisément. Peut-être tirait-il à l'aveuglette dans l'espoir de toucher une cible. À présent, le Bébé ressentait le contact tâtonnant que certains vétérans ont pu parfois éprouver — eux après de longs mois de combats, lui à sa première guerre — de ces tendres doigts qui viennent ici et là effleurer la peau, caresser le dos, glisser de chaque côté de la nuque, chatouiller les testicules, dans le creux du cou : jeu jouissif et préalable de la mort cherchant à préparer son partenaire pour qu'il l'accepte avec résignation et avec amour.

Dans de telles situations, mieux vaut diviser l'espoir en petits fragments de réalité, sans attendre un grand miracle au bout du chemin et se contenter de la grâce des derniers instants. Dans son cœur, le Bébé se dit que cela n'avait plus d'importance qu'il meure d'une balle supplémentaire ou qu'il agonise de celles qui l'avaient déjà atteint et il comprit qu'il ne se battait plus désormais pour le monastère ni pour Jérusalem ni même pour la vie de ses camarades mais pour son amour pour la Fillette et pour la vie de l'enfant qui naîtrait après la guerre. Ses forces, il le sentait, allaient bientôt s'affaiblir. Une seule chose comptait pour lui à présent : rejoindre le pigeonnier et le pigeon qu'elle lui avait donné.

Très lentement, en ligne droite, il rampa sur ses coudes. Ses jambes traînant derrière, son corps déchiqueté raclant le sol, les doigts enfoncés qui le poussaient vers elle, vers le pigeonnier, vers le pigeon, tandis que la camarde marchait derrière lui, se pourléchait et se tenait prête.

CHAPITRE XVI

1

Dans leur lit, devenu le sien, Vot'père est allongé, attendant sa mort. Il a de bons et de mauvais jours, et, bons ou mauvais, cette attente est là. Les bons jours, il attend en lisant ou en écoutant de la musique. Les mauvais, il reste couché sur le dos sans bouger, le corps longiligne, les jambes croisées sur ses chevilles. Un sourire mince et serein étire délicatement ses lèvres. Ses mains sont entrelacées sur son ventre, il a un œil ouvert, afin de ne pas rater ce qui est projeté sur le mur, et l'autre clos, pour ne pas perdre ce qui se passe à l'intérieur de lui.

— C'est impossible de continuer comme ça ! Rester ainsi couché toute la journée, seul et malade ! s'exclama Meshoulem.

Vot'père ne répondit pas.

— Et si tu tombais ! Et si, à Dieu ne plaise, il t'arrivait quelque chose au cœur ?

Vot'père changea le croisement de ses jambes. Avant la cheville droite reposait sur la gauche, et maintenant la gauche se retrouvait sur la droite.

— Nous allons t'installer un bip qui te permettra d'alerter si nécessaire les urgences médicales, moi-même, Iraleh ou qui tu veux. Tu n'auras qu'à appuyer et nous accourrons aussitôt.

— Meshoulem, répondit le professeur Mendelsohn, calme-toi je t'en prie. Une attaque cardiaque ne justifie pas d'ameuter le monde entier. Je ne suis pas malade. Je suis seulement vieux. Comme toi d'ailleurs. Si tu as tellement envie d'un bip, tu n'as qu'à en installer un chez toi !

Meshoulem s'en alla mais le lendemain il réapparut avec le directeur du centre des urgences médicales, un technicien et un de ses électriciens. Benyamin et moi avions été conviés pour étrenner l'installation mais Benyamin ne vint pas. Cette idée d'un bip s'imposait, m'avait-il dit au téléphone, et il ne doutait pas que même sans sa présence Meshoulem saurait parfaitement l'installer.

Mais Vot'père avait une autre raison de refuser :

— Si j'ai cette sonnette, vous ne viendrez plus me voir. Vous resterez chez vous à attendre le signal.

— Qu'est-ce que tu racontes ? bondit Meshoulem. Jusqu'à présent je venais trois fois par semaine, dorénavant c'est trois fois par jour que je viendrai. Une fois pour vérifier pourquoi l'alarme s'est déclenchée et deux fois pour vérifier pourquoi elle n'a pas sonné.

Finalement, Vot'père annonça qu'il acceptait. Le technicien du centre des urgences médicales connecta un micro et un haut-parleur et l'électricien de Meshoulem installa un système de dérivation branché sur le tableau électrique de la cage d'escalier. Je demandai à Meshoulem ce qu'il adviendrait si le vol était découvert mais il me répondit :

— Primo, c'est si peu d'électricité que ça ne se saura pas. Secundo, le professeur Mendelsohn a fait monter la valeur des appartements dans l'immeuble et dans la rue, alors ne lui revient-il pas en cadeau un tout petit peu d'électricité ?

— Maintenant, professeur Mendelsohn, dit le directeur des urgences, nous allons procéder à une simulation. Nous allons tous aller dans l'autre pièce et vous, vous resterez ici comme si vous étiez seul chez vous. Vous appuierez sur le bouton comme si vous aviez un malaise, et notre médecin vous répondra à travers le haut-parleur sur le mur comme s'il vous examinait et vous soignait vraiment. Vous pourrez vous entendre l'un comme l'autre et parler.

Le professeur Mendelsohn eut un geste impatient de la main. Il savait bien sûr ce qu'était une simulation autant qu'une urgence, un soin et un examen. Tous ceux qui voulaient son bien se dirigèrent vers la cuisine et le directeur cria :

— Appuyez sur le bouton s'il vous plaît !

On n'entendit rien.

— Il n'appuie pas, constata le technicien.

Meshoulem se précipita à l'entrée de la chambre de Vot'père.

— Appuie s'il te plaît ! dit-il.

— Mais j'ai entendu sa voix normalement, répondit Vot'père, pas par la machine.

— Tu dois d'abord appuyer sur le bouton et après alors tu entendras par la machine.

— Appuyez sur le bouton professeur Mendelsohn ! cria à nouveau le directeur.

Vot'père appuya. Une voix métallique mais agréable lui répondit :

— Bonjour professeur Mendelsohn. Ici le médecin des urgences. Que se passe-t-il ?

Vot'père toussota, s'éclaircit la voix et dit :

— En 1964, ma femme Raya m'a quitté et mon cœur s'est brisé.

Son ton était calme et posé. Ses propos laissaient transparaître l'expérience médicale, la nostalgie et une certaine propension au radotage. Quant à moi, mes jambes flageolaient.

— J'ai eu alors une petite attaque cardiaque, poursuivit Vot'père, je l'ai surmontée et n'en ai parlé à personne si ce n'est à elle. Mais elle n'est pas revenue à moi, et depuis, ma santé n'a fait que décliner.

Meshoulem m'enlaça fortement d'un bras par la taille, me serrant contre son corps robuste et râblé comme le mien.

— Professeur Menselsohn, demanda le jeune médecin dans le haut-parleur, mon père était votre élève il y a de nombreuses années. Cette conversation a pour seul objectif de vérifier si l'installation fonctionne.

— Ce lit dans lequel je dors seul, continua Vot'père, imperturbable, était notre lit. Quand j'y dors, je me sens mal et quand je dors dans un autre lit, je me sens plus mal encore.

— Pourquoi ne l'as-tu pas dit plus tôt ?

Meshoulem se détacha de moi et fit irruption dans la chambre de Vot'père.

— Je vais t'apporter immédiatement de nouveaux lits !

— Merci, professeur Mendelsohn, l'appareil marche bien, dit le médecin, je raccroche.

Le directeur, l'électricien et le technicien s'en allèrent. Le cuisinier que Meshoulem avait trouvé pour Vot'père apparut, chargé de sacs de provisions. Je me sentis à nouveau inutile. Un ami et un cuisinier étaient bien plus utiles que moi.

— Reste manger, me dit Meshoulem, dans une vingtaine de minutes il y aura du kebab et une salade.

— Je dois partir, répondis-je, pensant en moi-même que je n'aurais jamais dû venir.

Comme toujours, Benyamin avait raison. Il y a certaines choses que l'on ne peut faire qu'avec un ami, pas avec ses fils. Avec des techniciens plutôt qu'avec des proches. Et certaines confidences ne peuvent être faites qu'à un étranger, par l'intermédiaire d'un microphone, une alarme, un haut-parleur, par l'intermédiaire de fils et de boutons de détresse.

2

Deux jours plus tard, je revins lui rendre visite.

— Comment vas-tu, Yairi ? Je ne t'ai pas entendu entrer, le bip n'a pas fonctionné.

Je décidai de ne pas le reprendre ni de lui expliquer.

— Comment vont Liora et les petites ? demanda Vot'père.

J'en eus la chair de poule. Comment ces fœtus avaient-ils soudain resurgi dans sa mémoire ? Comment étaient-ils nés de sa bouche pour devenir deux filles vivantes ?

— Liora va bien, répondis-je.

Devais-je lui rappeler le « c'était un garçon » et « c'était une fille » du gynécologue-ornithologue ? Fallait-il aussi lui répéter les paroles de Liora non moins terribles : « C'est nous, nous deux ensemble, le problème » ?

— J'ai une nouvelle blague. Tu veux que je te la raconte ? me dit Vot'père.

— Où vas-tu chercher toutes ces blagues ? Tu as de nouveaux amis que je ne connais pas ?

— Sur Internet. Je les trouve là et je les recopie dans un carnet.

Sa belle main blanche s'avança alors vers sa table de chevet. Il ouvrit le tiroir et en sortit un carnet. Vot'père en raffolait et il a toujours eu toutes sortes de petits carnets noirs. Et lui qui aimait tout classer et tout partager faisait la même chose avec eux : un pour les patients, un pour les tâches à accomplir, un pour les idées subites, qu'il pouvait sortir à tout moment de sa poche pour y noter secrètement quelque chose avec une mystérieuse ostentation. Et bien qu'étant devenu un amateur éclairé d'ordinateurs, il prétendait néanmoins qu'il y avait des cas où le carnet se révélait plus rapide et plus amical. Les blagues avaient ainsi leur propre carnet au cas où viendrait un invité. Il pourrait lui lire une blague au lieu de converser amicalement avec lui.

« Beaucoup de gens veulent être nos amis, disait ma mère, et toi tu dresses des murs entre eux et nous. »

« Je suis fatigué », lui disait-il, « Tu as déjà invité du monde hier » ou « J'ai mal à la tête. »

« C'est le genre de prétextes qu'invoquent les femmes, Ya'acov. »

Ma mère adorait recevoir et le faisait à merveille. Elle savait faire asseoir ses convives de sorte que la conversation coule agréablement et que personne ne se sente abandonné ou à l'écart.

Elle savait qui mettre ensemble, et plus important encore — ce qui faisait rire Meshoulem —, qui séparer. Elle savait quelle femme elle devait laisser à côté de son époux et qui s'épanouirait si on éloignait de lui sa moitié. Ses yeux pétillaient à l'imminence de leur arrivée, son sourire resplendissait. Ce n'est que maintenant, dans ma nouvelle maison, bien des années après son départ et quelques mois après sa mort, que je comprends qu'elle invitait tant de monde pour ne pas rester seule avec Vot'père.

La collation qu'elle préparait pour ses invités exhalait d'agréables odeurs. C'était un simple chausson qui lui avait valu une certaine renommée : petits roulés de pâte épicée fourrés d'un petit saucisson. Le secret, selon les bouches qui salivaient de plaisir, était la sauce dans laquelle ils baignaient, une sauce « délicatissime » comme elle disait, une recette de son invention à la moutarde et au cumin.

Après que ma mère eut quitté la maison, les camarades et les connaissances de Vot'père commencèrent à se faire plus rares. Après que fut tombée sa carapace d'orgueil et de misanthropie, il découvrit que personne en réalité ne la menaçait. Ni ennemi, ni compagnon, ni adversaire ni hôte venant frapper à la porte. Ne restèrent que quelques visiteurs : médecins, étudiants, avocats qui cherchaient à connaître son opinion en matière de négligence médicale. Et nous : Benyamin rarement, Liora qui vient le voir chaque fois qu'elle passe à Jérusalem pour ses affaires — ils ont toujours du plaisir à discuter en anglais —, moi, qui me rends à Jérusalem par désœuvrement et par émotion, ainsi que les deux

Y, ses petits-enfants qui, aujourd'hui encore, à vingt ans, poursuivent avec lui le même et invariable divertissement qui débuta lorsqu'ils étaient bébés, le périple le long des pages du grand atlas allemand, le même dans lequel Benyamin et moi voyagions il y a des années de cela.

« Venez les enfants, leur disait-il comme il nous disait alors, allons parcourir toutes sortes de pays. » Les deux jumeaux géants s'asseyaient avec obéissance, Y1 à la droite de son grand-père et Y2 à sa gauche, mais contrairement à nous qui le suivions dans le désert, traversions fleuves et chaînes de montagnes, ils s'arrêtaient sur leur carte favorite : celle de la nourriture et de l'agriculture. Ils parcouraient les États de la viande et ceux des poissons, les pays de l'huile d'olive et ceux du beurre, avaient pitié des habitants privés de purée et blâmaient les mangeurs de tofu, de laitue et d'algues. Ils exploraient pays après pays, allant de terres grasses en terres maigres.

« Le monde est divisé, leur expliquait Vot'père. Dans cette partie, on mange du maïs, dans cette autre, du riz, et chez nous, ici, du blé. » « Ce n'est plus le cas, grand-père, tout le monde aujourd'hui mange de tout, nous mangeons nous aussi du maïs, toutes sortes de riz et du blé bien sûr. » Puis ils demandaient quand devait arriver le cuisinier de Vot'père, un ouvrier roumain dont Meshoulem avait découvert les talents culinaires et qu'il avait envoyé travailler chez nous après le départ de ma mère. Jeune ouvrier au début, il avait vieilli avec Meshoulem et Vot'père. Il faisait le ménage, la lessive, le repassage, les courses, les ongles de pied de Vot'père, qui ne pouvait plus se pencher jusqu'à eux, et il l'aidait aussi à entrer sous la douche et à en sortir.

Meshoulem l'avait prévenu de ne jamais mettre d'oignon dans la salade du professeur Mendelsohn et, au lieu du *mamaliga* et de l'*icre,* spécialités roumaines qui s'étaient heurtées à un froid « non, merci », il avait appris à préparer la *linsensuppe mit wurst,* une soupe de lentilles avec des tranches de saucisson, et à assaisonner les pommes de terre avec du *schnittlauch* et du beurre. Ses plats roumains ne pouvaient plus se concevoir sans cornichons, *ciorba* et *mititei.*

Il ne s'attablait jamais avec le professeur Mendelsohn, mais parfois leur servait à tous les deux un peu d'alcool de prune en digestif. Il restait à côté de lui et disait « Santé ! » Puis nettoyait la cuisine et aidait le professeur Mendelsohn à sortir faire sa promenade.

Meshoulem aussi venait. Trois fois par semaine et même parfois davantage. Bien qu'il eût une clef, il frappait à la porte, doucement (« Le professeur Mendelsohn était peut-être en train de dormir. ») Mais cependant suffisamment fort (« à moins qu'une dame soit venue lui rendre visite ! »). Alors seulement il ouvrait la porte et entrait en silence. Si Vot'père dormait, il entreprenait son « petit tour de maison » : il huilait les gonds, vérifiait le système des courroies qui permet de monter et de baisser les volets (« Ces camarades ont besoin d'être tendus »), vérifiait enfin les robinets et les interrupteurs (« Nous devons changer ce camarade ! »). Parfois, il montait au grand appartement du dessus où nous avions autrefois habité pour voir si tout allait bien aussi chez les locataires (« pour qu'ils ne cassent pas les pieds au professeur Mendelsohn ! »).

Si le professeur Mendelsohn était réveillé, Meshoulem leur préparait à tous deux un café, parfois même leur versait un petit verre — « Raya adorait le brandy », se souvenaient-ils alors — et il discutait avec lui. Meshoulem pouvait parler avec n'importe qui de n'importe quel sujet, palliant son inculture par son intelligence et sa curiosité.

Je confiai à Vot'père que cette amitié virile me rendait jaloux. Et après avoir brièvement pesé le POUR et le CONTRE, je poursuivis :

— Tu sais quoi ? Je ne cesse de penser que si Gershon était encore vivant, il aurait pu être mon ami comme Meshoulem est le tien.

— Gershon est mort depuis longtemps, me répondit Vot'père sèchement. Je te conseille, Yairi, de t'en trouver un autre.

— Ce n'est pas facile, dis-je, à mon âge on ne se fait pas de nouveaux amis.

J'ajoutai que courir après un homme était plus difficile qu'après une femme, « car là tu peux laisser ton corps prendre l'initiative et laisser ta vie au vestiaire. Alors qu'avec un ami tout est affaire de cerveau et de cœur. »

Un nuage de contrariété passa sur le visage de Vot'père. Il songea à cette alternative terrifiante durant quelques secondes :

— C'est vrai, Yairi, j'en conviens, dit-il, ajoutant soudainement : Mais j'ai entendu dire que tu te construisais une maison.

— Je ne la construis pas, je ne fais que la restaurer, dis-je.

— Tu as pourtant un bel appartement à Tel-Aviv.

— L'appartement de Tel-Aviv est celui de Liora. Elle l'a choisi, l'a acheté, l'a transformé. Maintenant je restaure une maison pour moi.

— « Un endroit à moi » tu veux dire, corrigea Vot'père en me regardant.

Je fus pris de panique. Était-il en train de lire dans mes pensées ou de me citer ? Savait-il que tu m'avais donné de l'argent pour acheter cette maison ? Et si c'était le cas, qui le lui avait dit ? Meshoulem ? Toi ? S'il savait, qui d'autre encore savait ? Mon frère ? Ma femme ?

— Emmène-moi, Yairi. Ça m'intéresse. Je voudrais la voir.

— Avec plaisir.

— Fixons rendez-vous, me dit-il, sortant déjà du tiroir près de son lit un autre carnet noir.

— Tu as besoin d'un agenda pour fixer un rendez-vous avec moi ?

— Je ne suis pas aussi oisif que toi et Benyamin pouvez le croire, maugréa Vot'père. J'ai beaucoup de rendez-vous, j'écris encore des articles, et chaque matin je vais sur Internet. Je reçois des mails de nombreux journaux médicaux. Je fais aussi des recherches sur moi-même. Jc constate que je suis toujours vivant. Les gens me citent.

Je le félicitai de s'être si rapidement adapté à l'ordinateur, au courrier électronique et au traitement de texte.

— Cela ne te ferait pas de mal non plus de faire des efforts et de te mettre au goût du jour. Tous ceux qui ont la nostalgie du passé oublient que dans ces temps extraordinaires la moitié des enfants mouraient de maladie avant l'âge de cinq ans. Et qu'y a-t-il à craindre d'une machine qui rend l'existence plus agréable ? Je télécharge de la musique, Yairi, je vais à des concerts de Beethoven et de Mozart, j'assiste à des conférences...

— Et les autres compositeurs ?

— Il n'y en a pas d'autres. À mon âge on sait ce qui est très bien et ce qui l'est moins.

— Maman aimait les opéras, dis-je.

— Elle n'aimait pas les opéras, elle aimait un opéra. Un seul, *Didon et Enée.* Dont elle n'écoutait qu'une aria. La seule belle aria d'un opéra par ailleurs tellement ennuyeux !

Il se mit alors à déclamer avec solennité :

Thy hand, Belinda ! darkness shades me, On thy bosom let me rest, More I would, but death invades me, Death is now a welcome guest. When I am laid in earth May my wrongs erct no trouble in thy breast. Remember me,
But ah ! forget my fate

— Bon, Yairi, me dit Vot'père quand il eut fini, fixons le jour de notre sortie.

Je sortis moi aussi mon agenda.

— Tu vois, dit Vot'père après avoir refusé les trois premières dates que je lui proposai, je suis encore plus occupé que toi.

Nous choisîmes une date d'un commun accord et je lui suggérai de combiner à la visite de la maison une petite excursion.

— J'apporterai de quoi manger, nous nous installerons dans un bel endroit ombragé, tu respireras un peu d'air frais et ton regard se délectera du paysage.

Sur le chemin du retour, j'achetai un disque de Beethoven, non pas une œuvre entière, mais des morceaux choisis. Cela lui ferait plaisir sur la route et j'aurai la paix. J'achetai également une chaise pliante — peut-être consentira-t-il à s'arrêter sur le trajet pour manger quelque chose —, et aussi un oreiller. Au cas où Vot'père serait fatigué et souhaiterait s'assoupir un peu.

3

Le jour convenu, je me levai tôt et partis de bonne heure de Tel-Aviv. En arrivant chez Vot'père, j'y trouvai Meshoulem.

— À sept heures du matin ? m'étonnai-je, tu dors donc ici ?

— Nous les vieux nous nous levons tôt, alors je suis venu lui faire une petite visite. Si nous ne nous entraidons pas, qui le fera ?

Le professeur Mendelsohn apparut dans toute sa splendeur. Son épaisse chevelure couronnait le haut de sa tête comme un diadème d'argent. La vieillesse n'avait pas eu d'effet sur sa stature, ne lui avait pas fait prendre le moindre gramme ni n'avait terni son élégance et son aisance naturelle.

— Bonjour Yairi, s'exclama-t-il. Je suis prêt. Tu pensais bien sûr que tu allais attendre !

— Regarde-le. Frais comme un gardon. *Oysgeputst* ! dit Meshoulem, il faut avertir la police : le professeur Mendelsohn s'apprête à sortir de chez lui. Qu'on enferme à clef chez elles toutes les jolies filles !

Il avait raison. Vot'père portait un pantalon kaki parfaitement repassé, une chemise bleu ciel sous un gilet couleur sable en cachemire et de confortables chaussures en daim foncé.

— Ce que tu es smart ! déclara Meshoulem. Il ne te manque plus que la cravate pour ressembler au prince de Monaco !

Il soutint le professeur Mendelsohn, qui tremblait un peu en descendant les quatre marches, puis il courut lui chercher un chapeau de paille et une canne. Comme Vot'père les repoussait, il me les tendit pour que je les mette dans le *Monstre*. Malgré l'envie qui le démangeait et qui était perceptible dans tous ses mouvements, il fut suffisamment intelligent pour ne pas proposer de nous accompagner.

— Tu savais ça Meshoulem ! dit Vot'père, Yairi se construit une maison pour avoir un endroit à lui.

— Excellente idée, répondit Meshoulem en jouant l'innocent. Une petite maison ancienne avec des fleurs, de grands arbres dans la cour, et surtout, une vue. Comment se fait-il, Iraleh, que tu ne m'aies rien raconté ? Je peux t'aider à la restaurer.

Il posa près du *Monstre* une petite caisse en bois.

— C'est une voiture agréable mais un peu haute. Mets ton pied ici Ya'acov !

Vot'père grimpa et s'assit dans un léger soupir.

— La voiture est vraiment très confortable, dit-il en bouclant sa ceinture et en se mettant à l'aise.

Meshoulem contourna le *Monstre* et vint de mon côté : « Ne lui dis pas que je suis impliqué ! » me chuchota-t-il, puis élevant soudain la voix :

— Prends cette caisse avec toi pour que le professeur Mendelsohn puisse monter et descendre.

En l'entendant dire « professeur Mendelsohn », je m'aperçus seulement alors qu'il l'avait appelé juste avant par son prénom. Mais le *Monstre* venait de démarrer et Meshoulem s'écria :

— Sois prudent, Iraleh, tu entends ? Tu as dans ta voiture un passager de marque !

Je décidai de quitter la ville en passant par la forêt de Jérusalem et par le village de Beit Zayit pour jouir du paysage. Vot'père abaissa sa vitre, huma avec plaisir le parfum des pins et se réjouit à la vue d'une gazelle qui gambadait le long des terrasses sous le mémorial de la Shoah de *Yad Vashem*.

Il était de bonne humeur.

— Autrefois, nous avions l'habitude de nous promener ici ta mère et moi et de ramasser des champignons. Par ce sentier nous descendions jusqu'au rocher de l'éléphant. Nous revenions par la boulangerie où nous achetions de la brioche fraîche aux mitrons.

— Nous aussi nous venions ici avec elle, lui répondis-je, cherchant à le provoquer, pour regarder au loin Tel-Aviv avec nostalgie.

Vot'père souriait.

— Oui, lâcha-t-il distraitement, elle aimait beaucoup Tel-Aviv. Elle aimait les glaïeuls, boire un verre de brandy, le persil, mais surtout Tel-Aviv.

Profitant de cette atmosphère sereine, dans l'habitacle du *Monstre,* espace intime d'un père et de son fils, j'osai une question :

— Peut-être te souviens-tu de quel côté était sa fossette ?

— De qui, Yairi ?

— De Maman. N'étions-nous pas en train de parler d'elle ?

Vot'père était un vieux monsieur. Et un vieux monsieur ne devait pas paraître déstabilisé.

— Elle en avait deux, répondit-il. Deux *grübchen*. Tu sais bien sûr ce que signifie *grübchen* ? Ce sont des fossettes en allemand.

Faisait-il semblant ? Était-il en train de récrire notre histoire ? Ou ne se souvenait-il plus réellement ?

— Un jour, lui dis-je, tu prétends qu'elle n'avait pas de fossettes. Un autre jour, tu soutiens qu'elle n'était pas sur la joue mais au milieu du menton.

— C'est possible, répondit-il, mais il reprit l'offensive : Alors si j'ai dit ça, pourquoi me posez-vous la question ?

— Pourquoi dis-tu « vous » ? Benyamin te la pose aussi ?

— Tous les deux. Vous ne cessez de me tourmenter.

— Parce que nous ne sommes pas d'accord. L'un prétend qu'elle était sur sa joue droite, l'autre sur sa joue gauche.

Il resta silencieux. Alors que j'allais perdre patience, il continua :

— Ni à droite ni à gauche. Elle avait deux fossettes au bas du dos. Là.

Il avança une longue main blanche, surprenante par sa rapidité et sa précision qu'il glissa entre mes reins et mon siège. Son pouce et son index se plantèrent des deux côtés de ma colonne vertébrale comme les dents d'un serpent.

— Deux. Une ici, dit-il en pressant fortement, pénétrant presque dans ma chair, la seconde là, de l'autre côté.

Le contact de sa main à l'endroit précis où m'avaient touché le vieux *palmachnik* américain et le chauffeur du tracteur quand je maniais la faux me réduisit au silence et me paralysa. Vot'père, comme s'il cherchait à me faire plus mal encore, ajouta :

— J'adorais embrasser ses fossettes. Parfois, je les revois en rêve. Ce n'était pas une personne facile, Yairi, et c'est pareil aujourd'hui même si elle n'est plus là.

Il se tut.

— Nous nous sommes fait tous les deux beaucoup de mal, poursuivit-il quelques minutes plus tard. Nous nous sommes livré tant de batailles, mais me quitter et puis mourir pour me vaincre ? C'était trop. Pour l'un comme pour l'autre.

Nous nous tûmes un long moment jusqu'à ce que Vot'père lâche soudain :

— Je n'en peux plus.

J'étais abasourdi. Il me souriait, fier apparemment de son effet. Il s'assoupit alors. Même ainsi, assis et endormi, il avait l'air respectable et élégant. Puis il se réveilla, et après quelques minutes lâcha :

— Notre promenade m'a un peu fatigué, Yairi, rentrons.

Je protestai :

— Mais tu voulais voir ma maison. Plus que quarante minutes et nous serons arrivés.

— Je la verrai une autre fois. À présent je voudrais m'allonger.

— Je vais te trouver un bel endroit à l'ombre. J'ai apporté à manger et du vin. J'ai aussi une couverture et un oreiller, tu t'allongeras un peu, te reposeras puis nous continuerons.

— Une autre fois, Yairi, maintenant s'il te plaît rentrons.

CHAPITRE XVII

1

Quand la mort l'aperçut-elle ? La première fois, quand il lui échappa alors qu'il courait vers la remise ? Ou maintenant qu'il y revenait, rampant, perdant son sang dans la poussière ? À moins que ce fût, comme le prétend la Fillette, lors de l'apparition du pigeon aux yeux de celui qui l'attend, à l'instant même où le Bébé disparut de son regard dans le virage de l'allée du jardin zoologique ?

Une détonation au loin retentit, suivie d'un coup dans le mur de la remise qui ouvrit une brèche à travers laquelle le Bébé se glissa en rampant et en gémissant, tremblant de faiblesse et de douleur. Il était allongé, inerte. Le vacarme des combats lui parvenait dans une lointaine rumeur comme à travers une couverture déployée sur sa tête. Il se ressaisit. Ne pas mourir encore. Ouvre les yeux. Regarde autour de toi.

Des éclats de pierres, des outils de jardinage étaient éparpillés par terre. Le pigeonnier portatif s'était brisé sur le sol. « C'est mieux ainsi, pensa le Bébé, qui sait si je serais parvenu à me redresser pour l'atteindre s'il était resté suspendu au mur. » Le grand pigeon mâle hiérosolymitain, le corps à moitié broyé se débattait dans d'ultimes convulsions. Le petit pigeon de Kiryat Anavim gisait près de lui. Il ne portait aucune blessure mais il était clair qu'il était mort. Les pigeons, comme le Dr Laufer l'avait enseigné à Myriam la colombophile, qui à son tour le lui avait transmis, peuvent parfaitement mourir de peur. « Ils sont comme nous, lui avait-elle dit, ils se battent, se trahissent, mangent en groupe, veulent rentrer chez eux et ont même des crises cardiaques. » Le pigeon de la Fillette, lui, n'avait rien. Il était choqué certes, avait eu peur du bruit, des tirs, des cris, de la promiscuité avec le pigeon agonisant et l'autre mort, mais il était calme et indemne.

Le Bébé avança la main, extirpa d'entre les débris du pigeonnier son matériel enroulé dans un tissu dont il défit les cordons avant de l'étaler comme un parchemin. Tout était en place. Le colombophile aime l'ordre et la propreté. D'un côté, les plumes d'oie et les capsules vides, les tubes, le verre et les carnets de pigeongrammes. De l'autre, les fils de soie et le petit couteau parfaitement aiguisé des colombophiles. Couché sur le flanc, il disposa tout ce dont il avait besoin puis trancha avec son couteau pour s'en débarrasser la courroie du *Tommy gun* qu'il avait pris au chef de section mort. Il avait heureusement pensé à affûter son couteau régulièrement et il était si coupant que ça ne lui demanda aucun effort.

Il ouvrit la fermeture Éclair de son manteau, glissa la lame entre son pantalon imbibé de sang et sa peau, découpa précautionneusement le tissu jusqu'à l'aine, puis continua vers la gauche le long de sa jambe fracturée. Il arracha les lambeaux de son pantalon autant qu'il pût, et, n'ayant pas la force de relever la tête, il se laissa choir sur le côté pour observer son bas-ventre. Il soupira de soulagement. Son pénis était indemne. Il était maculé de sang mais n'avait pas été touché, et à sa manière il lui renvoya un regard amical et honteux. Il était petit et épais comme son maître et se tenait tapi à présent à proximité des deux trous béants d'où étaient sorties les deux balles qui avaient pénétré dans son dos et dans sa hanche. Petit troglodyte apeuré par la lumière, le froid et l'hémorragie.

Ainsi demeuraient-ils là tous les quatre : le Bébé blessé, son membre entier, le pigeon et la mort qui attendait à l'écart. Le pigeon et le pénis ne bougeaient pas. La mort avança sa main froide et sensuelle et se mit à le caresser exactement comme la main du Bébé le caressait lui-même à présent. Les deux mains ne se contentaient pas d'une simple exploration mais se rapprochaient inexorablement : le fruit était-il mûr ? L'heure avait-elle sonné ?

Pas encore. Le Bébé repoussa la mort. Il s'allongea sur le dos et continua à caresser son sexe. Il n'y avait plus suffisamment de sang dans son corps pour le raidir mais son membre sentit l'impérieuse nécessité de son maître et son toucher inhabituel. Il comprit qu'il ne s'agissait pas là du soulagement occasionnel que les jeunes gens s'octroient généreusement mais de quelque chose d'important. Il était jeune et inexpérimenté comme son maître et, comme lui, il savait qu'il allait mourir vierge. Comme lui, sa peine était immense — n'était-il pas un membre sujet à la jouissance, et pourquoi donc n'aurait-il pas lui aussi éprouvé de la tristesse ?

Le Bébé porta sa main à ses lèvres pour l'humecter de salive, la lubrifier et accélérer le processus. Mais sa bouche était sèche comme un tesson d'argile. Il versa un peu d'eau de sa gourde et retourna à sa besogne. Ses doigts imitèrent l'anneau de velours, les pétales de tulipe, le ventre du lézard. Mais son corps lui rappela que le temps était compté ; sa mort lui chuchota que la tâche était d'envergure et qu'il serait bien qu'il oublie son plaisir et revienne à de plus simples méthodes. Et son pénis, fût-ce par compassion ou par compréhension de l'urgente nécessité, parvint à se dresser un peu.

Le Bébé craignait que la mort ne perdît patience et que dans cette effroyable course son âme ne vienne vaincre sa semence en abandonnant son corps. Il espérait que la mort, au moins par curiosité, allait attendre la fin de cette affaire et il mobilisa dans son esprit des images et des sensations qui pussent l'aider à emprunter le bon chemin : les doigts de la Fillette, l'agréable caresse à cet endroit qu'il appelait « là » et qu'elle nommait « ici ». « S'il avait porté un nœud papillon il aurait été ici », plaisantait-elle.

Il se représenta son corps qui se dressait, ses jambes tendues au-dessus de lui. Il voyait son sexe beau et gonflé planant au-dessus de ses yeux dans la pénombre du pigeonnier et lui-même, se mettant à genoux, pour étreindre ses cuisses et embrasser entre elles, la faisant trembler, autant que lui, de tout son corps. Son odeur remontait à ses lèvres, et, l'espace d'un instant, redonna vie à sa chair.

Lorsqu'il sentit le miracle se produire, la semence monter dans ses canaux, non pas pour gicler mais pour ramper plutôt et tenter de suinter, il bascula sur son flanc, gémissant de douleur, se plaça au-dessus du verre et éjacula. La semence ne jaillit point mais se mit à s'écouler lentement, très lentement, et la petite perte blanche s'ajoutant à la grande perte de sang, ses forces quittèrent les muscles du Bébé, la chaleur abandonna son ventre et le souvenir s'évanouit de son esprit. Le rire qu'il avait émis entre les seins de la Fillette s'était soudain transformé en un rire spasmodique.

Une dernière pression, une dernière goutte, puis le Bébé se reposa. Son éjaculation avait mis ses nerfs à vif et exacerbé la douleur. Il était heureux. La douleur allait repousser la mort, lui octroierait quelques minutes supplémentaires. Il pencha le verre au-dessus du petit tube à essai, encourageant la lente reptation des gouttes avec son doigt. « Vite ! Dépêchez-vous ! dit-il. Mes doigts commencent à se refroidir, la camarde attend dans l'ombre. » Il ferma le tube avec un bouchon, se recoucha sur le dos et se dit : « Surtout ne pas perdre connaissance. Ne pas mourir. Tenir un peu, j'ai encore à faire. »

Pendant tout ce temps, le pigeon belge avait observé sans ciller la scène de ses yeux ronds. Il avait vu le Bébé se traîner en rampant, couvert de sang et gémissant, il l'avait vu déchirer son pantalon, se dénuder et faire des choses que la Fillette avait elle-même faites sur son corps à l'intérieur du pigeonnier. Puis il le vit ouvrir la capsule, y déposer le petit tube à essai, la refermer en tremblant et en marmonnant. Il vit alors la main qui avait saisi sa chair avancer dans sa direction. Le cœur du pigeon palpita sous sa peau, sa chair et ses plumes. Le Bébé ne sentait plus son corps, ni ce qu'il tenait, le pigeon ou lui-même, mais la chaleur de l'oiseau répandit en lui sa force et sa main put sentir l'attente des muscles de son dos et de ses ailes. Comme dans le pigeonnier, le jour où il avait tenu son premier pigeon.

L'artillerie tonna de nouveau. Cette fois c'était un obus du canon du blindé qui fit tomber d'autres pierres dans un nuage de poussière. Mais le Bébé n'avait plus peur. Lorsque la mort est si proche, il n'y a plus rien que l'on puisse véritablement craindre. Le pigeon non plus nc paraissait pas effrayé. Il abaissa sur ses yeux la fine paupière transparente que les humains ne possèdent pas, se préparant au lâcher et prenant des forces en vue de son ascension. Le Bébé attacha la capsule à sa patte, rampa, tâtonnant comme si son corps flottait au-dessus de lui. Il sortit sa tête à travers le mur détruit, ses épaules, sa main puis son torse. Il déploya la main et relâcha son étreinte, stupéfait de constater qu'il parvenait à ressentir un peu du plaisir et de l'émotion que recèle tout envoi. Le pigeon jaillit presque de sa paume et prit son essor rapidement.

La mort, qui pendant tout ce temps avait attendu là, renâclait, comprenant qu'elle avait été trompée. Mais le Bébé ne cria pas victoire. Il se déplaça un peu sur le côté pour voir son dernier pigeon monter mais n'eut pas suffisamment de force pour se retourner complètement. Ainsi demeurait-il couché, à moitié sur le dos, à moitié sur le flanc, sans plus bouger ni même gémir. Désormais plus rien n'était entre ses mains.

Désormais il ne devait s'en remettre qu'à lui. Qu'il vole en ligne droite, qu'il accomplisse sa mission, qu'il échappe à toute balle, pierre ou flèche, qu'il ne devienne pas une proie, qu'il ne se laisse pas appâter, qu'il ne se pose ni pour manger ni pour boire ni même pour se reposer, et qu'il comprenne surtout que le contenu de la capsule est totalement inédit — comme le dirait bientôt le Dr Laufer — dans toute l'histoire mondiale de la colombophilie, de sa genèse à aujourd'hui.

Du froid irradia de ses os et inonda sa chair. Son cœur s'emplit de sérénité. Suis-je en train d'imaginer tout cela ou de le ressentir vraiment ? Il s'enveloppa dans son battle-dress, se couvrit les reins, étreignit sa poitrine et, les yeux ouverts, vit le pigeon voler. Au début, clair et qui s'éloigne, puis qui monte et s'assombrit, la gorge tendre, gonflée, et les ailes si fortes qu'il eut envie de se dresser vers lui, de l'agripper et de l'embrasser avant de mourir. Mais lui gisait sur la terre en dessous quand le pigeon s'élevait au-dessus dans le ciel. Le silence s'instaura. Tout autour et en lui, seul le battement régulier de ses ailes qui s'éloignaient était perceptible.

« À la maison ! l'encouragea-t-il. Monte, va-t'en ! Ici il n'y a plus rien à voir ni à faire. Ne tourne pas la tête. Ne regarde pas derrière toi. N'aie pas peur de la mort, je la retiens très fort ! Monte. Monte. Vers la lumière, la sécurité, le calme, va-t'en au loin, là où attend la Fillette. Dépêche-toi et vole, vers ses yeux qui guettent son bien-aimé. »

Le pigeon accomplit rapidement son ascension. Au-delà du feu, au-delà de la fumée, au-delà des tirs, au-delà des cris, vers le ciel bleu, vers le silence. À la maison ! Va la rejoindre, traverse l'immense océan de l'air sans limite et sans bruit, à l'exception du vent qui siffle dans tes plumes, des battements de ton cœur et du cri de mon âme sur ta patte.

2

Ce matin-là était un matin de printemps typique à Jérusalem, clair et frais. Dans les jardins du monastère fleurissaient les citronniers et les buissons de jasmin, relevant la garde des primevères nocturnes. Les yeux des combattants délaissèrent un instant leur viseur, leurs doigts leur gâchette, tous ne regardaient que le pigeon. Au début, il s'assombrit dans le ciel clair avant de rapetisser dans l'immensité céleste. Puis le frémissement de ses ailes cessa et il devint bleu-gris jusqu'à se fondre dans un ciel aussi bleu-gris que lui. Mais après le silence, le vacarme, les tirs et les cris recommencèrent de plus belle. La guerre pouvait reprendre.

Une légère brise soufflait. Sur le versant de la colline, là où aujourd'hui se trouvent une pelouse et des balançoires, gisait le Bébé, la moitié supérieure du corps en dehors de la remise et la moitié inférieure à l'intérieur. La semence versée et le sang écoulé lui avaient fait perdre beaucoup de poids. Ainsi étendu, à moitié sur le côté, à moitié sur le dos, il comprit que cette brise délicate allait suffire. Faible et léger, ballotté d'abord par le vent comme une graine de séneçon, puis balayé comme une plume, il recouvra sa force, s'éleva et se mit à planer.

Le pigeon, malgré sa requête explicite, regarda en arrière. Lorsqu'il vit qu'il s'élevait jusqu'aux nues et le suivait, il fut rassuré. Sans décrire le cercle que les pigeons voyageurs tracent généralement avant de prendre l'exacte direction, sans la moindre hésitation, rapide et précis comme une flèche, il fila droit vers sa maison. Le désert et la montagne derrière, la mer devant, le Bébé dans son sillage, un jeune homme enveloppé dans un manteau, le pantalon déchiré, la tête couverte de poussière. Son corps a l'âcreté du sang mais ses yeux sont ouverts et voient : le pigeon, la ville, et là, au loin, deux bancs de sable bordant la mer, plus bas, un village, une plantation, une colline et un ravin. Une oliveraie argentée et un fermier qui conduit tranquillement une mule dans un sentier. Des chèvres qui cabriolent. Des roches éparses dans le lit d'une rivière. Là où hier l'eau de pluie ruisselait ne subsistent maintenant que quelques flaques d'eau qui miroitent et dans son vol lui font des clins d'œil. Voilà le fleuve Soreq, le Castel, Kiryat Anavim, s'émut le Bébé. Voici l'étable, la salle à manger, le campement du *Palmach*. Et là, dans la vallée, le cimetière. Deux de ses camarades peinaient, agitaient une pioche et une bêche. Le son métallique si familier, si clair contre la roche parvenait jusqu'à lui dans l'air frais. Il tendit l'oreille, vit et comprit : c'était sa tombe qu'ils creusaient.

Et voici le pigeonnier qu'il avait construit avec l'élégant menuisier revêche. Voilà maintenant le camarade responsable du poulailler qui l'avait remplacé, il était en train d'ouvrir les portes, ses pigeons revenaient de leur vol matinal. Le drapeau blanc était baissé et le bleu déjà s'agitait à leur intention. Le Bébé fut saisi d'angoisse à l'idée que le pigeon de la Fillette se pose lui aussi. Mais celui-ci ne baissa pas le regard, ne ralentit pas le battement de ses ailes. Il poursuivit son vol. Au-delà. Au-delà, dans l'unique direction qu'indique la boussole à ceux de son espèce.

À la maison ! Ses ailes ne cessent de battre vers leur objectif, ses yeux de scruter et d'identifier, son cœur de se dilater et de se contracter. Au-delà des chemins tortueux de ceux qui n'osent pas aller droit au but. Au-delà des empreintes de pied de ceux qui sont incapables de s'élever. Au-delà d'anciens colombiers vidés de leurs occupants. Au-delà des cheminées et des crevasses d'un rocher qui leur servaient de refuge. Au-delà de ce petit pays dont les pigeons parcourent allègrement le ciel et où les hommes se heurtent à ses pierres, tombent sur sa terre et retournent à la poussière. À la maison ! Le colombier et la matrice l'appellent et lui font des signes. Les petites rames de la semence le poussent. L'« Ulysse des oiseaux », et bien plus que cela encore. Rien ne ralentissait sa course. Ni un atterrissage. Ni un détour, ni Circé, ni Calypso pas plus que les cyclopes. Ni le faucon qui soudain fonça et auquel il échappa par une pirouette et une plongée subite. Ni quelques graines tombées et oubliées dans les granges. Ni un tourbillon d'air facétieux qui l'invita à se divertir devant les falaises à l'entrée d'un ravin. Ni l'attrait d'un ruisseau. Descends, ma colombe, ma parfaite, viens te baigner et te désaltérer.

Le Bébé volait parfois derrière lui, parfois, indolent, planait à ses côtés. Et parfois, comme s'il s'amusait, au rythme des ailes du pigeon. Je suis mort. Me voilà. Je vole. Je suis vivant. Il s'était déjà habitué et jouissait de sa hauteur. Il se retourna, s'éleva et plongea. Ses oreilles percevaient le claquement des ailes du pigeon, le vent siffler entre ses pennes, et les cris de joie et d'effroi étouffés dans la capsule qu'il avait attachée à sa patte. Son nez sentait l'océan aérien, ses yeux voyaient le pays défiler sous lui. Il est si petit dans nos existences, songea-t-il, mais comme il est grand lorsque nous mourons : des collines dénudées, des collines en terrasses, un champ qui se bat pour sa survie dans une dernière rébellion de vert. Des drapeaux jaunes de victoire, le printemps en retraite.

Les collines rapetissent peu à peu et s'arrondissent, s'aplatissent. Le pigeon survola la petite ville, aperçut la grande tour blanche, se souvint de l'avoir déjà vue dans le passé et sut que la maison était proche. Dès lors, la terre commença à s'orner de larges et vastes vêtements faits par l'homme, de vignes vert clair et de vergers vert sombre. L'air était plus chaud. La senteur des floraisons s'éleva jusqu'au Bébé comme un dernier bienfait, comme une preuve : même les morts peuvent se réjouir, eux aussi éprouvent du plaisir, eux aussi se souviennent et sont reconnaissants. Et déjà la bande jaune des dunes, la mer bleue, avec au milieu Tel-Aviv. Comme elle est belle, songea-t-il : bleu, rose et jaune. Les vagues, les toits et le sable. Ses yeux, sa peau, ses cheveux. Brusquement, le pigeon piqua vers le bas. Le Bébé se hâta derrière lui. Au-dessous d'eux se dessinait déjà la colline de grès. Les sycomores à sa lisière, la piscine en haut et le petit jardin zoologique contigu et clôturé sur son flanc. L'oiseau fonça vers le pigeonnier mais lui s'arrêta, planant et observant de loin les cages des animaux et leurs pensionnaires, ceux qui étaient endormis et rêveurs et ceux qui étaient éveillés. Les tortues géantes et le bassin des oiseaux aquatiques. Il aperçut aussi le lion, l'ours et soudain, elle aussi, sa bien-aimée, se dépêchant de sortir du pigeonnier. La main levée, le visage plein d'espoir et de joie.

Le pigeon se posa sur la planche d'atterrissage et se fraya un chemin en poussant la porte-trappe. La Fillette l'accueillit d'une main délicate et experte, lui présentant de l'eau fraîche et des graines de haschisch. Elle le caressa et détacha la capsule de sa patte. Le Bébé la vit qui sortait le tube, le regardait, l'ouvrait et l'approchait de son nez. Son nom fusa jusqu'à lui. Le cri de la Fillette fendit l'air. Non et non et non et non. Mais ses oreilles n'entendaient déjà plus. Il était mort.

CHAPITRE XVIII

1

Ce matin-là, la Fillette s'était contentée d'accomplir les tâches indispensables : vérification des sacs de nourriture, nettoyage des mangeoires et raclage du sol du pigeonnier. Lorsque le cœur est lourd d'inquiétude, mieux vaut remettre à plus tard les accouplements, les lâchers de pigeons ou le dressage de la nouvelle génération. Dans un tel état, le risque serait grand de se tromper en remplissant les fiches de reproduction.

Elle exécutait son travail en silence et méthodiquement, trouvant quelque consolation dans cette routine, quand elle entendit soudain le bruit des ailes dans sa tête. Si fort que tous les animaux du zoo se turent. Comme elle, ils tendirent une oreille et un œil. Chaque animal demeura pétrifié sur place. Les singes cessèrent de crier, les lions de rugir, les daims n'éprouvèrent plus de crainte, et la Fillette se retourna, accourut dehors et leva la main et le regard.

Le pigeon descendit vers elle si vite qu'elle eut l'impression que le ciel se fendait. Un instant elle ne sut si elle voyait un corps ou un esprit, un véritable pigeon ou bien un mirage. Mais comme souvent en pareille circonstance le corps sent, sait et comprend avant les sens et l'esprit, et au lieu de descendre de la tête, la joie monte du diaphragme : le pigeon qu'elle lui avait donné était revenu. Il l'avait lâché vers elle. Il était vivant. Tout allait bien.

Le pigeon se posa sur la planche d'atterrissage de l'entrée sud-est, poussa la grille de la porte-trappe, pénétra dans le compartiment au-dessus et demeura immobile. La Fillette déploya et écarta les plumes de sa queue, à la recherche de la plume. Comme elle ne s'y trouvait pas, elle détacha la capsule de sa patte.

Surprise ! Dans la capsule il n'y avait aucun pigeongramme mais un tube en verre bouché. La Fillette l'examina à la lumière et constata que ne s'y trouvait pas non plus de billet mais quelques gouttes d'un liquide obscur. Elle retira le bouchon, renifla et la joie de l'arrivée du pigeon se mua en stupéfaction. Le corps pétrifié avait déjà compris, la bouche béante cria, le nom fusa dans un hurlement.

Ses genoux vacillèrent mais la crainte pour le contenu du tube raffermit ses mains. Surtout ne le fais pas tomber ! Ne tombe pas ! Le deuil et la mort furent ajournés. Il fallait à présent réfléchir. Ne pas faiblir ! Elle referma le tube avec le bouchon, l'enveloppa dans du coton, le mit dans la poche de sa chemise et plaqua sa main contre lui. Ainsi sortit-elle du pigeonnier pour courir jusqu'à la chambre du Dr Laufer, contiguë à l'entrepôt du jardin zoologique.

— Qu'est-ce qui se passe ? lui demanda interloquée la gardienne de l'entrepôt. Je ne t'ai jamais vue comme ça. Fais attention s'il te plaît, tu vas casser quelque chose. Mais que fais-tu ?

— Une seringue... j'ai besoin d'une seringue... bredouilla la Fillette. Ses mains ouvraient les tiroirs, fouillaient, renversant les objets au passage. Elle se mit à hurler :

— Il me faut une seringue et une cuillère ! Tu ne comprends pas ? Tu es pourtant une femme comme moi, et tu ne comprends pas ce que c'est quand une femme a soudain besoin d'une seringue et d'une cuillère ?

— Non. Je ne comprends pas, mais si c'est tellement important, voilà une cuillère et il y a ici une seringue.

La gardienne de l'entrepôt leva le couvercle d'un récipient en métal sur l'étagère.

— Tiens ! Ça vient d'être stérilisé comme tu vois. Mais pourquoi cries-tu comme ça ? Quel rapport avec les femmes ? Quel type d'aiguille te faut-il ?

— Aucune aiguille. Une seringue seulement... Vite ! C'est urgent !

La Fillette arracha la seringue de la main de la gardienne, attrapa la cuillère sur la table et s'enfuit.

— J'ai vu des filles qui avaient un besoin urgent de chocolat, d'homme ou même de poésie... mais une seringue sans aiguille et avec une cuillère ! cria derrière elle la gardienne.

Mais ce dernier trait d'esprit se perdit dans les airs. La Fillette se hâta de retourner dans le pigeonnier où elle fit brutalement irruption, sans se soucier des règles et des convenances. Elle étendit la couverture militaire sur le sol et y déposa un petit sac de graines. Elle s'y installa à son tour, inspira profondément et ouvrit les portes du pigeonnier. Une immense nuée d'oiseaux étonnés en sortit et s'éleva au-dessus du jardin zoologique, sans s'éloigner ni prendre de l'altitude mais se contentant de décrire lentement des cercles. De quatre mouvements rapides elle défit les embrasses des rideaux. Les lourdes tentures tombèrent sur les fenêtres et la pénombre monta du sol. Elle prit le tube et ôta le bouchon. D'un tapotement précautionneux et délicat du doigt, elle fit couler la semence du Bébé dans la cuillère. D'une légère pression du piston elle l'aspira à l'intérieur de la seringue. Combien y en avait-il ? Guère plus que quelques gouttes.

Elle se déshabilla et s'étendit sur le dos sur la couverture, songeant à la dernière fois où sur cette même couverture elle l'avait embrassé, étreint, touché, caressé, heureuse de lui donner tant de plaisir. Elle s'en voulait de ne pas avoir insisté pour coucher avec lui comme elle s'en voulait de cette semence qui s'était déversée dans sa main. Mais assez pleuré ! Elle glissa sous ses reins le petit sac de graines et ouvrit largement les cuisses. Elle prit la seringue de la main droite et approcha la gauche de sa bouche, humecta ses doigts de salive et les introduisit en elle. Elle les suça à nouveau, les humectant encore et encore de salive, se lubrifiant généreusement et profondément. Puis elle retint sa respiration, fit pénétrer la seringue entièrement et pressa le piston.

Elle serra ses cuisses, replia ses genoux contre sa poitrine et les étreignit des deux mains. Il ne lui restait plus rien à faire, sinon croire en son propre corps et en la semence du Bébé. Qu'elle trouve le chemin ! Ainsi demeura-t-elle couchée, les yeux fermés, à écouter le flux de la semence descendre au plus profond. Elle naviguait et plongeait en elle.

C'est ça ! se dit-elle dans son cœur. Descendez, descendez encore ! À la maison ! Tout droit ! Mille petites ailes la traversaient, planaient dans les profondeurs de son corps. Descendez, descendez, au plus profond, dans le noir, l'intime, à l'intérieur, à l'intérieur, à l'intérieur. Vers la vie et la chaleur, vers le calice humide. Nous avons fait ce que nous avions à faire. Maintenant à vous d'agir. Allez de l'avant, ne tournez pas la tête.

La semence, comme si elle avait entendu sa voix, se dépêcha et plongea. À la maison ! Profondément.

Du ciel mortifère aux abîmes de la vie, du froid dehors à la chaleur de l'intérieur, du sifflement de son vol sous le soleil à un silence obscur et abyssal.

2

Quelques minutes plus tard, la Fillette écarquilla ses paupières et vit que le pigeon n'avait pas quitté le pigeonnier avec ses compagnons mais qu'il était resté là près de son visage. Ils se regardèrent tous deux. La Fillette à travers ses paupières humides et le pigeon, l'œil bienveillant et rond, la tête un peu penchée, à la manière des pigeons quand ils souhaitent mieux voir.

— D'où viens-tu ? demanda la Fillette.

Les pigeons sont bien sûr incapables d'indiquer les directions et les lieux. Ces créatures dont les yeux sont des télescopes, le bec une boussole et la nostalgie une carte n'ont point besoin de tout cela. Aussi l'oiseau lui répondit-il de façon sibylline quoique plus poétique qu'on ne pouvait s'y attendre et plus fleurie que nécessaire :

— Du sommet de la colline, articula-t-il, du bruit et du feu, de là le Bébé m'a lâché avant de mourir.

— Combien de temps as-tu volé ?

— Quarante minutes.

— Et le soleil ?

— Derrière moi. Tout le temps.

— Quarante minutes du sud-est, dit la fillette. Tu viens de Jérusalem.

— Probablement, roucoula le pigeon. Cela importe peu pour nous, pigeons, d'où nous venons, tant que nous rentrons à la maison.

Et prenant l'air important, il ajouta :

— Je suis son dernier pigeon. Je suis le dernier que le Bébé a lâché.

Les paupières lasses de la Fillette s'alourdirent. De grosses larmes s'échappèrent et glissèrent sur ses joues. À présent qu'elle avait fini sa besogne, elle se remit à penser à la mort de son bien-aimé, oubliant ce qu'il lui avait envoyé et ce qu'elle en avait fait.

— Raconte-moi ce qui s'est passé, poursuivit-elle. Te portait-il dans le pigeonnier sur son dos au moment où il a été blessé ?

— Non, répondit le pigeon, il nous avait laissés à un endroit sûr et était sorti. Une cloche sonna, le tonnerre gronda, une langue de feu bondit en avant. Le monde trembla et le pigeonnier tomba et se brisa. Mes deux camarades moururent. La petite pigeonne sur le coup et le grand pigeon un peu plus tard. Je restai seul à attendre.

Il se tut. Picora une graine sur le sol, but de l'eau, signe qu'il avait achevé son repas, recula de la soucoupe et se mit à observer la Fillette.

— Et le Bébé ?

— Il revint. Il baignait dans son sang, la chair broyée, rampant et gémissant.

Ce style emphatique effraya la Fillette. Elle retint ses pleurs de peur que son corps ne tremble et contrarie le flux de la semence.

— Et qu'a-t-il fait ?

— Il a déchiré ses vêtements, a dénudé sa chair et a fait avec son corps des choses que tu lui avais faites toi-même ici exactement.

Ils sourirent tous deux. Le pigeon avec beaucoup de grâce, les paupières serrées, le bec entrouvert, et la Fillette, les yeux pleins de larmes regardant ailleurs et les lèvres blanches.

— S'il avait eu des ailes, il serait venu lui-même à toi, exactement comme moi, tout à son objectif, sa distance à parcourir, sa direction et sa progression. Il a fait couler, a versé, a fermé et a attaché la capsule à ma patte. Il m'a attrapé, a rampé, m'a lâché et a trépassé.

— Si j'avais eu des ailes, j'aurais volé jusqu'à lui pour le sauver, dit la Fillette.

— J'ai été vos ailes, déclama le pigeon, je suis la chair et l'âme, je suis le souffle du corps et le poids de l'amour, je suis le vent et la force.

Les pigeons qui s'étaient envolés au-dessus du pigeonnier descendirent et tournoyèrent tout autour. Peut-être avaient-ils faim et soif, peut-être voulaient-ils être témoins de la conversation. Certains étaient perchés sur le toit du pigeonnier et, par terre, d'autres allaient, venaient et roucoulaient.

— Chut ! leur dit le pigeon pour les faire taire, chut ! La semence est rentrée au foyer. Soyez patients !

— Chut ! haleta la fillette, il est rentré, il navigue en moi et plane. Je le sens.

Les pigeons dehors s'envolèrent à nouveau et décrivirent des cercles au-dessus du pigeonnier. La Fillette retira de son corps la seringue et sans jeter le moindre regard sur son contenu vide, elle la lâcha par terre. Ses paupières se fermèrent. Ses membres s'affaiblirent. Son corps fut subitement en proie à une immense lassitude. C'est ainsi que le Dr Laufer, arrivé quelques minutes plus tard en courant, en sueur et essoufflé la trouva. Une demi-heure plus tôt, il avait aperçu au loin les pigeons au-dessus du jardin zoologique. Ils planaient, ne descendaient ni ne montaient, ne s'approchaient ni ne s'éloignaient, ne faisant que flotter dans un cercle au-dessus d'un point névralgique. Il comprit que quelque chose s'était passé.

Ce n'était plus un jeune homme, mais sa peur lui avait donné des pattes de gazelle et son imagination l'avait doté d'une nouvelle jeunesse. Il avait couru comme un fou, sauté au-dessus des clôtures, s'était enfoncé dans des terrains sablonneux, s'agitant, avalant les distances, prenant des raccourcis à travers des jardins et criant « s'il vous plaît, pas maintenant ! Nous sommes très, très pressé ! » à quiconque protestait, cherchait à le retarder ou à l'arrêter. Lorsqu'il arriva au zoo, il ne se dirigea pas vers le portail d'entrée mais se prépara et, continuant tout droit dans sa précipitation, escalada le mur, retomba de l'autre côté, se releva et fila droit vers le pigeonnier.

Il souleva la tenture et jeta un coup d'œil à l'intérieur où il vit la Fillette étendue sur le sol. Il craignit d'abord qu'elle fût morte, puis il comprit qu'elle dormait et c'est alors seulement qu'il s'aperçut qu'elle était nue. Nue et les membres écartelés, des sillons desséchés de larmes brillantes sur ses joues et des sillons desséchés de salive incolore à l'intérieur de ses cuisses. Que faisait auprès d'elle la championne belge qui avait disparu ? Pourquoi était-elle juchée sur son épaule et que surveillait-elle ? Il détourna la tête pour ne pas regarder davantage la nudité de la Fillette, alla chercher sa couverture militaire grise en laine, celle dans laquelle il s'emmitouflait quand il devait rester dormir sur un lit de camp au jardin zoologique pour veiller un animal malade ou qui avait du mal à mettre bas. Marchant à reculons, il entra dans le pigeonnier, étendit la couverture sur la Fillette, sortit, puis referma la porte derrière lui, entra en trébuchant dans son petit bureau où il trouva la gardienne de l'entrepôt qui lui raconta dans un chuchotement excité que la Fillette était devenue folle.

— Complètement, docteur Laufer, dit-elle, je vous assure docteur Laufer, elle est devenue complètement folle. Elle a débarqué ici en hurlant et vous n'allez pas le croire docteur Laufer, savez-vous ce qu'elle m'a demandé ? Une cuillère et une seringue, docteur Laufer, je me demande bien pour quoi faire !

Le Dr Laufer ne comprenait pas ce que cela signifiait, mais lui, contrairement à la gardienne, connaissait la Fillette et savait qu'il ne s'agissait pas de folie mais d'un dessein impératif. Il revint au pigeonnier et patienta dehors jusqu'à ce que les rideaux se lèvent et que la Fillette, réveillée et habillée, en sorte. Le pigeon belge était posé sur son épaule et ceux qui voletaient dehors quelques instants plus tôt entrèrent et se rassasièrent dans le pigeonnier.

— C'est le pigeon qui a disparu il y a quelques jours ? s'étonna-t-il.

— Le Bébé est mort, dit la Fillette.

— Où ? Quand ? cria le Dr Laufer. Comment ça mort ?

— Et avant de mourir, il me l'a expédié.

— Qu'est-ce que tu racontes ? Quand le lui as-tu donné ?

— Il est venu me dire au revoir avant d'aller au combat. Je le lui ai donné et il est parti.

— Avant d'aller au combat ? cria le Dr Laufer.

Les nouvelles s'abattaient autour de lui les unes après les autres.

— Quel combat ? Il est colombophile, il n'a pas à combattre. Comment ça un combat ? Et pourquoi dis-tu qu'il est mort ?

— Ce matin, il est tombé près d'un monastère de Jérusalem. Dans un monastère avec une cloche et un canon...

Maintenant la Fillette pleurait à chaudes larmes. Elle hoquetait. Le Dr Laufer la serra dans ses bras.

— Chh... Chhh... Chhh, tenta-t-il de la calmer. Qui t'a annoncé sa mort ? Qu'est-ce qui te permet de dire ça ?

— Lui me l'a annoncée. Le pigeon aussi.

— Comment un homme peut-il annoncer qu'il est mort ? Depuis quand les pigeons parlent-ils ? C'est impossible.

La Fillette garda le silence.

— Et que t'a-t-il envoyé ?

La Fillette lui présenta la capsule ouverte et le tube vide.

Le Dr Laufer regarda. Ses jambes chancelèrent avant même qu'il n'ait eu le temps de renifler. Son nez confirma ce que son corps avait compris, ce que son cœur avait accueilli mais que son cerveau refusait. Il s'assit lentement sur une caisse, serra les jambes de la Fillette et colla sa tête contre ses cuisses. Les épaules du vétérinaire tremblaient. Sa gorge était nouée.

— Excuse-nous, lui dit-il, excuse-nous de pleurer. On nous avait promis qu'il ne ferait qu'élever des pigeons, qu'il n'aurait qu'à installer le pigeonnier. Mais savons-nous vraiment comment les choses se passent ? Nous ne faisons que soigner des animaux et dresser des pigeons. Tout cela nous dépasse.

Il se leva de toute sa hauteur, appuya la tête de la Fillette contre son épaule et murmura :

— Et toi, c'est incroyable... C'est pour ça que tu as demandé à la gardienne la cuillère et la seringue... et sans hésiter, sans peser le pour et le contre, une telle décision...

— C'est ce que je voulais, et c'est ce qu'il voulait. Nous avons évoqué un enfant lors de notre dernière rencontre, un enfant que nous ferions après la guerre. Et c'est ce qu'il m'a envoyé.

— Quelle histoire miraculeuse ! s'enhardit le Dr Laufer comme si en lui se répandaient aussi les nouvelles forces de la Fillette, une histoire comme jamais on n'en entendit dans l'histoire mondiale de la colombophilie. Nous la raconterons au prochain congrès.

3

Les jours passèrent, s'accumulèrent, se transformèrent en semaines. Le Dr Laufer se ravisa et ne dévoila rien à personne, mais lors du congrès organisé six mois plus tard, tous les colombophiles ne purent s'empêcher de remarquer le gros ventre de la Fillette ainsi que le pigeon belge qui ne quittait pas son épaule. Trois mois plus tard, elle donnait naissance à un garçon qui ressemblait comme deux gouttes d'eau à son père et il ne fallait pas beaucoup d'effort pour deviner son identité.

Quand l'enfant eut six mois, sa mère l'emmena au congrès suivant de colombophilie. Le Dr Laufer la photographia assise en train d'allaiter son fils avec le pigeon belge perché sur son épaule. Où se trouve cette photo aujourd'hui ? J'aimerais bien le savoir. Les colombophiles étaient très émus. Ils s'approchèrent d'elle les uns après les autres, participant à son deuil et à sa joie, souriant et essuyant une larme.

La Fillette allaita son fils assez longtemps, douze mois entiers. Alors que le Dr Laufer lui signifiait que le temps était venu d'arrêter — « en tant que vétérinaires, nous comprenons ces choses mieux que beaucoup de pédiatres » — apparut dans le jardin zoologique un hôte que l'on avait presque oublié : le garçon qui était avec elle le jour où avait échoué sur son balcon le pigeon blessé. C'était le fils des voisins qui avait pansé l'oiseau et qui l'avait accompagnée au jardin zoologique. Il avait apporté du pain sec, avait appris le livre d'anatomie de Corning et le dictionnaire d'anglais. Puis il était parti faire sa médecine à Chicago aux États-Unis.

Dix ans s'étaient écoulés depuis, qui à ses yeux avaient paru cent ans. Pas un jour n'était passé sans qu'il n'eût songé à elle, pas une nuit sans qu'elle n'eût visité ses rêves. Ce n'était désormais plus un garçon mais un jeune homme dont le monde attendait les choix et les actes. Derrière lui, il avait laissé une douzaine de propositions de travail qu'il avait repoussées, une douzaine de tentatives de persuasion qui avaient fait long feu et quatre cœurs américains brisés. Il avait débarqué au port de Haïfa, avait embrassé ses parents émus et fiers, et une heure plus tard, dans le taxi en route vers Tel-Aviv, il leur avait demandé des nouvelles de la Fillette.

— Mieux vaut que tu ne saches pas, lui avait dit sa mère, et son père avait ajouté :

— Nous parlerons de cela à la maison.

— Toute la ville est au courant. Quelle honte ! avait grommelé sa mère.

Ils n'habitaient plus dans l'appartement de la rue Ben Yehuda au-dessus de chez la Fillette, mais dans un autre, plus spacieux, non loin de la place Dizengoff. Il posa ses valises dans la chambre que ses parents lui avaient préparée et leur dit :

— Je sors. Je reviens plus tard.

— Où vas-tu ? cria sa mère. Tu viens à peine de rentrer des États-Unis que déjà tu repars ?

— Je reviens tout à l'heure, dit-il. Je dois la voir.

Ses jambes ne le conduisirent pas rue Ben Yehuda mais dans la direction opposée. Le gros monsieur prit le pain rassis qu'il avait ramassé en chemin, le laissa entrer par le portail du jardin zoologique, mais il semblait confus et baissa le regard.

Le jeune médecin entra dans le zoo, remonta l'allée, et près du pigeonnier vit la Fillette assise qui allaitait un enfant. Son sang se figea dans ses artères. Sa chair se lignifia. La Fillette ne l'aperçut pas car elle baissait la tête comme le font les nourrices. Il recula, et, caché dans le virage de l'allée, il reprit ses forces. Puis il s'approcha à nouveau et arriva auprès d'elle.

— Bonjour Raya, dit-il.

— Bonjour Ya'acov, répondit Raya en levant la tête.

— Tu étais une petite fille quand nous nous sommes quittés et voilà que tu allaites un enfant.

— Il s'appelle Yair.

— C'est un bel enfant.

— Il ressemble à son père. S'il m'avait ressemblé, il aurait été plus beau.

— Je viens de rentrer des États-Unis. J'ai terminé mes études de médecine.

— Félicitations.

— À toi aussi. Je suis arrivé à la maison il y a une demi-heure. La première chose que j'ai faite est de venir te voir.

— Merci.

— Et où est le père de Yair ?

— Le père de Yair est mort à la guerre.

— Je suis désolé. Je l'ignorais.

Tout à coup, il se sentit plein de courage, il ne put contenir plus longtemps et garder prisonnier ce qu'il s'était dit et redit dans son cœur durant toutes ces années en se levant, en marchant, à la bibliothèque de l'université, au laboratoire, à l'hôpital, sur son lit la nuit. Les mots fusèrent :

— J'aurais pu, Raya, rester au pays, et au lieu d'apprendre la médecine aux États-Unis, je serais allé à la guerre. J'aurais dû peut-être accepter l'invitation du Dr Laufer et travailler avec toi ici au pigeonnier. Mais lui aussi trouvait alors que je pouvais devenir un bon médecin et il avait raison.

— C'est amusant, répondit ma mère, comme le Dr Laufer a fixé notre destin à nous tous. À toi, à moi, à mon bébé qui vient de naître et à mon Bébé qui est mort.

Elle me fit passer d'un sein à l'autre dans un mouvement déterminé, bond précipité et terrifiant de la crainte à la sécurité. Puis elle dit :

— Docteur Ya'acov Mendelsohn, enchantée !

— J'espérais t'oublier Raya, dit le jeune médecin, mais je n'y suis pas parvenu.

Elle ne répondit pas.

— Je t'ai envoyé sept lettres la première année, dix la troisième, et cinq la quatrième puis j'ai cessé de t'écrire car tu ne répondais pas.

— Cela n'aurait servi à rien.

Il s'assit en face d'elle et dit :

— Je t'ai toujours aimée, Raya, déjà quand tu étais une fillette, quand tu étais allongée sur le ventre sur votre balcon et que tu lisais, avant que n'arrive le pigeon blessé. Je t'ai regardée tant de fois de notre balcon à l'étage du dessus. Un jour ta chemise s'est un peu relevée et j'ai vu d'en haut les fossettes sur ton dos. J'ai fermé les yeux et leur ai envoyé des baisers.

Elle se tut.

— Le chemisier qui est tombé sur votre balcon

le jour où a échoué le pigeon blessé, c'est moi qui l'avais jeté. Il n'est jamais tombé.

— C'est ce que j'avais pensé.

— Si tu me demandes quelle est la chose la plus importante que j'ai apprise à la faculté de médecine, je te répondrai qu'il est possible de réparer bien des choses. Pas seulement dans le corps, mais aussi dans l'âme. Il est possible de réparer et de guérir. Et je pense que c'est précisément ce que maintenant nous devons faire.

Elle restait silencieuse.

— Je ne savais même pas que tu t'étais mariée, dit-il. Mes parents m'ont écrit toutes sortes de choses, mais ils ne m'ont jamais parlé de ça.

— Je ne me suis pas mariée, dit ma mère.

Le jeune médecin inspira profondément. Il décida de repousser tous les éclaircissements et toutes les surprises pour des temps et des conversations ultérieurs.

— Je te propose de m'épouser, dit-il, que tu enfantes une fille. Je voudrais une fille, et j'élèverai ce bébé comme s'il était le mien.

Et il en fut ainsi, plus ou moins. En effet, quelques jours plus tard ma mère lui annonça : « Nous acceptons. » Mais au lieu d'une sœur naquit un frère et le docteur Ya'acov Mendelsohn devint Vot'père. Sobriquet approprié pour chacun à tous points de vue.

CHAPITRE XIX

1

— Voilà, me dit mon entrepreneur-qui-est-une-femme, nous avons démoli et jeté tout ce qu'il fallait. Le temps maintenant est venu de construire.

— Par quoi vas-tu commencer ?

— Normalement on commence par monter les cloisons intérieures et l'on prévoit les branchements d'eau et d'électricité. Mais nous allons nous occuper d'abord de la douche extérieure.

Elle appela l'ouvrier chinois.

— Ici vous allez couler une dalle de béton, dit-elle, un mètre cinquante sur un mètre cinquante, qu'il y ait de la place pour deux, avec une inclinaison de deux pour cent pour l'évacuation.

— Tu es sûre que c'est le bon endroit ? insistai-je. Je n'ai pas envie que tous les enfants du village viennent me regarder !

— Ne t'inquiète pas. Les Chinois ont inventé les nouilles, les cerfs-volants, la poudre à canon et la douche en plein air. Ils font toujours en sorte que personne ne puisse voir.

L'ouvrier baragouina quelque chose et Tirzah lui répondit en lui montrant du doigt :

— Faites les évacuations d'eau vers le citronnier, là. Prévoyez des conduits de six centimètres. Voilà, me dit-elle, à présent laissons-le. Les Chinois sont comme nous, ils s'énervent si on est sur leur dos.

— Comment a-t-il compris ce que tu lui as dit ?

— Quand chacun parle sa langue, la musique du langage est naturelle, le mouvement des mains et du corps l'est tout autant, et tout le monde se comprend.

— Alors pourquoi as-tu eu besoin de préciser « une inclinaison de deux pour cent » ?

— Afin qu'il sache que son entrepreneur sait de quoi il parle, même si son entrepreneur est une femme, et qu'il le respecte.

Ainsi débuta donc la construction de ma nouvelle maison : par une douche en plein air. L'ouvrier chinois égalisa la terre, confectionna un cadre en bois pour couler le béton, posa un grillage en fer sur lequel il fixa un tuyau d'évacuation, avant de mélanger, de verser et de lisser dans d'amples mouvements de bras. Une fois le béton un peu durci, il me proposa d'un sourire cordial et par gestes que j'appose mes paumes en souvenir. Je le fis et l'invitai à en faire autant. Il rit, refusa, recula, mais finalement s'agenouilla près de moi pour s'exécuter.

Le lendemain, je partis observer les chouettes effraies dans la vallée de Beit Shean. À mon retour, Tirzah m'annonça :

— Ta douche est prête, viens voir !

J'allai voir. Un étroit sentier de dalles — « pour éviter que tes doigts de pied humides pataugent dans la boue » — conduisait à mon nouveau coin où se trouvait tout ce qu'il fallait pour une douche en plein air : un sol et une évacuation, des crochets pour les serviettes, un endroit pour le savon et le luffa, et même un petit miroir à l'initiative de l'ouvrier chinois qui avait pressenti ce que Meshoulem et Tirzah ignoraient : que j'aimais me raser sous la douche sous un petit filet d'eau, le visage couvert de mousse.

— Vois si tout fonctionne bien, dit Tirzah. Que tu n'ailles pas ensuite te plaindre auprès de ton entrepreneur.

J'ouvris le robinet. Une pluie douce et abondante jaillit — un jet fin et puissant ne convient bien sûr pas à une douche en plein air —, et l'eau fut engloutie dans l'évacuation du sol pour sortir près du citronnier.

— Il n'est pas moins heureux que toi ! dit Tirzah.

— Pourquoi l'as-tu choisi ? Tu aurais tout aussi bien pu drainer l'eau vers d'autres arbres.

— Il le mérite. Il sent bon et donne d'excellents fruits, dit-elle en me poussant vers l'ouvrier : Tu peux lui dire merci. Les Chinois sont comme nous, ils aiment les flatteries et les compliments.

Je le remerciai avec de chaleureux mots hébraïques, joignant les mains à la parole. Ravi, il s'inclina et me sourit. Je lui rendis sa révérence et ajoutai que la douche était à sa disposition quand il le désirait. Tirzah revint de son pick-up avec du savon, du shampoing, de la crème pour les mains, quatre nouvelles serviettes, un tapis de bain, un luffa, une petite brosse dure pour les mains et les ongles, un rasoir et cinq bougies commémoratives.

— Tu es devenue folle ! Nous allons nous doucher comme si nous étions en deuil !

— C'est tellement agréable de se doucher le soir à la lueur des bougies. Les bougies commémoratives ne coulent pas, ne s'affaissent pas et se consument très lentement. Et de toute façon, quel bonheur de prendre du plaisir en se disant que d'autres sont morts et que tu es toujours là.

2

Le soleil déclina, Tirzah tendit au conducteur du tracteur les clefs du pick-up en lui disant de raccompagner les ouvriers et de les ramener le lendemain matin. Nous restâmes seuls.

— Iraleh, me dit-elle, as-tu envie d'étrenner la nouvelle douche que je t'ai construite dehors ?

— Tiraleh, lui répondis-je, souhaites-tu que l'on coupe un ruban ou que l'on fasse sonner des trompettes ?

— Non. Seulement qu'on s'y douche pour la première fois.

— Tout nus ? Dehors ?

— Tu peux te doucher habillé si tu veux ! Et avant que tu ne poses encore d'autres questions stupides, alors oui en effet, avec moi.

Je la regardai se déshabiller, ouvrir le robinet, avancer sous le jet. Ses yeux habituellement jaune-vert devenaient bleus sous l'eau. Elle leva le visage vers la douche, passa ses doigts dans sa chevelure qu'elle essora. Elle se retourna vers moi.

— Tu ne me rejoins pas ? demanda-t-elle.

Je me déshabillai et la rejoignis.

— Depuis que Gershon... je n'ai pas pris de douche avec toi, dit-elle.

Deux minutes plus tard, elle ferma le robinet — « Les Hiérosolymitains ne supportent pas de voir ainsi l'eau couler en abondance » —, et elle entreprit de me savonner avec vigueur et efficacité comme on savonne un petit enfant. Même derrière les oreilles et les coudes, les *pipot,* les genoux et entre les fesses.

— Qu'est-ce que tu fais ? dis-je en gloussant, à cause de ses chatouilles, de mon embarras mais aussi de plaisir.

— Je te lave mon *amou.* J'enlève tout ce qui s'est collé à toi. À présent, lave-moi toi aussi comme ça.

Le corps de Tirzah est ferme et musclé. Sa peau est naturellement hâlée, sans taches blanches et brunes laissées par le bronzage. Je la savonnai, d'abord avec hésitation, puis sur tout le corps. La nuque et le ventre, les mains et le dos. De long en large, entre et autour, dedans et derrière. Comme lorsque je savonnais les deux Y quand ils étaient petits et qu'ils venaient le week-end chez leur oncle. Je lavai son épaisse et courte chevelure. M'agenouillai et lui grattai la cheville. Elle rit et me tendit un pied puis l'autre, comme un cheval que l'on ferre :

— Je me souvenais quelle andouille tu étais mais j'avais oublié à quel point tu étais doux !

Sa main derrière mon dos rouvrit à peine le robinet. Non pas un jet plein et continu, mais de fines giclées entrecoupées de lourdes gouttes dans un écoulement hasardeux et surprenant. Nos corps exultaient. Tirzah se colla à moi et dit :

— Ce dont je me souviens le mieux, c'est le jour

où tu me regardais de la fenêtre de votre maison. Je t'ai tout de suite aimé.

— Tu avais dix ans, dis-je.

— Qu'en conclues-tu ? Qu'une petite fille serait incapable d'avoir des sentiments ?

Elle se tut un instant puis ajouta :

— Un temps, je pensais que nous étions frère et sœur, que mon père avait eu une histoire ancienne avec ta mère. Ça m'excitait terriblement.

— Si nous avions été frère et sœur, ton père n'aurait jamais essayé de nous marier avec un tel empressement.

— Arrête avec ta logique ! Je savais bien sûr que nous ne l'étions pas.

Les ombres s'allongeaient. Un vent du soir soufflait. Un frisson agréable et humide. Les derniers rais de lumière zébraient la peau de mon *amou*. Nos mains voyageaient et se posaient. Nos lèvres goûtaient et voyaient. Nous nous étreignîmes. Entre ses cuisses je sentais son humidité, humide sous celle de l'eau et chaude sous sa fraîcheur.

— Étends-toi par terre, dit-elle, jusqu'à maintenant nous nous sommes lavés et nous avons joué, à présent nous allons inaugurer la douche comme il se doit.

Plus tard, quand elle se retourna sur le dos et se coucha à côté de moi, elle déclara que nous allions marquer et inaugurer ainsi le nouveau sol, le nouveau toit, la nouvelle terrasse et la cuisine. Chacun en son temps. « Afin que tu saches que je te construis une maison, que cette maison est la tienne et qu'elle aussi le sache. »

— J'aurais pu l'achever en une semaine, dit-elle, j'aurais pu amener ici quarante ouvriers. Six jours de travail et le septième pour se reposer. Mais ici il ne s'agit pas de la mer, du ciel, des arbres, de la terre et des animaux. Ici, c'est du ciment et du béton, du plâtre et de l'enduit. Chacun de ces camarades a besoin de quelques jours pour sécher. Ce ne sont pas des hommes, mon *amou,* ni Dieu, ce sont des matériaux qui réclament du temps.

Ainsi la chose commença-t-elle et ainsi se poursuivit-elle. Ainsi, je m'en souviens aujourd'hui alors que la maison est terminée et que Tirzah m'a quitté. Je me souviens comment elle construisit et inaugura ma maison étape par étape, montrant du doigt et ordonnant : « Qu'il y ait un mur ! », « Qu'il y ait une fenêtre ! », « Qu'il y ait une entrée ! » ou « Qu'il y ait une terrasse ! » Elle édifiait, nommait, inaugurait, marquait d'un signe et passait au jour suivant.

CHAPITRE XX

1

Le village est une petite flaque d'eau stagnante, chaque nouvelle pierre vient remuer l'algue qui le recouvre. Tirzah et moi-même, ainsi que la maison qui est en train de prendre forme, attirons visiteurs et curieux. Il y a ceux, polis, qui frappent au chambranle — je n'ai pas encore installé de porte —, passent leur tête et demandent : « On peut entrer? » Et ceux qui ne le sont pas. Ne voyant pas de porte, ils font irruption sans même me saluer, entrent chez moi comme dans un moulin. Inspectent la maison et la cour d'un regard expert et rapide de fouine, évaluent la quantité de sacs de ciment, les tuyaux et les armatures de fer. Estiment avec assurance et en quelques secondes l'ampleur et le budget des travaux. Et lorsque enfin ils croisent mon regard, ils battent aussitôt en retraite dans les fourrés.

Cela ne me met pas en colère. Je viens d'arriver ici et eux sont des autochtones. Dans un endroit si mûr et si ancien, où les arbres sont si grands, où la chaussée fissurée est désherbée, où les vengeances ont été assouvies, les inimitiés et les amours apaisées, un nouveau venu représente une menace. Ses souvenirs et ses expériences viennent d'ailleurs et il ignore l'ordre local des priorités. Un tel homme risque fort d'ébranler les traditions. Aussi faut-il le jauger.

D'anciens occupants de la maison se sont mis peu à peu à affluer. La rumeur s'est propagée et les voilà. Pour vérifier, confirmer, infirmer, s'interroger. Un homme plus âgé que moi m'a demandé l'autorisation de cueillir un citron sur mon arbre.

— C'est mon père qui l'a planté, m'expliqua-t-il, le figuier aussi. Mais que lui est-il arrivé ? Pourquoi ne le soignez-vous pas ? Avez-vous vu les trous dans son tronc ! Il va mourir à cause de vous...

Ses lèvres tremblaient. Ses yeux erraient de l'un à l'autre et sa bouche allait de ses accusations à ses souvenirs :

— Il n'y avait pas toutes ces maisons à l'époque, et la route n'était qu'un chemin sablonneux pour les charrettes. Mon père l'empruntait à pied jusqu'au croisement parce que le car n'entrait pas alors dans le village. Là, il avait construit une auge en ciment, la seule du village, dans laquelle il nous lavait ma sœur et moi. Où est-elle passée ? L'avez-vous détruite ? De quel droit ? avait-il dit avant de s'en aller.

Un jeune couple avait aussi débarqué. La jeune femme avait vécu ici un an et demi dans son enfance et à la veille de son mariage, elle souhaitait faire découvrir l'endroit à l'élu de son cœur. Il était important qu'il sache ce qui subsistait et ce qui avait disparu, ce qui avait ou non existé.

Elle était jeune, mais l'évocation de ses souvenirs lui donnait des allures de vieille dame :

— Là, il y avait une balançoire, lui dit-elle en le faisant aller et venir entre des points de repère qui n'existaient plus. Ici nous avions suspendu une corde à linge... là se trouvait une auge en béton que mon père a cassée et jetée... Ce débarras n'existait pas, il n'y avait rien entre les piliers. C'est là que nous retirions et lavions nos bottes en hiver. « Pas de boue à la maison ! » nous criait-elle...

Brusquement, elle se tourna vers moi :

— Comment ! Vous faites une seule grande pièce plutôt que plusieurs petites ?

— Oui, répondis-je laconiquement.

— Mais pourquoi ?

Le garçon caressait sa nuque. Ses doigts trahissaient encore son amour mais sa main se fit ferme. Son impatience perça dans sa voix :

— Allons-y ! Tu vois bien qu'on le dérange ! Mais le plus souvent, les visiteurs sont mus par la simple curiosité. Ils viennent voir un bon à rien s'agiter entre les ouvriers et la maîtresse femme — Tirzah, ma femme, comme tout le monde le pense depuis la commission —, qui orchestre ces travaux et qui s'est vu surnommer « Mec » par les anciens.

D'aucuns lui demandent conseil en matière de bâtiment : que pensez-vous Liora des briques isolantes ? Que pensez-vous Liora des maisons préfabriquées ? Du plâtre thermique ? Du chauffage par le sol ? Et pour ce qui est des constructions en bois, Liora, que conseillez-vous ? Du pin finlandais ? Du pin rouge ? Traité ? Peint ? Brut ?

Certains lui demandent de l'aide : votre Chinois

pourrait peut-être faire un saut chez nous pour réparer un petit truc dans la cuisine ? D'autres s'inquiètent si tout va bien, proposant même leur aide : ils connaissent un magasin bon marché où l'on peut acheter des pommeaux de douche, des gouttières galvanisées, des carreaux de Marseille et du marbre impérial. Ils ont aussi d'excellents plâtriers, des carreleurs et des couvreurs bon marché.

D'autres prodiguent maints conseils horticoles : comment soigner le citronnier mourant, éliminer les mauvaises herbes, anéantir la chenille qui continue de creuser des galeries dans la chair du figuier. Mais en matière de jardinage, je n'ai guère besoin de conseils. Meshoulem est un grand expert et, comme il ne veut pas se battre avec sa fille pour tout ce qui touche à la construction, il préfère se cantonner à ce domaine.

J'écoute chacun de mes hôtes, tâchant de faire preuve de patience et d'amabilité — qui mieux que moi garde en mémoire les conseils de ma mère à Vot'père — « Sois gentil avec eux, ça fait gagner du temps » —, et pour la même raison, bien que prodigue de sourires, je reste avare de réponses.

Les règles sont claires. Je ne sais rien d'eux et eux, en dehors de ma profession et des mensonges de Tirzah lors de l'entretien, ne savent rien de moi non plus. Mais ils connaissent en revanche les gens qui ont jadis vécu dans ma maison, les enfants qui y ont grandi et qui à présent sont devenus adultes, les joies qui l'emplirent et les douleurs enfantées dans ses pièces. Ils conservent en leurs cœurs les cris et les rires, l'entrechoquement des verres et des couverts, les gémissements et les pleurs qui flottèrent entre ses murs et suintèrent par les fenêtres.

« Cette maison pourrait en raconter des choses ! » me dit l'un d'eux, attendant que je lui demande quoi. Mais comme je ne réagissais pas, il ajouta : « Mieux vaut d'ailleurs que vous ne posiez pas de questions. » Puis il s'en alla.

Je ne demandai rien. Je ne voulais pas savoir. J'avais simplement fait selon tes désirs, je m'étais choisi une maison comme tu l'avais exigé : une vieille maison, petite, dans un endroit ancien, une maison que d'autres gens avaient habitée avant. J'ignorais tout du premier occupant, quant au dernier, je savais seulement qu'il avait laissé quatre poules qui moururent de faim et de soif à l'intérieur de leur cage. Cela me suffisait.

Le jeune voisin, celui dont la femme avait tendu entre nous une corde de séparation, apparut soudain à son tour pour me rendre visite, avec à la main un saladier rempli de petits cubes de pastèque coupés à la perfection. Des petits cubes rouges sans défauts, de toute fraîcheur et perlés de rosée. Seule une femme obnubilée par la volonté de tout clarifier était capable de couper une pastèque avec une telle perfection.

— Un cadeau de ma femme, dit il. Comment évoluent les travaux ?

— Tout se passe très bien.

La voix de sa femme s'éleva, perçante :

— Tu lui as donné ? N'oublie pas de rapporter le saladier !

Dans son embarras, il le reprit avec encore quelques cubes de pastèque à l'intérieur.

— Bon, au revoir ! dit-il.

— Merci beaucoup, lui criai-je. Remerciez-la et saluez-la de ma part !

Il tourna la tête :

— Elle n'est pas méchante vous savez !

— Je sais. C'est un peu difficile de s'habituer à un nouveau voisin. Dites-lui d'ailleurs que moi non plus je ne suis pas si méchant !

J'avais envie d'ajouter : « Dites-lui surtout que je vous entends la nuit et que je ne me fais pas de soucis. Une femme qui s'adonne à de tels ébats avec son mari ne peut bien sûr pas être méchante ! »

Puis l'inspecteur régional du bâtiment se présenta à son tour. Un homme jeune, énergique et petit, au regard bon et rieur mais au sourire mauvais. Où sont les plans ? Il voulait voir les plans. Au conseil régional ? Ah bon ? Alors comment se faisait-il qu'on ne les lui avait pas montrés ? Oui, il voyait bien le panneau du permis de construire, mais pourquoi la signature se trouvait-elle là et non ici ? Son téléphone sonna dans sa poche. « Bonjour, monsieur Fried », répondit-il. « J'ignorais que c'était vous, monsieur Fried. » « Non, monsieur Fried, ce n'est pas la peine que vous appeliez le maire » ajouta-t-il avant de disparaître.

— Meshoulem est sûrement là-bas sur la colline avec une paire de jumelles pour surveiller ce qui se passe, m'expliqua la fille de M. Fried.

Un autre inspecteur débarqua. Le frère de Liora, mon beau-frère Emmanuel. D'habitude, c'est moi qui vais le chercher pour le conduire à travers le pays. Mais cette fois, il arriva par surprise en taxi.

— Je te présente mon entrepreneur, lui dis je.

— Enchantée, le salua Tirzah.

Emmanuel fit le tour de la maison puis entra.

— Faites attention où vous mettez les pieds, l'avertit Tirzah, aujourd'hui nous installons toutes les conduites.

Il avait le dos courbé, la démarche et la voix molles des repentants mais son discours restait direct et volontaire. Il voulait savoir si ce que lui avait raconté Liora était vrai, mais lorsque de ses propres yeux il constata que ça l'était, il voulut connaître les coûts et les sources de financement.

Meshoulem, qui l'avait probablement aperçu à travers ses jumelles, surgit quelques minutes plus tard.

— En quoi cela vous regarde ? intervint-il, c'est son argent.

— Qui êtes-vous ? demanda Emmanuel.

— Je suis un ami. Un ami de la famille Mendelsohn, et vous ?

— Son beau-frère, répondit Emmanuel. Le frère de Liora Mendelsohn.

— On choisit ses amis, rétorqua Meshoulem, mais les beaux-frères on n'a guère le choix. Maintenant je me souviens. Je vous ai vu au mariage d'Iraleh et de votre sœur. Mais vous n'étiez pas un parangon de vertu comme aujourd'hui ! Vous portiez alors des chaussures en peau de serpent et traîniez deux greluches à chaque bras.

— Combien as-tu payé cette maison ? me demanda Emmanuel, se retournant vers moi.

— La somme demandée.

— Et où as-tu trouvé cette somme ?

— Venez que je vous explique tout ça à ma manière, lui dit Meshoulem. Ce cher camarade a acheté un poisson pour shabbat au marché et a trouvé dedans une perle.

Je raccompagnai Emmanuel à son taxi. Avant de monter, il me mit en garde :

— Sache que tu ne feras aucune plus-value sur cette maison.

— Ce n'est pas un investissement, dis-je, c'est un cadeau.

— De qui ?

— De moi-même.

— Et le poisson, c'était le prophète Élie ! cria Meshoulem derrière lui. Vous feriez bien de vous acheter aussi quelque chose de semblable. Il n'y a pas plus sain que de se faire des cadeaux à soi-même.

D'autres encore vinrent voir le miracle en personne. L'acheteur. Moi-même en l'occurrence. L'homme qui, dans une telle conjoncture, n'avait point marchandé, avait payé cash le prix fort pour s'offrir une ruine qu'il aurait pu acquérir beaucoup moins cher. Ceux-là probablement se moquaient de moi mais cherchaient aussi à s'instruire en me dévisageant pour être capables, le cas échéant, d'identifier d'autres personnes comme moi et de ne pas rater semblable occasion.

N'espérez point d'autres acheteurs tels que moi, leur disais-je en mon for intérieur. Il n'existe aucun autre homme dont la mère ait déterminé le métier, l'ait fait rencontrer sa femme et lui ait donné de son vivant une somme qui lui permette d'acquérir un endroit à lui. « Prends, Yair, tant que ma main est chaude ! Une maison où tu te sentiras comme dans un cocon, une maison qui apaise et désaltère. Une maison qui te construiras comme tu la construiras, qui te guériras comme tu la guériras, avec qui tu t'entendras pour changer le toit et le sol, installer des cloisons, ouvrir des fenêtres et des portes, pleins de reconnaissance l'un pour l'autre. »

2

Au beau milieu de la journée arriva sans prévenir un nouvel hôte : Benyamin. Il se gara derrière le pick-up des ouvriers et cria : « Yair ! »

Je sortis à sa rencontre.

— C'est la maison dont tout le monde parle ? s'enquit-il.

— Oui.

— Qui te l'a achetée ?

— Moi.

— Et qui paie les frais de rénovation ?

— Moi aussi.

— D'où as-tu eu tout cet argent ?

— Tu veux la vraie réponse ou une qui te satisfera ?

Il me dévisagea. Nous ne nous étions pas revus depuis les sept jours de deuil de ma mère et le changement que cette maison avait opéré en moi l'étonna.

— Tu sembles en forme, me dit-il. Bien sûr que je veux la vérité. Liora m'a dit qu'elle ne t'avait rien donné et elle aussi serait ravie de connaître la réponse.

— Je comprends que vous soyez tous les deux préoccupés.

— En effet. Et chacun pour des raisons qui lui sont propres.

— Meshoulem m'a prêté la somme pour acheter la maison, dis-je. Et Tirzah me la rénove gratuitement.

— C'est bien ce que je pensais, me répondit mon frère, soulagé, mais Liora suppute autre chose.

— Tu vois, dis-je, tu crois être très malin, mais il est pourtant facile de te tromper. Veux-tu vraiment connaître la vérité ?

Son visage s'assombrit.

— C'est Maman qui t'a donné cet argent ?

Il me fixa de ses yeux bleus à elle :

— Réponds-moi !

Il s'approcha :

— Cesse de me baratiner ! C'est elle qui t'a donné tout cet argent ?

— Oui, dis-je. Quelques mois avant de mourir. Elle m'a appelé, m'a remis un chèque et m'a dit : « Va te chercher une maison, que tu aies un endroit à toi. »

— C'était un gros chèque ?

— Pas tellement. Quatre-vingt-cinq mètres carrés ! De la taille exactement de cette maison.

— Je le savais, dit Benyamin, je te remercie de ta franchise. C'est un magnifique cadeau, ajouta-t-il, et surprenant. Pas seulement pour celui qui l'a reçu mais aussi pour celui qui n'a rien eu.

— C'est vrai, dis-je. Un cadeau on ne peut plus surprenant.

— Je croyais qu'elle m'aimait plus, dit-il en penchant sa tête vers moi d'un air provocateur.

— Elle t'aimait vraiment davantage, dis-je, et c'est pour ça qu'elle m'a donné un chèque.

Benyamin sourit. Je ne peux m'empêcher de penser à chaque fois : comme il te ressemble à toi et à Vot'père ! Non seulement par sa stature, son apparence et sa taille. Mais aussi dans l'élégance de ses mouvements. Par la joie et la gratitude de ses vêtements d'avoir le privilège d'être portés par ce superbe corps, la chemise épousant parfaitement son torse, le pantalon ceignant ses hanches. Quel bonheur d'être porté par toi plutôt que par un autre !

— Tu te trompes, rétorqua Benyamin. Mais qu'est-ce que ça change à présent ? Elle est morte et je n'ai personne auprès de qui me plaindre. La question est de savoir si à toi ça te pose un problème.

— Ça ne m'en pose aucun, dis-je.

— Ah bon ? s'étonna Benyamin. Un frère reçoit un cadeau de la valeur d'une maison quand l'autre ne reçoit pas un sou ?

— Ce fut son choix et non le mien. Je ne considère pas cet argent comme un cadeau mais plutôt comme une compensation.

— Personne n'est responsable que tu aies eu un autre père, dit Benyamin.

— Je n'ai pas eu un autre père. Elle a eu un ami qui m'a engendré mais celui qui m'a élevé a été Vot'père. C'est mon père et il m'a très bien élevé.

Ce serait intéressant de savoir ce qu'il a pu penser de cette histoire pendant toutes ces années.

— Ce qu'il a pu penser n'a guère d'importance. Ce qui compte ce sont les actes et le comportement. Il lui avait dit qu'il m'élèverait comme son fils et c'est ce qu'il a fait. C'est un excellent père. Dommage que tu n'aies hérité de lui que le physique !

— À cette époque, il était très mal vu de coucher avec son ami avant d'être marié.

Je ne le repris pas. J'avais déjà énoncé deux vérités coup sur coup, et, comme le dit Meshoulem : « Dire la vérité c'est bien, mais il ne faut pas que ça devienne une habitude. »

— Elle m'a tout raconté, continua Benyamin.

Tout ? À mon tour maintenant d'être suspicieux.

— Que t'a-t-elle raconté ?

— Que son ami était venu la voir avant de partir au combat et que cela s'était passé à ce moment-là.

Une étrange fierté transparut dans sa voix, celle d'un fils que sa mère préférait. Il y a des fils à qui les mères donnent de l'argent et ceux à qui elles ouvrent leur cœur. Là non plus je ne le repris pas. Si c'est ce que tu avais décidé de lui raconter, alors soit.

— Quant à l'argent, lui dis-je, ta femme et moi avons eu une idée qui pourrait résoudre le problème.

Benyamin sembla rassuré bien que méfiant :

— Laquelle ?

— Je compte léguer cette maison à Yariv et Yoav.

— Excellente idée, approuva mon frère après réflexion.

— Mais ne t'imagine pas que c'est à cause de toi, dis-je. C'est pour eux et pour Zohar. Tu ne mérites pas une telle femme et de tels enfants.

— Tu as changé, me dit Benyamin. Pour moi il n'y a pas que la maison. Je sens ici de l'amour.

3

Le tractoriste revint. Il mit sa charrette contre le mur à l'ouest et s'allongea pour se reposer à l'ombre des caroubiers. Les deux ouvriers chinois montèrent sur le toit et entreprirent de démonter les vieilles tuiles de ciment qu'ils jetèrent dans la charrette. Ainsi travaillèrent-ils, rampant en arrière, arrachant puis faisant tomber le toit qui, un instant plus tôt, était encore sous leurs genoux.

L'après-midi, Tirzah revint, suivie quelques minutes plus tard d'un autre pick-up blanc à l'enseigne de « Meshoulem Fried et fille SARL » qui, contrairement à ceux qui l'avaient précédé, roulait sans chauffeur.

— C'est Iluz, notre couvreur, annonça joyeusement Tirzah.

— Quelle ponctualité !

Le pick-up s'arrêta, la portière s'ouvrit, et un homme efflanqué, minuscule, un véritable nain, en sortit. Il avait de grandes mains, une grosse tête et souriait. Il dit bonjour à Tirzah et, avec l'agilité d'un singe, grimpa sur la charpente. Il fit des allers et retours sur les cornières en béton et les poutres, inspectant et disant d'un ton péremptoire : « C'est pourri ! », « Ça aussi ! », « Ça on peut le laisser », « Ça il faut le changer ! »

Il tira de sa ceinture un marteau de maçon, arracha quelques clous, démonta quelques planches, mesura et nota des chiffres sur sa main. Puis il se joignit à nous pour un déjeuner tardif, assaisonnant ses aliments d'une sauce piquante qu'il avait apportée avec lui dans son sac. La majeure partie de la charpente était « très saine » et il reviendrait le lendemain avec son frère et du nouveau matériel. Tirzah lui demanda de raccompagner les deux Chinois chez eux avec son pick-up. Elle congédia le conducteur du tracteur et dit qu'elle avait envie d'« inaugurer notre nouvelle absence de toit ».

— Comment ? dis-je en riant.

Depuis longtemps je ne m'étais pas entendu rire comme ça.

— Nous dormirons sur le dos dans la maison et nous observerons le ciel. Nous regarderons le soir tomber, comme on dit, ou plutôt monter.

Nous nous déshabillâmes, nous allongeâmes l'un à côté de l'autre. Les murs nous cachaient de tout œil humain, le toit béant nous découvrait aux regards supérieurs : celui des oiseaux migrateurs, des pigeons qui rentraient et même au tien, si tu es réellement là.

Le grand luminaire sombra puis disparut. La lumière s'éteignit. Au début elle perdit sa substance puis finalement son nom. La nuit ne tomba ni ne monta. Elle ne fut pas créée d'un coup comme la lumière, la mer, les arbres ou l'homme mais elle prit forme, s'étendit, s'épaissit et fut. Les poutres à nu du toit, qui auparavant semblaient noires face au ciel, se retrouvaient à présent par lui englouties. Le petit luminaire, étroite faucille ce soir-là, brillait à l'ouest. D'exubérantes étoiles scintillaient. Allongés nus, main dans la main — cela faisait partie de la mise en scène voulue par Tiraleh —, nous les vîmes se multiplier et faire du dôme céleste un véritable tamis.

Mon *amou* se mit à me caresser. Des caresses similaires à celles qu'elle me prodiguait jadis, lorsque son frère venait s'asseoir à côté de nous, dispensait ses ordres et regardait : « Tiraleh, touche-lui le *pipot*, Iraleh, touche aussi le sien, faites comme ça, je veux voir... »

Nous nous collâmes l'un à l'autre. Nous nous embrassâmes. Je me pressai contre elle, gloussai, grognai, me frottai contre son corps. Tirzah éclata de rire :

— Iraleh...

— Quoi ?

— Tu m'aimes. Puis, elle ajouta : Il y a chez nous à la maison des photos de ton mariage. On voit surtout Meshoulem et tes parents, mais ici et là, on t'aperçoit ainsi que Liora. Elle est très belle.

Je ne réagis pas.

— Un jour, il y a deux ans environ, je l'ai aperçue rue Ahad Ha-Am à Tel-Aviv. Elle sortait d'un restaurant avec un homme et une femme qui semblaient étrangers. Je me demande vraiment ce qu'elle fait avec toi.

— Et toi, est-ce que tu comprends ce que tu fais avec moi ?

— Je sens en toi ta mère.

— Pourtant, je ne lui ressemble pas.

— Ça ne fait rien. En tout cas, nous nous ressemblons, et les gens laids doivent être solidaires.

— Nous ne sommes pas si laids.

— Peut-être pas la Méduse ou Quasimodo mais personne ne se retourne sur notre passage.

— Sur toi, si. Tu rayonnes. Tu as une démarche superbe, un cul magnifique, de longues jambes et un merveilleux port de tête. Tes mamelons sont de deux couleurs et ton *pipot* est tellement doux.

Elle rit :

— Lui aussi d'ailleurs n'a que de bonnes choses à dire sur toi.

— Je vois bien comment les gens te regardent. C'est moi que l'on ne regarde pas.

— Un homme n'a pas besoin d'être beau. Un peu plus beau qu'un singe suffit, dit Tirzah citant le vieil adage de sa mère, avant d'ajouter : C'est peut-être ce que Liora aime chez toi, que son mari remercie Dieu chaque matin d'avoir une si grande et si jolie femme.

— Pourquoi devons-nous parler d'elle ?

— J'en ai envie. J'aimerais une fois sentir ce que c'est que d'être vraiment belle. Sortir le matin et éprouver ce que ressent une belle femme. Passer dans la rue comme elle le fait chaque jour, de la maison au bureau, tel un brise-glace au pôle nord. Et pas seulement ressentir cela, mais avoir la certitude qu'il en sera toujours ainsi.

— Tu la suis ?

— Qu'est-ce qui te prend ? C'est toi qui m'as parlé de sa démarche lorsqu'elle se rend à son bureau et des regards des admirateurs à chaque coin de rue. Quand j'étais petite, je suis tombée dans un livre sur l'expression « femme fatale », et ça m'a rendue dingue. Gershon m'avait dit que c'était une femme qui captivait le regard des hommes à leur faire perdre la raison. Ma mère avait rétorqué que ça n'avait rien à voir avec la chasse mais avec l'ensorcellement. Meshoulem considérait quant à lui que tout ça était pareil et sans importance.

— Tu as fait participer toute ta famille à tes tourments ?

— Et pourquoi pas ? Comme je le fais avec toi maintenant. Sur tes papiers d'identité tu es peut-être un Mendelsohn mais pour moi et pour mon père tu es un Fried.

Deux heures plus tard, alors que l'obscurité s'était épaissie et que subsistait une forte chaleur, nous nous faufilâmes jusqu'à la douche extérieure. Nous nous douchâmes et nous rhabillâmes à la lueur d'une des bougies commémoratives de Tirzah.

— Tu vois ? Ce sont d'excellentes bougies. Quand je pense que tu as osé me faire la tête quand je les ai apportées !

Puis nous allumâmes les ampoules électriques le long du câble tendu entre les branches du caroubier et nous nous préparâmes un dîner autour d'une salade composée à la façon de Zohar dans son kibboutz : fromage blanc, œufs durs, gousses d'ail et olives noires. Tirzah rit lorsque je fendis les coquilles — « *Splatch !* » —, le premier œuf sur mon front, le second sur le sien.

Elle versa un peu d'arak sur de la glace, trempa des feuilles de menthe qu'elle avait trouvées près de la sortie du tuyau d'évacuation de la douche en plein air. Je lui réclamai une petite gorgée.

— C'est un peu trop fort pour toi, m'avertit-elle.

— Je ferai attention.

— Prends-en à peine et bois lentement. Ça fait chaud au cœur et ça se répand dans tout le corps.

— Pas pour moi.

— Parce que la première fois que tu as bu, on t'a dit de vider ton verre d'un trait.

Tendres et joyeux, nous retournâmes dans notre maison sans toit pour nous aimer et dormir sous le ciel divin et sur le béton humain. Tirzah s'allongea sur le ventre en laissant fondre un carré de chocolat dans sa bouche.

— Couche-toi sur moi, me dit-elle, j'aime ton poids. Il est parfaitement adapté à mon corps.

Nous nous assoupîmes ainsi quelques minutes, puis nous nous réveillâmes, ôtâmes nos vêtements et nous basculâmes face à face, bougeant à peine et nous regardant. Quel plaisir que de dormir avec une femme qu'on aime ! Alors que j'inaugure ainsi ma nouvelle maison, mon amour pour mon entrepreneur illumine mes ténèbres et plane sur mon vide intérieur. Matin et soir, jour après jour, la maison se crée.

4

Au milieu de la nuit, mon téléphone portable sonna. Sur l'écran éclairé s'afficha : Vot'père.

— Yairi, me dit-il, Maman est-elle chez vous ?

— Non, répondis-je, redoutant ce qui allait suivre.

— Si par hasard elle venait chez vous (sa voix était calme et posée) dis-lui...

Je le coupai :

— Elle ne viendra pas chez nous. Qu'est-ce que tu racontes ! Tu sais pertinemment qu'elle ne viendra pas !

— Pourquoi ne viendrait-elle pas chez vous ? Vous vous êtes disputés ? Que s'est-il passé ?

Je m'assis.

— Elle est morte ! criai-je, voilà pourquoi elle ne viendra pas. Tu ne te souviens donc pas de son enterrement ?

Ma voix s'éleva et résonna dans l'espace vide. Tirzah remua près de moi. Je sentais que ses yeux étaient ouverts.

Bien sûr que je me rappelle l'enterrement, me répondit Vot'père. Comment peut-on oublier une telle chose ? Je me souviens aussi des sept jours de deuil. Tant de gens sont venus, même trop, si tu veux mon avis. Mais si elle passait par chez vous, Yairi, dis-lui de rentrer à la maison sans faire de bruit, car si je me réveille, j'ai du mal ensuite à me rendormir.

— D'accord, répondis-je, je lui dirai de rentrer sans bruit.

— Alors bonne nuit. Je vais me coucher et dors bien toi aussi.

Je ne pus me rendormir. Comment s'assoupir après une telle conversation ? Je m'allongeai sur le dos. L'espace d'un instant, je fus surpris par l'absence de toit, puis je pris du plaisir au passage du noir de la nuit au bleu profond que l'aube dispensait avant de s'imposer. Tirzah s'assit en tailleur sur le bord de la couverture et alluma une bougie. Je l'observai. Son corps nu, son profil éclairé. Ses lèvres dessinées qui s'étaient promenées sur mon corps, ses doigts qui n'avaient laissé aucune parcelle inexplorée, la honte que nous n'avions pas éprouvée et que jamais probablement nous ne ressentirions.

— Le téléphone t'a réveillée ?

— Aucune importance. Je dois partir tôt sur un de nos chantiers dans le nord.

Elle mit une cafetière à chauffer sur le brûleur à gaz.

— Je ne t'en prépare pas car tu peux dormir encore deux ou trois heures.

Elle versa, remua, sirota puis dit :

— À propos de la conversation que tu viens d'avoir, il y a quelque chose que j'aimerais te raconter.

— Quoi ?

— Je suis allée rendre visite à ta mère quelques jours avant sa mort.

À mon tour, je m'assis.

— Il aurait mieux valu que tu me donnes du café. Où ça ?

— À l'hôpital bien sûr.

— Comment se fait-il que je ne t'y aie pas vue ? À quel titre es-tu venue ?

— Ça veut dire quoi « à quel titre » ? Au titre de Tirzah Fried ! Meshoulem se trouvait auprès d'elle alors. Il m'avait téléphoné et m'avait dit : « Tiraleh, je viens juste de sortir de chez Raya Mendelsohn avec l'avocat que je lui ai amené pour son testament. Si tu veux lui dire bonjour, c'est probablement la dernière occasion. » Je lui avais répondu : « J'aimerais bien mais je n'ai envie de croiser ni Iraleh ni le reste de la famille. » Il m'a dit : « Alors laisse tout ce que tu es en train de faire et viens tout de suite. Le professeur Mendelsohn est déjà passé avec le docteur Benyamin et Iraleh les a précédés. Il n'a pas arrêté de pleurer jusqu'à ce qu'elle se mette en colère, qu'il se vexe et s'en aille. Maintenant, moi aussi je suis parti et tu pourras être seule avec elle. »

— C'était gentil de sa part.

— Gentil ? Tu veux dire intelligent et rusé, mais gentil, pas du tout.

— Si, insistai-je, ton père est vraiment gentil. Il n'y a pas à dire.

— Il n'est pas gentil du tout. Tu ne saurais imaginer à quel point. Mais son peu de gentillesse, il le concentre exclusivement sur quatre personnes, et comme tu en fais partie, tu le crois gentil.

— Qui est la quatrième ?

— Lui-même.

— Que s'est-il passé alors ?

— J'ai pris ma voiture et je me suis rendue auprès d'elle. C'était le soir et il n'y avait personne. Probablement grâce à ton père elle avait une chambre seule.

— Ou grâce au tien, fis-je remarquer.

— Elle était éveillée. Extrêmement maigre et faible, mais elle m'a aussitôt reconnue : « Tiraleh, c'est bien que tu sois venue. Comme si tu avais senti que je l'espérais. » Je lui ai dit : « Beaucoup de temps a passé, Raya, comment allez-vous ? » Elle m'a répondu : « Comme tu vois. » J'ai continué : « Meshoulem m'a dit que je pouvais venir. » Alors elle m'a dit : « Tu persistes à l'appeler Meshoulem ? Pourquoi ne lui dis-tu pas Papa ? Ça doit doublement lui manquer depuis que Gershon est mort. » Je n'ai pas voulu polémiquer avec elle car cela sonnait soudain comme une dernière volonté. Je lui ai répondu : « J'essaierai, mais je ne promets rien. » Et elle : « S'il t'a dit qu'il fallait venir me voir maintenant, c'est qu'il a senti que tu le voulais aussi. » Je lui ai dit : « Cela veut dire qu'il a aussi senti que vous le vouliez. » « C'est vrai, m'a-t-elle répondu, je voulais en effet que tu viennes. »

Ma mère avait inspiré de l'air. Avait toussé. Tirzah avait voulu lui poser des questions sur moi, mon existence, ma femme et si j'étais heureux, mais elle avait pesé le POUR et le CONTRE et avait renoncé. « La fin est proche, avait dit ma mère. Tiraleh est à court de mots... » Puis elle s'était tournée vers la fenêtre : « Là, dans la pénombre, le Qastel, Bab el Oued, Nabi Shemu'el et le cimetière volent sans cesse vers moi, même la nuit. Et là-bas, au loin, Tel-Aviv. C'est de là que je viens, mais finalement je suis restée ici. »

Tirzah avait pris sa main en silence, ma mère avait saisi la sienne et avait poursuivi : « Tu veux savoir à quoi je pense, Tiraleh ? Pour la dernière fois, je pèse le POUR et le CONTRE, que vaut-il mieux pour moi, vivre ou mourir ? » Son rire se mua en gémissement, son gémissement en toux, et sa toux en spasme.

— Elle m'a alors raconté que tu t'étais trouvé une maison, que tu avais déjà signé le contrat, que tu étais venu la voir et lui avais montré les photos, et sans me laisser le temps de réagir elle ajouta : « Alors, Tiraleh, peut-être qu'avec cette maison vous aurez une deuxième chance. »

— Lui as-tu dit que tu savais, que tu étais avec moi dans la maison et que tu t'étais aussi rendue à la mairie à l'entretien ?

— Non, me répondit Tirzah, je lui ai seulement dit : « J'ai le sentiment que mon père et vous avez tissé un plan, qu'il y a quelque chose de caché derrière tout ça, une histoire ancienne avant celle du professeur Mendelsohn qui un jour a sauvé mon frère. »

« Il y a en effet une histoire, répondit ma mère, il y a toujours une histoire, mais il n'y a aucune intrigue. Il faut seulement corriger certaines choses, corriger et guérir. Penser à mon bébé avant que je meure. »

— Et quelle est ton histoire Tiraleh ? demandai-je à mon tour, mais comme je le fais si souvent, en moi-même et non à voix haute.

— Je n'aurais pas été surprise d'entendre, poursuivit Tirzah, que Meshoulem lui avait donné cet argent afin qu'elle puisse te l'offrir à son tour et que nous nous rencontrions à nouveau. Il est comme ça le gentil Meshoulem. Quand il veut quelque chose, rien ne l'arrête. Mais peu importe. Moi aussi je voulais te revoir, et quand Meshoulem m'a raconté que tu t'étais trouvé une maison, j'ai tout de suite compris que cela pouvait être plus que de simples retrouvailles.

— C'était pareil pour moi, dis-je. Moi aussi je voulais te revoir et de toute façon j'ai l'habitude de jouer dans un théâtre de marionnettes.

— Même s'il ne lui a pas donné l'argent véritablement en main propre, continua Tirzah, ignorant ma dernière remarque, je sais qu'il y a quelques années, il lui a conseillé de se constituer une petit cagnotte, une *knipele.* Chacun doit avoir un peu d'argent de côté, surtout s'il s'agit d'une femme. Il lui a aussi placé de l'argent. Tu sais, là où les gens comme lui investissent. Quand tu gagnes, tu gagnes beaucoup, mais quand tu perds, il te faut quelqu'un comme Meshoulem pour réparer les dégâts.

Trop de gens m'approchent, me conduisent, me révèlent des secrets, échafaudent des plans à ma place, pensai-je alors. Tirzah se leva :

— Mais quelle importance ? Pour l'instant, nous n'avons pas à nous plaindre. Toi, tu as un entrepreneur-qui-est-une-femme, qui couche avec toi, qui t'*ème,* ne se moque pas de toi ni ne disparaît en plein milieu du travail, et moi je t'ai. Toi aussi tu m'aimes Iraleh, je le sens.

5

Elle se leva, s'habilla, se pencha, m'embrassa sur les lèvres et me conseilla de me recoucher. Ce que je fis. L'amour, la boisson de la veille, la nuit chaude, le ciel ouvert et infini au-dessus de la tête, l'histoire dans laquelle je désirais me plonger en occultant toutefois les détails, tout cela alourdit et prolongea mon sommeil. Lorsque je me réveillai, le soleil était déjà levé. Le tractoriste, au-dessus de moi, me cria :

— Debout, propriétaire ! Nous travaillons en haut et une planche risque de vous tomber sur la tête.

Sur la charpente courait non pas un mais deux nains, Iluz le couvreur et son frère, deux ombres vives qui se passaient des poutres et des planches.

— N'ayez pas peur ! crièrent-ils. Nous sommes petits mais nous sommes des hommes comme vous. Ce n'est pas grave si on vous a vu dormir sans vêtements !

Le tractoriste partit et Meshoulem arriva.

— Tiraleh n'est pas là ? s'étonna-t-il gaiement. Tant mieux ! Car moi aussi j'aimerais faire quelque chose ici, poser mon empreinte sur la nouvelle maison !

Il regarda autour de lui et annonça qu'il voulait s'occuper des joints car elle ne s'en rendrait sûrement pas compte. Il mélangea du ciment et du sable dans un bac, enduisit et lissa les angles entre le sol de la salle de bains et les murs.

— Sinon l'enduit risquerait de se fissurer et l'humidité persisterait.

Nous déjeunâmes ensemble puis Meshoulem décida de raccompagner les Chinois chez eux.

— La maison peut attendre, dit-il, Iraleh va bientôt rentrer et vous voudrez sûrement être seuls.

Il les emmena donc. Mon entrepreneur allait bientôt revenir. Nous allions nous installer devant le paysage, discuter, nous remplir d'amour et de joie. Nous dirions que « c'était bien », passant en revue tout ce qui avait déjà été construit. Nous allions marquer, inaugurer et donner des noms.

CHAPITRE XXI

1

Le vent soufflait entre les pins du monastère. Des enfants jouaient sur un vieux tank qui depuis a été enlevé. Un jeune professeur agitait les mains, désignant ceci, cela, évoquant devant ses élèves le combat qui s'était déroulé ici et « les héros tombés pendant la guerre d'Indépendance ».

« J'ai une histoire à te raconter, m'avait dit ma mère. Ce sera aussi la tienne. Tu pourras la raconter à ton tour. À qui tu veux. »

À mes enfants, s'ils naissent. À un ami, si j'en trouve un. À une femme aimée, si elle dort dans le creux de mes bras. À moi-même, si tous ceux-là n'existent pas. Une histoire qui touchera non seulement l'esprit mais qui contractera aussi les muscles et les intestins, planera, papillonnera dans les valves des yeux et du cœur.

« Une histoire, un coin à soi, de l'air, de l'amour, et deux sommets d'une colline pour se tenir sur l'un et regarder sur l'autre, ainsi que deux yeux pour scruter le ciel et attendre. Ce dont chaque homme a besoin, tu comprends. N'est-ce-pas Yair ? »

« Oui », avais-je répondu.

Une histoire. Pas forcément de héros ou de palais, de fées ou de magie, pas non plus de mesquineries. La petitesse de la réalité nous suffit déjà amplement. Une histoire qui recèle douleur, confession, mais aussi culture et politesse, une once d'amusement et un brin de secret. Et, comme tu n'es plus avec moi, j'ajouterai encore ceci : c'est mon histoire et je peux l'allonger ou la raccourcir à mon gré, imaginer ou confesser, écrire « ma mère » et non « notre mère » bien que j'aie un frère, et me laisser tenter par des conjectures ou autres supputations. Et je te dirai autre chose encore : tu n'es pas l'héroïne de cette histoire car c'est moi le héros. Non pas toi mais ton fils.

2

Nous contournâmes le monastère. « Te souviens-tu ? me demanda ma mère, nous sommes venus ici lorsque tu étais petit. De cette porte était sortie une religieuse pour nous offrir de l'eau fraîche. Tu t'étais inquiété de ce qu'il allait advenir des verres. »

Nous retournâmes aux balançoires. Nous nous attardâmes devant la plaque commémorative. « ICI LA VIE LES A ABANDONNÉS MAIS PAS LE COURAGE » avait gravé quelqu'un au-dessus des noms des défunts. « C'est beau mais c'est faux ! s'était exclamée ma mère. Lorsque la vie vous abandonne, tout vous abandonne. L'amour, le courage, le savoir et la mémoire. Tu as seize ans à présent, Yair, et tu es en âge de savoir et de comprendre. »

Alors elle me raconta. Me parla du pigeon

blessé avec le « oui ou non ? », du pigeonnier du jardin zoologique de Tel-Aviv, du Dr Laufer qui s'exprimait au féminin pluriel, du fils des voisins parti en Amérique étudier la médecine qui était revenu et était devenu Vot'père, de Myriam la colombophile, du pigeon belge, de l'oncle et de la tante du Bébé au kibboutz, du père du Bébé, de sa belle-mère, de sa vraie mère et du Bébé lui-même.

« C'est ici qu'il a été tué et c'est d'ici qu'il a expédié son dernier pigeon avant de mourir. C'était mon ami et tu portes son nom. »

Ma première réaction fut la colère. Je pensai que si elle n'avait pas eu cet ami et que s'il n'avait pas été tué, je n'aurais jamais porté son nom. J'aurais ressemblé à mes parents, hérité d'eux des boucles claires et le nom de Benyamin. Benyamin n'aurait pas vu le jour car ils n'auraient pas eu d'erreur à corriger.

Alors que je persistais dans ces pensées, une autre idée me vint à l'esprit. Cette fois j'étais furieux contre Benyamin d'être né après moi et de m'avoir laissé le droit d'aînesse. S'il était né avant moi, il aurait eu une tête de criminel et aurait hérité du nom de l'ami mort. J'aurais été lui : beau et svelte, avec une tête d'ange bouclée, rapinant dans les kiosques, lisant les enseignes des magasins qui défilent devant les vitres des autobus et le nom des poètes sur les pierres tombales.

Meshoulem nous accompagnait lors de cette visite. Il marchait derrière nous à une distance que lui seul savait calculer. Une distance dont la petitesse était sollicitude et la grandeur, considération et politesse. Il marchait, s'assurant que je fusse le seul à entendre, vérifiait qu'aucun mot ne tombe sur le sol.

— Tu avais toujours avec toi un de ses pigeons et lui l'un des tiens ? lui avais-je demandé.

— Oui.

— Vous vous envoyiez des lettres l'un à l'autre ?

— Des pigeongrammes. Quand cela était possible.

— Combien de mots peut-on écrire sur de si petits bouts de papiers ?

— Ça va t'étonner, Yair, mais il suffit souvent d'un très court message. Oui et non, et oui et oui et oui, et oui et non et oui.

Elle se rappelait alors ce que disait le Dr Laufer à ses colombophiles. Les anciens Grecs, bien avant l'invention de la capsule, se contentaient de peindre une plume d'un pigeon d'une couleur convenue à l'avance pour annoncer soit une bonne soit une mauvaise nouvelle. Elle ajouta ce que n'avait pas dit le Dr Laufer, que le pigeon était aussi une sorte de lettre. Par le flottement et le battement de ses ailes, par son atterrissage, la chaleur de son corps, le naturel des doigts qui le saisissent et le lâchent, par les yeux qui l'accompagnent jusqu'à ce qu'il apparaisse à ceux qui l'attendent.

Elle s'était tue. Je connaissais ses silences et j'attendis patiemment. Elle en avait de longs et d'autres plus courts. Des larges et des brefs. Des silences avec un sourire et des silences impassibles. Et le plus pesant de tous, celui qui avait commencé après son « je n'en peux plus » et qui se poursuivait encore aujourd'hui. Je me rappelle également ses insomnies saisonnières — « De

Pourim à Shavouot je ne peux dormir », disait-elle —, son petit verre de brandy quotidien, le superbe chant d'adieu qu'elle ne cessait d'écouter sur son petit électrophone : « *La mort m'apportera le répit, la sérénité...* »

Je demandai finalement :

— Vraiment ? D'ici aussi il t'a envoyé un pigeon ?

— Expédié, Yair. Pas envoyé. Il est temps que tu te souviennes.

— D'ici aussi il t'a expédié un pigeon ?

— Oui. Son dernier pigeon.

— Avec une lettre ?

— Oui.

— Et qu'écrivit-il ?

— Rien.

— Alors que t'a-t-il envoyé. Un papier vierge ?

— Non. D'ici il t'a envoyé à moi.

Elle avait raconté.

CHAPITRE XXII

1

Des dalles de béton avaient été coulées entre les solives et les poutres de ciment, à la base des fenêtres et sur le seuil des portes. Tirzah érigea des cloisons et inaugura avec moi ces deux nouveaux espaces, celui, immense, dans lequel je vivrai et le petit dont je pourrais avoir besoin. Elle bétonna montants et linteaux, posa les rebords des fenêtres et dit que c'était bien.

Iluz et son frère tendirent un grillage métallique en vue du nouveau plafond. Ils remplacèrent quelques planches, posèrent des tuiles sur la charpente du toit, colmatèrent quelques brèches qui auraient pu tenter les pigeons ou les rats, et Tirzah affirma que c'était bien.

Je sentais son amour et le mien, pas seulement lorsqu'elle me touchait, pas seulement dans son « *mon amou* » mais aussi dans l'édification de ma maison. À la manière dont elle mesurait, évaluait, donnait des ordres aux ouvriers. À la manière dont la maison qu'elle me bâtissait prenait forme. Dans le repas que nous prenions ensemble le soir. Quand elle s'en allait et que je restais seul.

Parfois son corps et son odeur me faisaient perdre la raison, tout cet amour débordait et j'étais alors en proie à la folie. Je me serrais contre elle comme un chiot, me frottais contre elle, la faisait valser, laissais échapper grognements, ronflements, rugissements et mordillais sa chair.

— Iraleh !... me disait-elle alors en riant.

— Quoi ?

Puis, réitérant son antienne :

— Tu m'aimes.

— Alors quoi ?

— Tu m'aimes, je le sens.

Le ton de sa voix était celui des autres femmes — c'est du moins ce que je supposais, n'ayant point d'éléments de comparaison — quand elles disent « je t'aime ».

2

Yoav et Yariv débarquèrent à leur tour, rieurs et toujours aussi imposants.

— Bonjour, Oncle Yair. Qu'y a-t-il à manger chez toi ?

— Bonjour les deux Y, dis-je en allant à leur rencontre. Que se passe-t-il pour que vous veniez rendre visite à votre oncle ?

— Papa a dit qu'après ta mort cette maison serait à nous, alors nous sommes venus la voir.

Mon amour pour eux n'occultait pas la douleur que j'avais ressentie le jour de leur naissance. Que ce fut ou non le fruit du hasard, je me trouvais alors chez ma mère quand mon frère avait téléphoné de l'hôpital. Je n'entendis pas ses propos mais je vis la lumière irradier son visage et l'entendis dire :

— Je suis enfin grand-mère ! Merci, Benyamin.

La jalousie qui m'envahit alors ressemblait beaucoup à celle de mon enfance. Ma mère fut contrainte de me calmer par des mots et des moyens empruntés eux aussi à cette période.

— Pourquoi fais-tu ça alors que je suis là ? criai-je, pourquoi dois-tu le remercier quand je peux t'entendre ?

— Calme-toi, s'il te plaît, m'avais-tu répondu.

— Que signifie ce « enfin je suis grand-mère ? », avais-je poursuivi. Suis-je responsable si Liora ne réussit pas à donner naissance à mes enfants ? Est-ce de ma faute si tu n'as pas été « enfin grand-mère » grâce à moi ?

— Calme-toi, avais-tu répété.

Une expression de contrariété était apparue sur ton visage, mais tes doigts avaient instinctivement trouvé le chemin pour me consoler et me caresser :

— Calme-toi je t'en prie, Yair. Benyamin est aussi mon fils.

Je ne me calmai pas mais le temps fait heureusement bien les choses. Je découvris que ce que t'avait dit Vot'père en te demandant ta main était juste : on pouvait réparer, on pouvait guérir. Les années passèrent et j'appris à aimer les imposants fils de mon frère. D'une certaine manière, je trouvai même en eux quelque consolation aux deux fœtus qui jamais ne naquirent. Ainsi en fut-il dans leur enfance et ainsi en est-il aujourd'hui, maintenant qu'ils sont soldats. Tous deux, comme moi, sont secouristes et servent dans deux hôpitaux militaires différents mais contrairement à moi, ils ne sont pas instructeurs.

Il est difficile d'élever des jumeaux, surtout avec un mari tel que Benyamin. Lorsque Yoav et Yair étaient petits, Zohar réclamait mon aide, et que je les prenne parfois chez moi. Il y a toujours eu de l'affection entre elle et moi et plus d'une fois je gardai les double Y quelques heures. Lorsqu'ils grandirent, ils prirent même l'habitude de venir le week-end. Nous jouions, nous nous promenions, lisions, je leur racontais des histoires et nous évoquions des souvenirs.

— Savez-vous, leur avais-je raconté, qu'autrefois se trouvait près d'ici un jardin zoologique ? Voulez-vous que l'on aille se promener et que je vous montre où exactement ?

— Après. D'abord nous voulons manger.

— Chaque soir, les voisins entendaient les animaux. Imaginez, au milieu de la ville, les rugissements, les cris stridents et autres grognements. Il y avait aussi un pigeonnier.

— Quel intérêt des pigeons dans un zoo ? Il y en a suffisamment dans la rue, et Papa dit qu'ils transmettent des maladies.

Leurs corps étaient attirés par la cuisine comme par un aimant. Leurs cous se tendaient pour voir l'immense réfrigérateur de Liora.

— Qu'est-ce qu'il y a à manger à l'intérieur ?

— Soyez patients, tante Liora ne va pas tarder et nous mangerons tous ensemble. En attendant, feuilletons les albums.

Mon doigt passait d'un visage à l'autre sur de vieux albums de mariage.

— Qui est-ce ?

— C'est Papa.

— Non, c'est son père quand il était jeune. Ils se ressemblent beaucoup.

— Et lui ? demanda Y1.

— C'est moi.

— Tu ne ressembles à personne, oncle Yair.

— Je me ressemble lorsque j'étais bébé.

— Regarde ! Une tourte ! dit Yoav à Yariv en montrant l'assiette de Vot'père.

Je leur expliquai que grand-père Ya'acov n'aimait pas se retrouver dans la queue agglutinée autour des marmites et des plateaux. « Prépare-moi une assiette Raya s'il te plaît », préférait-il lui demander.

Ils rirent.

— Alors fais-en autant pour nous s'il te plaît, Yairi.

Je sursautai.

— Où avez-vous entendu ce nom ?

— C'est ce que nous demande Papa lorsque l'on rentre : qu'avez-vous fait avec Yairi ? Que Yairi vous a-t-il donné à manger ?

— C'est comme ça qu'il dit ? Yairi ? Vraiment ?

— Oui. Mais Maman lui dit d'arrêter ! Que ce n'est pas gentil.

— Oh ! Un rôti ! Tu as vu ! Et là des côtelettes !

— Ce doit être au mariage des oncles du kibboutz.

Je continuai de feuilleter. Yairi. Yairi justement. Ni Yair ni Iraleh ni mon frère ni votre oncle, mais Yairi.

À présent, ils admiraient la nouvelle maison, sa cour et sa vue.

— Superbe endroit ! estima Y1.

— Une maison de vacances, conclut Y2.

— Ici nous construirons un grand barbecue et là un four à pain, poursuivit Y1.

— On s'empiffrera de pizzas et de steaks du matin au soir.

— Et de pommes de terre sous la cendre.

— Si cela ne vous embête pas trop, les enfants, je suis vivant et j'ai l'intention de vivre ici encore au moins trente ans.

— Nous serons patients.

3

Sigal téléphona. Pour deux affaires différentes. La première, le père de Liora demandait que l'on vienne à une fête de famille aux États-Unis. Et comme c'était au moment des fêtes, il fallait réserver le billet d'avion à l'avance. Quand souhaitais-je partir et revenir ?

Moi : Il n'est pas nécessaire de m'inviter. Je n'ai pas l'intention d'aller aux États-Unis.

Sigal : Je vous passe votre femme.

Un piano en fond sonore. Dans les autres sociétés, une musique électronique vous fait patienter. Liora a loué les services de Glen Gould pour qu'il joue Bach pour ses admirateurs.

Liora : Que se passe-t-il, Yair ? Quel est ton problème maintenant ?

Moi : Je n'ai aucune envie de voyager.

Liora : Ce n'est pas une question d'envie. C'est une question de politesse et de savoir-vivre.

Moi : Je n'aime pas les voyages et je suis trop occupé.

Liora : Je veux une réponse claire : tu viens oui ou non ?

Moi : Non.

Liora raccrocha. Sigal revint vers moi avec la seconde affaire. Elle s'excusait de me prévenir au dernier moment, mais des ornithologues hollandais fraîchement débarqués souhaitaient que je les emmène en excursion pendant trois jours. Dès demain si cela était possible.

C'était possible. Bien sûr que ça l'était. Les excursions avec les ornithologues sont toujours plaisantes et plus rentables que de conduire des conférenciers et des acteurs de théâtre. J'allai les chercher à l'hôtel rue Nes Ziona à Tel-Aviv, tout près du restaurant roumain où nous honorions nos paris, Benyamin et moi. Dans l'après-midi, nous arrivâmes dans une chambre d'hôte que j'avais réservée en Galilée.

Le propriétaire, un homme grand et mince, semblait las et amer. Quelques années plus tôt, il avait arraché sa plantation de lichies et avait construit à la place des chambres pour les louer. Ses affaires avaient été longtemps prospères. Puis — « avec tout ce qui se passe dans le pays » —, les touristes avaient cessé de venir.

— À un certain moment, me dit-il, j'ai été obligé de louer des chambres à des couples. Que puis-je vous dire, c'est tout simplement désagréable. Venaient ici des couples adultérins. Vous comprenez ?

— Plus ou moins, dis-je. Ajoutant en moi-même : « Si un jour je vais avec Tirzah en Galilée, il me faudra chercher une chambre ailleurs. »

— Mais maintenant on a fini d'aménager le lac de Hula. On distribue du maïs aux grues pour éviter qu'elles mangent les pois chiches dans les champs. Alors j'espère que beaucoup de gens se déplaceront pour elles plutôt que pour d'autres choses.

Et il n'y a pas seulement des grues. Des pélicans et des cormorans séjournent également ici, ainsi que toutes sortes d'oies, de mouettes, de canards et d'oiseaux de proie. Ils viennent tous avant le crépuscule pour leur repos nocturne. Le ciel se trouve alors constellé d'ailes déployées et de becs qui hurlent et qui crient. Les pélicans, de leur corps ferme et vigoureux, descendent vers l'eau avec assurance, mais un instant avant de la toucher, ils sont saisis d'une amusante panique comme s'ils avaient découvert une panne dans leur mécanisme d'atterrissage. On peut entendre leurs pattes battre dans l'air et faire gicler l'eau. Leurs ailes, surtout celles des plus jeunes, s'emmêlent. Les grues, avec leurs longues pattes et leurs cous tendus, ne savent pas nager. Elles se posent sur l'eau peu profonde, planant d'abord pour évaluer la profondeur, à l'instar de danseurs suspendus à des fils puis s'abandonnent aux forces de la gravité. Elles tombent et se retrouvent au milieu de leurs camarades agglutinés, comme un troupeau de *khaf* final calligraphié de ta propre main.

Mes touristes hollandais fort excités descendirent du *Monstre* avec leurs jumelles et leurs appareils photo. L'un d'eux, une grande et vieille femme osseuse, sortit de son sac un bloc à dessin, une boîte d'aquarelle et des pinceaux. Elle s'assit et se mit à croquer les oiseaux avec une vitesse et une précision incroyables. Ses camarades regardèrent les dessins, poussèrent quelques cris d'admiration puis se remirent à observer les véritables oiseaux. Les ornithologues font toujours participer leurs camarades à leur découverte en lâchant quelques mots sibyllins — le nom d'un oiseau, une direction ou une distance — qui changent d'une langue à l'autre tout en conservant cependant leur caractère d'urgence. Les têtes alors aussitôt se tournent et les jumelles se lèvent. Il y a toujours quelqu'un pour faire une bonne prise dans son télescope. D'un geste de généreux vainqueur, il invite ses camarades à regarder son trésor. Se forme alors une petite queue polie et reconnaissante derrière la lentille.

Comme les vieux *vogelkundlers* que me présenta Vot'père et qui me firent connaître les meilleurs observatoires, ceux-là ne se préoccupaient ni d'éthologie ni d'ornithologie mais seulement d'identification. Aussi rivalisaient-ils entre eux ; c'était à qui verrait et reconnaîtrait le plus d'oiseaux et d'espèces. Ils polémiquaient : était-ce là un pigeon sauvage ou une tourterelle, un busard des marécages ou un faucon pygmée ? Plus d'une fois, les polémiques se tranchaient à l'aide d'un télescope ou d'une meilleure paire de jumelles, mais il arrivait que l'oiseau, objet des débats, disparaisse rapidement ou que la distinction fût particulièrement difficile entre une crécerelle commune et une crécerelle rouge, par exemple, surtout dans un ciel lavé de tout nuage. Les voix montaient alors et le débat s'enflammait.

Le soleil lentement déclina. Les canards mâles perdirent de leur éclat, l'eau devint argentée et les ibis bruns s'estompèrent. L'obscurité gomma les nuances grises des ailes des grues puis la blancheur de celles des pélicans. Ne subsista finalement que le dernier embrasement de l'eau avec des ombres au-dessus. Puis celles-ci se rassemblèrent à leur tour : j'en fis autant avec ma petite bande et nous nous en retournâmes là où on dormait.

Après le dîner, les ornithologues traînèrent à table pour comparer leurs prises et polémiquer. Ils tentèrent même de me faire participer, ils voulaient que je dise qui était le vautour — à prendre à double sens — mais aussitôt mon ignorance fut découverte et je fus vertement tancé : « Comment est-il possible que notre guide ne connaisse pas des choses aussi élémentaires, à savoir que les ailes des aigles des steppes sont plus longues que celles des aigles-grenouilles ! » Mais moi, dès qu'il s'agit de choses superfétatoires comme la longueur des ailes, la couleur des murs, les poignées d'armoire ou de porte, j'abdique aussitôt. Les grandes sensations me suffisent : la hauteur du vol, la courbe du ciel, la ligne droite, l'air qui emplit l'espace de la maison.

4

Je me levai avant l'aube, j'allumai la bouilloire qui avait été installée pour nous la veille près de l'entrée et je réveillai mes touristes. Ils voulaient voir les oiseaux qui s'étaient posés la veille s'envoler avec l'aurore. Pendant qu'ils sortaient de leur chambre, je remplis un grand thermos de café, sortis du réfrigérateur de la cuisine les boîtes de sandwichs que nous avait préparés notre hôte et, alors qu'il faisait encore nuit, nous prîmes la direction du lac.

Un fort vent d'est soufflait dans notre direction, soulevant des nuages de poussière, faisant ployer la cime des arbres. Même le *Monstre* bringuebalait. En entrant dans la réserve, je leur racontai l'histoire de l'assèchement du lac de Hula et ses conséquences. C'est toujours ainsi que je procède, ils font alors claquer leur langue, répètent avec plaisir les mots hébraïques qu'ils notent même parfois en souvenir dans de petits carnets. Une semaine plus tard, alors installés dans leur café favori, ils pourront prononcer devant leurs amis *Agur, Sharkia, Hula* et *Saknai,* comme s'ils avaient tété ces mots au sein de leur mère. Ils montreront leurs photos en sirotant une bière.

Le vent et la poussière nous contraignirent à trouver refuge à l'« Aquarium », un bâtiment tout en vitres destiné à servir de point d'observation. La porte était fermée mais le guidé zélé — moi, Maman, ton fils aîné — contourna l'édifice et trouva une porte fenêtre non close. Je la fis coulisser et invitai mes touristes à entrer.

À partir de là, les choses se déroulèrent d'elles-mêmes comme la projection inversée de la veille : les cris du réveil s'élevèrent, l'obscurité pâlit, l'ombre des oiseaux se dessina sur l'eau plus claire, le soleil monta peu à peu, premiers frémissements. Il n'y a pas de dirigeant, de gouverneur ou d'organisateur, chaque oiseau prend ici son envol en son temps, quand il lui plaît et au rythme qui lui convient. Les pélicans lourdement, les grues comme si elles dansaient maladroitement en l'air, les oies et les canards en courant sur l'eau le cou tendu et battant des ailes.

Tous essaient, échouent, volètent, se posent, attendent que le soleil soit plus fort, qu'il réchauffe l'air et les muscles.

Lentement, le ciel se mouchetait à nouveau,

s'emplissait de mouvements, d'ailes déployées, d'agitation et de cris quand soudain mon téléphone portable sonna dans ma poche, et en dépit des regards réprobateurs de mes ornithologues, je m'empressai de répondre car sur l'écran s'était affiché : Vot'père.

5

Vot'père n'a pas pour habitude de téléphoner. Surtout à une heure pareille. Les *Yekkes,* en général, s'interdisent d'être une charge et de dépendre de qui que ce soit. Cela n'empêche pas Vot'père de se tourner vers Meshoulem Fried dès qu'il en a besoin. Mais depuis cette conversation, et sa terrible question : « Maman n'est pas encore rentrée ? Peut-être est-elle chez vous ? », son nom sur l'écran de mon téléphone suscite toujours en moi de l'inquiétude.

— Je suis vraiment désolé de te déranger, Yairi, me dit-il d'un ton contrarié et las. J'ai beaucoup réfléchi avant de t'appeler. Il faut que tu viennes tout de suite !

Je m'excusai auprès de mes ornithologues et m'éloignai.

— Je suis dans le nord du pays avec des touristes. Qu'est-ce qui se passe ?

— Quelqu'un essaie d'entrer chez moi par effraction.

— Appelle la police. Immédiatement !

— Pas maintenant. Il fait encore jour. Ça se passe la nuit, toutes les nuits... Quelqu'un abaisse la poignée de la porte et tente de l'ouvrir. Cela fait plusieurs nuits que je n'arrive pas à dormir.

— Ta porte est fermée à clef ?

— Bien sûr.

— Tu dois entendre des bruits, dis-je en tentant de le calmer, il y a toujours des bruits dans les maisons. Surtout dans les immeubles. Tard dans la nuit, quand tout est calme, il suffit que quelqu'un fasse couler de l'eau au troisième étage pour que tu aies l'impression que l'on cherche à s'introduire chez toi.

— Excuse-moi Yairi, mais je sais encore faire la différence entre quelqu'un qui veut entrer chez moi et quelqu'un qui fait couler de l'eau au troisième étage. Et je ne suis pas non plus sujet à des hallucinations, si c'est ce que tu sous-entends !

Il raccrocha. Ces derniers temps, il avait adopté cette habitude américaine horripilante de conclure ses conversations téléphoniques sans dire au revoir. Je le rappelai et fis comme si de rien n'était :

— Nous avons été coupés.

Puis feignant l'innocence :

— La réception n'est pas très bonne ici.

Je pris le parti d'en rire :

— Mais peut-être est-ce Meshoulem ! Il vient vérifier que le professeur Mendelsohn n'a pas oublié de fermer la porte avant de se coucher.

La voix de Vot'père était joyeuse comme s'il n'avait pas été fâché contre moi un instant auparavant.

— J'ai déjà demandé à Meshoulem, Yairi. C'est la première chose que j'ai faite.

— Et que t'a-t-il répondu ?

— Qu'il allait envoyer quelqu'un de la sécurité de sa société pour monter la garde dehors.

— C'est une bonne idée.

— C'est une mauvaise idée. Ici ce n'est pas la demeure du Premier ministre. Tu l'as dit toi-même : il s'agit d'un immeuble. Je n'ai pas besoin d'une brute avec un pistolet dans ma cage d'escalier.

— En as-tu parlé à Benyamin ?

Les oiseaux s'envolèrent. Le bruit de leurs ailes m'enveloppa. Le vent rugissait alentour mais le soupir de Vot'père s'entendit clairement :

— On ne peut pas parler avec Benyamin. Il est toujours occupé.

— Alors c'est pour ça que tu t'adresses à moi ? Parce que je le suis moins ? Mais moi aussi il m'arrive parfois de travailler, si jamais tu l'as oublié. D'ailleurs, en ce moment, je suis avec des touristes. Des ornithologues hollandais. Je me suis levé à quatre heures moins le quart ce matin pour leur montrer les oiseaux migrateurs de Hula. Je ne suis pas tout près.

— Excuse-moi de t'avoir dérangé, Yairi. Je t'ai appelé car tu es mon fils aîné.

Dans l'après-midi, je conduisis mes ornithologues vers le sud pour l'étape suivante, la vallée du Jourdain. Je m'assurai que chacun avait bien une chambre et un repas et partis pour Jérusalem à travers la vallée. À dix heures et demie, je garais le *Monstre* rue Hahalutz dans le quartier de Beit Hakerem. Je sortis de la voiture le manche de la bêche que je gardais là ainsi que la chaise pliante qui s'y trouvait depuis l'excursion interrompue avec Vot'père. Je remontai la rue Bialik en passant par le parc du Mémorial plongé dans la pénombre. Que pourrait-on penser en me voyant ainsi ? Un homme dans sa pleine maturité avec une matraque dans une main et une chaise pliante dans l'autre. Où peut-il bien aller ? Qu'a-t-il l'intention de faire ? Nul besoin de se perdre en conjectures. Cet homme est l'enfant qui, il y a quelques années, descendait dans ce jardin avec sa mère. Il le traverse à présent pour aller prendre soin du père qui l'a élevé comme son propre fils.

Je ne m'étais pas trompé ! Une voiture de « Meshoulem Fried et fille SARL » était garée dans la rue. J'installai la chaise dans le jardin, sous le figuier que Meshoulem nous avait apporté il y a de nombreuses années et qui depuis était devenu un grand arbre. Je m'assis dans l'obscurité. Personne ainsi ne pourrait me voir et moi je pourrai surveiller la porte de Vot'père. Un peu après onze heures et demie la porte s'ouvrit. Meshoulem cria : « Bonne nuit ! », ferma de l'extérieur, descendit l'escalier et regarda autour de lui. Qu'allais-je lui dire s'il m'apercevait ? Je lui avouerais la vérité. Meshoulem écouterait, sortirait son mouchoir et dirait : « Qui prendra soin de moi plus tard. Depuis que Gershon... » Il proposerait de me remplacer ou de me tenir compagnie.

Mais Meshoulem ne m'aperçut pas. Il entra dans son véhicule et démarra. Chez Vot'père, la lumière des toilettes était allumée. Je l'entendis tousser et cracher. En compagnie d'autres personnes, il n'aurait jamais toussé comme ça et encore moins craché. Puis la lumière s'éteignit aussi dans sa chambre et il ne resta plus qu'une faible lueur dans la cuisine.

Je demeurai assis là, recru de fatigue et d'ennui. Soudain la lumière s'alluma dans la cage d'escalier. Je me crispai mais pour rien : ce n'était que le locataire de Vot'père qui descendait du deuxième. Il sortit quelque chose de sa voiture, eut sur son téléphone portable une brève conversation ponctuée de petits rires étouffés puis remonta les escaliers. Par deux fois des gens montèrent jusqu'au dernier étage. Soudain, je me contractai car Benyamin apparut et approcha de la porte. Il tendit l'oreille, ne toucha pas la poignée. Il ne sonna ni n'ouvrit. Je ne me levai pas de ma place et mon frère s'en alla.

Peu à peu, l'air se rafraîchit et s'emplit d'humidité. Les passants se firent plus rares. Bientôt, il n'y en eut plus. Un vent caractéristique de l'après-minuit se mit alors à souffler et résonna légèrement dans les petits arbres et bruyamment dans les grands. Au loin, on entendit le cri bref et terrible d'une femme, suivi d'un silence et puis d'aboiements. Des chauves-souris virevoltaient autour du réverbère de la rue, gobant les insectes attirés par la lumière.

À trois heures du matin, je m'en allai. Le kiosque de Glick était ouvert. M. Glick s'activait déjà dans sa cuisine.

— Je peux te faire un sandwich si tu as cinq minutes, me cria-t-il de sa fenêtre. En attendant, voici un café.

Je le bus.

— J'en fais aussi un pour la fille Fried ? me demanda-t-il.

Je rougis.

— Je ne la vois pas aujourd'hui.

— Quel dommage ! dit M. Glick, chaque jour sans elle est du gâchis.

— Vous avez raison monsieur Glick, dis-je. Tous ces jours sans elle ont été un véritable gâchis. C'était une erreur.

Il me tendit mon sandwich.

— Ne le mange pas tout de suite. Laisse-le reposer quelques minutes pour que les saveurs à l'intérieur se mélangent un peu. Depuis qu'elle est petite fille, je le lui répète. Tirzah Fried est quelqu'un de spécial, elle n'est pas comme les autres. Si vous vous dépêchez avant que je meure, je pourrai, si Dieu le veut, vous faire votre repas de noce.

Durant tout le trajet de Jérusalem à Jéricho, je songeai à Vot'père. Devais-je lui raconter ou non ma nuit passée dans le jardin de son immeuble. En route vers le nord, dans la vallée, je pensai à moi, à ma vie, à ce qu'il pouvait bien advenir d'un homme dont l'histoire avait atteint son apogée avant même qu'il naisse. Un peu plus loin, près du kibboutz où avait grandi le Bébé, j'empruntai le chemin de traverse qu'il avait pris à vélo avec Myriam. Je m'arrêtai près d'un bâtiment désaffecté qui jadis avait été une station de pompage et ma pensée, en dépit de l'autonomie qu'on pourrait lui prêter, devint immanquablement esclave de sa propre histoire. Du premier lâcher jusqu'au dernier. Seuls quelques colombophiles se rendirent aux funérailles du Bébé. La guerre n'était pas finie, et il y avait encore beaucoup de travail à faire. Les routes étaient dangereuses. Le père vint de Jérusalem. L'oncle, la tante et Myriam la colombophile vinrent du kibboutz. Les cheveux de Myriam étaient prématurément parsemés de gris. L'oncle et le père se tenaient éloignés l'un de l'autre. Chacun pleura dans son coin sans échanger un mot.

Le Dr Laufer et la Fillette étaient présents eux aussi. La Fillette avait du mal à bouger et à respirer. Chaque seconde, elle ouvrait grand la bouche et avalait de l'air dans un spasme. Mais les deux cellules dans son utérus s'étaient déjà divisées et multipliées pour en faire quatre. Ces quatre allaient se diviser à leur tour le même jour en huit, puis en seize, en trente-deux, pour enfin devenir moi aujourd'hui. Le Dr Laufer, le seul qui fût au courant en dehors d'elle, prononça l'oraison funèbre, et son pluriel de majesté, qui avait toujours fait rire l'assistance, suscita cette fois un sentiment de malaise car il résonnait comme l'oraison de centaines de mères, de sœurs et de maîtresses.

Tout voyage devant être mis à profit pour une expédition, chacun des colombophiles présents portait à la main un panier de pigeons avec un couvercle et une poignée. À la fin de l'enterrement, les pigeons furent lâchés là-haut, très haut, au-delà des larmes, du deuil et de la tombe fraîchement creusée. « C'est un entraînement et c'est beau à la fois. Peut-être cela deviendra-t-il aussi une tradition à chaque cérémonie commémorative », conclut le Dr Laufer.

CHAPITRE XXIII

1

Dommage que tu n'aies pas été ici l'autre jour pour voir les meilleurs plâtriers de Tirzah travailler dans la maison que tu m'as achetée : une bande de Druzes, tous d'une même famille d'Usefiye, avec de grandes moustaches et des calottes colorées. Ils installèrent des échafaudages à l'extérieur de la maison, sur lesquels ils se hissèrent, deux en haut et deux en bas. Ils enduisirent leurs mains d'huile d'olive pour protéger leur peau, plâtrèrent et lissèrent comme un seul homme, exécutant les mêmes mouvements.

« Pourquoi quatre hommes pour un seul mur ? m'étais-je étonné, un homme ne suffit-il pas ? »

Tirzah m'expliqua que le mur devait sécher uniformément et sous un même soleil, pour qu'il n'y ait pas de différence de textures et de nuances.

Ils commencèrent par jeter du plâtre sur le mur puis ils ragréèrent l'étanche dalle de béton qu'ils badigeonnèrent ensuite d'une couche pour égaliser. Puis ils passèrent un coup de ponceuse à disque bien affûtée avant d'étaler une autre couche à l'aide de rouleaux longs et rapides. Ils enduisirent les murs intérieurs de la maison d'une peinture crème, et non blanche — Tirzah et moi n'aimons pas le blanc —, et les murs extérieurs d'un crépi couleur « pêche », comme dit Tirzah.

Un cinquième plâtrier travaillait dans la maison. Il était juché sur une échelle petite et lourde et vérifiait le grillage métallique du plafond comme on vérifie les cordes d'une harpe en les pinçant. Le grillage gémissait à son approche pour qu'il remplisse enfin ses yeux vides. Il lança l'enduit, le projeta et l'égalisa. Lorsqu'il eut terminé, Tirzah jugea que c'était bien. C'était à présent notre plafond et non plus celui de notre prédécesseur. Les ouvriers allaient bientôt partir. « Je me réjouis de voir que tu as la force et l'envie Iraleh ! Car nous avons ce soir une double inauguration : le plafond et le crépi. »

2

Les ouvriers chinois étalèrent une couche d'isolant sur le soubassement de ce qui allait devenir le sol de la salle de bains. Ils tirèrent et posèrent de longs tubes en plastique verts et noirs qu'ils soudèrent sur le sol avec des pelletées de ciment-colle. Un plombier et un électricien arrivèrent pour enfiler câbles et tuyaux à travers les tubes. Et quand tout fut sec, encastré, égalisé, arrondi, bouché, fixé et inspecté, Meshoulem revint avec Steinfeld le carreleur.

— Bonjour Steinfeld ! cria Tirzah. Bonjour Meshoulem ! L'isolation semble parfaite !

Steinfeld arriva avec son vieux sac d'écolier sur

le dos et son seau à la main. Cette fois, il contenait un marteau, un niveau, une spatule de vitrier, une truelle et un coussin. Il continuait de se plaindre comme s'il venait tout juste d'achever le travail du *stichmuss* entamé quelques semaines auparavant :

— Tu vois ? C'est le marteau de carreleur dont je t'ai parlé. Seuls les professionnels en ont. Pas de plastique ni de caoutchouc comme aujourd'hui. La tête en acier pèse à elle seule un kilo et demi et permet d'éliminer les inégalités et les bosses. Le manche est en bois de peuplier pour cogner et égaliser. Un manche de dix-huit centimètres. Exactement comme mon *shmekale* mais moins épais et moins doux.

— Qu'est-ce que tu vas inventer là ? dit Meshoulem, ton marteau ne sert que pour les vieux carreaux. Les nouveaux en caoutchouc sont pour les dalles en céramique.

— Les carreaux anciens sont beaucoup plus beaux, maugréa Steinfeld, ceux en céramique sont loin de les valoir.

Il épancha aussi sa mauvaise humeur sur les carrelages en marbre qui font « ressembler les nouvelles maisons à la salle de bains de la femme de ménage de Rothschild ».

— C'est toi le propriétaire ici, pas eux ! me dit-il en se tournant vers moi à la grande joie de Tirzah et de Meshoulem. Que les Fried mettent ce qu'ils veulent dans leur maison ! Pour la tienne, je t'apporterai des carreaux comme autrefois, de vingt centimètres sur vingt centimètres.

Tirzah protesta :

— Cela nécessite trop de carreaux, trop de travail, trop de joints choquants pour l'œil et la machine à céramique ne permet pas d'ajuster sur les bords.

— Tu oublies Tiraleh que c'est Steinfeld le carreleur qui fait le travail. Il n'y aura que peu de coins et on pourra toujours couper à la main avec un disque.

— Il n'a même pas besoin d'un étau ! me chuchota Meshoulem plein d'admiration. Un Juif de quatre-vingts ans, tu te rends compte ! D'une main il tient le carreau et de l'autre il tranche. Tu vas voir, c'est incroyable, son disque coupe comme un fil à couper le beurre.

Une heure plus tard arriva un camion qui déchargea le carrelage. Mais entre-temps une nouvelle polémique s'était ouverte : Steinfeld voulait une couche de sable sous les carreaux mais Tirzah préférait un fin gravier. Elle me fit même participer au pour et au contre : avec le sable on pouvait mélanger un peu de ciment, ce qui permettait au carrelage de mieux adhérer. Mais les grains pouvaient aussi laisser passer un peu d'humidité, « et parfois il fallait déposer la moitié du sol d'une maison pour en trouver la cause ».

— Je n'aime pas les graviers sous le carrelage, s'opposait Steinfeld. Le sable dort tranquillement alors que le gravier crisse : crsss... crsss...

Cela fit rire Tirzah mais cette fois elle ne voulut rien céder.

— Primo, tu ne vivras pas dans cette maison, et secundo, dit-elle en me désignant du doigt, il n'entendra jamais aucun crsss... crsss... Tu seras bien le seul à l'entendre !

Steinfeld grommela encore dans sa barbe puis se résigna.

— Ce n'est pas grave, dit Tirzah, tu as gagné

avec les carreaux et moi avec ce qu'il y a en dessous. Ta victoire sera visible, elle ; pas la mienne.

Meshoulem exultait :

— Tu as vu ! Tu as vu comme elle se bat pour toi ! Toutes dents dehors ! Toutes griffes dehors !

— Ça te fait plaisir, dit ensuite Tirzah à son père, que ta fille qui a construit des hôtels, des hôpitaux, des centres industriels, des changeurs d'autoroute et des centres commerciaux, qui a triomphé de tous les fonctionnaires du ministère de la Défense, du Logement et des Transports sans coup férir, ait fait fléchir Steinfeld le carreleur ?

— Un instant ! Ne bouge pas ! dit Meshoulem. Sais-tu que tu as au-dessus du front déjà deux cheveux blancs ?

— Mon pauvre Papa ! Qu'est-ce que tu vas encore chercher !

— C'est magnifique ! Je peux enfin mourir !

— Que je pleure à cause de mes cheveux blancs, soit ! dit Tirzah, mais toi ! Range immédiatement ce mouchoir dans ta poche !

— Ce n'est pas à cause de tes cheveux blancs. C'est parce que tu m'as enfin appelé Papa !

— Ne raconte pas d'histoires ! Vas-y, continue ! Tu n'as plus qu'à ajouter : si mon Gershon était vivant, il aurait lui aussi des cheveux blancs !

— Ça suffit ! Vous m'empêchez de travailler ! se fâcha Steinfeld.

Il tendit une corde dans la largeur de la pièce pour indiquer où devait être placée la première rangée. Le jeune ouvrier chinois étala le gravier sur le béton nu. Steinfeld lui ordonna de verser dans le bac le sable blanc et le sable normal, le ciment et la chaux. Il ajouta l'eau lui-même.

Le Chinois remua sa spatule dans le bac, se souriant à lui-même sous le flot de cris du vieillard :

— Tu vois ? Voilà pourquoi je n'en voulais pas ! Il y a des grumeaux ! Va expliquer au *khinezer* que le ciment doit être lisse et appétissant comme du foie haché !

Il posa le coussin brodé qu'il avait apporté et s'y agenouilla en gémissant. L'ouvrier lui tendit un seau plein de mortier. Steinfeld plongea sa truelle, déposa un bon paquet sur le gravier, égalisa, puis en rajouta un peu qu'il lissa à nouveau. Ses gestes étaient rapides et mesurés, différents de la manière dont il parlait et marchait. De l'extrémité de sa truelle il traça dans le ciment deux petits éclairs ressemblant à un Z. « Comme ça le mortier ne débordera pas à l'extérieur. La pression le repoussera vers l'intérieur où il ira remplir chaque vide. »

Puis il posa un carreau, tapota délicatement avec le manche en bois du marteau et de la pointe de sa truelle il récupéra le surplus. Il alla poser son niveau du sud au nord et de l'ouest à l'est et se réjouit :

— Tu as vu comme c'est droit ! Même si tu posais dessus une bille, elle ne bougerait pas. Même le billard du président des États-Unis ne peut rivaliser avec le sol que je te fais !

Il égalisa à nouveau le gravier de la main, maugréant encore :

— Ça ne vaut vraiment pas le sable !

Il remit du ciment, lissa, dessina ses éclairs, centra un autre carreau puis tapota à nouveau. Ses coups étaient sourds et comptés, d'un rythme singulier, comme si la maison et lui s'envoyaient des messages, à la façon des prisonniers de cellule en cellule. Il caressa les deux carreaux, lissa le joint de la pulpe de son pouce, puis reprit son niveau qu'il posa sur eux.

— On ne peut dissimuler les erreurs de pose, m'expliqua Tirzah. L'électricité et la plomberie sont cachées dans les murs et sous le sol. L'entrepreneur, le plâtrier et le peintre passent leur temps à s'accuser les uns les autres et à camoufler les erreurs de leurs prédécesseurs. Mais les carreaux sont exposés au regard et à cause des angles droits et de la largeur des joints un œil non professionnel décèle tout de suite la moindre erreur.

— Quelle gamine insolente ! ronchonna Steinfeld, mais dans le travail elle en connaît un rayon !

Deux heures et demie plus tard environ, lorsqu'il eut fini de poser les trois premières rangées, le vieux carreleur tendit sa main au vieil entrepreneur et lui demanda :

— Aide-moi à me lever.

Meshoulem la saisit et tira. Tous deux gémirent de douleur et de l'effort qu'ils avaient fait.

— Maintenant que Steinfeld a posé les trois premières rangées comme lui seul sait le faire, n'importe qui presque pourrait terminer le travail, dit Meshoulem.

Et Steinfeld ajouta :

— Ce que je vous ai fait là, même le gouvernement aurait du mal à le gâcher. Le *khinezer* n'a qu'à continuer ! Veillez seulement à ce qu'il ne glisse pas un grain de riz dessous au milieu du gravier !

Je sortis avec lui. Il jeta un coup d'œil dans le réfrigérateur et cria :

— Tiraleh, est-ce qu'il y a du hareng ?

— Tout est là, répondit-elle de la maison, tu n'as qu'à chercher.

— Tu n'aurais pas un peu de vodka pour aller avec le poisson ?

— Pas pendant les heures de travail, Steinfeld. Prends une bière, c'est bien suffisant.

Steinfeld prit dans le réfrigérateur un concombre et du fromage. Il trouva du pain dans un carton, sortit des profondeurs de son sac d'écolier un couteau, se coupa un morceau de poisson et s'assit sur une chaise. Sa main droite tremblait.

— Cela fait déjà quelques années que c'est comme ça, me dit-il. Aucun médecin ne parvient à la soigner, elle ne s'arrête que quand je me mets à genoux pour travailler. (Il me tendit le concombre.) Peux-tu me l'éplucher s'il te plaît.

Je le lui épluchai et voulus lui verser sa bière dans un verre. Mais Steinfeld me dit qu'il préférait boire directement à la bouteille.

— Dans un verre, je renverse tout. Mais ne le dis pas à Tiraleh, d'accord ?

Après qu'il eut bu et mangé, je lui étendis une bâche à l'ombre de mes caroubiers sur laquelle il s'étendit et s'endormit. Meshoulem dit à Tirzah :

— Donne quelque chose d'autre à faire à l'ouvrier. Nous allons continuer un peu avec le sol.

Puis il s'adressa à moi :

— Avec Tiraleh nous en avons posé des carreaux dans notre existence ! Mélange et apporte-nous le mortier, tu vas apprendre un nouveau métier.

Je mélangeai, le leur tendis. Meshoulem Fried

et fille SARL se mirent à genoux et commencèrent à poser les carreaux. Quelques instants plus tard, Meshoulem me dit :

— Iraleh, mets-en quelques-uns toi aussi, c'est ton sol.

Je me souviens encore de leur emplacement précis. Même aujourd'hui, quelques mois après que Tirzah m'a quitté, je sais identifier mes carreaux et les siens, tout comme les empreintes invisibles de nos corps sur le sol.

3

Mais alors nous étions encore ensemble. Tirzah dut bien le reconnaître : « Steinfeld avait raison. Les carreaux de vingt centimètres sont vraiment beaucoup plus beaux. » Le lendemain, elle décréta :

— Viens, le ciment est sec. Inaugurons à présent aussi notre nouveau sol !

— Tu ne veux pas que j'étende quelque chose par terre ?

— Non. Combien de couples peuvent-ils se vanter de coucher sur le sol qu'ils ont eux-mêmes pavé. Couche-toi sur moi, mon *amou*, je veux sentir ton poids.

Je me couchai sur elle. Nos poitrines se touchaient, nos reins se pressaient l'un contre l'autre. Nos lèvres se rencontrèrent. Rotule contre rotule, nos mains ouvertes écartelées, nos doigts entrelacés, comme si nous avions été crucifiés l'un sur l'autre.

— Déshabillons-nous ! Nous sentirons la chaleur de nos corps sur le sol froid.

Le soleil déclinant emplit l'ouverture percée dans le mur lors de la première journée de travail, inonda et embrasa l'espace de ma nouvelle maison.

— Je t'ai manqué Iraleh ?

— Oui.

— Alors, voilà, je suis venue. C'est moi. Je suis ici.

— Bien.

— Et quand je n'étais pas là ?

— Quand tu n'étais pas là, quoi ?

— Je te manquais aussi ?

— Oui.

— Quand surtout ?

— Tiraleh, je ne t'ai vue ce matin.

— Je ne parle pas de ce matin. Pas d'aujourd'hui. De toutes ces années. De toutes ces années qui ont passé depuis. Est-ce que je t'ai manqué ?

— Tu es casse-pieds !

Elle rit.

— Nous n'allons quand même pas nous disputer ! Si tu te querelles avec moi, je ne banderai pas !

Nous nous retournâmes. Le visage de Tirzah vint se poser sur le mien, s'enfonça lentement. Je me mis à frissonner. Pas seulement de plaisir, mais de la soudaine acuité de cette image. Certains appréhendent la réalité par leurs sens. Moi, les miens viennent s'interposer entre elle et la mémoire, chacun ne se cantonnant pas dans son domaine. Il arrive que le nez s'interpose entre un son et une image, que l'oreille sente, que l'œil se souvienne des odeurs et que les doigts volent.

Tirzah embrassa mon cou et le fit tressaillir.

Elle se souleva un peu afin que je voie ses yeux et son corps. Ses mamelons, bien qu'elle eût déjà enfanté, sont restés petits et parfaits, le gauche rosé et le droit pourpre. Elle les examinait parfois de ses doigts humectés par sa salive. « Regarde-les, celui-ci je l'ai cueilli dans notre grenadier acide, celui-là dans son voisin plus sucré. »

Je ne me lasse pas de son souvenir. Ses petits seins, sa chevelure épaisse, le léger renflement de son ventre. Son petit corps vigoureux et ses longues jambes. Son nombril légèrement saillant avec en dessous l'obscurité dense qui chaque fois m'étonnait un peu plus, comme dans notre enfance, lorsqu'elle disait « Une toison d'acier me pousse sur le *pipot* ! » Et plus en dessous encore, la seule partie tendre de son corps, tel un cours d'eau entre des joncs et des roseaux.

Nous nous caressions, comme Gershon nous l'ordonnait quand nous étions adolescents. Chaque cellule de nos mémoires corporelles se réveillait alors, dans les muscles, la peau et jusqu'aux bouts des doigts.

— C'est atrocement agréable ! disait Tirzah.

— Quoi ? demandai-je.

— Ce mélange de nous deux, de moi et de toi, de ce que nous avons fait autrefois et de ce que nous ferons encore.

Sa main, les doigts écartés, allait de ma hanche au bas de mon dos. Par de légères pressions, elle me faisait comprendre : viens ! Chaque femme de mon corps venait étreindre son frère dans le corps de Tirzah. Chaque cellule de ma chair trouvait en elle sa sœur.

CHAPITRE XXIV

1

Le lendemain, les frères Iluz revinrent à la maison et entreprirent de construire la terrasse. Ils creusèrent des puits, y versèrent du béton et des pierres pour soutenir les tiges de fer au milieu desquelles viendraient s'encastrer les piliers en bois. La construction de la terrasse dura trois jours. Son sol est recouvert de lattes. Une balustrade l'entoure. Au-dessus, les couvreurs nains ont tendu des toiles retenues par des câbles d'acier qui lui donnent un air de voilier.

La quatrième nuit, après que nous l'eûmes à son tour inaugurée et nous fûmes endormis, je fus réveillé par le bruit assourdissant de quelque chose qui tombait et se cassait. Tirzah ne se réveilla pas et je compris tout de suite de quoi il s'agissait : le figuier s'était effondré. Meshoulem avait raison. Ce bruit était l'accomplissement d'une prophétie.

Je pesai le pour et le contre et renonçai à me lever. Mieux valait vérifier à la lumière du jour. La nuit les choses apparaissent différemment de ce qu'elles sont en vérité. Je me couchai et écoutai. Le silence revenu emplissait l'espace laissé par la chute. Puis les bruits habituels : le souffle du vent, les aboiements au loin, les croassements des grenouilles et toujours le sifflement creux et régulier du chat-huant et les pas du hérisson dans la broussaille.

Tirzah n'entendit ni ne vit rien. Elle se leva et partit avant l'aube. Je me levai une heure plus tard et sortis dans la cour. Le conducteur du tracteur était déjà là, armé d'une petite scie mécanique. Les branches du figuier jonchaient le sol. Son feuillage était éparpillé tout autour. Le tronc cassé ressemblait à un sac de sciure percé. Ce n'est que maintenant que je comprenais à quel point les chenilles qui l'avaient creusé avaient été dévastatrices. Lorsqu'il constata que j'étais réveillé, le conducteur mit le moteur de la scie en route et découpa sa dépouille, chargea sa charrette et partit en direction de la décharge.

L'après-midi, Meshoulem apparut avec, dans un seau, un plant de nouveau figuier qui avait déjà bourgeonné et fleuri.

— Tu savais. Tu l'avais préparé à l'avance, dis-je, ne sachant si je devais me plaindre, me montrer touché ou me réjouir.

— Et alors ? dit-il. Nous avions vu les trous dans son tronc le jour où tu m'as emmené voir la maison. Je t'avais bien dit qu'il allait tomber !

— C'est un plant déjà grand. Tu l'avais préparé avant même de venir ici la première fois.

— Meshoulem est toujours prêt. Pour le meilleur et pour le pire. C'est un vrai figuier, dit-il, pas comme ce que tu avais jusqu'à maintenant. Il te donnera de beaux fruits. Les fruits ne tomberont pas tout avortés comme chez certains figuiers.

— Nous ne sommes plus très jeunes, dis-je.

— Qui ?

— Ne fais pas l'idiot Meshoulem, Tirzah et moi.

Meshoulem ne parut ni blessé ni gêné.

— Aujourd'hui, à l'hôpital *Hadassah* tu as des médecins capables de rendre enceinte même la femme de Mathusalem.

Il revint à son véhicule, apporta une bêche, une pioche, une fourche, ainsi qu'un nouvel et étrange outil, un long et épais tube galvanisé avec un fer de pioche à son extrémité, le côté large retourné vers l'extérieur.

— C'est le parfait outil du planteur, Iraleh. Tu ne trouveras jamais un camarade comme celui-ci dans un magasin.

Il m'expliqua qu'avant de se mettre à creuser, il fallait d'abord « penser », imaginer à quoi l'endroit ressemblerait dans plusieurs années, « quand ce petit plant sera devenu un grand arbre et qu'il lui faudra vivre en paix avec ses voisins. Avec les voisins plantes, avec les voisins maisons mais aussi avec les voisins hommes. »

Il n'est, ainsi, pas question de planter un peuplier à proximité d'une maison — « C'est une catastrophe ! » —, ses vigoureuses racines soulèvent les dalles, les chaussées et pénètrent dans les canalisations des égouts. Le mélia est beau et odorant mais attire les pics-verts et finit par te tomber sur la tête. Le ficus fait plein de saletés et attire les mouches « mais, dit Meshoulem en souriant, il envoie ses racines très loin et vole l'eau du jardin des voisins. C'est ce que j'appelle un bon arbre. »

Quant aux arbres fruitiers, surtout les abricotiers et les pruniers, ils donnent tous leurs fruits en même temps. Il te faut cueillir, laver, prévoir pots et bocaux et te préparer à faire des confitures.

— C'est ce que faisait ma Goldie tout l'été. Si elle vivait encore, je me battrais peut-être avec elle mais j'arracherais tous ses arbres fruitiers. Mais ce ne serait pas bien alors qu'elle n'est plus là.

Nous prîmes en considération chaque élément, nous imaginâmes l'avenir et finalement Meshoulem creusa le sol de son talon pour faire une marque.

— Ici ! ordonna-t-il. Tu vas creuser un joli trou et verser un peu de ta sueur à l'intérieur. C'est le premier arbre que tu plantes dans ta nouvelle maison, alors applique-toi !

2

D'abord, je plantai la fourche dans le sol pour en extraire de grosses mottes de terre. Puis j'utilisai une bêche, et lorsque le trou fut assez profond, Meshoulem me tendit son tube d'acier avec le fer de pioche.

— Maintenant essaie-moi ce camarade ! Regarde ! De haut en bas, comme une excavatrice dans une carrière. Ainsi tu auras un joli trou pour planter, exactement comme il convient : profond avec des parois droites.

Je creusai, élargis, approfondis jusqu'à ce que Meshoulem me dise que cela suffisait. Il remplit le trou d'eau qu'il laissa s'absorber et disparaître, arrosa à nouveau — « Qu'il ait un bel et humide accueil ! » Puis il combla le premier tiers avec de la terre mélangée à du compost et ajouta de l'engrais chimique en poudre.

— On peut mettre aussi de la bouse de vache séchée qui ne sent plus rien mais surtout jamais de fientes d'oiseaux. Maintenant viens ! Sortons le plan du seau.

Il se mit à genoux, appuya sur les parois du seau tout autour pendant que je tirais pour en extraire le plant.

— Tiens-le par le bas. Il ne faut pas que la partie avec les racines se défasse.

Je déposai alors le plant au milieu du trou.

— Qu'il s'appuie sur ton épaule, que chacun de vous sente la faiblesse et le besoin de l'autre. Aujourd'hui c'est lui qui s'appuie sur toi mais demain tu t'assiéras sous son ombre.

Il racla un peu de terre à sa base, recula, regarda et fit remarquer que le plant était courbé, qu'il fallait que je le redresse un peu sur la gauche.

— Ajoute de la terre. Mais ne couvre pas son cou pour qu'il n'y ait pas de moisissure ! Ne tapote pas avec ton pied barbare ! Ne l'étouffe pas ! C'est ta première plantation dans ta nouvelle maison. Mets-toi poliment à quatre pattes et tasse avec tes mains. Avec un peu de force et beaucoup de délicatesse.

Le figuier fut planté. Meshoulem rapporta de son pick-up trois hauts tuteurs en bois. Nous les enfonçâmes en cercle autour de l'arbre et Meshoulem m'expliqua comment les attacher à son tendre tronc :

— Avec des bandes de tissu. Une ficelle risquerait de couper l'écorce.

Il vérifia que les bandes de tissu étaient suffisamment souples pour que le plant puisse un peu bouger sous le vent.

— Ça le forcera à exercer un peu ses muscles, ça lui fera un tronc plus épais et plus fort.

Il fit quelques pas en arrière et dit :

— Voilà ! Il est planté. Versons encore un peu d'eau et lorsque nous aurons arrangé le jardin, nous installerons un système de goutte à goutte pour l'irriguer. En attendant, rends-lui visite chaque jour avec un arrosoir. Qu'il apprenne à attendre et à se réjouir lorsque tu viens. Pendant que tu l'arroses, observe-le bien. Vérifie ses feuilles et l'écorce. Vois comment il se développe, s'il n'a pas de problèmes, qu'il sache que tu ne l'as pas seulement planté là avant de t'en aller mais que tu continues à en prendre soin.

Nous nous assîmes près de mon nouveau figuier. Moi par terre, Meshoulem sur le seau retourné. Il alluma une cigarette et dit :

— Heureusement Iraleh que tu ne fumes pas. Je veux que ma Tiraleh ait un homme fort et en bonne santé. Mais j'aimerais te donner un autre conseil car j'ignore si je serai encore là quand cet arbre donnera des fruits. Tu avais raison. J'avais préparé ce plant avant que tu viennes me voir au sujet de cette maison. Je l'ai préparé à partir de mon figuier, le préféré entre tous de Tiraleh. Un blanc avec un peu de jaune sur l'écorce. Sais-tu comment tu lui serviras ces figues : très fraîches et coupées en largeur, pas en longueur, afin qu'elles soient comme des figues doivent être. Tu vois de quoi je parle, n'est-ce pas ? C'est ainsi que tu lui feras comprendre ce que tu veux et ce que tu aimes chez elle, mais de façon élégante et sans vulgarité. Tu lui serviras la figue dans un petit bol avec une petite goutte d'arak au fond. Elle sera aux anges, me promit-il, tu verras. Elle sera émue. Ça la fera rire. Une femme aime que son homme pressente ses désirs sans qu'elle ait besoin de le lui dire explicitement. Ne lui avoue surtout pas que je t'ai vendu la mèche ! Laisse-la croire que tu l'as comprise tout seul.

Après une brève pensée, il changea d'avis :

— En fait, si Tiraleh te le demande, dis-lui la vérité. Oui, Tiraleh, c'est ton père qui m'a dévoilé le secret. Il voulait que je te plaise, il voulait que l'on soit ensemble et avait décidé d'aider un peu. Alors elle rira : « Ainsi donc, à chaque chose agréable que tu me feras, je me dirai que c'est une idée que mon père t'a soufflée. » Mais tu lui répondras : « Non, Tiraleh, pas du tout. Les pères ignorent la plupart des choses que les petites filles aiment. Allons ! Ne parlons plus de lui, car maintenant nous sommes toi et moi. Oublions cette vieille andouille. » Voilà ce que tu lui diras. « Maintenant, Tiraleh, nous sommes comme Adam et Ève : seuls toi et moi. C'est le paradis que nous nous sommes faits, personne ne nous en chassera. »

3

Après le départ de Meshoulem, je m'allongeai sur le sol de ma maison. C'était bon. En dépit de mon amour qui ne tarissait pas pour mon entrepreneur-qui-est-une-femme, j'appréciais de me retrouver seul. Les travaux étaient presque terminés : les poutres du toit avaient été réparées et changées, les tuiles avaient été posées, le plafond se tenait entre elles et moi et les carreaux de Steinfeld sous moi. Les fenêtres et les portes avaient été installées. Éviers, lavabos, robinets se trouvaient à leur place, les murs avaient été enduits et peints. Il ne manquait que des meubles, ainsi que des placards dans la salle de bains pour les vêtements, et la cuisine. Il restait encore quelques endroits à peindre et des lustres à suspendre.

Je demeurai étendu sur le sol de ma maison, regardai en haut et éprouvai une étrange sensation, comme si je m'envolais. Généralement je ne dors pas l'après-midi, mais cette fois, je m'assoupis et rêvai à nouveau de ma mère. Depuis la fois où elle m'avait interpellé au téléphone : « Yair?... Yair?... », je n'avais pas rêvé d'elle. À présent, j'avais la chance de la revoir.

Je sortis de la maison dans la cour. Des dizaines d'ouvriers y travaillaient. Il y avait de nombreux invités, je n'en connaissais que très peu et la plupart m'étaient totalement étrangers, qui allaient, venaient et discutaient. Une odeur de fébrilité festive planait dans l'air. Des tracteurs étaient en train de s'affairer, creusaient, tiraient, remuaient. L'un d'eux, particulièrement grand, avec mon conducteur au volant, transportait un énorme bloc de roche fixé à sa pelle mécanique par de larges sangles de déménageurs. Il était si lourd qu'il le faisait dangereusement tanguer. Je me demandais où était Tirzah. Et Meshoulem. Et les deux ouvriers. Étaient-ils retournés en Chine?

Je m'approchai et vis que, dans la partie de ma cour qui donnait sur la rue, se trouvait un groupe de gens avec toi au milieu d'eux. Belle, vivante et heureuse, portant l'une des robes préférées de mon enfance comme on n'en voit plus guère aujourd'hui : une de ces robes estivales en coton, ample, claire et multicolore, étroite à la taille, avec des manches courtes et un décolleté pigeonnant plus généreux qu'il ne l'est réellement et qu'apprécient les femmes aux petits seins.

Je savais bien sûr que tu étais morte, je le savais dans mon rêve comme à l'état de veille, j'éprouvai même un certain étonnement comme souvent dans de telles situations. Mais cette surprenante conscience ne m'empêchait cependant pas de me réjouir. « Quelle joie que tu sois venue ! », dis-je. Tu me serras dans tes bras et m'embrassas sans rien dire, et moi — pourquoi, diable, ne lançai-je aucun autre sujet de conversation ? —, je ne trouvai qu'à répéter : « Quelle joie que tu sois venue, Maman » et « Comme tu sembles en forme ! » Dès lors, le rêve commença à se dissoudre et ce fut comme s'il n'avait jamais existé. Un de ces rêves oubliés à peine faits, avant même que le rêveur n'ait eu le temps de dire à la personne dont il rêvait tout ce qu'il voulait lui dire.

Je n'eus pas conscience de me réveiller, mais soudain je l'étais en effet, et le plaisir que j'avais éprouvé dans mon rêve se prolongea au-delà de mon sommeil. Le crépuscule et la fraîcheur m'avertirent que c'était le soir à présent, que ma sieste avait trop duré. J'appelai « Tirzah... Tirzah... », plusieurs fois, pour lui raconter mon rêve et peut-être même pour m'en enorgueillir. Mais Tirzah n'était pas là, pas plus que les ouvriers, et pourtant je n'étais pas seul, cela je le sentais clairement.

J'allumai la lumière et vis un pigeon. Assis

sur le sol, immobile. Mon corps se glaça, mes cheveux se dressèrent. Un pigeon d'apparence commune. Gris-bleu. Les pattes écarlates. Semblable à des milliers d'autres pigeons. Les yeux ronds. Avec deux rayures noires comme celles des châles de prière sur les ailes et sur la queue.

Je poussai un cri. Le pigeon fut lui-même effrayé, voleta dans un bruissement d'ailes, se cogna contre le nouveau plafond et s'effondra. Il se remit à voler, se cogna à nouveau, errant et planant dans l'espace jusqu'à ce qu'il se pose dans un coin éloigné. Je me tenais au centre de la grande pièce. Nous nous regardions. Le silence s'instaura.

— D'où viens-tu ? lui demandai-je finalement.

Les pigeons ne savent pas indiquer les directions et les noms des lieux.

— Jusqu'à toi, me répondit-il.

— Je ne veux pas de toi, dis-je, retourne chez toi.

— J'ai volé toute la journée, me répondit le pigeon. Donne-moi, je te prie, un endroit où reposer la plante de mon pied, un abri pour une nuit.

— Pas dans cette maison. Pas chez moi. Pas toi.

— Je me ferai tout petit dans un coin, me proposa-t-il. Je ne dérangerai personne. Tu ne me verras ni ne m'entendras. Qui mieux que toi sait que les pigeons peuvent entrer, disparaître dans un panier d'osier, dans une caisse en bois, et même dans une poche !

— Tout de suite ! criai-je. Sors d'ici tout de suite !

— Le soleil est déjà couché, supplia-t-il.

Mais je ne décolérai pas, loin s'en faut.

— J'ai calfeutré toutes les ouvertures du toit. J'ai bouché toutes les fissures. Il n'y a pas de place ici pour un pigeon.

— Tu as calfeutré, obstrué, bouché, mais je suis là. Un pigeon.

Je me levai. Le pigeon se mit à nouveau à évoluer dans l'espace de la pièce. Je me baissai et m'emparai de l'une des planches que les couvreurs nains avaient laissé tomber. Je bondis avec une rapidité qui me surprit moi-même. Je le frappai comme au baseball tandis qu'il était en plein vol. Il fut projeté au sol, frétilla des ailes et demeura silencieux. Son aile droite brisée pendait étrangement. On pouvait voir la blancheur de l'os brisé à travers sa chair déchiquetée. Le bec béant, il haletait. Sa vue se troubla d'effroi et de douleur.

— Je suis la chair et l'âme, me dit-il tel un magnétophone solennel.

— Tais-toi !

— Je suis le souffle du corps et le poids de l'amour. Je suis le vent et la force.

Je l'attrapai, sortis, d'un seul geste lui tordis le cou et de toutes mes forces le lançai dans l'obscurité. J'arrachai de son corps les plumes tendres de son ventre et de sa gorge ainsi que le duvet de la nuque et du dos. Le corps sans tête, déplumé et ainsi exposé, paraissait petit et nu. Les plumes de ses ailes semblaient appartenir à une autre créature. N'eût été la douleur que l'on pouvait lire en lui, j'aurais même dit qu'il était ridicule.

Je retirai le canif de ma ceinture — la prochaine fois que Liora et Benyamin se moqueront de moi, je pourrai leur dire que j'ai enfin fait bon usage de mon équipement prétendument superflu —, l'ouvris puis coupai les extrémités de ses ailes et de sa queue. D'une rapide incision de la gorge à l'estomac, j'ouvris son ventre et écartai les deux bords. Tous les organes internes — le jabot, l'estomac, les intestins, les poches d'air, le gros cœur, les poumons développés — je les pris à pleines mains, les arrachai et les jetai au loin.

Je traversai la cour, allumai la lumière entre les branches du caroubier, rassemblai quelques ronces et des planches auxquels je mis le feu. Une demi-heure plus tard, j'avais là un beau tas de braises crépitantes. J'y fis griller mon pigeon et le mangeai. Un fort et agréable goût de sang emplit ma bouche. Était-ce le goût de son sang ou les bris d'os anguleux qui coupaient mon palais ?

Je me déshabillai, allumai une bougie commémora-tive de mon *amou*, entrai sous la douche qu'elle m'avait installée. Je lavai mes mains du sang et mon corps de tout le reste. Lorsque je fermai le robinet, laissant les gouttes d'eau descendre le long de mon corps nu, j'entendis soudain un tendre craquètement descendre lui aussi. Je levai les yeux vers l'obscurité mais ne vis rien. Les grues ne passaient pas ordinairement par ici et ce craquètement, comme leurs bruissements d'ailes, résonnaient non seulement des hauteurs célestes mais aussi des profondeurs de mes ténèbres.

CHAPITRE XXV

1

L'employé de la compagnie d'électricité nous installa un nouveau compteur. L'employé du conseil régional, un compteur d'eau. Celui de la compagnie du gaz, des cuves et des conduits. Celui du téléphone brancha les différentes lignes. La maison, golem à la chair de briques et de ciment, de sable et de gravier, sentait un flux dans ses artères et renaissait. Elle s'était étirée, ses fenêtres s'ouvraient et se fermaient, absorbant lumière et obscurité, vues et images. Ses poutres soutenaient, ses murs cloisonnaient, sa porte tournait sur ses gonds. Tirzah avait achevé son travail.

Il n'y avait plus personne. Le nouveau téléphone sonna soudain. Je décrochai, quelque peu surpris, et j'entendis son rire :

— C'est moi, mon *amou,* ton entrepreneur-qui-est-une-femme. Je suis ici sous les caroubiers, dans la cour, je voulais simplement inaugurer la nouvelle ligne.

Le soir tomba. Nous mangeâmes, nous nous douchâmes et entrâmes dans la maison.

— C'est notre maison avec un sol sous nos pieds, des murs autour du corps et un toit au-dessus de la tête, dit Tirzah.

Elle fit remarquer que mon matelas de camping était « un matelas pour fakir et pas pour un couple d'hédonistes ».

— Le temps est venu de nous offrir un lit, dit-elle.

Le lendemain, je me réveillai très tard. Le soleil était déjà haut dans le ciel. Dans l'air planait une odeur de légumes coupés. Tirzah pressa un citron dans la paume de sa main, laissa le jus s'écouler entre ses doigts dans la salade puis jeta les pépins.

— Tu es enfin réveillé ! Je prépare notre première salade dans la cuisine.

Elle frotta ses mains l'une contre l'autre.

— J'ai appris cela de ma mère. C'est bon pour la peau et ça donne au corps une senteur citronnée.

Tandis qu'elle goûtait et rectifiait l'assaisonnement de la salade, je coupai du pain et de la feta qu'elle avait apportée. Je disposai des assiettes, des couteaux et des fourchettes.

— Maintenant que tous ces chers petits camarades attendent sur la table, dit Tirzah, on va faire cuire les œufs sur le plat.

Nous nous assîmes sur la terrasse en bois qu'elle m'avait construite, mangeâmes notre premier petit déjeuner concocté dans la nouvelle cuisine.

— Voilà, Iraleh ! dit Tirzah, il ne reste plus qu'à acheter des meubles, débarrasser les outils et le reste puis tout nettoyer. Mais nous avons terminé le travail et j'ai un cadeau pour toi.

Elle me tendit un petit paquet. Je l'ouvris. À l'intérieur, il y avait deux clefs ainsi qu'une petite plaque en cuivre : Y. MENDELSOHN — PRIVÉ.

C'était l'automne. Dans les yeux de mon *amou* le jaune s'était renforcé et le vert estompé.

— Elles sont pour toi. Si tu veux me laisser une clef, c'est le moment de peser le pour et le contre et de décider.

Je lui en remis une et elle se montra ravie. Moi aussi je l'étais. Du ciel revint le tendre craquètement errant qui, au début à peine perceptible, se mit à résonner de plus en plus dans ma tête.

— Qu'est-ce que tu regardes ? me demanda Tirzah en voyant mes mains en visière et mes yeux levés.

— Ce sont des grues. Elles partent vers le sud, dans leur deuxième chambre. Regarde !

— Pourquoi ne sont-elles que trois ? En général elles volent en bande, n'est-ce pas ?

— La bande va passer dans quelques heures. Ce sont les éclaireuses. Elles cherchent un endroit pour se reposer et manger. Quand elles l'ont trouvé, elles appellent toutes les autres pour qu'elles se posent.

Les trois grues descendirent et survolèrent le village. Mon cœur palpitait. Mon esprit calculait : Où. Quand. Maintenant. Mon ventre se contracta jusqu'à la douleur.

— Je dois partir, Tirzah, m'entendis-je dire.

— Où ça ? s'étonna-t-elle.

— À Tel-Aviv.

— Ta maison est ici, elle est terminée. Visse la plaque à la porte et essaie les clefs.

— Je veux emmener Liora ici. Je veux qu'elle la voie.

— Pour quoi faire ?

— Je veux qu'elle sache que j'ai trouvé, acheté et construit un endroit à moi.

— Elle sait que tu as trouvé et acheté une maison. Elle sait aussi que je suis ici. Elle a déjà envoyé son frère et le tien, ces deux serpents, afin qu'ils constatent pour elle.

— Je veux seulement qu'elle la voie bâtie et terminée.

— Tu n'as nul besoin de ce genre de victoire. Ne la fais pas venir ici. Je te le demande.

Mon ventre se contracta à nouveau mais je me levai de mon siège. Tirzah tout à coup grimaça, se leva et se précipita dehors. Lorsque je courus derrière elle, je la vis qui se penchait et vomissait notre petit déjeuner dans la cour. Je posai une main sur son épaule, mais elle se dégagea et s'éloigna.

Je me dirigeai vers le *Monstre.* Tirzah me rattrapa en deux temps trois mouvements et se posta devant moi :

— Attends. Pèse bien le pour et le contre comme le faisait ta mère.

— Je veux seulement qu'elle voie cette maison. Ce n'est pas une affaire si importante.

Tirzah s'écarta de mon chemin. Et je partis pour Tel-Aviv.

2

La rue de Liora m'accueillit avec une place de stationnement libre. La porte de Liora s'ouvrit devant moi docilement telle une porte automatique dans un aéroport. Le système d'alarme de

Liora me souhaita la bienvenue dans un silence tacite. Liora elle-même m'attendait, allongée sur son lit, le regard fixé sur une feuille imprimée de son ordinateur. J'ôtai mes chaussures et m'allongeai près d'elle.

— Ma maison est terminée, lui dis-je.

— Félicitations ! Je suis certaine que Tirzah a fait un bon travail.

— Il n'y a pas encore de meubles, ajoutai-je, mais il y a l'eau, l'électricité, des portes, des fenêtres, un sol pour les pieds et un plafond au-dessus de la tête.

— Et tu es venu pour dire au revoir à ma maison ?

— Je suis venu t'inviter dans la mienne. Le temps est venu que tu la voies.

— Quand ?

— Maintenant.

— Ce n'est pas possible. Ce soir j'ai rendez-vous avec des clients. Téléphonons à Sigal pour qu'elle nous trouve un moment.

— Ce doit être aujourd'hui et nous devons partir maintenant. Nous arriverons avant le soir et nous y resterons jusqu'à demain pour que tu puisses profiter du paysage.

— C'est aussi une invitation à dormir ? Il y a déjà un lit ?

Un sourire traversa ses yeux, se glissa dans sa voix sans qu'il fût pourtant visible sur ses lèvres.

— Il n'y a encore rien là-bas. Emportons ton matelas. Lève-toi. Prends quelques affaires, je vais le charger sur le *Monstre.*

— Mais demain matin j'ai aussi des rendez-vous.

— Remets-les à plus tard.

Et avec l'à-propos de qui a minci et recouvré sa force, a construit et a été construit, j'ajoutai :

— Je t'ai vu résoudre des problèmes autrement plus difficiles !

Elle se leva, ouvrit l'armoire dont elle sortit un sac de voyage pendant que moi, d'un geste rapide et ample, j'ôtai le drap du matelas. Je le soulevai, le tirai au-dessus du lit et le traînai en dehors de la chambre. Nous traversâmes le couloir, moi le poussant, le dirigeant, et lui, irrité, avec le sentiment d'être manipulé. Toutes les pièces de Liora, celles du matin et celles du soir, celles de solitude, de dispute, celles du traitement, du sommeil et de la réconciliation, nous virent passer et ouvrirent grand leurs portes.

Nous sortîmes et glissâmes de marche en marche, passant d'une caméra étonnée à une autre effrayée, jusqu'à la cour, le portail et la rue. Je poussai et hissai le matelas sur la galerie du *Monstre*. L'attachai et le serrai avec des lanières. Liora, descendue derrière moi, radieuse, parfaite dans sa robe claire et légère assortie à son sac de voyage, m'observait d'un regard amusé. Est-ce bien toi Yair ? D'où te vient cette soudaine énergie ? Quelle effervescence !

Nous sortîmes de Tel-Aviv. Nous baignions dans l'air chaud encore un peu estival et luttant pour sa survie contre l'air hivernal imminent. Nous parlâmes peu. Ma main glissée entre nos deux sièges effleurait furtivement la sienne. À son contact, elle la saisit un instant et la serra. C'était comme si nous nous mouvions dans un immense couloir entre deux pièces de l'univers. Un soleil couchant rouge se trouvait sur un mur, une lune sur celui d'en face. Nous, le mélange inconciliable, nous tenions au milieu.

Le soleil disparut. La lune monta dans le ciel. De grande balle jaune elle devint un disque blanc et bleuâtre. Le *Monstre* tourna au carrefour, emprunta la route sinueuse et décida cette fois de ne pas couper à travers champs. Il entra dans le village. À droite, près de la mairie, s'élevait l'immense pin où se reposaient les oiseaux. Les cyprès qui auraient réjoui ton cœur. Un jardin négligé et deux autres parfaitement entretenus.

Le *Monstre* s'arrêta. Je sortis, courus de l'autre côté de la voiture et ouvrit la porte cérémonieusement. Une longue jambe blanche s'étira et puis une autre. Liora se tenait près de moi. Observait. La lune éclairait la scène. Pas suffisamment toutefois pour lui révéler le panorama dans lequel s'insérait la maison mais l'on pouvait néanmoins sentir le large espace qui s'étendait au-delà.

— Dommage que ta mère ne soit pas ici ! C'est vraiment une maison pour elle.

— Oui c'est dommage.

— Combien de pièces as-tu ?

— Une grande et une autre très petite. En dessous il y a une remise.

— C'est peu.

Je fis descendre le matelas de la galerie du *Monstre,* le traînai le long de la chaussée craquelée. Nous passâmes par la porte dans la grande pièce, jusqu'à la terrasse en bois que m'avait bâtie mon *amou*.

— Ici ? demanda Liora. Dehors ? Pourquoi pas à l'intérieur ?

— Viens, couche-toi près de moi, dis-je, j'ai une surprise.

Nous étendîmes tous les deux sur le matelas le drap qu'elle avait apporté. Elle déploya gracieusement sa robe, s'assit et s'allongea près de moi d'un mouvement leste.

— Alors, et cette surprise ?

Nous étions couchés. Étendus sur le dos côte à côte. L'une longiligne, claire, belle et calme, attendant elle ne savait quoi. L'autre courtaud, mat et excité à l'idée de ce qui allait se passer.

Nous demeurâmes allongés. Nos yeux s'habituaient à l'éclairage de la lune et nos mains l'une à l'autre jusqu'à ce que Liora perdît patience et me demande :

— Alors ?

— Sois patiente, lui répondis-je.

Nous restâmes allongés. Le temps passait, ponctué par les hululements creux du chat-huant, accompagné de la chute des feuilles sèches des caroubiers, coupé par les jappements des chacals à proximité et les beuglements du bétail au loin. Puis ce fut le silence. Un grand silence. Celui qui précède la tendre rumeur. Au-dessus, le ciel obscur commença à s'emplir et avec lui les espaces vides du corps, lentement d'abord puis très vite, dans un bruissement perceptible et un invisible mouvement. Le bruissement devint battement, le battement bavardage, le bavardage conversation. Le monde s'emplit de syllabes, d'ailes et la pénombre fit pleuvoir des voix. La pleine lune valsait et nous faisait des signes, se cachant et réapparaissant derrière les ombres qui passaient.

— Maman, Maman, dit Liora de la voix plaintive d'une petite grue, quand allons-nous arriver ?...

Puis elle tourna sa tête vers moi :

— Ce sont elles !

Un étroit et brillant sillon serpentait sur ses joues. Ses lèvres s'éclairèrent d'un sourire. Et moi, en dépit du doublage des grues qu'elle venait de faire, malgré la réponse dont je me souvenais au sujet de *Daddy Crane* et de *Mommy Crane* et de la petite grue qui partait pour son premier voyage, je lui redemandai de quoi elles parlaient.

— De nous, me répondit-elle, elles disent : vous vous souvenez, les enfants, de l'histoire que nos pères avaient entendue de leurs ancêtres et que l'on vous a racontée ? De ce couple que nous avions vu cette nuit-là allongé sur la pelouse d'un kibboutz ? Eh bien, les revoilà. Ce sont eux. Regardez !

Elle se redressa sur un coude. Son beau visage s'approcha. Ses lèvres s'élargirent et je tendis le cou pour accueillir son baiser. Sa main caressa ma poitrine et mes hanches et ses reins se collèrent à mes cuisses.

— Bonjour toi ! dit-elle.

Je sentis la faucille de ses cuisses se mouvoir et retomber sur mon ventre. Les grues s'étaient déjà éloignées. Le battement de leurs ailes s'était tu, mais leurs tendres craquètements n'avaient toujours pas cessé, traversant le temps et les distances. La femme que m'avait prophétisée ma mère se cambra, ondoya et m'absorba dans sa chair.

3

Lorsque je me réveillai au matin, je la vis. Pieds nus, son long corps diaphane vêtu d'un jeans et d'une chemise blanche, accotée à la balustrade de la terrasse, en train de boire un café et de contempler le paysage.

Je m'assis.

— Comment as-tu fait ce café ? Tu es allée chercher le réchaud à gaz dans le *Monstre* ?

— Quelle idée ! C'est la voisine qui me l'a apporté. Une femme bien sympathique. Elle pense que je suis ta maîtresse et Tirzah ta femme !

— C'est l'impression qu'elle donne mais elle n'a rien de sympathique.

— Et ça, près des caroubiers, qu'est-ce que c'est ?

— C'est une douche.

— Tu prends ta douche dehors ?

— Tu veux essayer ?

— On va nous voir.

— L'ouvrier qui l'a construite est chinois. Ils savent faire en sorte qu'on ne te voie pas.

— Et ces mains dans le béton, à qui appartiennent-elles ? Ce sont celles de Tirzah et les tiennes ?

— Ce sont les miennes et celles de l'ouvrier chinois.

— Je ne te crois pas. Ce sont la main d'un homme et celle d'une femme.

— Les Chinois ont de petites mains.

Je me levai pour lui expliquer les empreintes et lui montrer la vue. Mes yeux ne s'étaient pas encore rassasiés du paysage que mon bras levé retomba et que mon cœur s'arrêta. L'espace autour de la maison était libre et vide. Les outils, les briques, les carreaux et les tuiles qui restaient, le reste de ciment, de sable, de fer et de gravier, les bacs où se faisaient les mélanges, les palettes, le frigo, la table, tout avait été rassemblé et emporté. La cour avait été soigneusement balayée. La petite bétonnière aussi avait disparu. Elle avait dû passer hier devant nous, tractée par un des pick-up blancs de « Meshoulem Fried et fille SARL » vers un nouveau chantier.

Tirzah, apparemment, avait rappelé tous ses ouvriers sur ses autres chantiers, sur ces échangeurs d'autoroutes qu'elle construisait ou ces autres ponts qu'elle suspendait. Le temps que je fasse l'aller et retour à Tel-Aviv, elle avait effacé toutes les traces. Pas la moindre goutte de ciment, le moindre grain de sable, ni même un mégot de cigarette ou un bouchon de bouteille. Seul un bidon contre le mur de la maison était resté là.

Un ronronnement familier se fit entendre. Le conducteur du tracteur apparut, traînant derrière lui sa charrette à gravats vide. Il s'arrêta, s'approcha et décrocha entre les feuilles du citronnier le tuyau en fer sur lequel Tirzah avait frappé le premier jour pour le jeter.

Un fort son métallique retentit.

— Ton entrepreneur est parti, dit le conducteur du tracteur avant de monter sur son siège et de s'en retourner.

4

J'étais allé me bâtir une maison. J'étais venu à elle comme quelqu'un qui revient et non comme quelqu'un qui arrive. Bonjour, maison ! lui avais-je dit et la maison m'avait répondu.

Je construisis et fus construit, *j'émé* et fus *émé*, mon âme conçut une nouvelle peau, un toit, un sol et des murs. J'ai à présent une terrasse en bois, une douche en plein air, du temps, une histoire et un paysage, une tôle sur laquelle je pourrai entendre la pluie l'hiver prochain et deux yeux à abriter pour observer le ciel et attendre.

Il y a deux semaines, je reçus ma première lettre à ma nouvelle adresse. Une enveloppe brune et épaisse expédiée de Leyde en Hollande. La vieille hollandaise osseuse qui avait dessiné les oiseaux dans la vallée de Hula m'envoyait des copies de quelques-unes de ses aquarelles : « Des oiseaux de Terre sainte » et « Des oiseaux migrateurs ».

« En remerciement de la magnifique excursion », écrivait-elle. Entre les pélicans et les grues, elle avait glissé une surprise : mon portrait qu'elle avait brossé en quelques coups de pinceaux sans que je m'en rende compte. C'était moi : oiseau noir et pataud qui ne migrait pas et qui revenait sans rejoindre aucune bande.

« J'espère que vous pardonnerez mon audace », s'excusait-elle. Elle ajoutait que dans sa jeunesse, lorsque les Britanniques régnaient sur le pays, « vous n'étiez pas né bien sûr alors ! », elle s'intéressait déjà aux oiseaux et était venue les observer en Terre sainte. « Voici quatre autres dessins parmi les quelques douzaines que je fis alors, cher M. Mendelsohn. Peut être y trouverez-vous quelque intérêt car aujourd'hui il est difficile de revoir chez vous ces oiseaux et ces paysages, et c'est bien dommage. »

Je les étalai devant moi : vautours agglutinés sur la carcasse d'une vache, immense nuée d'étourneaux qui constellait le ciel, bande joyeuse et colorée de chardonnerets sur de hautes ronces séchées, et un garçon assis sur un banc, dans une gare, avec sur ses genoux un panier tressé en osier, un panier pour pigeons avec un couvercle et une poignée.

QUE SONT-ILS DEVENUS ?

Le professeur Ya'acov Mendelsohn prit avec lui son ordinateur, ses petits carnets, son bip et ses livres, quitta son appartement du quartier de Beit Hakerem à Jérusalem et partit vivre dans la maison Fried, dans le quartier d'Arnona. Avec le cuisinier roumain, ils s'occupent tous les deux de Meshoulem qui, après un accident vasculaire cérébral, est devenu hémiplégique.

Le professeur Benyamin Mendelsohn a quitté le pays. Il vit maintenant à Los Altos Hills en Californie, où il est chercheur et enseigne à l'Université de Stanford. Il ne se rend que rarement en Israël.

Zohar Mendelsohn est partie avec lui mais un an plus tard elle est rentrée en Israël. Elle a ouvert un café à Ramat Hasharon et, à côté, un magasin de vêtements qui marche très bien. Une boutique spécialisée en grandes tailles.

Liora Mendelsohn continue de réussir dans ses affaires.

Yair Mendelsohn quant à lui a trouvé la mort dans un accident de voiture deux ans après l'achèvement de la construction de sa maison. Il avait pris la route de la vallée de Hula pour aller chercher Tirzah sur l'un de ses chantiers, en Basse Galilée. Un camion dont le chauffeur s'était endormi avait quitté sa voie et l'avait heurté de plein front. Yair, gravement blessé, est mort une semaine plus tard.

Tirzah Fried, qui était revenue quelques mois après l'avoir quitté, s'en alla de la maison qu'elle lui avait bâtie aussitôt après sa mort. Leur vie commune s'interrompit après « dix-sept mois d'amour, de bonheur et une semaine de cauchemar », selon ses termes. À présent, elle vivait « une aventure superficielle » avec un pilote d'El Al qu'elle avait rencontré à une soirée chantante.

Yoav et Yariv Mendelsohn ont réussi le concours d'entrée à la faculté de médecine de Be'er Sheva et étudient avec une persévérance dont on ne les aurait jamais crus capables. Ils viennent régulièrement dans la maison que leur a léguée Yair.

La copine de Yoav s'y rend elle aussi et tous les enfants du village connaissent parfaitement l'endroit d'où il est possible de les voir tous trois se laver ensemble sous la douche en plein air.

Le dernier pigeon du Bébé ne sortit plus du pigeonnier. Le Dr Laufer l'enferma pour les besoins de la reproduction, et lorsqu'il mourut, il l'empailla et le plaça sur son bureau. Il disparut lorsque le jardin zoologique déménagea de Tel-Aviv au parc safari de Ramat Gan.

Le Dr Laufer, lui, mourut à un âge vénérable dans la région de la Ruhr, en Allemagne, où il avait été invité à une série de conférences et en tant que membre du jury d'un concours de pigeons.

Myriam la colombophile, après avoir éconduit quelques prétendants du kibboutz et du *Palmach*, alla, à la fin de la guerre d'Indépendance, s'installer à Jérusalem où elle se mit à travailler pour l'Agence juive. Elle ne se maria pas et n'eut pas d'enfant mais elle écrivit et illustra de superbes livres pour enfants qui ne furent publiés qu'en allemand. Jusqu'à son dernier souffle, elle n'avoua jamais son désir et son amour pour le Dr Laufer, ni à lui ni aux autres. Elle mourut l'été 1999 d'un cancer des poumons.

L'oncle et la tante du Bébé voulurent continuer à s'occuper du pigeonnier du *Palmach,* à élever et à entraîner de nouveaux pigeons voyageurs, mais ils échouèrent dans leur entreprise. Lorsque je me rendis là-bas en 2002, il ne subsistait plus que des tas de planches, quelques mangeoires et des grillages. Une vieille *kibboutznik* qui me voyait regarder, examiner et prendre des notes s'approcha pour me dire qu'ici autrefois s'élevait un colombier de pigeons voyageurs du *Palmach,* où travaillait « l'un de nos garçons » tombé plus tard pendant la guerre d'Indépendance.

— Il était comme on disait alors un externe, poursuivit-elle, il ne s'entendait pas tellement avec les autres enfants mais il adorait les pigeons.

— Comment s'appelait-il ? lui demandai-je.

— Il avait un surnom. « L'Enfant » ou « le Bébé » peut-être.

— L'Enfant ou le Bébé ?

— Qu'est-ce que ça peut faire aujourd'hui ? Il n'est plus de ce monde et il a été enterré ailleurs. Nous nous souvenons de bien des choses, mais qui peut se souvenir de tout ?

Elle leva un regard désemparé :

— Tant d'années ont passé, et tant de nos soldats sont tombés depuis ! Combien d'autres suivront ? Même les pigeons ne viennent plus.

DU MÊME AUTEUR

Aux Éditions des Deux Terres

LA MEILLEURE FAÇON DE GRANDIR, Éditions des Deux Terres, 2004 ; Points, 2008.

MA BIBLE EST UNE AUTRE BIBLE, Éditions des Deux Terres, 2008. (Folio n° 5225)

LE PIGEON VOYAGEUR, Éditions des Deux Terres, 2009. (Folio n° 5226)

Chez d'autres éditeurs

QUE LA TERRE SE SOUVIENNE, Albin Michel, 1990. Prix Wiso 1990 pour la traduction.

LE BAISER D'ÉSAÜ, Albin Michel, 1993.

POUR L'AMOUR DE JUDITH, Calmann-Lévy, 1996 ; Points, 2004. Prix Juliet, 1999.

COLLECTION FOLIO

Dernières parutions

4857. Yannick Haenel	*Cercle.*
4858. Pierre Péju	*Cœur de pierre.*
4859. Knud Romer	*Cochon d'Allemand.*
4860. Philip Roth	*Un homme.*
4861. François Taillandier	*Il n'y a personne dans les tombes.*
4862. Kazuo Ishiguro	*Un artiste du monde flottant.*
4863. Christian Bobin	*La dame blanche.*
4864. Sous la direction d'Alain Finkielkraut	*La querelle de l'école.*
4865. Chahdortt Djavann	*Autoportrait de l'autre.*
4866. Laura Esquivel	*Chocolat amer.*
4867. Gilles Leroy	*Alabama Song.*
4868. Gilles Leroy	*Les jardins publics.*
4869. Michèle Lesbre	*Le canapé rouge.*
4870. Carole Martinez	*Le cœur cousu.*
4871. Sergio Pitol	*La vie conjugale.*
4872. Juan Rulfo	*Pedro Páramo.*
4873. Zadie Smith	*De la beauté.*
4874. Philippe Sollers	*Un vrai roman. Mémoires.*
4875. Marie d'Agoult	*Premières années.*
4876. Madame de Lafayette	*Histoire de la princesse de Montpensier* et autres nouvelles.
4877. Madame Riccoboni	*Histoire de M. le marquis de Cressy.*
4878. Madame de Sévigné	*«Je vous écris tous les jours...»*
4879. Madame de Staël	*Trois nouvelles.*
4880. Sophie Chauveau	*L'obsession Vinci.*
4881. Harriet Scott Chessman	*Lydia Cassatt lisant le journal du matin.*
4882. Raphaël Confiant	*Case à Chine.*
4883. Benedetta Craveri	*Reines et favorites.*
4884. Erri De Luca	*Au nom de la mère.*
4885. Pierre Dubois	*Les contes de crimes.*
4886. Paula Fox	*Côte ouest.*

4887. Amir Gutfreund	*Les gens indispensables ne meurent jamais.*
4888. Pierre Guyotat	*Formation.*
4889. Marie-Dominique Lelièvre	*Sagan à toute allure.*
4890. Olivia Rosenthal	*On n'est pas là pour disparaître.*
4891. Laurence Schifano	*Visconti.*
4892. Daniel Pennac	*Chagrin d'école.*
4893. Michel de Montaigne	*Essais I.*
4894. Michel de Montaigne	*Essais II.*
4895. Michel de Montaigne	*Essais III.*
4896. Paul Morand	*L'allure de Chanel.*
4897. Pierre Assouline	*Le portrait.*
4898. Nicolas Bouvier	*Le vide et le plein.*
4899. Patrick Chamoiseau	*Un dimanche au cachot.*
4900. David Fauquemberg	*Nullarbor.*
4901. Olivier Germain-Thomas	*Le Bénarès-Kyôto.*
4902. Dominique Mainard	*Je voudrais tant que tu te souviennes.*
4903. Dan O'Brien	*Les bisons de Broken Heart.*
4904. Grégoire Polet	*Leurs vies éclatantes.*
4905. Jean-Christophe Rufin	*Un léopard sur le garrot.*
4906. Gilbert Sinoué	*La Dame à la lampe.*
4907. Nathacha Appanah	*La noce d'Anna.*
4908. Joyce Carol Oates	*Sexy.*
4909. Nicolas Fargues	*Beau rôle.*
4910. Jane Austen	*Le Cœur et la Raison.*
4911. Karen Blixen	*Saison à Copenhague.*
4912. Julio Cortázar	*La porte condamnée* et autres nouvelles fantastiques.
	cédé d'*Adieu !…*
4914. Romain Gary	*Les trésors de la mer Rouge.*
4915. Aldous Huxley	*Le jeune Archimède* précédé de *Les Claxton.*
4916. Régis Jauffret	*Ce que c'est que l'amour* et autres microfictions.
4917. Joseph Kessel	*Une balle perdue.*
4918. Lie-tseu	*Sur le destin* et autres textes.
4919. Junichirô Tanizaki	*Le pont flottant des songes.*
4920. Oscar Wilde	*Le portrait de Mr. W. H.*
4921. Vassilis Alexakis	*Ap. J.-C.*

4922. Alessandro Baricco	*Cette histoire-là.*
4923. Tahar Ben Jelloun	*Sur ma mère.*
4924. Antoni Casas Ros	*Le théorème d'Almodóvar.*
4925. Guy Goffette	*L'autre Verlaine.*
4926. Céline Minard	*Le dernier monde.*
4927. Kate O'Riordan	*Le garçon dans la lune.*
4928. Yves Pagès	*Le soi-disant.*
4929. Judith Perrignon	*C'était mon frère...*
4930. Danièle Sallenave	*Castor de guerre*
4931. Kazuo Ishiguro	*La lumière pâle sur les collines.*
4932. Lian Hearn	*Le Fil du destin. Le Clan des Otori.*
4933. Martin Amis	*London Fields.*
4934. Jules Verne	*Le Tour du monde en quatre-vingts jours.*
4935. Harry Crews	*Des mules et des hommes.*
4936. René Belletto	*Créature.*
4937. Benoît Duteurtre	*Les malentendus.*
4938. Patrick Lapeyre	*Ludo et compagnie.*
4939. Muriel Barbery	*L'élégance du hérisson.*
4940. Melvin Burgess	*Junk.*
4941. Vincent Delecroix	*Ce qui est perdu.*
4942. Philippe Delerm	*Maintenant, foutez-moi la paix !*
4943. Alain-Fournier	*Le grand Meaulnes.*
4944. Jerôme Garcin	*Son excellence, monsieur mon ami.*
4945. Marie-Hélène Lafon	*Les derniers Indiens.*
4946. Claire Messud	*Les enfants de l'empereur*
4947. Amos Oz	*Vie et mort en quatre rimes*
4948. Daniel Rondeau	*Carthage*
4949. Salman Rushdie	*Le dernier soupir du Maure*
4950. Boualem Sansal	*Le village de l'Allemand*
4951. Lee Seung-U	*La vie rêvée des plantes*
4952. Alexandre Dumas	*La Reine Margot*
4953. Eva Almassy	*Petit éloge des petites filles*
4954. Franz Bartelt	*Petit éloge de la vie de tous les jours*
4955. Roger Caillois	*Noé* et autres textes
4956. Casanova	*Madame F.* suivi d'*Henriette*
4957. Henry James	*De Grey, histoire romantique*
4958. Patrick Kéchichian	*Petit éloge du catholicisme*
4959. Michel Lermontov	*La Princesse Ligovskoï*

4960. Pierre Péju — *L'idiot de Shangai* et autres nouvelles
4961. Brina Svit — *Petit éloge de la rupture*
4962. John Updike — *Publicité*
4963. Noëlle Revaz — *Rapport aux bêtes*
4964. Dominique Barbéris — *Quelque chose à cacher*
4965. Tonino Benacquista — *Malavita encore*
4966. John Cheever — *Falconer*
4967. Gérard de Cortanze — *Cyclone*
4968. Régis Debray — *Un candide en Terre sainte*
4969. Penelope Fitzgerald — *Début de printemps*
4970. René Frégni — *Tu tomberas avec la nuit*
4971. Régis Jauffret — *Stricte intimité*
4972. Alona Kimhi — *Moi, Anastasia*
4973. Richard Millet — *L'Orient désert*
4974. José Luís Peixoto — *Le cimetière de pianos*
4975. Michel Quint — *Une ombre, sans doute*
4976. Fédor Dostoïevski — *Le Songe d'un homme ridicule* et autres récits
4977. Roberto Saviano — *Gomorra*
4978. Chuck Palahniuk — *Le Festival de la couille*
4979. Martin Amis — *La Maison des Rencontres*
4980. Antoine Bello — *Les funambules*
4981. Maryse Condé — *Les belles ténébreuses*
4982. Didier Daeninckx — *Camarades de classe*
4983. Patrick Declerck — *Socrate dans la nuit*
4984. André Gide — *Retour de l'U.R.S.S.*
4985. Franz-Olivier Giesbert — *Le huitième prophète*
4986. Kazuo Ishiguro — *Quand nous étions orphelins*
4987. Pierre Magnan — *Chronique d'un château hanté*
4988. Arto Paasilinna — *Le cantique de l'apocalypse joyeuse*
4989. H.M. van den Brink — *Sur l'eau*
4990. George Eliot — *Daniel Deronda, 1*
4991. George Eliot — *Daniel Deronda, 2*
4992. Jean Giono — *J'ai ce que j'ai donné*
4993. Édouard Levé — *Suicide*
4994. Pascale Roze — *Itsik*
4995. Philippe Sollers — *Guerres secrètes*
4996. Vladimir Nabokov — *L'exploit*
4997. Salim Bachi — *Le silence de Mahomet*
4998. Albert Camus — *La mort heureuse*

4999. John Cheever	*Déjeuner de famille*
5000. Annie Ernaux	*Les années*
5001. David Foenkinos	*Nos séparations*
5002. Tristan Garcia	*La meilleure part des hommes*
5003. Valentine Goby	*Qui touche à mon corps je le tue*
5004. Rawi Hage	*De Niro's Game*
5005. Pierre Jourde	*Le Tibet sans peine*
5006. Javier Marías	*Demain dans la bataille pense à moi*
5007. Ian McEwan	*Sur la plage de Chesil*
5008. Gisèle Pineau	*Morne Câpresse*
5009. Charles Dickens	*David Copperfield*
5010. Anonyme	*Le Petit-Fils d'Hercule*
5011. Marcel Aymé	*La bonne peinture*
5012. Mikhaïl Boulgakov	*J'ai tué*
5013. Arthur Conan Doyle	*L'interprète grec et autres aventures de Sherlock Holmes*
5014. Frank Conroy	*Le cas mystérieux de R.*
5015. Arthur Conan Doyle	*Une affaire d'identité et autres aventures de Sherlock Holmes*
5016. Cesare Pavese	*Histoire secrète*
5017. Graham Swift	*Le sérail*
5018. Rabindranath Tagore	*Aux bords du Gange*
5019. Émile Zola	*Pour une nuit d'amour*
5020. Pierric Bailly	*Polichinelle*
5022. Alma Brami	*Sans elle*
5023. Catherine Cusset	*Un brillant avenir*
5024. Didier Daeninckx	*Les figurants. Cités perdues*
5025. Alicia Drake	*Beautiful People. Saint Laurent, Lagerfeld : splendeurs et misères de la mode*
5026. Sylvie Germain	*Les Personnages*
5027. Denis Podalydès	*Voix off*
5028. Manuel Rivas	*L'Éclat dans l'Abîme*
5029. Salman Rushdie	*Les enfants de minuit*
5030. Salman Rushdie	*L'Enchanteresse de Florence*
5031. Bernhard Schlink	*Le week-end*
5032. Collectif	*Écrivains fin-de-siècle*
5033. Dermot Bolger	*Toute la famille sur la jetée du Paradis*
5034. Nina Bouraoui	*Appelez-moi par mon prénom*

5035. Yasmine Char	*La main de Dieu*
5036. Jean-Baptiste Del Amo	*Une éducation libertine*
5037. Benoît Duteurtre	*Les pieds dans l'eau*
5038. Paula Fox	*Parure d'emprunt*
5039. Kazuo Ishiguro	*L'inconsolé*
5040. Kazuo Ishiguro	*Les vestiges du jour*
5041. Alain Jaubert	*Une nuit à Pompéi*
5042. Marie Nimier	*Les inséparables*
5043. Atiq Rahimi	*Syngué sabour. Pierre de patience*
5044. Atiq Rahimi	*Terre et cendres*
5045. Lewis Carroll	*La chasse au Snark*
5046. Joseph Conrad	*La Ligne d'ombre*
5047. Martin Amis	*La flèche du temps*
5048. Stéphane Audeguy	*Nous autres*
5049. Roberto Bolaño	*Les détectives sauvages*
5050. Jonathan Coe	*La pluie, avant qu'elle tombe*
5051. Gérard de Cortanze	*Les vice-rois*
5052. Maylis de Kerangal	*Corniche Kennedy*
5053. J.M.G. Le Clézio	*Ritournelle de la faim*
5054. Dominique Mainard	*Pour Vous*
5055. Morten Ramsland	*Tête de chien*
5056. Jean Rouaud	*La femme promise*
5057. Philippe Le Guillou	*Stèles à de Gaulle* suivi de *Je regarde passer les chimères*
5058. Sempé-Goscinny	*Les bêtises du Petit Nicolas. Histoires inédites - 1*
5059. Érasme	*Éloge de la Folie*
5060. Anonyme	*L'œil du serpent. Contes folkloriques japonais*
5061. Federico García Lorca	*Romancero gitan*
5062. Ray Bradbury	*Le meilleur des mondes possibles* et autres nouvelles
5063. Honoré de Balzac	*La Fausse Maîtresse*
5064. Madame Roland	*Enfance*
5065. Jean-Jacques Rousseau	*« En méditant sur les dispositions de mon âme… »*
5066. Comtesse de Ségur	*Ourson*
5067. Marguerite de Valois	*Mémoires*
5068. Madame de Villeneuve	*La Belle et la Bête*
5069. Louise de Vilmorin	*Sainte-Unefois*
5070. Julian Barnes	*Rien à craindre*
5071. Rick Bass	*Winter*

5072.	Alan Bennett	*La Reine des lectrices*
5073.	Blaise Cendrars	*Le Brésil. Des hommes sont venus*
5074.	Laurence Cossé	*Au Bon Roman*
5075.	Philippe Djian	*Impardonnables*
5076.	Tarquin Hall	*Salaam London*
5077.	Katherine Mosby	*Sous le charme de Lillian Dawes*
5078.	Arto Paasilinna	*Les dix femmes de l'industriel Rauno Rämekorpi*
5079.	Charles Baudelaire	*Le Spleen de Paris*
5080.	Jean Rolin	*Un chien mort après lui*
5081.	Colin Thubron	*L'ombre de la route de la Soie*
5082.	Stendhal	*Journal*
5083.	Victor Hugo	*Les Contemplations*
5084.	Paul Verlaine	*Poèmes saturniens*
5085.	Pierre Assouline	*Les invités*
5086.	Tahar Ben Jelloun	*Lettre à Delacroix*
5087.	Olivier Bleys	*Le colonel désaccordé*
5088.	John Cheever	*Le ver dans la pomme*
5089.	Frédéric Ciriez	*Des néons sous la mer*
5090.	Pietro Citati	*La mort du papillon. Zelda et Francis Scott Fitzgerald*
5091.	Bob Dylan	*Chroniques*
5092.	Philippe Labro	*Les gens*
5093.	Chimamanda Ngozi Adichie	*L'autre moitié du soleil*
5094.	Salman Rushdie	*Haroun et la mer des histoires*
5095.	Julie Wolkenstein	*L'Excuse*
5096.	Antonio Tabucchi	*Pereira prétend*
5097.	Nadine Gordimer	*Beethoven avait un seizième de sang noir*
5098.	Alfred Döblin	*Berlin Alexanderplatz*
5099.	Jules Verne	*L'Île mystérieuse*
5100.	Jean Daniel	*Les miens*
5101.	Shakespeare	*Macbeth*
5102.	Anne Bragance	*Passe un ange noir*
5103.	Raphaël Confiant	*L'Allée des Soupirs*
5104.	Abdellatif Laâbi	*Le fond de la jarre*
5105.	Lucien Suel	*Mort d'un jardinier*
5106.	Antoine Bello	*Les éclaireurs*
5107.	Didier Daeninckx	*Histoire et faux-semblants*
5108.	Marc Dugain	*En bas, les nuages*
5109.	Tristan Egolf	*Kornwolf. Le Démon de Blue Ball*
5110.	Mathias Énard	*Bréviaire des artificiers*

Photocomposition CMB Graphic
44 800 Saint-Herblain
Impression Grafica Veneta
à Trebaseleghe, le 3 mars 2011
Dépôt légal : mars 2011

ISBN : 978-2-07-034661-5./Imprimé en Italie.

171046